LOCUS

LOCUS

LOCUS

LOCUS

RECREATION

R40

七出刀之夢

Dream of the Seven-Pronged Sword

作者： 金光裕

責任編輯：陳怡慈

美術編輯：蔡怡欣

校對：呂佳真

法律顧問：全理法律事務所董安丹律師

出版者：大塊文化出版股份有限公司

台北市10550南京東路四段25號11樓

www.locuspublishing.com

讀者服務專線：0800-006689

TEL：(02) 87123898　FAX：(02) 87123897

郵撥帳號：18955675　戶名：大塊文化出版股份有限公司

總經銷：大和書報圖書股份有限公司

地址：新北市新莊區五股工業區五工五路2號

TEL：(02) 89902588　FAX：(02) 22901658

排版：辰皓國際出版製作有限公司

製版：瑞豐實業股份有限公司

初版一刷：2011年10月

定價：新台幣 380 元

Printed in Taiwan

七出刀之夢 / 金光裕 著；
-- 初版. -- 臺北市：大塊文化, 2011.10
面； 公分. -- (R; 40)
ISBN 978-986-213-276-0 (平裝)

857.7　100017648

金光裕

七支刀之夢

Dream of
the Seven-Pronged
Sword

To my wife Erin C. Shih and my daughter Lin S. King

緣起

金光裕

讀過武俠的人，都會對慕容這個姓感到熟悉，金庸《天龍八部》中的慕容復，臥龍生《飄花令》的慕容雲笙，溫瑞安先生《風流俠聖》的慕容若容等，這些慕容氏人大多亦正亦邪，性情詭譎難測，擅長詭異的武功和易容術，幾乎是每部武俠小說的標準配備，僅追在少林武當丐幫之後。

我出國十餘年，在一九九四年回國，我素與國內文壇缺乏來往，周浩正大哥是我僅有的幾位相識，他當時正經營實學社，致力於歷史小說的開發，與他見面時，他告訴我一些慕容王朝的故事，我自幼對歷史故事和對紅燒蹄膀一樣缺乏抵抗力，立刻去找一部《資治通鑑》和《十六國春秋》，慕容氏的故事很容易讓人著迷，其一是這個遊牧王族，個個龍精虎猛，代代都有英雄；其二是他們是所謂「白虜」，應是古代縱橫北亞大草原的古代的斯基泰人（Scythians）的一支，照這樣看，武俠小說中慕容氏人的詭異，似乎其來有自；其三是越讀五胡十六國的歷史，越感到這是一段極不標準的「中國」歷史，所以我果然墜入周大哥的陷阱，從此決心寫一部慕容氏的歷史小說。

我最初想要寫四大本，慕容王朝的每一代都一本，因爲他們的歷史實在太精彩，君王大將都是自家人，唯一的問題是每代都要兄弟鬩牆，他們都是爽朗直接的人，沒有一般中國宮廷的曲折陰謀，一旦反目，只有你死我活，但是過癮歸過癮，眞正傳奇中的傳奇，又像個謎樣般人物的，就只有末代南燕王子慕容超了，於是將前三代的英雄們，都簡要的寫在他的故事中。

但我後來與太太石靜慧合創了建築師事務所，又做了《建築DIALOGUE》的總編輯，好像兩個無底洞還不夠，又去辦了兩次國際競圖，兩次建築展覽，兩次國際建築研討會，原本自以爲有些想法，可以用五年來實現，未料七年過去，原本該是後浪推前浪之事，再下去就要成爲進步的攔路虎，在二〇〇五年才終於辭去了編輯工作。

但這些年間，我從來沒有忘懷這慕容氏的故事，我太太常警告朋友，千萬別讓我打開這個話匣子，否則一講就是一晚上，不做雜誌後，我終於可以在上班時偷寫小說，但一來已有十年沒寫，二來年輕時寫的都是短篇，寫起長篇來頗無章法，東寫一段西寫一段，加上難改寧濫毋缺的習性，讀到一些史料，又發現更多相關事，便又走了岔路，網路時代無論購書或是查資料，眞的是信手拈來，不知不覺竟寫了五十萬字，所以這個故事，我想了十五年，講了十年，寫了五年，竟只像是蕪雜的筆記，我女兒自一兩歲聽我講，不耐煩時說：

「你再寫不出來，我要來寫了！」

許多人都給我過意見，我太太說：

「一定要很多愛情。」

我建築界的友人，現任辛辛納堤藝術博物館長的Aaron Betsky告訴我：

「一定要有很多性愛。」

我的日本建築師朋友團紀彥，也是寫過歷史小說的作家，他最受不了大日本思想，相信日本原是多元文化和民族的融合，紀彥兄知道我陷入「長考」，竟找了一本日文書《古代興亡史》給我，這是非常激進的一位歷史家小林惠子所著，紀彥兄譯了其中一段給我，原來在奈良天理市的石上神宮中，供奉了一把日本國寶「七支刀」，據作者考據，這七支刀的圖像，源自鮮卑慕容氏的聖物，它後來成爲了東北亞諸民族的共同圖像，像是遼、金、新羅王朝的「金步搖」王冠，都屬同源，它在遠古之時，由西伯利亞、中國東北、朝鮮半島，流傳到日本列島，這個典故，提供了書中慕容超的祖傳金刀的形體，也成了書名。

即使有這麼多親友的關心，誠如錢鍾書所說，寫作都是一個人的事，這樣的瓶頸仍持續甚久，但也不知爲什麼，我突然在一兩天中想通了，不過是義大利作家卡爾維諾（Italo Calvino）所說，二十世紀的小說要輕、要快、要準確、要有型、有要層次性、要有一貫性，也如同已故的好友顧肇森常告訴我的：

「短篇小說，就是一開始就要準備結束。」

原來短篇和長篇都一樣，於是大刀闊斧的新寫或刪編，又花了一年，才終於完成了，但此時周大哥都已退休，所有人都告訴我，歷史和武俠小說是冷門，好不容易有郝明義先生把我修改出的二十萬字一口氣看完，還寫了一個精要的意見表，讓我看到了盲點，於是又修改一次。慕容超的生命雖短，但是變化極大，曲折甚多，這次修改著重在後半段，接續了慕容超一生的挑戰，在排山倒海的生死威脅之下，他仍然以他的剛勇與柔韌，無懼悔地捍衛他的所愛和所信，這個改變也使他生命的主體得到一貫。

我自幼沉迷於章回小說，所以仍以章回小說的格式出發，我又甚喜其開宗明義的「楔子」，除了提供全書的綱領，還有爲故事「開口」的效果，提供了想像的空間，以及另一個觀點的可能，於是我變本加厲，把慕容超的多重身分，分成了七個部分，均稱作「書」，在七部書之前都加了一個楔子引言，成爲故事外的七個故事。

也由於自幼讀小說，得到樂趣甚多，所以自己寫來，對於好看的需求遠高於藝術價值的追尋，自金庸先生的武俠小說、英國史考特爵士（Sir Walter Scott）的《撒克遜英雄傳》，到近代諸名家作品，如土耳其作家帕慕克（Orhan Pamuk）的《我的名字叫紅》，葡萄牙作家薩拉馬戈（Jose Saramago）的《里斯本圍城史》，埃及作家馬哈福司（Naguib Mahfouz）的《開羅三部曲》，黎巴嫩籍作家馬盧夫（Amin Maalouf）的《非洲人萊昂》，之所以能一氣呵成把這些長篇讀完，最主要還是因為其情節、文字、人物的魅力，因此好不好看，乃是我的第一要務。

此外，我對主流歷史，尤其是漢人角度、儒家觀點的沙文主義，從來不以爲然。史書中提到胡人政權，永遠是「僞燕」之類的稱呼，慕容超在歷史上是個失敗者，但是史書中對他零碎的紀錄，甚難瞭解他的個性，卻常以成者爲王敗者爲寇的原因，寫上主觀的批判。

甚至於「五胡亂華」的統稱，也是極度漢人沙文主義的說法，其實當時在胡人政權下的人民生活，往往比漢人政權來得好。當時的中國，在漢朝桎梏僵化的風氣下，已幾近行屍走肉，繼而引發魏晉的狂放消極，而幸好當時也是一個文化與種族極爲多元的世界，胡人文化的生命力帶來了重大的激盪，幾百年後也才有浴火重生，才催生了所的隋唐盛世。

就在隋唐盛世的西元六世紀，回教堀起，席捲中亞、北非，和西班牙的南部，敲響了基督教世界的危機意識，增加了認同的內聚力，三個強大的「全球化」（globalization）運動幾乎同步發生，三大陣營各有各的優越感、盲點、文化缺憾，而對外的排斥性，與對內的同質化的壓力都應運而生，許多的小文明，語言，種族，都被擠壓甚至消滅，原本豐富有如彩虹層次的文化光譜，轉變成了三個壁壘之間難以跨越的鴻溝，有如目前的全球化，將全世界的語言只留下英文，全球的機構都是跨國大企業，一樣的難以想像及無比的狹隘。

所以我認爲，在慕容超的時代，其實是個百花齊放、多元文化共存的時代。雖有割喉的血腥，卻沒有文化宗教種族之間趕盡殺絕，嚴重排斥異己的情況，書中的粟特商人安和樂，是在今日烏茲別克境內的猶太商人，粟特人是絲路上重要的觸媒，東到中國，西到羅馬，不但經商，也翻譯及傳遞文化與宗教。近日《時代雜誌》報導，在烏茲別克已存在了兩千五百餘年的猶太社群，在蘇聯瓦解及回教排他運動崛起後的二十年間，就已灰飛煙滅；而當年的佛教聖地犍陀羅，於今日阿富汗的殺戮世界內，連巴米揚大佛都不能倖免。

常有人問我，寫作和做建築師有什麼關連，最初，只是我人生中兩個偶然的際遇與選擇，但既然年齡已過了該知天命，也漸漸知道，其實做建築、做雜誌、寫小說，我的主題都是一樣，套一個我頗愛的英國作家艾米斯（Martin Amis）的書名《反對口頭禪的戰爭》。

二十年來，全球的建築越來越像搞流行產業，奇、怪、絕的造型甚囂塵上，經網路一流傳，中國大陸可見到的最多，每個城市都像是有數十上百個的幽浮降臨，或者掛上世界級大師的名號，或者自創山寨版，而建築的本質，空間、構造、材料、比例，都不再被重視。我在國內外工作近三十年，總覺得東西方的建築師各有擅長，或許由於我們的文字就是圖案，所以我們在抽象與概念思考上較弱，但是形式與視覺上反應較快；但我們終究被西方凌駕了兩百年，大多數人文化自信心不足，總要做得和西方人似曾相似，才覺得安心。歐美在經濟與文化上逐漸消褪，其他地區逐漸抬頭，正是多元再興並存的機會，豈可如此自暴自棄？

終於要出書了，我又少了一個無底洞，恰巧在香港大學任教的王維仁先生告訴我，「2011深圳・香港城市建築雙城雙年展」在國際上徵求策展人，我既離開建築媒體六年，竟又覺得有話可說，做了份提案，經過幾輪面談，竟然雀屏中選，我的主題是「三相城市：時間，空間，人間」（Tri-ciprical Cities: the Time, the Place, the People），其實也就是要強調，每個城市都有其特殊性，只有深入瞭解與面對其歷史、其地方脈絡、其人，才能創造特色。他山之石，可以攻錯，但移植回來，只是橘越淮而爲枳而已。

然而文化的自然流通則不然，如同七支刀，初冬時再訪奈良，想到石上神宮走走，太太女兒也未反對，我們由奈良轉慢車，好不容易來到天理市，這小鎮是天理教的基地，在冷清空曠的車站前招了計程車，開了十餘分鐘後竟迤邐上山，原來這是歷史上知名的布留山，奈良時代許多古墳和遺跡都在此，這「山邊之道」是日本有紀錄最古老的道路，如今是很受歡迎的步道。

我們下車後拾階而上，見一山道在鳥居後延伸上山，左邊就是石上神宮，未見到觀光客，只有幾個當地人來參拜，雖然如此蕭條，這裡卻是與伊勢神宮同爲日本最老的神道教的神宮，自史前的傳說時代就存在，當時殺伐不斷，天皇打造的武器都存放在此，也固定來祭拜，後來許多貴族會把神器送到此供奉，七支刀應該就是其中之一。

因爲沒有觀光污染，神宮有些土味和古味，附近古木參天，山嵐中似乎感覺亞瑟王都可以出現，一片藕塘，寒冬中只見枯枝敗梗，時而陽光普照，讓你知道，開春時此塘必然又是飽滿欲盈。我們問兩個年輕的知客僧，可否看到七支刀？他用破碎的英文說不行，因爲是國家寶藏。其實看不看得到都不重要，因爲網路上的照片和資料也看得多了，反倒爲了能看到這古樸氛圍而慶幸。

如果小林惠子女士的考證是對的，鮮卑慕容氏的餘波，竟然可以經過時空到達這裡，無論如何，人間許多事，不論是智慧或是污染，都會用意想不到的方式在世界流傳下去，突破有形無形的障礙，超越偏見與口頭禪。這也是爲什麼我們要在歷史的瓦礫中翻尋和重建，爲什麼別人都不在乎，而我們要在乎房子的每個角落，也許在我們都不存在的時候，竟會有人乍然體會到，我們苦思的一得。

目錄

第七卷　亡人之書

歷史紀事

閱讀的順序：本書把每一書前都加上一段引文，希望把慕容超各種身分與經歷，都加上一面折射鏡，增益其深度與面向，讀者可先讀該卷的本文之後，再讀引文，或者將全書本文讀完之後，再將引文一一讀來，希望像是飯後的一小杯白蘭地，餘韻無窮。

人物表（前有＊標識者，為史書上人物，其他為想像人物）

死人之書

＊慕容超　（西元三八三～四一〇年）慕容世家陸續建立四個燕國（前燕、後燕、西燕、南燕），他是南燕的第二任、也是最後一任國君

＊公孫氏　慕容超的祖母，前燕太祖慕容皝的王妃，南燕開國君王慕容德的母親，在書中教導慕容超長大

＊段氏　書中名字爲段彩霞，慕容超的母親，慕容納的妻子

＊慕容納　慕容超的父親，在他出生前，就被苻堅的部下處死

＊呼延平　慕容超的義父，因爲曾受慕容納的救命之恩，將慕容超祖孫三人由張掖牢中救出，逃到山中將他養大

獨孤拔　（父）呼延平的結義兄弟，原來要接呼延平等人到他的村寨，但被強盜所襲

而死，死前託呼延平找他的兒子（子）慕容超的結義兄弟，沿用其父的名字，自幼與他一起長大，形影不離，直到西域後才分開

阿殘　呼延平的過命兄弟，因臉上的刀疤而自稱此名，沉默寡言

阿缺　和阿殘相同，一生追隨呼延平，因缺了兩根手指而自稱，但話多，與阿殘兩人，都是慕容超一家的保護者

梁阿鴛　羌人村寨月高寨的族長

梁阿雁　梁阿鴛的妹妹，呼延平的妻子，一起撫養慕容超長大，有如另一個母親

＊呼延晴　呼延平的女兒，書中他和獨孤拔青梅竹馬，但因故離散，而與慕容超成婚

牧人之書

姜繁霜　羌村星高寨人，慕容超青梅竹馬的戀人，比他大兩歲，因兩人的戀情，造成山寨的火拚

姜水清　星高寨主，姜繁霜的父親

竇天寶　日高寨主，因過於霸道，造成三寨（日高、月高、星高）村毀人散

竇鐵槌　竇天寶之子，自幼是個強梁，爲了爭姜繁霜，兩次想要害死慕容超

竇老瘸子　日高寨的長老，長年帶著一個小孩竇啞巴

軍人之書

安和樂　來自粟特的大商人，一心想打通西域商路，讓天下均富，消弭戰禍，他開啓了慕容超的世界觀

*法顯　（西元三三七～四二二年）歷史上的名僧，在六十二歲高齡西行到印度取經，專注於戒律，後來由獅子國（今斯里蘭卡）坐船回國，到建業（今南京）駐錫，著有《佛國記》，書中他對慕容超有許多開示

*沮渠蒙遜　（西元三六八～四三三年）北涼開國君王，靠反間計奪權，但他把北涼經營得有聲有色，在他任內，民生穩定，佛學大興，書中他靠慕容超取得糧食，攻下張掖，個性夭矯不群

*沮渠男成　沮渠蒙遜的長兄，因爲始終相信要漢人爲國主，被其弟謀害

*段業　原北涼國主，本爲沮渠兄弟擁立，但穩定後又想排擠他們，終爲沮渠蒙遜推翻殺死

＊田昂　北涼大將，原與沮渠蒙遜不合，後來在慕容超勸說下投入其帳下
田虎，田豹　又稱田大刀與田大槌，田昂的二弟和三弟，在戰鬥中屢敗在慕容超手下，終於對他心服口服
＊杜弘　慕容德派遣來找尋公孫氏的使者，書中他在死前遇到慕容超，在張掖殞命
＊沮渠安周　沮渠蒙遜的幼子，沮渠北涼最後一個國君，書中由他敘述「雙頭將軍」慕容超的傳奇
慕容追風，慕容追月兄弟　沮渠安周在沙漠中遇到的救星，自稱是慕容超的孫子

商人之書

＊慕容視羆　是慕容吐谷渾的第四世孫，吐谷渾王國大單于，精幹強韌，但與乞伏國交戰失敗而死，書中他被弟弟烏紇堤僱用的波斯刺客暗算，在逃往若羌路上過世，死前遇到慕容超
＊念氏王妃（阿敦）　視羆的王妃，視羆死後嫁給烏紇堤，但烏紇堤很快就殞命，她輔佐其子樹若干成爲明君，她是吐谷渾中興的重要人物，書中她與與慕容超有一段戀情，歷史上著名的慕容阿柴，是他們的孩子

＊慕容樹若干　吐谷渾史上明君，書中他還是小孩，到鄰國鄯善尋求援兵

＊慕容烏紇堤　視羆之弟，陰詭暴烈，在書中發動政變，追視羆等人到若羌，但攻若羌城不成，只好與念氏妥協，擔任攝任大單于

慕容古岩　視羆忠心的將領

迦葉（佛女）　高僧鳩摩羅什與毘莎公主生下的女兒，長大後回到龜茲想要平反當年之事，掀起一場風波，與慕容超後來也有一段因緣，生下一子鳩摩越

鳩摩越　千面僧，是迦葉與慕容超之子，他不只對佛法有興趣，也加入商團，也有武功，雲遊天下，達成慕容超未完成的天下壯遊的心願，又是個說故事的大師

＊白震王　龜茲國主，原國主白純王之弟，苻堅大將呂光攻下龜茲，白純王逃往西方，立他為傀儡

國師圓理　鳩摩羅什徒弟，什師被劫走後擔任國師，想要害死毘莎公主不成，迦葉回來要揭開他當年之事

龍神駒　龜茲大戲班的主人，表面上是焉耆國的王族，沉迷演戲，其實是江湖黑道，伺機聯絡強盜和波斯的哈山王子，奪取商團

乞人之書

*鳩摩羅什　（西元三三四～四一三年）又稱什師，天賦異稟，十二歲成爲龜茲國師，並使龜茲成爲佛國勝地，到長安後譯經七十四部，包括流傳至今的《坐禪三昧經》、《金剛經》等，書中他把慕容超救活，教他在危難中自持的思考

*姚興　（西元三六六～四一六年）後秦高祖，大力提倡佛法，贊助鳩摩羅什的譯經大業，後秦在他死後，就被劉裕所滅

*姚碩德　姚興的叔叔，護國公，因爲慕容超誤殺了他的義子東安王子，所以一直想置慕容超於死地

五哥　慕容超在逃亡路上遇到的塢堡流民統帥，沉潛堅忍，與慕容超義氣相投

貴人之書

*好太王　（西元三七四～四一二年）高句麗王國的中興之主，又稱「廣開土大王」，在他任內的二十二年間，高句麗由弱轉強，成爲朝鮮到遼東半島的霸主，至

今跆拳道的廣開三十九套路，就是引用其名號，有人認爲他是今日韓國的始祖，韓國歷史劇《太王四神記》，就是好太王的故事

＊慕容德　（西元三三六～四〇五年）慕容皝之子，慕容超之叔父，原來追隨慕容垂復國，慕容垂死後獨立爲南燕，史書上說他是「年未弱冠，身長八尺二寸（約爲一八五公分），姿貌雄偉」，「博覽群書，性清慎，多才藝」，是一個文武雙全的君王

＊段皇后　書中名字爲段彩雲，段氏的妹妹，慕容德的皇后，後來成爲段太后，慕容德死後，權臣叛變，她曾猶豫不知幫哪一邊，南燕亡國後，被劉敬宣接到建業奉養終老

＊孫進　南燕中黃門（太監總管），在書中，他在前燕亡國時，將七出金刀獻給慕容德，對慕容德、段皇后，和慕容超，都忠心不二

＊公孫五樓　慕容超的親信，史書中說因爲他貪污，受到重臣攻擊而遭貶，後來仍獲重用，在廣固之戰中，他帶兵挖地道攻擊晉軍，又似乎很勇猛。於本書中，他幫助慕容超逃過燕軍追捕，晉見段皇后，也成爲慕容超的將領

＊慕容法　南燕南海王，鎭守兗州邊關，是慕容超到南燕第一個碰到的人，對慕容超百般刁難，後來是叛變的主力，失敗後逃到北魏

*慕容鍾　南燕北地王，鎮守青州，也是謀反慕容超的主力，後投魏國

*段宏　南燕徐州刺史，也加入謀反不成，投魏國，但在燕國危急時又回廣固，最後戰死

*封孚　三代爲燕國大臣，曾投降晉，慕容德兵到時又投降回來，慕容德對他甚爲倚重，但他對慕容超極不以爲然，是反對的主力

*封嵩　南燕大臣，其母親與段太后接近，挾持段太后謀反被殺

*慕容鎭　南燕大將，尙書令（丞相），是慕容超的重臣。在書中，他不受慕容鍾的號召謀反，反而支持慕容超，卻讓他的妻小被害

*韓範　慕容超的主要文臣，在廣固圍城時，去後秦討救兵不成，投降了晉，但燕亡之後，被劉裕所殺

*張綱　南燕禁衛軍司令，叛逃到晉，燕亡後也被劉裕所殺

*劉敬宣　其父劉牢之是晉朝北府兵大將，但失策被殺，他逃到燕國避難，後來又叛逃回去，在劉裕手下做到大將。在書中他與慕容超成爲好友，最後協助他和劉裕談判

田大塊　山東海邊的漁民領袖，後來加入燕軍水軍，在海戰中陣亡

亡人之書

＊劉裕

（西元三六三～四二二年）劉宋王朝的開國者。北宋愛國詞人辛棄疾的〈京口北固亭懷古〉中，就說：「斜陽草樹，尋常巷陌，人道寄奴（劉裕的小名）曾住，想當年，金戈鐵馬，氣吞萬里如虎。」最主要的，就是他滅了南燕和後秦，他是個勇猛的軍人，也是高明的謀略家，但也下手狠辣，他爲奪權毒死晉安帝司馬德宗，但有占卜說晉朝還有一個皇帝，於是又立司馬德文爲帝，兩年後逼他讓位後殺了他

劉裕做了三年皇帝就過世，立了他最寵愛的長子劉義符，但此子全無法度，不久被廢。劉宋成爲治世其實是靠三子劉義隆（宋文帝），其母早年就被劉裕殺害，他也最受冷落。劉義隆在位三十年，文治武功都有成就，然而只因他打了一場敗仗，辛棄疾就說：「元嘉（宋文帝年號）草草，封狼居胥，迎得倉皇北顧」，辛棄疾生在北宋敗亡的時代，只要能打敗胡人就是英雄，也是可理解的

＊慕容王朝歷史人物（史書人物）

立國前　慕容涉歸

第一代　慕容吐谷渾（西元二四六～三一七年），西行到青海創立吐谷渾王國（約西元三一三～六七二年）

慕容廆（西元二六九～三三三年），創立前燕國根基

第二代　慕容皝（西元二九七～三四八年），前燕太祖，先打敗其兄遼東王慕容仁，又大破段氏部落、宇文部落，稱霸遼東

慕容翰（卒於西元三四四年），慕容廆庶出之子，燕國勇將

第三代　慕容儁（西元三一九～三六〇年），前燕烈祖，在他任內，前燕勢力達到顛峰

慕容垂（西元三二六～三九六年），原名慕容霸，前燕大將，受昏君慕容暐及奸相慕容評迫害，投奔苻堅，在淝水之戰後，伺機逃走，回到河北建立後燕

慕容德（參見本書第二十一頁）

第四代　慕容暐（西元三五〇～三八四年），前燕幽皇帝，因寵信奸相而亡國，在淝水之

戰後，他打算在長安謀反，刺殺苻堅，事機敗露被殺

鮮卑人　鮮卑即西伯利亞（Siberia），包括了住在這裡的許多民族，主要分爲「索部鮮卑」和「白部鮮卑」，前者是留辮子的，包括創立北魏的拓跋氏、遼的契丹族、金的女眞族，乃至於清朝的滿族，都是這一系；後者則具白人血統，漢人稱之爲「白虜」，由於他們男性雄壯，女性健美，漢人很喜歡將男的捉來爲兵，女的捉來爲妾

匈奴人　古代最著名的馬上民族（Scythians），《史記》中稱塞族人，是一種波斯族裔，他們控制了歐亞大草原幾百年，直到被亞歷山大大帝打敗（約西元前三三〇年）後才沒落，在二〇〇八年，有人在蒙古挖出塞族人的木乃伊，證實了他們向東的足跡，應有到中國東北

月氏人　曾住在今日甘肅，說的是吐火羅語（Tocharian），屬於印歐語系，與樓蘭的小河公主，都是白種人。可見在古早，白種人的足跡深入今日中國境內，慕容族可能就是這樣的人種

第一卷　死人之書

我是？

我生於南燕燕王元年，這是我叔叔的年號，如今我就要死了，死於南燕太上六年，這是我自己的年號，我只能活二十六歲，但是我嘗盡了人生的大悲大喜，我所享用過的榮華富貴和受過的磨難，恐怕是絕大多數人幾輩子，還是活上兩百六十歲都無法比擬的。

我的生命是如此之短，我的遭遇是如此之奇，無法像一般人，可以讓時間把痛苦和快樂遺忘，有如一杯精純的瓊漿，一盅剛擠出的膽汁，沒有任何的沖淡和稀釋，甜時甜到極處，苦時苦到盡頭，我的手掌握過傳國的玉璽，也做過最卑賤的苦役，曾舉手斷人的生死，也曾伸手乞討剩飯，我的軀體穿過皇袍，也在屎尿中裝瘋以求活。

我生在前秦帝國，河西走廊，張掖城中死牢裡，但天意不要我死，我的祖母公孫氏和母親段氏，教給我慕容祖魂的敬天愛物，樸真純猛；救我養我的義父呼延平，傳給了我任俠豁達，急公好義；我做過西羌荒原中的牧人，但命運讓我遇到西域大商人安和樂，使我瞭解到在中土之外，還有多麼廣大的世界；因緣際會，我受過高僧法顯與鳩摩羅什的教誨，也接觸到西方諸宗教的教義；我曾經淪為長安城中的俘虜、乞丐、瘋子、千里亡命的逃犯，但也終於找到了我的宿命，做到南燕的王子和國君。

我是一個完美的錯誤，我是一個無瑕的意外，我是一個上蒼開的認真的玩笑，我是命運手中最奇異的玩偶，我拒絕做一個剝削集團的首腦，換來慕容貴族的反抗，但是我也讓狹小的南燕國脱胎換骨，幾乎成為富強的跨海帝國，結果卻敗在東晉的宰相劉裕手下，在建業的街市上被處死。

但我不難過，也不怕死，因為我在出生前就被判處了死刑，只是那時要殺我的是前秦帝國，如今換成了晉國而已，而我卻已走過這段奇異的歲月。

歷史不會對敗者同情，會把我描繪成一個昏聵的蠢蛋，加入桀、紂、夫差、王莽的行列，但終會有人在斷簡殘編中發現到我的奇遇，重現我超凡的身世。我是慕容超，雄據北國一百餘年的慕容王朝最後一任燕王，我是歷史上獨一無二、空前也必絕後的乞丐王子。

之一　死而後生（西元三八四年）

浩劫之年

慕容超一生的點滴，偶然出現在《資治通鑑》之中，像是混沌中的幾點閃光，洪荒世界中的幾滴鮮血，倏然出現，戛然而止，短短的一段段流水帳式的文字，敘述了慕容超傳奇的身世。

《資治通鑑》對他的評論甚差，後世亦有史家說慕容超如王莽，在得到權位前謙恭下士，即位後荒唐專斷，近乎變態。《十六國春秋》也有慕容超的專章，雖然寫得較爲客觀，但也偏向愚蠢與剛愎。這都是儒家「成王敗寇」歷史觀的必然。

所謂「五胡十六國」，五胡指的是匈奴、羯、鮮卑、氐、羌，史家通常把這個時期定義自西元三〇四至四三九年。十六國爲當時十六個有足夠影響力的北方王國。漢人的史家曾將這個時代稱爲「五胡亂華」，這是非常沙文主義的說法，好像這些胡人是突然冒出來的麻煩，其實胡人千百年來都居住於此，只是被漢人文明占了上風。直到三國之時戰亂頻仍，人口大減，胡人內移，文明漸漸提升，到了西晉貴族長期內訌，終於取而代之，從此北國成了胡人天下，東晉只能偏安在長江之南。如此三百年的南北並存，胡漢融合，各個民族兼容并包後，才孕育出隋唐盛世，所以或許是「五胡興華」也未可知。

而慕容氏所建的（前）燕國，幾乎可以一統北國，但是因爲王族的自相殘殺，在慕容超出生前十三年，被（前）秦國的苻堅大帝給滅了。

苻堅志在天下，以秦始皇爲目標，所以國號是「秦」。他成爲北方共主之後，不但沒有屠殺異己，反而把可敬的對手都收爲臣子，對慕容氏更禮遇有加，要借重他們近百年治理中原的經驗來統治他的大帝國。慕容超的父親慕容納，被分配到河西走廊，也就是如今甘肅的張掖任官，距離原來在河北的燕國首都，有兩千多里路。

但是這些強韌的慕容氏人，並不久甘臣服，在苻堅徵召百萬大軍，南征晉國之前，慕容超的叔叔慕容德就趕到張掖。慕容納因爲受過重傷，行動不便，因此不會被徵召入伍，慕容德對哥哥和母親公孫氏說：

「若是苻堅統一天下，我們就繼續做他的命官，但如果失敗，我們就回故土復國，哥哥，你要帶著家人趕快逃走，想辦法來找我們。」

慕容納露出難色道：

「但你嫂嫂肚裡的孩子就要出世了，你我兄弟兩人，都是年近半百，卻都膝下猶虛，所以無論如何，我都得等到這孩子出世。」

慕容德曾有子嗣，但不是夭折，就是在燕國敗亡時戰死了。他雖是個出將入相、「胸中有百萬兵」的人才，此時竟也頭昏眼花，終於說：

「能逃就快逃，你要是逃不了，就讓這孩子來找我，我的什麼都是他的。」

慕容納覺得溫暖又淒涼，道：

「若是你功成名就，到時候不知有多少人要冒名來找你。」

慕容德慎重地由懷中掏出一件包裹，打開來，公孫氏驚道：

「這是慕容祖傳的七出之刀，大家都以為亡國時不見了，你是如何得來？」

慕容德道：

「慕容祖靈保佑，在燕京城破的時候，被一個忠心的太監孫進藏了起來，最近才冒險送到我手中。哥哥，你若逃不出，讓這孩子拿著這把金刀來見我，就是物證。」

公孫氏、慕容德、慕容納和其妻段氏，在燭光中凝視著這把「七出之刀」，這是慕容氏的神器，它雖名為刀，但只有一尺長（約三十公分），反而更像一把匕首，它是全金打造，在燭光中顯得燦爛奪目，就是因為它的尺寸甚小，所以收藏得很慎重，連許多貴族都沒見過。

這刀由刀柄直上，像是一支主幹向上漸細，而向左先水平伸出之後再向上直伸，成為一個分枝，在這個分枝再上一些，又有一個分枝向右伸出，如此一左一右，共有六個分枝，連主幹共有七枝，每枝的頂端略微收尖，成爲刃狀，刀身厚實，古樸渾厚，刀柄上有著細緻的花紋，像是鳥的羽毛，刀身上則像是龜甲或是龍身的鱗片，但是它有著古樸的曲線，似乎是在模仿著鹿角。

這四人看得發呆，彷彿這金刀的燦爛，可以把他們帶回到輝煌的大燕國，天將亮時，慕容德跪別母親，不禁落下淚來，因爲這很可能就是死別，反而是公孫氏意興飛揚：

「去吧！不論勝敗，不論復國與否，都要讓人看看，我慕容精魂是何等的神勇！」

號稱百萬的秦軍，竟在淝水之戰莫名其妙地慘敗，苻堅的大帝國像是脹破了肚子的母蜘蛛，他花了一輩子收伏的北國群雄，像是小蜘蛛一樣四下逃竄。

如果當時是秦軍獲勝，可能要等上幾個月才會傳到張掖，但是慘敗的消息只花了半個月。它引發各式各樣的野心，老百姓人人自危，忙著取夾壁埋藏金銀細軟，準備逃難的車馬，將軍們準備裂土封疆，亂世出英雄，但出的最多的，還是吃人不吐骨頭的豺狼和禿鷹。

此時正值慕容超出生前夕，慕容納決定放棄逃亡，因爲許多慕容氏人已逃回故土去復國，他變成了一等叛國賊，鋃鐺下獄。這個經過，慕容超的祖母公孫氏，像是跑馬燈一樣，不時就會向他說一遍：

「大燕亡國的時候，納兒吩咐家丁，把所有的金銀細軟都放在堂上，等著秦軍來拿，他說這麼做，可能家裡人還可以活命，可是那時候苻堅號令森嚴，秦軍根本沒有進門，只有一個文官，恭敬地進來說，我們被派到張掖去，還安排了車仗人馬護送。」

「但是這次不同了，雖然納兒還是一樣，把金銀細軟都放在堂上，可是秦軍像是虎狼一樣衝進來，把他像是畜生一般，兜頭一套拖出了王府，見了男人就毒打逮捕，見了女人當下就強暴。」

這時，祖母公孫氏已是七十歲高齡了，她是燕國開國君王慕容皝的王妃，親眼看過四任君王，慕容王國由盛而亡，閱歷過了多少的人世滄桑，九死一生；但她總是精神抖擻，像是高原上的雪狐一樣靈動，她的個子嬌小玲瓏，到了年老都沒有一絲贅肉，即便談她最傷心的事，她秀麗的瓜子臉都還是興高采烈：

「我們原以爲就要不明不白的死了，被押進了牢裡，幾日沒有闔過眼，牢裡都是囚犯的呻吟和哀號，白天熱得像火爐，晚上冷得令人發抖。我們聽說，原來秦國人相信未出世的人是鬼神管轄的，要等到出世了才是人管的，才能殺，所以要等你出生才要處決你母子，我也被留下來照顧，可以多活幾天。」

「可是獄卒把我們照顧得好好的，不缺飯不缺水，白天有涼蓆，晚上有火爐，隔牢的人向獄卒抱怨，只換來了幾下鞭子，後來他們全被搬出去，整個牢洞只剩下我們娘兒兩個。」

慕容超的母親段氏身材長大，體格修長，骨架結實，她的額頭奇大，像是一座山崗，她像是公孫氏的副手，偶爾補充：

「我們本來想要自盡的，但是你父親一再告訴我們，一定要忍辱偷生，只要你一出世，救星就會出現。」

「有天，牢門打開，進來一個相貌堂堂的大漢，竟是抄家時在張掖家中曾喝退士兵救了我們的人，他告訴我們納王爺是他的救命恩人，他做到這裡的牢頭，就是為了報納王爺的大恩，原來他就是納王爺口中的救星。」

他就是慕容超的義父呼延平，他是匈奴的後裔，年輕時住在燕國境內，當時往來內地和漠北做牲口生意，一次由北地引了一批好馬，其中竟有傳說中的汗血馬，引起了燕國奸相慕容評的覬覦，後來呼延平曾說：

「大家都說那汗血馬是天馬下凡，我倒懷疑牠們都生了腦病，讓牠們躁鬱難安，只好靠著疾奔來消除痛苦，但是為了牠們，漢武帝不知道犧牲了多少人馬，我也幾乎家破人亡。」

奸相慕容評是個貪婪又小氣的人，就連燕國亡國之時，他還命令部隊攔住逃難的百姓收買路錢，所以他全無打算付錢買馬，令人布置了通敵的證據，將呼延平羅織下獄，但呼延平是個威武不能屈的人，竟然不肯就範，所以連他的僕從和家人都被關進了死牢裡。

當時慕容納聽說此事，一力想要救他，未料奸相勢大，竟然救不出來。他打聽到奸相手下打算將呼延一家發配到高麗充軍，然後在路上謀害，慕容納竟然一路尾隨，仿效那江湖游俠的勾當，在路上將差人殺了，救了這一家人。呼延平帶著家人直奔漠北，但他卻發誓這一條命只要報答慕容納。

等到大燕亡國，呼延平將家人安頓好，就帶了幾個兄弟趕回燕國，一路暗中保護，也悄悄跟著到了張掖。

「我想，報恩不急一時，而且要報在緊要處，我想恩公有難之時，最要緊的就是囚牢和城門，一個可以救命，一個可以逃命，所以出錢在張掖覓了個官職，花了幾年的時間，做到了典獄長，和大小官員都經常往來打點，以備不時之需。」

「我常希望恩公能這樣子平安終老，奈何這一天還是到了，我勸恩公自己先逃走，我會救出夫人，等風頭過了再去找他。但是他執意不肯，他說他年過半百，又身有殘疾，死而無憾，我只要救出這孩兒就好。」

公孫氏說：

「你義父說，當晚就得逃出牢去。晚上，他把我們帶到一個密室，要我們閉目養神。」

段氏說：

「我坐在那兒，聽到外面有嘈雜聲，是牢裡的囚犯吵著要飯吃，『為什麼兩天都只有菜根和稀湯，不管飯？』『要餓死我們嗎？』而且越晚越冷，到半夜的時候，突然外面傳來了香味，是烤番薯的香味，在那種寒夜裡，任何人聞到那股香味都會飢腸轆轆，更何況是餓慌了的犯人呢？」

呼延平買通產婆，謊報了段氏的產期，所以官員都以爲她還有一個月才會生產，他見眞的產期已近，就僱了一群潑皮，在監獄的牆外烤番薯，又故意兩天沒給犯人吃東西，想要用這香味在犯人中引起一番騷動，然後伺機救人。

沒想到這些潑皮還烤了狗肉，香味飄進來，將犯人們的飢餓和憤怒揉成了火，像是狼一樣的狂號起來，這又引發了牆外潑皮們的野性，把烤熟的番薯、狗肉，連同火把，都丟進了牢房，牢裡起火，囚犯們發了狂，把牢房的土牆都撞垮了，犯人和獄卒混戰起來，這時候外面的潑皮都像是著了魔一樣，打破了大門衝進來。呼延平說：

「這群潑皮平常是愛鬧事但是怕事，所以一定是納王爺的英靈保佑，否則他們怎會沒理由的賣命？我原來只想製造一場混亂，好讓你們祖孫三個逃出去，沒想到竟然點燃了一場暴動，你也竟然撿在這時候來到人世。」

段氏也有一段奇異的描述：

「秦國人或許是對的，嬰兒出生的時候可能眞的有通天之靈，我聽到了你的哭聲，就突然聽不到任何的聲音了。我對著你說：『超兒別哭，壞人會抓我們。』你眞的就不再哭了，睜著眼睛望著我，你把手伸出來向上一指，我們兩人就飄了起來，天上掛著滿月，我們在所有人的頭上飄著，我們往下看，看到了你義父他們，在下面的牢房裡殺出一條血路。突然你又伸出了手，向下面指了指，我往下看，只見一支火把掉在一匹馬尾上，馬兒把一個秦國官員重重地摔到地上，士兵都忙著搶救他。你義父帶領著大夥，一路逃到了他家，把我們藏進了地洞裡，我這才放了心，只覺得好累好累，飄浮在月光和涼風之中，不知不覺闔上了眼睛，醒來的時候已在地洞裡了。」

慕容超也相信，他曾經和段氏一起經驗過這段飄浮，但他也知道，可能是聽了太多次，因此成了眞的記憶了。

地洞

那天晚上張掖城的監獄付之一炬，暴動延續到了街上，張掖的守軍都出動，一夜死傷了數百人，囚犯、獄卒、兵勇、潑皮，還有遭了池魚之殃的夜歸人，本來可以渾渾沌沌的過下去，但偏偏在慕容超的生日撞上了他們的忌日。

逃犯在城中亂竄，兵勇四下搜捕，其實是趁火打劫，呼延平奔走了三天，好像在彌補他的失職，其實早已找了兩具無名女屍和一具嬰屍，燒毀後移到獄中替代慕容祖孫，又送了好些銀兩上下打點，眾官員都忙著發國難財，也都敷衍了事。

唯一認眞調查的，是個由長安派來、負責監斬的監察官，就等著慕容超出世好完成任務。當晚他聞訊趕到監獄，竟被一支火把打中馬背落馬撞昏了，足足三天後才醒來，這時呼延平已經把一切證據都銷毀了。

呼延平因爲捕殺逃犯有功，將功折罪，被革去了官職，官府徹查犯人人口，監察官雖然看見屍首，還是心存疑竇，他到現場一再查看，卻不料染上了個怪病，上吐下瀉，到了夜裡如鬼附身，像嬰兒一樣號哭不止。這時候秦國已經開始動亂，太守和將軍也不耐煩他再調查下去，他的副手也都覺得他被鬼嬰附身，上下交迫，他只好草草勾去了公孫氏和段氏的牢號。

呼延平知道，這事隨時可能被人舊事重提，也有人會以此爲名謀奪他的家產，所以他恢復經商，同時把這祖孫三人藏在地洞裡兩年之久。

慕容超記得那土洞的四壁都是乾燥灰黃的硬土，段氏總是把他掛在角落的一個搖籃裡，土洞很矮，呼延平進來時總要彎著身子，連段氏立起身來也是頂著洞頂。

土窖在馬廄旁，上面堆滿了乾草，窖門是個藏在乾草中的蓋板，院子裡養著幾隻多疑的狗，一有生人接近就狂吠不止，好掩蓋嬰兒哭聲，但其實這是多慮，因爲慕容超從來也不出聲，段氏甚至擔心道：

「娘，這孩子究竟是天賦異稟，還是個傻哥兒？」

馬廄中的乾草吸收了陽光的熱，夜裡緩緩散放出來，略略的刺鼻。無風的時候，土窖裡有時傳來新燒的菜飯味，時而傳來腥甜的馬糞味和乾草味，張掖長年颳著大風，慕容超雖不出聲，每天卻睜大了眼，豎直了耳尖吸著鼻子觀察世界。

到了他一歲生日的晚上，公孫氏要慕容超拜呼延平爲義父，呼延平平時慷慨豪放，此時竟然感動異常，跪泣在公孫氏和段氏面前：

「兩位夫人太抬舉我了，這事我一直不敢提起，恩公和一批犯人，被吊死在西門外的驛道兩旁，用來殺雞警猴，恩公身形沉重，把絞繩拉斷了三條才死去，如今一年過去了還掛在那兒，只剩下不成形的殘塊，我連恩公的屍體都沒有辦法保全，眞是慚愧啊！」

這三人哭做一團，反而是不懂事的嬰兒直著眼，怕他們哭得太大聲，終於慕容超行了跪拜義父之禮，公孫氏請呼延平把窖門打開，她說：

「阿超兒一歲了，雖然逃過了死，卻也一出生就入了土，今天，就讓他見見天吧！」

段氏把慕容超由洞口舉了出去，他被迴旋而過的風颳得渾身打顫，滿天的星斗像是燃燒著的冷光，令他目眩神馳，而且越轉越快，終於他什麼也看不見，只有滿目的白光，他一生中遇過再多的驚奇、恐懼、喜樂，都不及這一刻。

這時段氏自己忍不住，也探出了頭來呼吸了幾口夜氣，她良久才下窖去，對公孫氏說：

「娘，你也去看看，我們眞的還活著。」

之二　逃亡之年（西元三八五年）

出發

呼延平恢復了經商的營生，他時而出門，都要兩三個月才回來，他的兩個異姓兄弟輪流在家守候，這兩人當年也一起被慕容納所救，都死心塌地爲慕容家賣命。

高個子的臉上帶著刀疤，自稱阿殘；矮壯身材的右手少了兩指，自稱阿缺。阿殘沉默寡言，似乎連表情都沒有，說話經常都用「廢話！」做開頭；阿缺則喜怒形於色，一開口就說個不停，通常用「笑話！」做爲發語詞。這兩人像是影子一樣，守候在地洞旁邊，呼延平其他的十二個傭人，也都是幼時收養，一手帶大，對外人都是守口如瓶，都聽阿殘阿缺的指揮。

呼延平每次出門回來，都來向公孫氏和段氏請安，並且和她們談到外面的情勢。在慕容超快要兩歲的時候，他打聽到了慕容垂的最新消息：

「德王爺（慕容德）應該是投奔了慕容垂，據說淝水之戰後，只有慕容垂的三萬大軍沒有潰散，苻堅逃到慕容垂的駐地，部眾都勸他殺了苻堅，可是慕容垂念當年不殺之恩，把部隊還給苻堅，回到長安。後來東邊的丁零部落作亂，慕容垂自請剿賊，才離開了長安。」

「這時候秦國眾將都勸苻堅不可放他走，苻堅說，慕容垂可以殺我都沒有殺我，就算他這時反叛，我也沒有話說。朝中有很多人特別嫉妒慕容垂，在路上埋伏要殺他，他裝扮成漁夫渡江才逃過一劫，回到河北去復國了。」

公孫氏聽了冷冷笑道：

「阿六敦（慕容垂的小名）就是阿六敦，食古不化，這和三國時候關羽在華容道放走曹操，以恩報恩，不是如出一轍？一人寬大，一人知恩，這兩個人是一個願打，一個願挨，天生的一對。」

段氏嘆道：

「阿六敦當年在燕國屢立戰功，卻被昏君奸相一再陷害，多少人勸他乾脆殺了這兩個渾人，取而代之，結果他也不願意，流亡到秦國去，害得妻亡子散，燕國也亡了。要是他狠一點，統一北方的就是燕國，不是秦國！」

呼延平說：

「你們說的這個昏君慕容暐，亡國以後一直住在長安，慕容氏人大批逃亡，他卻說自己是亡國之君，叫他們不要以他爲念，一切以興復燕國爲計，這時候他可能已經抱著成仁之心了。」

「到了去年，他以兒子結婚爲名，請苻堅來喝喜酒，他聯絡了長安的幾千個鮮卑人，準備殺死苻堅後就奪下長安，偏偏天降大雨，苻堅沒來，城中的鮮卑人不知道，已經動手攻打官府，可憐他一家，包括行婚禮前的兒子，全都在當晚被屠殺。」

「昏君這樣死法，也算對得起列代祖宗了。」公孫氏嘆道。段氏說：

「興復大燕眞是這麼重要嗎？我每看到阿超兒，我就希望苻堅南征成功，阿六敦繼續做他的吳王，德王爺納王爺都分個王公做做，天下百姓也終可以過安定的日子，又何苦要這孩兒走一世坎坷的人生？」

呼延平道：

「現在政局很是不穩，苻堅已死，各地軍閥四起，張掖也不例外，若是被我的敵人掌了權，只怕會有麻煩！」

公孫氏道：

「我們有辦法去投奔德兒嗎？」

「現在中原大亂，烽火四起，盜匪橫行，要想往東走，是不可能了。」

段氏說：

「但是這不是和德王爺越離越遠了嗎？」

公孫氏說：

「德兒還不知道是死是活呢，呼延先生不必拐彎抹角，既然往東的路走不通，還有什麼路可走？」

「就往西走，現在守城門的兵將們只認得銀子，但是他們還是會嚴格地搜我的車，所以你們坐一個波斯商人的馬車，比較避人耳目，由他們賄賂守關的士兵，逃出去以後我們再會合。」

公孫氏道：

「這波斯人靠得住嗎？」

呼延平道：

「他有次在張掖傷了一個富家公子，被鎖在牢中，這富家送了錢給獄卒，要了結他的性命，我一力保全了他，後來又找上西域商人，聯名保了他出來。所以他常說要報答我，我都沒有應他，正好他這次又來到張掖，可用上了。」

公孫氏是曾經做過王妃的人，思慮比呼延平精細許多，道：

「果眞如此那就放心了。只是，呼延先生有恩報恩、有仇報仇，但這人是商人，未必有這樣的烈性。」

呼延平想了想道：

「太夫人說的有理，我就讓阿殘阿缺兩人盯在車旁，隨時應變。」

「然後我們往那兒去？」

呼延平道：

「出城之後，我們要走三天，一個匈奴朋友來接我們，帶我們到他祁連山上的塢堡去，這人名叫獨孤拔，曾與我同做過商隊的保鑣，有過命的交情。他是個忠義之人，絕對不會有問題。」

公孫氏說：

「我以前常聽人說，從永嘉之亂後，官兵和盜匪一樣可怕，所以許多地方人士聚集一處，建了堡壘自衛，稱做塢堡，不受任何人管束，自給自足，招撫流亡。勢力大的時候，連官府也不敢正眼看他們。難道連這祁連山上，也有這樣的塢堡？這個獨孤先生的塢堡，夠隱密嗎？我們可以在這裡住多久？」

呼延平不知如何回答這一連串的問題，只說：

「那裡的日子也頗艱困，隱密倒是不成問題，住多久也沒關係。」

死亡之路

要走的那天，呼延平就敲了地窖的門，他先給了公孫氏三張黑布：

「你們久不見天日了，可能受不了，緊緊地蒙住了，還是會有光透進來，可能要過一陣子才能拿掉。」

段氏突然哀道：

「納王爺的屍首，現在還掛在那兒嗎？」

「可嘆吶！現在這張掖城的官府，只顧著看風向，什麼事都沒人管，這些兩年前被處死的屍首，也還掛在那兒，出城以後的驛道兩旁，左手邊第五個就是納王爺。呼延平無能，無法取回恩人屍首，出城時只能暗中拜一拜吧。」

呼延平把祖孫三人藏在騾車中的布匹堆裡出發，車子到了城門口，果然呼延平的車受到了嚴查；卻只掀開了波斯商人的車帘，收夠了賄賂就放行。車子出城，段氏將車帘掀起了一角向外望，果然路旁每隔幾丈就立著一支竿子，竿子頂上插著砍下的人頭，竿子上綁著的是無頭的屍身，如今都只剩下乾肉和碎骨。段氏悲從中來，抓著慕容超的手搗拜，公孫氏也掙扎到前：

「到底哪一個是納兒？」

段氏淚如泉湧，悄聲說：

「呼延先生說是出城左邊第五個，可是這些屍身都不全了，看也看不出來。不管是不是，超兒都拜拜吧。」

張掖城灰黃的城牆上是塗著灰紅灰藍的鐘鼓樓，車子越走越遠，屍樁在兩邊緩緩地倒退，一支支歪歪斜斜地插著，在風沙中曳曳搖晃作響，像是一根根受傷的手指，向他們揮著再見。

出張掖後三天，呼延平提出要脫隊。這時候西域路上盜匪橫行，脫隊是商團的大忌，因爲可能是替匪徒臥底的，摸清了商團的虛實，再引匪徒來殺人劫財。

「你是不是知道了什麼危險，不告訴我們？」

那商團的領隊是個來自龜茲的老頭，滿臉的皺紋，一張臉堆滿了憂慮。呼延平道：

「我只是臨時決定，想到長城北邊看看，有什麼生意可做。」

有人喝道：

「既然加入商團，就絕不能中途退出，這是商團的規矩，你一定是犯了什麼罪想逃，我們把他揪回張掖城去！」

呼延平仰天大笑：

「知會你們是給你們面子，我眞要走，你們又奈我何？」

有人已經拔出刀來，呼延平冷眼觀察對手，忽然地平線上有幾十匹馬向他們奔來。

「好啊，呼延平，原來你已經引人來了，先殺了他！」

「蠢蛋，還不布好箭陣迎敵，鳥亂個什麼？」

波斯人掀開了慕容祖孫所藏的車子布帘，用彎刀架著三人的脖子：

「呼延平的祕密在這裡，快把刀扔下，叫你的夥計退走，否則我殺死這三個老小。」

呼延平知道再說也無用，說：

「好！你們快布好箭陣，我和家人去迎敵，你們總可以相信了吧？」

呼延平手提長槍，與阿殘及幾個僕從上馬迎敵，他對來人喝道：

「來者何人？快快停蹄。」

爲首那人竟大叫道：

「呼延兄，是我，獨孤拔！」

波斯人叫道：

「你們看，果然是他引來的奸人，我們快殺了這三個老小！」

商隊領隊江湖經驗豐富，看見那自稱獨孤拔的人滿身是血，背中一箭，連忙喝住波斯人道：

「敵我未明，不要亂來！」

呼延平迎上獨孤拔身後的追兵，他曾受過慕容納親授慕容世家的絕技「鬼箭神槍」，慕容箭的特點是弓特別硬，箭特別長，慕容槍也是特別的沉重長大，只有膂力十足者才可能學，箭與槍都特別著重「轉」字訣，這使得箭與槍都蘊藏著黏力與勁道，所以射得特別遠，而且越飛越快，令敵人會錯估箭的來勢。

這夥盜賊被呼延平等人一連射落了七八人，眼看敵人已近，呼延平拋開了弓大喝一聲，與阿殘衝下土丘，一槍一棒殺入賊陣，頓時打落了五六個匪徒。這時領隊的老頭叫道：

「他們不是一夥的，再不一起殺賊，他們死了，我們也得不到好處！」

商團中人一起奮力衝下助陣，賊人見勢不妙，呼嘯而去，等呼延平奔回，獨孤拔已倒在地上，眼看難以活命了。他抓住呼延平說：

「呼延兄，我依約來接你，但兩天前卻遇上這夥賊人，把與我同行的族人都殺散了，我仍拚死趕來，他們有兩百餘人，連連打劫這附近的聚落，這幾十人來追我，其他的只怕會攻擊我的山寨。」

「呼延兄，原本想要對你報恩，如今只怕還要你去救我的山寨。我有一兒才兩歲大，還在家中，如果能救得到，託你把他養大！」

呼延平左支右絀，現在卻又多了一個使命，但是仍然硬著頭皮道：

「你放心吧，這娃兒叫什麼名字？」

獨孤拔眼睛瞪得很大，已經氣絕，領隊老頭連忙道：

「呼延兄，方才多有冒犯，事情已明，我們不會再攔你了，你要脫隊就脫隊吧。」

「慢著，」呼延平說：「明人眼前不說暗話，這祖孫三人是我的祕密，你們知道他們是誰嗎？」

「我們不知道，也不想知道，」一位客人說：「在這道上行走的，十有八九有些難言之隱，誰不是把頭提在手上？我就不信你沒有摸我們的底細，難道你要把我們全殺了滅口？呼延平，你武功雖高，我們這幾十人一擁而上，你也占不了什麼便宜，更別說你還有這幾個累贅。」

這段話的前段呼延平還可忍受，但後半段以三個婦孺要脅，令他冷眼橫掃眾人，果然有殺人滅口的意圖。

「兩位不要衝動，」老者說：「大家井水不犯河水，結伴而行，分枕而眠，知道別人的事，放在心裡就好。」

呼延平把一筒箭扔在地上，冷笑道：

「說得好！大家都折一支箭，發個毒誓，絕不向他人說起，否則呼延平有恩報恩，有仇報仇，不守信用的，下場就只有如此！」

說時遲那時快，波斯商人突然一聲慘叫，背上多了一把短刀，眾人大驚，紛紛拔出刀來，只見阿缺一腳把他踹在地上，呼延平朗聲道：

「我曾救過這波斯人的性命，這次以身家性命相託，還以重金相酬，這人卻圖謀不軌，出城時，就想要把他們祖孫三人賣給秦軍，幸好我的家人盯得緊才沒得逞。剛才又暴露他們的行蹤，其他人我信得過，這賊子我卻絕不放過。」

波斯人倒在沙地上呻吟，呼延平將刀抽出來，在他的慘叫中，活生生地將他的頭切了下來，眾人都不忍卒睹，低著頭回自己的車子去。日正當中，每個人都覺得自己的影子縮短了許多。

食人山寨

呼延平的五輛馬車脫了隊，離開隴西的官道，向南邊的祁連山上走，花了五天才爬到山脊，這山脊上有個關口，名為扁鵲口，山形險惡，風勢驚人，人馬都頂著風走，阿缺把他的圓臉由領口伸出來道：

「笑話！難道扁鵲口就是這個意思？連飛鵲都被這風給吹扁了？」

呼延平告訴公孫氏和段氏：

「張掖城如果派出追兵，應該也是向西直追，商團的老頭即使被追到，說了我們的去處，我們也已經走得遠了。」

「我只怕那個監察官不甘心，苻堅許多事都學秦始皇，尤其重法治，監察官的權力直追三卿，其實他一直懷疑我做了手腳，所以也一直在監視我，若發現我已逃走，只怕他還會發動御用的黑袍軍追捕我們。」

公孫氏道：

「你說的黑袍軍，我在長安時也曾聽說。苻堅崇尚秦始皇，秦朝主水，要滅周朝的火，周朝服飾多紅，秦朝服飾多黑。但能穿黑色軍服的，一定是苻堅的親信部隊，他們驍勇無比，而且使命未達，有死而已。」

呼延平道：

「太夫人說的沒錯，黑袍軍專門爲皇室執行親命，個個武功卓絕，一接到命令，除非有令更改，否則就一定要完成任務，就算苻堅死了，他們也會把命令執行完畢！」

「所以我想趕緊過了扁鵲口，躲到獨孤拔的塢堡中去，如今這塢堡也不知道還在不在，但是我已答應了他，要去照應他的老小，所以還是要太夫人諒解，隨我走一趟，若是塢堡還在，我們可以住下，不在了，我們再尋落腳的地方。」

公孫氏揚眉道：

「呼延先生要是會背信忘義，我們祖孫三人哪能活到今天？救獨孤先生的老小，既是呼延先生的責任，也是我們的責任。」

呼延平連忙拜倒在地，說：

「我不能相瞞，這山上也是非常貧瘠之地，這一路上又有盜匪橫行，以後過日子也會很辛苦。」

公孫氏道：

「我們都是鬼門關走過幾次的人，怕什麼？想我慕容先祖在鮮卑森林中，不也是胼手胝足，才能磨練出無堅不摧的韌戰之力？或許這就是給阿超兒的磨練吧？」

段氏此時道：

「這祁連山上，是個什麼樣的地界？我們要藏身在何處呢？」

呼延平拿出一張地圖，指著說：

「祁連山脈後面還有大通山脈，中間的狹長山谷，有條河叫做黑河，這是因爲它的顏色。它的水勢湍急難測，傳說連鵝毛都浮不起來，所以又叫弱水。我們就要跨過河谷到南山上去，獨孤拔的塢堡，就在那裡。」

公孫氏問呼延平：

「這獨孤先生的塢堡，你去過嗎？」

呼延平道：

「沒有，但我聽他說過許多次，這地方十分隱蔽，山中有許多岔路，只有看得懂暗號的才找得到，但我今天在河灘上看到馬群的腳印，恐怕那夥盜匪眞的向那裡去了。」

「要是我們正好迎上他們呢？」

呼延平搔搔頭，道：

「是呀！或許該找個山洞讓你們躲起來，我自己上塢堡去探個究竟。」

公孫氏道：

「千萬不要分開，我們走在窮途末路上，分開了反而首尾難顧，要是非得遇上兇險，就遇上吧！」

次日，道路越來越崎嶇，眾人發現一名穿著與獨孤拔類似的人，被綁在路旁的樹上，顯然受盡凌虐之後，被開膛剖肚而死，內臟早被老鴉吃盡。呼延平像是頭嗅到了危險的獸，對阿殘阿缺說：

「但願這人沒有把塢堡的位置供出來。」

次日，他們來到一個山頭，只見兩塊大岩石間有一道裂口，呼延平抽出兵器說：

「就是這裡了。」

他要阿殘帶著家丁護住驢車，自己和阿缺策馬走進裂口，他所見的，是一個被洗劫與屠戮一空的地獄。

大岩石是山寨的屏障，之後是一塊方場，四邊建了簡陋的房舍，呼延平只見男人和老弱被殺得身首異處，婦人和小孩都被擄走，而且眞的是「雞犬不留」，能吃的全吃了，地上散布著吃剩的骨頭，禿鷹、烏鴉和豺狼，散坐在方場四周。

這些惡禽惡獸吃了人肉以後不再怕人，此時看到了新的獵物，突然群起衝上來攻擊，呼延平槍挑刀砍，新的鮮血味引出了更多的惡禽惡獸，有的爭相啃食被殺傷的同類，有的前仆後繼地攻擊人，呼延平衝出塢堡，對著阿殘大喊：

「快趕車子走！」

稍早，呼延平進堡之後，慕容超不斷地拉開車帘子要出來，像是一頭幼獸，直著鼻子不知道在聞什麼，令公孫氏和段氏都看著笑。此時聽到呼延平的驚叫，家丁們正要趕車走，慕容超突然說了他生平第一句話：

「有小孩哭！」

段氏要把他拉回車內，未料兩歲大的慕容超力大驚人，一扭就掙脫了段氏，由馬車上摔在地上，他站起來，用手指著塢堡，對呼延平斬釘截鐵地說：

「裡面！有小孩哭！」

呼延平的馬兒幾乎撞上了他，他看到表情堅定的慕容超，竟然像是接到了上級的命令，勒轉馬頭，對阿殘阿鈌道：

「讓家丁們趕車子走，你們拿了掃刀來助我！」

阿鈌駭然道：

「笑話！怎麼能有人活著？這些禽獸比老虎還兇，就算殺進去，要去哪裡找？」

呼延平道：

「獨孤拔告訴我，他在馬廄旁也有個地洞，如果有，一定藏在那裡！」

三個人發一聲喊，又衝進了塢堡中，呼延平大叫：

「獨孤拔的孩兒，快出來，獨孤拔，快出來！」

果然，馬廄旁有幼兒呼叫聲，呼延平殺開血路，挑開土塊，原來下面是個木板，一個兩歲大的娃兒由洞中張著大眼，洞中一個女人，似已死了許久。呼延平抓起孩子，再奮力殺出，直奔了十餘里崎嶇的山路，才終於脫離了惡獸惡禽，每個人都覺得昏天黑地，低頭趕路。慕容超突然掀開車帘，指著呼延平懷中的孩子說：

「就是他，在哭！」

呼延平把孩子交給段氏，那晚，他們也不顧山路兇險，一直到深夜才在一條河邊紮了營，呼延平見到那個孩兒抱著慕容超睡著了，說：

「眞是奇了，阿超如何聽到這孩兒的哭聲？」

他看到那孩子的手環，與獨孤拔的一模一樣，呼延平道：

「天可憐見，這眞是獨孤拔的孩子，他的母親在死前把他拉進了地洞裡，這孩子也和阿超一樣，知道自己絕不能出一點聲音。」

段氏對這孩子頗爲喜歡，道：

「聽你說來，這孩兒又不認識你，你叫了什麼他才應的？」

「我說：『獨孤拔的孩兒，快出來！』」

阿缺搖著他的圓臉道：

「笑話！你說的是：『獨孤拔，快出來！』」

阿殘也點頭。呼延平道：

「是嗎？那也好，既然獨孤拔沒說他叫什麼名字，就叫他獨孤拔吧！」

那晚每個人都做著無邊的噩夢，段氏每每想到這事都會發抖：

「我在牢裡等死的時候，覺得無邊的悲慘，但只有在豺狼和烏鴉的口邊，我才眞正的感到害怕。」

幼兒獨孤拔

幼兒獨孤拔什麼人也不認，只認慕容超，日日夜夜的黏著，到了晚上會像夢遊一樣，早上一定躺在慕容超的被窩裡，誰也改變不了他，他只要到了慕容超身邊就會平靜下來，否則就像隻蹄子裡夾了刺的驢，怎麼也安靜不下來。

有時慕容超惱他，但獨孤拔的身子靈便，無論如何拳打腳踢，他都可以閃躲過去，惹得段氏和公孫氏都笑。有次慕容超急了，面紅耳赤地抓了一只鈎子，段氏要喝住時已經來不及了，在段氏的驚叫聲中，他的臉由慕容超舉起的手下伸了出來，像是隻無辜的羔羊，慕容超的怒氣竟頓時平靜下來，他陡然將慕容超撲倒，像隻小狗般舔個沒完。

兩個小男孩沒事就撲打起來，慕容貴族自幼不論男女，都要練武，公孫氏與段氏常從旁教他們基本的武術。車子一停下來，獨孤拔就一溜煙不見了，總要弄點稀奇東西回來，溪中的蝦子、青蛙，樹中的昆蟲、小鳥，抓回蛇來也不稀奇，居然也從未被咬傷過。公孫氏發現到慕容超雖仍難得出聲，但是眼光卻逐漸靈活了。她對段氏說：

「這小孩說不定是天賜的，讓阿超兒走回人世來。」

梁阿鴬兄妹

呼延平這群人，因而成了祁連山上的浪人，呼延平對公孫氏說：

「我找到了幾個倖存的寨子，但是他們怕我們是盜匪派來的奸細，沒人敢收留，再這樣下去，只怕還沒撞上官兵和強盜，我們就餓死了。」

一日，阿殘和阿缺出去找糧食，呼延平在高處，看見谷地的兩頭都揚起了一道煙塵，是阿殘和阿缺急奔而來。他知道有事，連忙將車隊趕到了山邊，背著山組成一個半圓備戰，阿缺先趕到，脹紅了圓臉叫道：

「東邊有一股亂匪，約有一百五十人上下，只在十里地外。」

不久阿殘也趕到：

「秦國的黑袍軍終於出現了，共四十八人，恐怕發現我們了！」

呼延平聞言變色：

「這兩批人為何都在這裡？黑袍軍行動必以百人為一單位，如果折了將近一半，一定是外出很久，或許他們曾遇上了亂匪，兩邊已有過遭遇戰。」

公孫氏道：

「或許這是老天的安排，讓這兩股人馬撞在一起，我們才有一絲生機？」

呼延平有如大夢初醒，要阿殘阿缺分頭去引兩邊人馬過來，不多時，果然谷地裡馳進一支黑色人馬，他們的陣式齊整，只聽到馬蹄而不聞人聲，組成陣勢直向車隊逼來。呼延平一箭射去，為首的黑衣人舉盾擋開，他們止住了馬，那人叫道：

「呼延平吧？快把慕容餘孽交出來！」

為首那百夫長見呼延平沒有反應，一聲令下，向車隊直衝而來，兩方都互相放箭，黑袍軍訓練有素，已然衝入車陣，女眷和小孩都爬到了半山，躲在岩石後面。獨孤拔見到戰鬥，興奮得手舞足蹈。黑袍軍個個驍勇，果然是任務不成，有死而已。

正激戰間，突然亂匪也衝入谷中，黑袍軍官掉轉馬頭叫道：

「又是這批亂匪！來得好，上次沒把你們殺盡，今天正好把你們和慕容餘孽，一次解決！」

黑袍軍立刻組成了一個二龍出水的陣勢，互為犄角，相互支援。一開始勢如破竹，但亂匪人多勢眾，如同塢堡內的豺狼般不顧死活，黑袍隊有如陷進了泥淖，眼見人數越來越少。

此時呼延平毫不猶豫，留下阿缺看守車隊，帶領阿殘和家丁們衝殺下去，與黑袍軍兩下夾殺，黑袍隊長的大刀，呼延平的長槍，都是銳不可當，將亂匪殺得喪了銳氣，終於呼嘯而去。

就在這個時候，呼延平已被兩只撓鈎給拉下馬來，家丁們也都被黑袍軍的刀給架上了脖子。其實這時黑袍軍剩下不到十人，岩石後公孫氏和段氏站了出來，叫道：

「你們要的人在這裡，不必爲難他們！」

黑袍隊長道：

「果然是慕容氏的英雌，到死還這樣威武。」

他也不忙著對付兩個女人，喚人將呼延平等人押在一處，說：

「呼延平，你救我們一命，我理應還你一次。我要的只是他們祖孫三人，你也仁至義盡了，只要你不再糾纏不清，我就放你們走。」

呼延平在心中暗罵自己，竟然這樣大意，這是任務必達的軍人，不會爲了恩惠而改變，他抬頭看到那隊長的黑袍，都是上好的皮件和鐵件打造的，但是衣角多處已經磨破。呼延平說：

「這是不可能的，今日有死而已。」

黑袍隊長露出了猶豫之色，但仍舉起了大刀，此時一支箭破空而來，眾人抬起頭，只見山頭上站滿了武裝的羌人，布好了箭陣。這時一隊人馬下得山來，爲首的兩人一男一女，男的酋長穿著深紫色的袍子，掛著深藍色的藤甲，他長得十分俊秀，但是臉上卻帶著滑稽的神色，女的也穿著一樣的藤甲。那男的指著呼延平說：

「他原本可以靜觀你和亂匪殺得兩敗俱傷，卻仗義相救。我是梁阿鴛，這附近羌堡的酋長，我佩服你們兩個人的英勇，所以請你放了他。」

黑袍隊長愀然道：

「我有王命在身，若是任務不能達成，也是有死而已。」

「如今天下已經大亂，」呼延平說：「你沒有聽說，你的天王苻堅已經死了，秦國也已亡了，還有什麼王命可奉呢？」

那自稱梁阿鴛的羌人酋長道：

「既然如此，你也不用回去覆命了，你們何不留下來，與我們一起抵禦亂匪，救助天下人，而不是自相殘殺。」

黑袍隊長的大刀一點也沒有放下，他說：

「天下大事，不是我能懂的，我只知道天王有命，赴湯蹈火，在所不辭。」

那羌人酋長說：

「你自己想死，你的部下們未必沒有妻兒家小，又何必要和你一起死？」

「養兵千日，用在一時，」黑袍隊長說：「我們黑袍軍受盡恩寵，作威作福，當初拿了人家的，該還的時候就要還，所以就算我王已死，我得的命令算是遺詔，更不可以辜負。呼延平、慕容家的，我們就一起共赴黃泉吧。」

他這些話竟說得十分安詳，羌人酋長當機立斷，用手中長矛將地上的長槍挑向呼延平，呼延平接到槍就地一滾，蕩開長槍，逼開在公孫氏等人旁邊的黑袍軍，呼延平為了保住這四個婦孺，竟將背心全讓給了黑袍隊長。

但黑袍隊長的大刀始終沒有砍下，羌人女酋長的箭已射穿了隊長的胸膛，隊長倒落在地，僅剩的黑袍軍在一陣亂箭下都血染黃沙。羌人酋長嘆口氣，朗聲道：

「這麼勇敢的戰士，大家不許剝他們的盔甲武器，全都收拾好葬在高崗上；亂匪的屍骨，就留給豺狼們啃。」

他轉向呼延平說：

「我是離這裡二十里地月高寨的酋長梁阿鴛，這是我的妹妹梁阿雁，我們的探子報告，有好幾批人在這裡出沒，我才趕來防衛，否則你們已經死在他手裡了。」

那女子梁阿雁說：

「他其實並沒想殺你，否則我未必來得及救你。」

呼延平道：

「我知道，我若不是爲了我的恩人一家，也不介意他殺了我，你說這奇怪嗎？」

梁阿鴛酋長大笑道：

「原來這祖孫四人是你恩公的家眷，你爲了義不怕死，他爲了忠不能不死，這樣的死腦筋，都是中了漢人忠孝節義的毒，但我看你們武功卓絕，通曉戰術，可以幫我捍衛山寨。」

「你這窮山惡水之地，可養活得了我們？」

梁阿鴛笑道：

「說得好，我們連自己都養不活，你們住在此，也要自己想辦法過日子，只是窩在一起，大家活命的機會大一些。」

呼延平用眼光向公孫氏請示，公孫氏道：

「呼延先生，我們如今還有選擇嗎？」

梁阿雁見到慕容超和獨孤拔兩個娃兒，十分歡喜，拿出羊奶給他們充飢，兩個娃兒在岩石上飲啜著，看著呼延平在夕陽中埋了黑袍隊長。於夕陽中，慕容超不斷地回憶那個黑袍隊長，死前疲憊而安詳的神情。

之三　三高寨（西元三八六～三八八年）

天之涯的羌人

梁阿鴛的寨子叫做月高寨，寨中的人七八成都姓梁；往山腳走十里山路，有個較大的寨子叫做日高寨，寨中的人多姓竇；往上走十里路，有個寨子叫做星高寨，那裡的人口大都姓姜。他們都是羌人，外人合稱他們為三高寨。

慕容超就在這山寨長大，雖然他自幼聽的都是鮮卑慕容氏的歷史，學的是做王公大將的本事，但是他最瞭解的其實是羌人，他最熟悉的工作是牧羊。

慕容超後來行萬里路，他常覺得，羌人總是住在最不適合人居的地方，世世代代不死不活地掙扎著，似乎只是要證明他們怎樣都可以活下來，可以從石頭裡擠得出熱奶。而他也夾在羌人之中，像是祁連山上的莠草，在石頭夾縫裡長大。

據當時人們說，祁連山是天神交戰時的血在大地上凝結而成的，記載著戰鬥時的兇殘與苦痛。慕容超覺得，山也像是相互衝擊的盔甲，連戰鬥時的嘶吼也被夾在其中，時時的趁著山風鑽出來。

又據說羌人的祖先，為上帝開天闢地，但是開了一半，發現開出的地方都讓漢人給占去了，羌人再也不肯開墾。上帝震怒，把他們打進了祁連山，並且下了詛咒，讓他們的後人永遠走不出去。

歷史上說李冰父子建的都江堰，其實就是羌人所開鑿和建築的，功勞卻記在這對漢人管理者的名下。都江堰開成了，四川成了豐衣足食的地方，漢人遷來趕走了羌人，一直趕到了這些只有山羊、犛牛、雪豹可以住的地方。

慕容超覺得這些神話唯一對的，就是羌人是個被詛咒的民族，以及羌人個個都是建築天才。他們在料峭的山崖上，那些只適合山羊攀登與山花生長的地方，砌築起了石頭的碉堡，通常是幾十戶占住一個山頭，一棟棟的石屋沿山勢而起，每棟石屋都配一座石塔，平時用來藏糧食，可以瞭望入侵者的動靜；緊急時躲進裡面防守。這些石屋與石塔建得牢固，而且淒厲得美，像是羌人與上帝最後的對抗，在天神的凝血山上，自不量力的留下他們的刮痕。

羌人愛音樂，但羌人性好孤獨，除了祭祀和慶典以外，總是獨自吹彈。孤獨的聲音在風中飄蕩，像是羌人游絲般的命運，有時吹得太過淒厲，引得山間的狼忍不住應和起來。

山村中最多的是笛子，似乎人人一支，好在放牧時度過孤獨的時間。如果笛子像羊群，二胡就像是獨行的馬，一個村子裡往往不出兩三個，因爲這種樂器十分昂貴。

慕容超幼時，最常聽的是梁阿鴦拉的二胡，他平日嘻皮笑臉，但是一到夜裡拉琴，卻有無限的蒼涼，慕容超總以爲那是匹會唱歌的馬兒，在冷風中咀嚼著粗糙的莠草，述說著牠流浪過的地方，追想著牠失去的馬群。

日高寨的一個長老，竇老瘸子，常用笛子和梁阿鴦唱和，他是日高寨最資深的長老，雖然天生一腳長一腳短，但是他的意志力超人，跑起山路、爬起樹來，都比常人還快；他又有頭腦，樂於助人，爲人排除爭端，十分受三寨人的敬重，年老時收養了個父母雙亡的啞巴孩子，這啞巴成天咿咿呀呀，但是只要竇老瘸子一吹笛，就靜下來，似乎很入神地聆聽，寨中人都常笑他，但竇老瘸子說，或許啞巴唯一聽得進去的，就是他的笛子。

總之，這三寨人對音樂抱著一種敬愛，是赤貧生活中的一項奢侈，到了夜裡，山風之間聽得到兩人的唱和，村人們就覺得是莫大的享受。

三高寨

據說三百五十年前，東漢的伏波將軍馬援攻打隴西的叛軍，殺伐甚重，這三族人口爲了避開戰禍，一起來到了這片山上。最早的一百多年，他們都住在現在日高寨的地方，同舟共濟，靠著放牧和耕種過日子。

一百年後，竇家日漸勢大，土地不敷使用，梁姜兩家只好另覓居所，才有了後來兩寨。竇家依舊牧牛牧馬，月高寨將山坡闢成了梯田，種玉米種稻子，星高寨則退在最高處，靠著打獵與種玉米度日。這三寨在亂世時能遺世獨立，艱苦地互相濟助過日子，年頭好的時候結夥下山，用農牧收成去做買賣，出外時共保生路，在家時共禦外侮。

但是到了過去這一百年，天下大亂，使得三寨生計又窄了許多。像是嚴冬中爭食的狼群，彼此間的摩擦更加惡化，收成不足會搶糧食，慶豐收時青年人爭搶愛人，逐漸淡忘了祖先的情分，最記得的是世世代代間糾纏不清的恩仇。

這三寨有個不成文的規矩，爲了怕太多近親相通，三寨間的通婚最多只能持續兩代，到了第三代就一定要到外界找對象。所以竇家人在第一代娶了梁家，第二代娶了姜家，第三代就一定要到外頭找。但三寨並不富裕，外地的女子未必肯來，不得已時，三高寨甚至將女子送出山去，在趕集時與外人媾合，懷孕回來，而且對象最好是漢人、匈奴人、小月氏人，血統越遠越好。

但是在三寨中有美女長成的時候，強者就不肯拱手讓人，竇家越來越強大，也就越發霸道，姜家則衰退最多。梁阿駑常說，他懷疑有些盜匪就是竇家引來的，每次都是盜賊退去了，竇家的救援才姍姍來遲，而且兩寨人都曾在日高寨看到他們被盜匪搶去的東西。

梁阿鴛把呼延平安置在隘口的幾棟石堡裡，他賊忑兮兮地說：

「呼延兄，你的武功這麼高，我們把你奉做鎮山的龍頭啦！」

呼延平哼了一聲道：

「是做你們的看門狗吧？這裡的屋主呢？」

梁阿鴛用手對自己的脖子劃了一下道：

「兩年前的一個晚上，盜匪潛了進來，把全家都割了喉嚨。」

這個石堡有一座兩層樓的石屋，石屋的二樓一半做成平台，是曬玉米的地方，旁邊的碉樓做得像七級寶塔一樣高。呼延平的石堡正建在一片峭壁之上，由寨外面看有如一道城牆，進村子的隘口，就由石屋下通過，呼延平帶著阿殘阿缺和剩下的六個家丁就住在這裡，其他的家丁不是戰死就是病死了。

公孫氏等四人，以及呼延平的兩個奴婢，就住在第二座石堡中，月高寨的四五十間石堡和石塔，到了夜裡映在月光中，像是荒山上的廢墟或墳塚。

慕容超常和獨孤拔躺在石堡的平台屋頂上，望著那又高又闊的夜空，星星似乎急著要逃開人間，迫不及待地向高處竄去，看得久了常常會頭暈，彷彿他們兩個也變做了星星，直飛入黑暗宇宙的深處。

梁阿雁

收成之後，村人就組隊到山下趕集，呼延平久經江湖，做保鏢做生意都在行，有了他，在路上不怕盜匪，村民們也學會了點生意之道。梁阿鴛可以留守山寨，沒有了後顧之憂，而月高寨的收成，都是他妹妹梁阿雁帶頭出去交易的。

每次趕集回來，族人們都對外出的經過津津樂道，呼延平如何躲過盜匪，如何將羊毛賣了好價錢，如何打發了地痞，如何把喝得爛醉的村人找回來；梁阿鴛覺得錯過了好事，所以宣布下次由他來帶隊，換呼延平守山寨，未料犯了眾怒，差點被給趕出了山寨。

梁阿鴛只能找呼延平聊天，詢問外面的世道，每談得高興他就吹起號角，這是山區中傳達消息的辦法，號角響了不久，梁阿雁便會提了酒菜來，每每吃喝到夜深人靜才盡興而歸。山寨中人不拘男女之防，梁阿雁也會加入他們，兩個孩子因此看熟了她，公孫氏見她這樣勤快能幹，說：

「慕容氏靠著放牧馴鹿而壯大，就連到我祖母的時候，慕容氏的貴族個個還要動手幹活，這樣才能不忘本。」

段氏道：

「娘，你說的有理。況且我看呼延先生用盡了辦法，也很難供養我們，我們也不能不做些營生。」

她們向梁阿雁學著種田，養雞養羊，編手藝，醃製食品；梁阿雁也很愛來聽公孫氏講外面的世界。其實任何人都看得出來，她希望多與呼延平見面，獨孤拔比平常小孩早熟，一雙眼睛滴溜溜地轉，什麼事都看在眼裡，時常纏上了她：

「阿雁姑，你爲什麼不和呼延大爺結婚？」

「小咬蟲，說什麼肉麻話！」她是豪爽的人，也不會不好意思：「山寨中人說，我這種人，是懸崖上的孤石投胎的，和我婚配的人，都會出事的。」

梁阿雁的母親，就是因她難產而死，她父親也在她幼時打獵受傷而死，使得月高寨失去了領袖。梁阿鴛那時才十四歲，雖然隨著他逐漸長大，慢慢再把月高寨經營起來，但實力已遠不如日高寨了。

她到了十六歲，出落得婀娜標緻，照理竇家應該出去尋親了，但當時的日高寨主竇天憐卻硬定下了親。沒想到在迎娶路上，突然馬兒發了瘋，在陡峭的山路上狂奔亂跳，竇天憐未得老天憐惜，連人帶馬跌進深谷，連屍首都找不到。

竇家的老二竇天愛在迎娶時看過她，過了幾年仍然魂牽夢縈，派人再來說親，剛剛談妥，他爬到一棵大樹上，竟然被雷打死了。誰也不知道他爲了什麼要爬上那棵樹，只是他手裡握著一大把烤焦的花，難道是要送給梁阿雁的嗎？

這樣又過了幾年，老三竇天佑又提了親，就在迎親那天，官兵到山寨中來徵召人馬打仗，一傢伙把穿得喜氣洋洋的竇天佑給拖走了。過了兩個月，有逃回來的鄉人說，他中了流箭死了。阿雁第三次守了望門寡，竇家再也不敢碰她，但是竇家聲稱梁家還欠他們一個媳婦，遲早要還的。

梁阿鴛見到連妹妹都心向呼延平，似乎這裡已不需要他了，這令他百感交集。羌人和祁連山上的天氣一樣，在天真自然之中流露著狡獪與兇險，他一面想他妹妹這個災星，或許會讓呼延平倒點楣，有些幸災樂禍，但同時又覺得，呼延平是他最有意思的朋友，又怕他眞的出事。而呼延平則對梁阿雁一直待之以禮，漸漸也把她當做自己家人。

野戰

慕容超三歲那年，氣候變化異常地大，星高寨的藥材長得特別好，山腰上的月高寨卻收成得晚，兩寨陷入苦惱，星高寨擔心要是沒有趕上大市集，這年的豐收就浪費了，幾經商議，只好由呼延平帶著星高寨人先走一趟。梁阿鴛一再說：

「你要快點趕回來，收成前，盜匪最會來搶糧食。」

但是呼延平在路上碰上戰事，延遲了歸期，果然此時盜匪出現，梁阿鴽苦守隘口，但終於有盜匪衝過了防線，他知道不能放棄隘口，否則必定滿盤皆輸，所以強忍著心頭的痛，聽著背後的老弱婦孺被殺戮強暴，拚死阻擋前方的盜匪。

梁阿雁躲在玉米叢中，見一個盜匪縱馬而來，奮力一刀劈開了那人的肚子。那人殺豬似地叫起來，引來了其他盜匪，竟見到這樣的美女，圍過來就要把他們的兇饞向她發洩。

他們把她的衣服剝了精光，梁阿雁見到的盡是貪婪的眼光和口水，突然一個強盜由馬上摔了下來，頭上被一支長箭穿透，那箭像連珠似射來，幾個褲子脫了一半的強盜，都成了箭下亡魂，原來是呼延平回來了。

兩個機警的盜匪，拖了她躲進超過人高的玉米叢中，呼延平下馬來追，未料玉米叢中衝出一匹馬，把他撞得頭破血流，原來是一個盜匪用刀猛戳馬兒，馬兒在劇痛下衝出，另一人大喜：

「兄弟，你幹得好，宰了這小子，這女子先讓給你！」

那盜匪正要殺死呼延平，竟被另一個盜匪從背後刺死，那人獰笑道：

「啐！到手的肥肉，還會讓給你？」

他拔出刀就要刺向呼延平，竟被梁阿雁咬住了手背。他痛得大叫，回手打暈了她，但一轉頭呼延平已經醒了，把長槍刺穿了他的胸膛。

呼延平見敵人已死，便又昏了過去，梁阿雁醒來後找到水壺，洗去呼延平臉上的血，呼延平昏沉中，伸出猿臂抱住了她，她的吻像是雨一樣落在他的臉上、身體上。梁阿雁後來說：

「我也有想到，我會不會也害了他？但是我又想，從竇氏兄弟到那幾個強盜，倒楣的都是打我主意的人；沒打我主意的，或許反而不會出事。」

他們啜飲著彼此的血和汗，呼延平已經十幾年沒有碰過女人，他所蓄積的情意，在生死關頭衝破了平日的距離，身體夾在玉米的葉子和梁阿雁的胴體之間，呼嘯而過的風，飄流而去的雲與鳥兒，都揉進了他的記憶。這兩人不知道的是，玉米叢中還藏了獨孤拔，目睹了這一切，總覺得他們的情愛，與他有無法分割的聯繫。

稍早，公孫氏等人都躲在玉米叢中，一名婢女驚嚇過度，站起來想逃走，被兩個盜匪給撲了下來，正要幹那勾當之時，未料一個盜匪尖叫起來，他的喉嚨被割開了一半，身後出現的竟是持了劍的公孫氏，但是她終究老了，氣力不足，雖然劃中要害，卻只殺了他半死。

公孫氏自幼學劍，她平時是尊貴的王妃，但在舞劍的時候，就截然換了一股架式，她的劍術時而如行雲流水，虎虎生風，時而步步殺機，淵渟岳峙，但終其一生，她學的劍用作練習和表演爲多，從沒有和人動過武。

她以七十餘歲的高齡教慕容超與獨孤拔的時候，還能一劍刺穿一根木樁，慕容超總覺得永遠學不到她的韻律。他常想，她的劍下亡魂，在死前能見到這樣優美的身影，也不會太痛苦吧！但此時這個盜匪只是死命的叫著和亂揮著刀。

第二個盜匪一時情急，被自己脫了一半的褲子給絆倒，這時段氏衝上來奮力一槍，她雖然瞄準心臟，但那盜匪戴了掩心鏡，槍頭撞歪，刺穿了他的肺。

這兩名女子與兩名半死的盜匪，在玉米田中進行了一場死拖活拉的打鬥，其實雙方的兵刃都沒有碰到，戰鬥到了百餘丈外，兩個盜匪才失血過度死了。公孫氏與段氏委頓在地，連哭的力氣都沒有，只見幼童慕容超，拖了一把鐮刀追過來，公孫氏奪過來扔在一旁，喘著氣對段氏說：

「你上次殺雞的時候，割了脖子卻割不死，滿院子的跑，眞是不好的兆頭，所以今天才殺不死這兩個賊。」

梁阿鴛回家時，發現他妹妹已拋棄了終身的遺憾，呼延平也毫不猶豫地告訴他：

「我要娶阿雁爲妻。」

梁阿鴛不覺嚥下了口水，其他村人，不知是親見還是想像，都把這段情愛描繪得栩栩如生，讓梁阿鴛當晚忘了拉琴，早早把老婆拉進了房裡。

就這樣，梁阿雁成了慕容超的義母，九個月後產下一個女娃，梁阿雁說：

「我要取她的名字，就叫做晴兒。」

因爲她難以忘記，那個血戰的日子是個出奇的晴天，雖已深秋，空氣卻不尋常的暖和，豔陽照得山上的紅柿子像是燃燒了起來。她向公孫氏學會了一個「晴」字，不時用柴枝在沙地上一次又一次地寫，每寫一次都讓她記起那終生難忘的一日。而獨孤拔則不再糾纏慕容超，整天守在這個女娃的身邊。

呼延平因爲娶了梁阿雁，也終於被村民們當成三高寨的一分子。這些年有多少人愛慕梁阿雁的姿色，都因爲她的剋夫命而卻步，如今看見肥肉落在呼延平口裡，都不覺又嫉又羨。有人已經在爲兒子打起呼延晴的主意了，但無論如何，呼延平帶著慕容遺孤，終於得在三高寨安定下來。

之四　慕容世家（西元三一八五年）

鮮卑與西伯利亞

「大燕國馬上得天下，但是慕容氏的祖先卻是靠著馴鹿過活的。」

即使一個嬰兒什麼也聽不懂，公孫氏與段氏卻自他嬰兒時，就對著慕容超講述大燕國的興衰起伏，因爲她們隨時可能被捕，他能聽到多少算多少，總比完全不知道自己的身世好吧。

其實，她們也是講給自己聽，提醒自己是大燕國的皇族，不是隨時可以送命的死囚；然而她們不知道的是，其實慕容超是聽得懂的，不是眞正懂這歷史世故，而是她們的表情、語氣和姿態之中，所懷藏的驕傲與遺憾。

「鮮卑人在匈奴強盛的時候，只能在大鮮卑山存活。後來匈奴亡了，他們才走出來，占據了廣大的地面，成爲北方最強大的胡人。」

「鮮卑中又有『索部鮮卑』，他們把額頭上的頭髮刮個精光，留著長辮子，拓跋部落（後來的北魏）就是這一族，漢人稱他們爲『索虜』。」

「慕容氏則是『白部鮮卑』，你娘的段氏部落、宇文部落，都是這一族。看看你娘和你就知道，這一族人多是膚色白，眼珠藍綠，頭髮黃，漢人稱他們爲『白虜』。」

「白虜的男子體格魁梧，雄武有力，女人美豔絕倫，婀娜多姿，慕容氏人尤其如此，但也因爲這樣，常變成別族獵捕的對象，男的可以做壯丁，女的捉來做小妾，連其他的胡人也把他們當成珍禽稀獸，因此培養了慕容氏卓絕孤傲的個性。慕容部落的地盤，常有駭人的標記和詭譎的陷阱，所以別族人總覺得他們陰森可怕。」

公孫氏所不知道的，鮮卑二字，應該就是「西伯利亞」（Siberia）的諧音，一直流傳到二十一世紀的今天。鮮卑人後來對中國的歷史有極大的影響，宇文氏就建立了北周，隋朝的楊堅、唐太宗李世民也都有鮮卑血統。

至於索部鮮卑人就更是枝葉繁茂了，先後創立了北魏、遼、金及清朝的滿族，都是這個體系，其中契丹人由西伯利亞大草原直通西方，成爲俄國人最早認識的中國人，由契丹（Khitan）之音轉化出Cathay，成爲十三世紀西方人眼中的中國代名詞。

慕容王朝第一代：阿干之歌

公孫氏說：

「慕容族本來在極北之地，靠著養馴鹿過活，後來因爲連年苦寒，只好向南到了大鮮卑山，一直到了一百五十多年前曹魏的時候，漢人有個遼東王反叛，曹魏大將軍司馬懿出兵討伐，派人遊說鮮卑各部爲其羽翼。慕容族見機不可失，就爲司馬懿打前鋒，慕容族人相貌奇特，驍勇善戰，敵人都說是北極冥王的鬼兵。遼東王亡後，慕容族獲賜遼東的大片土地，才有了自己的地方。」

「這時傳到你的高祖父慕容涉歸，他有兩個出色的兒子，開創了兩個慕容王國。」

「嫡生的兒子叫做慕容廆，他出生前慕容涉歸夢見祥雲罩頂，瑞雪滿山，由雪中突然出現一頭白虎，不但沒有傷他，反而繞著他走了三圈，滿山樹林都冒出綠意來。果然慕容廆自幼聰慧絕頂，雍容大度，是個做國君的材料。」

「但在慕容廆上面還有個庶出的哥哥，叫做慕容吐谷渾。慕容氏中，有些人嫌遼東『太熱』，堅持留在極北之地，過著養馴鹿的生活。慕容酋長在十五歲時，都要回北地過一年，學習養馴鹿和打獵。慕容涉歸在北地時，與一女子生下一子，就是慕容吐谷渾。但那女子寧願住在蠻荒之中，他只好每年回去探望他們。」

「吐谷渾這個名字，就是太初、原始、渾然天成的意思。他長得像是山神一般，自幼就能驅動鹿群，連最兇猛的老虎，都不敢靠近他的帳篷。長大後又有萬夫莫敵之勇，把慕容祖傳的槍法箭法脫胎換骨，演變出一套出神入化、變幻莫測的武功，人稱『鬼箭神槍』。」

「涉歸覺得這兩子都是不世出的人才，就找來巫師占卜，巫師說這兩人都有王者雄風，若能合而爲一，可以天下無敵，若是不能相容，就只能各自雄踞一方，他們的後代雖然人才輩出，但是世世代代，都會苦於兄弟相殘。」

「後來涉歸突然過世，大權被他的弟弟奪去，派人追殺慕容廆，一百個騎兵把他逼到懸崖邊上，千鈞一髮之際，吐谷渾像是一陣黑風般從天而降，他單槍匹馬，用鬼箭射死了五十個，神槍挑亡了五十個，將慕容廆由鬼門關救了出來，人人看到這一百人的死狀都不禁喪膽，在這座崖上立了一座『戰神廟』。」

「兩人組織舊部，一戰成功，將他們的叔叔斬殺。他們的叔叔叛變時，因爲力量不足，向段氏和宇文部落尋求外援，也割讓了許多土地和人口。這時候兄弟同心，不出幾年，就加倍要了回來，慕容部落比涉歸在世時還要強盛數倍。」

公孫氏講到這裡，高亢的情緒總會突然冷卻下來：

「但是好景不長，就在國勢日強之時，兩人的部屬開始爭強鬥勝，慕容廆要吐谷渾把人馬向西移動十里，『不要讓兩邊的馬兒再打架』。」

「吐谷渾聽了說：『今天爲馬兒廝打，明天就要人兒廝殺了，王弟要我走，我們就走。』」

「慕容廆的部眾說：『要走就走得遠遠的，至少要走出慕容部落現在的地盤才行。』」

「慕容廆登上高嶺，望著遠處的煙塵，正是吐谷渾的部眾，趕著牛馬遠去。他突然後悔，叫使者趕上吐谷渾說：『兄弟不能同心，必然不能成大業，還是請哥哥回來吧。』」

「吐谷渾嘆道：『兄弟之間的嫌隙都可以彌補，但是屬下不可能相安無事，只怕落得兄弟相殘，如何取決，就問我們的衣食父母馬兒吧。』」

「他找來最溫馴的一匹馬兒說：『我鞭了這匹馬兒，它要是還會回頭，我就回頭，若是不，我也再不回頭！』」

「那馬悲鳴之後絕塵而去，吐谷渾心如鐵石，率眾西去，此後慕容廆常思念他，令人寫了一首〈阿干之歌〉（慕容部落稱哥哥叫做阿干），從此兩兄弟便未再相見。」

「至於慕容吐谷渾，帶領著他的一千七百戶人家西行，先到了陰山腳下河套平原住了十年。這裡土地雖然肥美，但是四面都有人來搶，而他的族人很少，所以吐谷渾決定再向西走，到了河西又住了十年。此時中原大亂，匈奴、羌人、羯人前攻後打，使他們四面受敵。」

「慕容吐谷渾萬夫莫敵，但是對形勢的研判總是非常實際，他率眾再向西南走，一直到了青海草原，在那裡居高臨下，只要面對山下的敵人，背後又有浩瀚的青海湖和大草原，雖然高地苦寒，卻是可久居之地。」

「慕容廆所建的燕國，雖曾雄踞中原，風光一時，但是只存活了一百多年；反而是他們還能屹立不搖，而且就用他的名字『吐谷渾』做爲國名。其實，他們就在南邊這幾座大山那一邊，但是如今我們和他們，是多麼的遙遠啊！」

公孫氏不知道的是，吐谷渾王國一直到唐朝吐蕃崛起時，才終於亡國，國祚竟綿延近四百年之久。

慕容廆勵精圖治，當時他們的東邊有高句麗王國，西邊有段氏部落，西北邊有宇文部落，這三國見慕容部落越來越強，就聯軍攻打，這是慕容廆遭遇最大的危機。公孫氏是這樣說的：

「慕容廆也曾在北地生下一個兒子，此子長大亢健，勇武謀略不輸吐谷渾，是他朝中第一勇將，慕容翰。」

「古時候，據說大宛國的天馬，就是把母馬放到城外，讓天山上的野馬來交配，慕容吐谷渾和慕容翰，就都是這種不世出的天馬。」

慕容廆與慕容翰兵分兩地，互爲犄角，用合縱連橫之策，騙退段氏部落，大破宇文部落，把高句麗打得將近亡國，高句麗的許多王族都成了慕容氏的俘虜。依照游牧民族傳統，沒有永遠的敵人，而因爲當時高句麗的文化水準較高，他們便都成爲慕容王朝的文臣武將，從此慕容王國雄踞遼東，西臨河北。公孫氏是這樣說的：

「當時中原大亂，這時候慕容部落維持了遼東和河北的安定，許多漢人都遷來，慕容廆尊重漢人的智慧，聘請了漢人做自己的大臣和老師，但許多人難以排除漢夷之分。有位士大夫稱病不出，他便親身拜訪。」

「慕容廆說：『你的病不在身上，而在心裡，因為你們漢人和我們的想法不同。你們漢人養豬養牛，靠牠們吃牠們，卻覺得牠們比人低賤，我們慕容氏自古在森林裡養馴鹿，卻覺得牠們是同伴、是祖先、是我們的神靈。我們騎乘馬匹，不覺得牠比我們低賤，反而感謝牠比我們強壯。你們漢人來遼東，動不動砍樹伐木；我們在這裡千百年，除非逼不得已非用巨幹粗枝不可，絕不會去伐一棵大樹，只會撿掉在地上的枯枝來生火，還要向樹神跪謝祂的恩賜。我請你出來任官，不是要你數典忘祖，也不是要證明鮮卑人優於漢人，我只會感謝上蒼，賜下你這樣的人才，讓這一方人都過好日子。』但這位士大夫非但沒有捐棄己見，反而嚇死了。」

慕容廆靠著開明與寬容，使胡人和漢人都能安身立命，將遼東經營成亂世中的一片淨土，傳位給兒子慕容皝的時候，已經是北方一大國了。

慕容王朝第二代：馬踏渤海灣

慕容廆在位長達四十八年，待其子慕容皝即位時，已經三十七歲了，他的兄弟，慕容翰和慕容仁都是打天下的大功臣，摩擦與猜疑也就難免了。

「慕容廆死時，將王位傳給了小兒子慕容皝，因為看準了他才是帝王之材。」

公孫氏是慕容皝的妃子，她比慕容皝小了十七歲，生下了兩個皇子，哥哥是慕容超的父親慕容納，弟弟是慕容德，都算是慕容皝的幼子，她卻不怕得罪夫君，從不諱言為慕容翰抱不平：

「慕容皝最像慕容廆，文武雙全，深沉有謀略，但也是太過嚴格，對有野心的親人和臣子，固然要當機立斷，但是對吐谷渾和慕容翰這等個性寬厚的兄弟，就應該要更包容些。」

慕容皝一即位，慕容仁占住了遼東不接受命令，慕容皝屢戰屢敗，而同時，慕容翰感受到猜疑，不願兄弟鬩牆，又不甘引頸就戮，只有逃去了段氏部落。對此，慕容超的母親段氏也有形容：

「當年段氏部落曾是慕容翰的手下敗將，如今他卻要寄人籬下，這是如何的不堪。其實這時候慕容氏分裂，段氏也有機會滅掉慕容氏的，但是慕容翰都從中幫忙，既不損段氏的利益，也留住慕容氏一脈。」

慕容皝的王國，只有他爸爸在位時的一半，但他也努力經營，任用賢能，越來越成熟，公孫氏說：

「幾年之後，慕容皝觀察到，渤海連年結下厚冰，長久不化，他於是定下一條空前絕後的奇計。」

「他讓所有的人馬腳上都包住防滑的野草，用三天的時間橫渡渤海，白雪罩住了天、地、海，這一支黑壓壓的部隊，在岩石的陰影下，悄然穿過大海，突然出現在慕容仁部隊的後方，驚慌中的軍士叫道：『慕容皝騎了渤海裡的龍，從海上飛過來了！』雙方勝負立見，慕容仁戰死，慕容皝終於統一王國。」

屎尿英雄

慕容皝對段氏部落展開攻擊，獲得大勝，慕容翰又逃去了宇文部落，公孫氏說：

「他在宇文部落受到許多排擠，也都隱忍下來，隱約中，他相信終有回到祖國的一天。」

「宇文大單于對他很猜忌，他只好裝瘋賣傻，每天在街上喝得爛醉，把屎尿都拉在褲子裡，橫躺在路上睡覺，還在路邊討錢，漸漸地宇文部落對他放鬆了戒心，他整天遊山玩水，其實是把宇文部落的山川形勢、軍事部署都記在心裡。」

「而慕容皝也像慕容廆一樣思念哥哥，派人去找慕容翰，使者扮成一個貨郎，在他的小推車前放著一頂帽子，上面插著七支金黃的麥穗，從慕容翰面前叫賣過去。」

「自古以來，慕容氏的聖物一定和七有關，大單于的頭盔上，王后的皇冠上，一定有七支金飾，叫做『七刀金冠』，走起路來金光閃閃，也稱做『金步搖』，我們的開國聖物七出金刀，都是如此。有人說這是因爲當初慕容氏由七個部落合成的，但也沒有人能確定！」

她又說：

「慕容翰知道這是祖國送來的訊息，但是怕還有人在監視他，就更藉酒裝瘋，唱起〈阿干之歌〉，慕容皝知道了，說：『他唱〈阿干之歌〉，表示他也思念手足，希望回國，你們快安排，接應他逃脫。』」

「使者又回到宇文部落，慕容翰給了他一張條子要使者照辦。那時正值秋冬之際，宇文貴族按例要打獵十天，慕容翰騎著一匹瘦馬出現，成了眾人訕笑的對象，每天他只在營火前大吃大喝，有人對大單于說，慕容翰再沒有打到東西，就不能吃喝了，他假裝醉了說：『這是你們怕我勝了你們，故意給我這瘦馬，根本扛不動我這等巨漢。想當年我在長白山上打獵，一次打了三隻老虎，兩頭大熊，如果能騎單于的大白馬，打來的東西，只怕你們這夥病貓吃不了呢。』」

「大單于曾經是慕容翰的手下敗將，看他這樣潦倒窩囊，頗為滿足，更有意侮辱他，就將大白馬借了他，慕容翰又說：『你們這又有詭計，軍士見我騎了大單于的馬，以為我偷馬，又來囉哩囉唆，這麼一鬧，獵物都跑光了，還打什麼獵？』」

「大單于冷笑說：『那麼我把佩刀給你，見刀如見單于，沒有人敢阻撓你，你放心打獵，我等著吃好菜。』」

「慕容翰得了佩刀白馬就絕塵而去，等到眾人覺得不對勁，快馬追到兩國國界，只見大單于的佩刀被吊在樹枝下，慕容翰在遠處等他們，哪還有半點醉狀，高聲道：『慕容翰流離貴國七年，與諸位也算有段情義，今日我要回國，諸君不要再追，免得傷了性命。』」

「那些人正要衝上來，他又說：『諸位聽過呂布轅門射戟嗎？我要笑呂布箭法太粗糙也，大單于的刀掛在眼前，我第一箭要把掛繩射斷。』」

「他一箭追風似地，將百尺之外的繩子射斷，那刀直直的插在地上，慕容翰又說：『請再看，這刀柄上有環孔，我第二箭要射穿環孔。』」

「果然他的第二箭急如星火，噹的一聲正中環孔，那刀受到震動，搖晃得嗡嗡作響，他再說：『第三箭，會把佩刀送到諸君手上，請送回給單于，今日好聚好散，他日戰場上相見，就各憑本事了。』」

「第三箭像奔雷般，一箭把那佩刀打得像陀螺似地轉，由土中拔出直飛起來，有人伸手接住，莫不被他的神技所震懾，也想起了他當年英姿，莫不心生恐懼，只得收兵回去了。慕容翰果然為燕國開疆闢土，把宇文部落打得大敗，一直逃到北地酷寒之地。」

宇文部落直到一百多年之後才成為鮮卑拓跋氏（北魏）的部屬，再度逐鹿中原，當年所受的重創，由此可見。

「但是慕容氏的詛咒又應驗了，這時慕容氏已經是北方第一大國，慕容皝也自稱為燕王，沒有了外敵，又開始多疑起來。這時候慕容翰已近五十歲了，有一次打獵受了傷，幾天沒有上朝，慕容皝派人去問候，當然也是刺探他。」

這事發生在東晉建元二年，當時慕容超的父親慕容納十歲，慕容德八歲，公孫氏說：

「慕容翰那天傷勢稍好，見他的愛駒有些發胖，忍不住騎了一陣，未料就被人挑撥，說他又要把裝瘋賣傻的故技重施，慕容皝連說明的機會都不給他，就送去慕容廆的佩劍要他自殺，只是保證他的子孫，世世代代都是燕國的王公貴族。」

「慕容翰的兒子們都勸他再逃亡，或是號召他忠心的部隊政變，但是慕容翰嘆道：『可嘆我從來沒有二心，從沒有挾兵自重，如今就算要造反，也只是飛蛾撲火而已。我為父親立下彪炳的戰功，但是他從來沒有賜給我封地和人口，或許他知道，我會像吐谷渾一樣領眾遠去，讓燕國的勢力又削弱一次，所以寧願犧牲我，成全燕國。父親是對的，我沒有慕容皝的霸氣和勤謹，做君王或許就是要如此。』」

「就這樣，萬夫莫敵的慕容翰，就死在慕容廆的佩劍之下。」

慕容王朝第三代：兄弟皆雄豪

慕容皝只在位十四年，於五十一歲去世，他的兒子中也是英才輩出，他選中了慕容儁，慕容儁只在位十一年，於四十一歲便英年早逝，但是在他任內是燕國龍騰虎躍的時代，他的兄弟英雄輩出，包括慕容恪、慕容霸（後改名慕容垂）、慕容德。

其中慕容恪是幹練的政治家，豁然大度，處事全無私心，將各個勢力維持穩定；而慕容霸自幼最受慕容皝的喜愛，史書上說他和劉備一樣，手長過膝，器宇軒昂，身長七尺七寸半（約一八五公分），慕容皝說：

「此兒豁達好奇，終能破人家，或能成人家。」

公孫氏對這話的解釋是：

「阿六敦（慕容霸的小名）從小就與眾不同，大悲大喜，至情至性，而且文韜武略，絲竹管弦，什麼事他都有天分，個性落拓不羈，不可捉摸。所以慕容皝說，他不是可以開國，就是可以亡國，沒想到他都不是，他是個復國者。」

慕容霸並不是公孫氏所生，但是她一向對他特別看重：

「慕容皝特別喜歡他，或許是從他身上看到慕容吐谷渾和慕容翰的影子，勇猛有餘，卻存心仁厚。」

「慕容皝曾經想立慕容霸爲太子，但因爲他是庶出，遭到群臣反對才作罷，所以慕容儁在做太子時就常吃醋，等到即位後就常修理他，幸而慕容恪的斡旋和保全，他的將才仍然深得重用。」

說到這裡，連段氏也忍不住要打抱不平：

「朝中免不了馬屁精，都想盡辦法來修理阿六敦，有一次閱兵，他的馬鞍帶突然斷了，他摔掉了兩顆大門牙，這事成爲全朝的笑柄。慕容儁下令，要他改名爲慕容缺，但我們都知道，阿六敦的騎術精良，一定是有人在他的馬鞍帶動了手腳。」

公孫氏說：

「在慕容恪的維繫之下，阿六敦大破趙軍，摧毀了不可一世的趙國，燕國與晉國在河南決戰，連戰連勝，連洛陽都打了下來，東晉從此被隔絕在長江以南。」

「慕容儁因此聚兵一百五十萬，準備跨長江掃平晉國，沒想到竟然得了急病，不出一個月就一命嗚呼了，這眞是燕國的劫數啊！」

前燕王朝末日

慕容恪這時扮演了周公輔政的角色，讓慕容儁的長子慕容暐繼任王位，公孫氏是這麼說的：

「慕容暐是個沒主見的人，所幸完全信任叔叔慕容恪，讓燕國的政局延續了前朝的興旺。這時候你的父親慕容納，你的叔叔慕容德，都已經二十多歲，可憐你父親受傷後無法上馬打仗，可是慕容德又是一個慕容英雄，身長八尺二寸（約一九五公分），姿貌雄偉，博覽群書，受到兩位兄長慕容恪和慕容缺（原來的慕容霸）所重用。」

可惜連慕容恪也不長命，六年之後得病去世，奸相慕容評掌了大權，把慕容暐哄得團團轉，無所不用其極迫害慕容缺，又要他改名爲慕容垂，意指他個性懦弱，有「不舉」的意思。

這時候東晉大將桓溫大反攻，渡過長江，勢如破竹，慕容評只得再求慕容垂出馬，他和慕容德在枋頭一戰，扭轉戰局，把晉軍又打回到長江以南。

「那時候前線傳回捷報，我們是多麼驕傲啊！那些報信兵一下朝，我們馬上請他們到家中，要他們把戰況再說一遍，連續十幾天都有來報，我和你父親就是聽不膩慕容德的英勇。」

但是這場大捷後，慕容垂招來更多的猜忌，這時燕國已失去了游牧民族的生猛，貴族奢華無度，公孫氏說：

「以前的慕容氏是山中的猛虎，這時候的慕容氏像是養在籠子裡的老虎，只能爭奪扔進籠子裡的肉，哪裡還有打獵的本事？」

段氏道：

「慕容評這類貪權貪財者當道，上行下效，朝中都是貪生怕死之徒，愛慕虛榮，排斥忠良。」

慕容評幾次要置慕容垂於死地，他終於忍無可忍，帶著親信投奔秦國，這時的秦國在苻堅大帝的勵精圖治之下，實力已經凌駕燕國之上，唯一的忌諱就是慕容垂。天作孽，猶可違，自作孽，不可活，果然燕國在前秦建元六年被秦國滅亡，距離慕容恪辭世只有三年，燕國就從極盛轉爲亡國了。

公孫氏說：

「慕容評是亡國的罪人，很多慕容氏人都向苻堅請命斬了他，但苻堅竟然饒了他，我認爲這是苻堅最大的錯誤，他若是處決了慕容評，慕容氏人會對他更感激，更心服口服，但他放了慕容評，令慕容氏人覺得他只是個爛好人。」

苻堅低估了「公平」對人心的影響，受他照顧的慕容王族雖然感念他的恩德，但對慕容評的怨恨，卻讓他們暗暗希望時局有變，才有機會平反這份冤仇。

慕容納

「納王爺年輕的時候可是個勇將呢，把鬼箭神槍練得出神入化，他有一次出征，一箭射死敵人，屍體上找不到箭，原來那支箭已從前胸透過後背，插進了後面的石頭裡！還有一次，一槍刺去被對手閃過，竟然也是刺進了樹幹，他用力一拔，把偌大的樹幹撕成了兩半，敵人見了這種神力，都嚇得抱頭鼠竄。」

公孫氏這樣近乎神話的故事，在慕容超長大後，知道這中間有太多的穿鑿附會，但常常在練武時，總覺得自己很無用。

「一切都是命，這樣的奇才，竟然會在打獵時被雪崩活埋了兩個時辰，雖然撿回了一條命，卻被壓傷了脊梁，從此騎馬不能持久，再也不能行軍打仗，否則他一定會坐到高位，或許燕國也不會亡了國！」

公孫氏有很多的假如，假如慕容納沒有受傷，會如何如何，但是她還是會記起眞正的慕容納：

「他殘疾以後變得很沉默，唯有阿德（慕容德）出征歸來，他才會打開話匣子，談得意氣風發，彷彿親身參加了戰役。每當阿德走了，他常會徹夜不眠，把自己鎖在後園，不然就是帶著兩個隨從出門，十數日才悄悄的歸來。」

未竟的壯志，報廢的本事，慕容超常揣摩父親的心情。他一身磨練出來的膽識和意志，竟只能在亡國時做自保之用，最後被命運捉弄，連逃命都來不及。

慕容超後來在祁連山中迷路，遇到了雪崩，幾乎也被活埋，幸好躲到一塊凸出的岩石下。當他爬出來時，竟然在崩塌後的山石中，露出了一隻不知被冰封了多久的雪豹，牠微張的爪牙蓄勢待發，但是牠所剩的只是永久的沉默，慕容超當時覺得，那就是慕容納顯靈，才讓他逃過了一劫。

慕容超在放羊時，常想像自己可以怎樣揚眉吐氣，但每天收工時望著夕陽，他知道他唯一有的只是前朝的回憶，和一個不能吐露的身世。他的一輩子，可能都在這羌村之中，看著日出日落，與羊兒玉米們一起度過了。

第二卷　牧人之書

白蛟

說起這山寨的歷史喲，可有九百九十九年這麼長咧！乖乖個隆地冬！

我們這地面自古就不太平，我們的老祖宗，一千年前就避亂到這兒啦！這山中窮荒，卻在這山頭上有個老龍潭，四邊的山叫做老龍崖把潭抱在懷裡。老龍潭的形狀就像條龍，龍尾巴伸到老龍洞，是多麼的好風水呀！乖乖個隆地冬！

老龍潭裡的水永遠不會多，也不會少，老祖宗誠心供養老龍，老龍也疼惜他們，種得好收成，養得好牛羊呀，一代傳一代，過了三百三十三年呀！乖乖個隆地冬！

你看這山頭上的石屋和碉樓，一個個都有一千年了咧！這都是我們的老祖宗，一刀一刀琢出來，一塊一塊壘出來的呀！這石屋向橫裡伸，一層層向橫裡退，這碉樓向直裡去，一千年的山風也吹不倒它，外人來看了，都以為是一個個的山神，哪裡敢再來打主意呵！乖乖個隆地冬！

老龍見我們祖宗十世以來，都是這樣樂天知命，敬天畏神，就起了憐愛之心，答應要在老龍潭賜下龍女，給第十世嫡傳兒子做老婆，以後人神一體，百世不衰，這孩子，一生下來就是方頭大耳，氣宇不凡，一雙耳朵上兩團火，顯然是天神投的胎呀！人稱火孩兒，正好配龍女呀！同年同月同日，龍女生在老龍洞裡，老龍派了三千三百三十三隻蝙蝠做奶媽，做侍衛，這一對天造地設，等到一起長大，就要送做堆了呀！

但是人滿招忌，天上卻降下一個災星，生得一身白皙，碧眼紫髮，是條北海白蛟投的胎，這蛟龍一家，龍女漸大，竟然和這災星情投意合，可惹惱了火孩兒呀！火孩兒雖然宅心仁厚，卻禁不住這妒火中燒，竟向災星下了毒手呀！火孩兒到山下找了三十三個禿髮魔神，這白蛟和龍女雲雨之後，正在暈頭轉向，就給這夥魔神給逮住了，火孩兒這怒呀！這恨呀！讓他雙耳上的火冒了有三丈之高啊！這夥人七手八腳，把白蛟勒死了，抽了筋，剝了皮，拖到碉樓上，用他耳上的火給燒了，這燻黑的碉樓如今還在，世世代代我們只敢拜，可不敢靠近呀！乖乖個隆地冬！

這黑煙直沖上天去，白蛟的一縷亡魂也上了天庭，白蛟這痛啊！這恨啊！震動天庭，玉皇大帝讓他借一株山松，恢復了人身，回來報仇了呀！火孩兒原本志得意滿，奪了龍女正要圓房，那知道白蛟從天而降，在洞房裡殺了火孩兒，切下了他的耳朵，掛在黑碉樓上，留下兩道紅色的洗痕，像是哭出了血呀，那血痕如今也還在，乖乖個隆地冬！

但是仇一報完，白蛟的人身就沒了，只有回北海去，再修鍊個三百三十三年，才能再續前緣。這時候三千三百三十三隻蝙蝠去報告了老龍，老龍怨這山寨辜負了龍女，下令蝙蝠降禍於山寨，那三十三個禿髮魔神，可不是來做白工的呀，火孩兒答應了的財寶，這時候付不出來，魔神可要大開殺戒了呀！這兩頭燒殺，把一個老龍潭都打壞了，把我們十世安樂的祖宗們殺得可慘吶！死的死，逃的逃，流落在外，不敢回鄉，又過了三百三十三年唄！乖乖個隆地冬！

好不容易呀，才有人回到了這山寨裡，這時候白蛟也修成人身回來了，遍尋不著龍女，但是見了他的仇人後代的慘狀，也動了不忍之心，他念動真言，將思念龍女的眼淚，再造老龍潭，讓我們的祖先給住了下來。這以後我們不再叫老龍潭啦，改名叫白蛟潭了，我們走遍天涯，吃盡苦頭，再也不敢心存妄念，再也不敢心驕氣傲，每天，我們都要到那黑碉樓前，跪下磕頭，靜思昔日之錯，靠著這謙敬之心，我們在這山寨裡，又過了三百三十三年啦！乖乖個隆地冬！

但是我們害怕呀！莫非我們的劫數又到了？火孩兒也好，老龍也好，白蛟也好，我們都真心侍奉，我們犯過了錯，也衷心悔改了呀，有人說，為什麼不是我們要轉運了呢？也許龍女會回來，終於和白蛟結為連理，那我們可要福長祚遠，永世無憂了呀！乖乖個隆地冬！

之一　山寨歲月（西元三八六～三九三年）

寡言

山中生活艱困，老的小的都要全力幹活，才能勉強度日，所有三高寨的孩子，從會走路起就要幫忙營生，種玉米，看羊兒，挑水劈柴，醃食物，修房子。到了五六歲，都是箇中好手。慕容超也是一樣，而且他的手藝特別巧，打製些手工品在趕集時頗受歡迎，一埋頭就可做一整天，公孫氏私下對段氏說：

「據說劉備幼年時，靠著織蓆販履為生，後來打下了天下，閒來織一頂帽子，被諸葛亮罵了個臭死，覺得他全無志氣，這些漢人中了儒家的毒，只有讀書是正途，營生的技術都是下等人做的。」

「我慕容氏的子孫，長大前都要被放到蠻荒之地去，靠一雙手過日子，可是像阿超兒這樣專注，是不是真的只會做這個？」

「娘，如果他能這樣安穩過一輩子，說不定也沒什麼不好。」

公孫氏因而決定，要把慕容超調教成王公大將，每天都要給孩子們上課，清晨和夜裡練武，白天只要有空，就教讀書認字，教學漢字、鮮卑話。獨孤拔聰慧好學，把經書念得響亮清脆，但慕容超總是低著頭不作聲，也不知道會還是不會。

慕容超最有興趣的是音樂，每當梁阿鴛拉琴，他就可以聽上一整夜，梁阿鴛知道了，乾脆帶了琴來教他，他一學就放不下來，梁阿鴛不忍打斷，坐在一邊打盹，直到三更天，才終於被段氏把琴奪回來。

段氏知道公孫氏的焦慮，道：

「娘，老子說，大智若愚，大巧若拙，大辯若訥，說不定這就是阿超兒啊。他出生後兩年都在地牢裡，從沒出過聲音，所以好像很笨的樣子，其實是他知道出聲就有危險；他不是不動腦筋，而是什麼事都悶在心裡，像是反芻的牛羊，這就是他的個性。」

「什麼大辯若訥，直到現在，他真的只有大小便是最驚人的，小小年紀，多得像匹小馬，他到茅房一次，別人最好過半天再進去。」

禽言獸語

慕容王族身材雄壯長大，胸寬背厚如熊，四肢修長如猿，皮膚白皙，鬚髮黑中帶黃，眼珠子有如兩顆藍玉，但是面容清秀，既勇武又細膩。公孫氏說：

「慕容氏的君王勇將，都是這樣的長相，但是沒有人像阿超兒這麼標準，簡直像是太廟裡畫的慕容吐谷渾。」

寨中的孩兒會一起玩耍，獨孤拔儼然是孩子王，慕容超則總是站在一邊，公孫氏又有了一種焦慮：

「這孩子無法與人相處，這以後怎麼做將相王公，領導群倫？」

她冷眼旁觀了許久，終於說：

「這孩子會和動物說話！」

段氏狐疑道：

「你是說，他會對著羊兒自言自語？」

公孫氏道：

「不是，你沒有聽過嗎？慕容先祖在極北之地放牧馴鹿的時候，酋長也常是巫師，都會有這種本事，一聲令下，馴鹿也好，馬兒也好，乖乖地要走就走，說停就停，你不信仔細看他怎麼趕羊兒。」

段氏果然看到，慕容超只是向五隻狗兒看一眼，這些青康藏高原上的獒犬就會奔出去，他的眼睛到哪裡，就把羊兒趕到哪裡，沒有一隻落後，他溜馬時完全不用韁繩，馬兒就魚貫而行，繞著他兜圈子，說走就走，說停就停。

公孫氏睡得很淺，一天夜裡，看到慕容超坐起身來，對著屋外的森林凝望，突然躍到了屋外，公孫氏看出去，只見他對著樹林如臨大敵，而草地上五隻狗兒，已經擺出了陣勢，蓄勢待發。

她這才看到，樹林邊上有一匹野狼來回遊走，林中有一個狼群嚴陣以待，但是雙方對峙一陣之後，野狼終於隱入了樹林中，慕容超像是沒事一樣，繼續回來睡覺。公孫氏因而對段氏道：

「沒有錯，這孩子就是和古早的慕容酋長一樣，能說禽言獸語，只是酋長能治禽獸，也能治人，不知道這個孩子是不是也能如此？」

牧羊女

山寨中有個不成文的規矩，只有十歲以下的孩子，可以用自家門前的草地，超過十歲的孩子就要去山間放羊。呼延平的住處在村口，是全村最好的草地，月高寨的幼童都在此放牧，獨孤拔每天俯瞰這塊草地，覺得這是他的轄區。也會有星高寨的孩子趕羊過來，月高寨的孩子覺得他們是賊，抓到了就飽以拳腳，反之，到了山上的果子成熟時，他們嘴饞去摘果子，也遭到對方同樣的待遇。

慕容超第一次看到姜繁霜，是在他八歲時，時近傍晚，乍然發現樹林邊的草地上，一個女孩趕了二十多頭羊在吃草，她比他大兩歲，綰著一條辮子，穿著一襲袍子，一看到有人出來就打算要跑，但是慕容超只是遠遠地望著她，她也就住了腳，好奇地看著長相特別的慕容超。

她的長相也與三寨人不同，頭髮暗黃皮膚白皙，輪廓突出，慕容超見到她的袍子上有許多補丁，但是臉洗得非常乾淨，與其他拖著鼻涕的牧童相當不同。這時獨孤拔發現有人，拿了彈弓出來大叫：

「呼延大娘，有星高寨的人來偷我們的草吃。」

姜繁霜抽了幾鞭，趕著羊兒走了，梁阿雁看了看說：

「啊！難道是姜水清的女兒，從她娘死後就沒見過她，竟然這麼大了！她穿的那套衣裳，是當年她娘穿的。」

獨孤拔對慕容超興師問罪：

「你不去搶別人的草地也罷，現在連自己的草地都拱手讓人了。」

慕容超對他村狗般的領土意識全無興趣，只是問：

「姜水清是誰？」

梁阿雁見他竟會有問題，便慢慢說給他聽：

「姜水清是月高寨主，我們在少年時期曾是好朋友，那些年女娃兒特別少，竇家早早便開始搶媳婦，所以姜水清年輕的時候，就決心不娶三寨內的女子為妻。」

「他在趕集的時候，看到了一位女子，兩人結下了愛意，但她是小月氏人，與羌人素不融洽，而且河谷內的生活比我們好得多，因此她的家人十分討厭他。」

平常三拳打不出個屁來的慕容超，竟毫不放棄地問：

「什麼是小月氏人？」

梁阿雁道：

「小月氏人就是小月氏人，對了，他們也是皮膚白，黃頭髮，輪廓突出，個子大。」

獨孤拔問：

「個子大爲什麼叫小月氏人？那大月氏人都是巨人了？」

這時呼延平補充道：

「自古以來，河西平原本來是月氏人的地盤，到了六百年前，匈奴出了個冒頓單于，大破月氏，把月氏王的腦袋砍了下來，挖空了盛酒喝。月氏人被趕出了幾千里路，越過了蔥嶺，直逃到天竺北方去了（今阿富汗），這批人叫做大月氏，留下來的，就稱做小月氏人。」

梁阿雁聽得入神，充滿了對夫君的歆羨。又是慕容超道：

「姜水清娶到了這名女子了嗎？」

「姜水清的老爹去提親，卻被趕了出來，他氣得不准姜水清再去趕集，以爲會斷了他的念頭，但是河谷中發了熱病，死了不少人，姜水清不顧一切，就趕到了女子所住的村子。」

「那女子也發了高熱，她的家人深怕也被傳染，就任由姜水清在村外搭了個棚子，將她帶去日夜不眠的照料，奇蹟似地，那女子竟然好了，村人都說熱病是有鬼作祟，但是姜水清的誠意感動了鬼，所以放了女子回來。」

「這時候她的家人也只好讓姜水清將她帶走了。第二年生下姜繁霜，那時候姜水清接任了寨主，意氣風發，又遇上太平的幾年，收成也好，一下子星高寨好像又興旺了，那女子由家中帶來一種叫琵琶的樂器，彈起來可好聽啦！她的手像是輪子一樣轉得很快，聲音像是溪澗裡的水聲似地，三寨中無人不愛呵！」

公孫氏聽到了，問道：

「這種窮鄉僻壤，竟然有人彈琵琶？這是西域傳來的樂器，以前在燕京龍城宮中演奏，也是件大事呢！」

「是啊！那時候我們看這女子，也像是下凡的仙女似地。但是她身體一直沒好，姜水清常上山採藥，或是下山去買，拖了三、四年吧？這女子終於過世了。」

「他自此就變得更孤僻古怪，整天喝著玉米酒，加上世道不寧，星高寨更加衰弱，算一算，我也有五、六年沒看到他了，看來他的家計，竟是靠這個女娃兒了。」

慕容超道：

「她爲什麼名叫姜繁霜？是因爲她出生的時候結了霜嗎？」

獨孤拔道：

「這還用問嗎？不就和晴兒一樣？」

梁阿雁道：

「那一陣子也是奇怪，不下雪，卻滿山都是霜，像個水晶世界。看這孩子，也是長得玉潔冰清，皮膚像羊奶似地，簡直和她娘長得一個模子。」

獨孤拔道：

「不管像羊奶還是像豬奶，都不能來吃我們的草！」

「有她這種老爹，也難爲這沒娘的孩子了，這塊草地綽綽有餘，你不要趕她吧。」

「沒娘的孩子可憐？我還是沒爹沒娘的孩子咧，爲什麼要讓她？」

梁阿雁一把揪住他的耳朵道：

「你呼延老爹和大娘養你這麼多年，哪裡虧欠你了？你算沒爹沒娘？那就出去自己過日子吧！」

在獨孤拔的慘叫聲中，慕容超從窗洞望出去，天色已黑，姜繁霜早已走了，但他不禁擔心起來，這山中狼群時常出沒，若是她遇上了不就麻煩了？

平時孩子練字是由梁阿雁用木板做了盛沙盤，讓他們用木枝子在上面習字。有次晴兒拉斷了枝子，慕容超出去再做一枝，一推開門，竟看見姜繁霜，驚慌地向山上飛奔而去。他看到地上也寫著幾個字，獨孤拔出來，對梁阿雁叫道：

「星高寨的那個女娃上次來偷草，這會兒來偷字了。」

段氏聽了說：

「不要趕她，讓她一道進來學。」

梁阿雁說：

「那孩子像是兔子一樣，平常人近不得，以後不要叫破了她就好。」

這以後獨孤拔上課更不能專心，換來了幾頓好打。梁阿雁在窗檯上放條玉米，她也終於吃了，段氏要大家背書時，她竟站到窗口來聽了。到得冬天，她不見了一陣子，一天牆外有吸鼻涕的聲音，獨孤拔像是聽到了兔子的狗，但被梁阿雁給喝住，梁阿雁拿了碗熱玉米粥打開門，把她帶了進來，獨孤拔教訓她說：

「你怎麼這麼久沒來？你落了這麼多課，怎麼還趕得上？」

她喝著玉米粥，爲自己流不住的鼻涕而臉紅，慕容超這才看清她的長相，一雙圓眼在眼角吊起，圓潤的臉蛋，尖尖的下巴，雖然成天風吹雨淋，皮膚卻是白皙細緻，她的右眼下有一點痣，讓人覺得她方才哭過，使她的表情有如山上的雲一般飄幻莫測。慕容超覺得，她一點也不像是沒有腦袋、只會嚼草的羊兒，而像是在山間輕盈靈動、稍縱即逝的鹿兒。

馬

馬在這高山上極難飼養，是珍貴的牲口，慕容超打理馬兒可是無微不至，到了他們九歲那年，呼延平又去趕集回來，村中孩子們雀躍不已，圍著隊伍來回奔跑，慕容超見阿殘牽著一匹小馬，問道：

「這是給誰騎的？」

「廢話！不是給你是給誰？」

那是一匹粟色小馬，金黃色的鬃毛和尾巴在陽光下發亮，慕容超輕輕地撫摸著牠，公孫氏仰天說：

「慕容祖魂啊，保佑這匹寶駒帶著超兒，雲遊四海，開疆闢土。」

獨孤拔卻不聲不響，跑到二樓的晒台上去坐著。慕容超道：

「阿拔，快下來，我們一起騎一騎。」

獨孤拔似乎沒有聽到。這時呼延平來了，也牽著一匹黑色小馬，梁阿雁道：

「小兔崽子，你快下來吧，會忘了你嗎？」

獨孤拔才喜出望外，一躍而下，抱住了黑馬。梁阿雁說：

「這是你們老爹們用了整年賺的錢，買給你們的駿馬呀。」

阿缺回來，見兩個孩子已騎了馬在草地奔馳，道：

「笑話！搞錯了吧，不是說黑馬要給阿超，棕馬要給阿拔的嗎？」

呼延平望著兩人微笑：

「對呀！慕容納慕容德，當初都是騎黑馬的呀，所以才這麼說過。但反正都一樣吧！」

他們在山間馳騁，一個急彎，赫然發現姜繁霜正趕著羊兒過來，他們兩人同時大喝一聲，將馬兒拉得躍起，由她的頭上躍了過去，她本能的抱住了羊兒，慕容超掉轉馬頭，她摸著馬兒，慕容超問：

「你要騎嗎？」

她上了馬，彎了幾彎，剎那間不見了蹤影，獨孤拔一臉的擔心，過了一陣子她才回來，她的雙頰分外紅潤，像是兩輪下山的太陽，她等到氣息平靜下來，問了慕容超一句話：

「原來你不是啞巴？」

武功

呼延平自他們幼時就開始教基本功夫，到了八歲開始教授武藝，呼延平除了家傳的匈奴武功，又得到慕容納傳授的戰術，以及慕容氏祖傳的「鬼箭神槍」。

「鬼箭神槍最大的訣竅，在於一個『韌』字，就是能把體內的氣力源源不絕的用出來，所以力中有力，力後有力，那箭射出去就不斷地旋轉，甚至會轉向，那槍刺出去，也是後勁綿密，讓人防不勝防。」

公孫氏和段氏自幼耳濡目染，也在一旁做助教，從此慕容超與獨孤拔練武，姜繁霜會在一旁照顧羊兒，獨孤拔練武不忘吹牛：

「就我這起槍之勢，不是就勝你兩倍？」

平常慕容超對他的饒舌都默然以對，此時竟回嘴：

「我這一槍的力氣，只怕有你三倍！」

「我這一槍之準，是你的四倍！」

慕容超道：

「我這一槍又快又準又狠，豈不是你的十倍？」

「你會不會算數？四後面是五呀！怎麼就跳到十了？」

獨孤拔覺得自已被騙了，又說：

「我的槍法變化無窮，怕是你的二十倍以上！」

「我才是你的一百倍！」

獨孤拔大吃一驚，竟然連續被這呆子陰了兩次，怒道：

「我這姿勢之好看，是你的一千倍！」

他兩人千萬億兆的不斷加上去，段氏道：

「這兩個傢伙武功不練，倒練起算術來了！」

公孫氏道：

「看來阿超什麼事都開不了竅，只有在這女娃兒前爭風吃醋，倒是當仁不讓！」

樂

慕容超與獨孤拔動手，做了胡琴和笛子的簡易版本。有天姜繁霜帶了個不知塵封了多久的琵琶來，琴弦和手柄已斷，但是不久就被慕容超修好，獨孤拔問：

「這東西看起來難玩得很呢！你不會，修好了又有什麼用？」

「我幼時看過媽媽彈。」

「那時候你才三歲，怎麼學得會？」

但他們不出幾個月也玩得有模有樣。某天祭祀時，梁阿鴛聽到三人彈奏，道：

「你們無師自通，能練到這樣也算不錯了，但要知道什麼是羌村之音，還得我和阿雁妹來露一手，讓你們學學。」

兩人歌聲嘹亮悠長，眾人聽了都叫好。公孫氏心情特別好，告訴他們：

「大家興致這樣高，我們也唱唱，讓阿超兒知道，什麼是慕容音律。」

兩人一聲高唱，有若一隻燕兒直沖天際，她們唱的古曲，是慕容氏在森林裡養馴鹿時的牧歌，曲調悠遠神祕，有若流水和山風，源源不絕，高低迴盪。

她們接著唱起草原的牧歌，這時慕容氏已經南下，曲調開闊宏亮，唱聲也像是變成了年輕人相互喜悅的山歌，時而剛健，時而俏皮。

繼而是王宮內的歌曲，曲調豐富而綿密，有若春天的百花繽紛。繼而她們又一轉調，公孫氏高聲道：

「這是西域傳來的音調，當時可是風靡天下呀！」

果然那曲調濃豔嫵媚，變化無窮。慕容超看到公孫氏竟然時而有少女的明媚，少婦的多情，又時而有老人的蒼涼。那曲調突轉，有如萬馬奔騰，露出可怕的殺氣。段氏補充道：

「西方有大神巨鬼，爭戰不止！」

直到兩人的聲調越走越高，砰地一聲，戛然而止，眾人耳邊餘音不絕，也聽到山中的萬物寂然，大夥都聽了個盡興，這時姜繁霜突然驚叫道：

「這麼晚了，狼兒已經出洞了，我如何回去呢？」

梁阿雁道：

「反正你回不回去，你爹也從來不知道，今日這樣高興，當然要吃個大飽。」

呼延平道：

「要不等吃飽了，我們舉著火把，送你和羊兒回去。」

梁阿雁斥道：

「你以爲你是有三隻眼睛的二郎神，還是八臂哪吒？這些狼多狡猾！偷走一隻小羊，就是她家一個月的肉食，小霜兒可擔待不起，急什麼？明天一早再走！要是姜水清眞的來找她，我還要臭罵他一頓呢！」

次日一早天還沒亮，姜繁霜就起身要走，梁阿雁道：

「我給你喝碗熱湯，吃張餅，天亮了再走。」

姜繁霜去餵羊，天地冰冷，卻發現慕容超已經在餵了。梁阿雁端出兩碗滾燙的熱湯，泡著餅給兩人，他們蹲在簷下正吃著，不知從何處冒出一條鞭子，刷地一聲打在她的後腦，在她後頸上留下一道深深的血痕。她的湯碗落在地上，那鞭子還要落下，但那人見到湯碗，卻連忙去撿了起來，稀里糊塗地把剩下的湯與餅給吃了。慕容超見那人蓬頭垢面，衣衫不整，眉宇間一股陰鬱之氣，必是姜水清無疑，他吃完了，又是一鞭抽在她腿上，罵道：

「你想要跑了？我不如把你賣了，換點酒錢回來！」

慕容超拔出腰間匕首就要撲上去，但此時姜水清就地一滾，原來梁阿雁拿了一支掃帚，如風似雨地打在他身上，他叫道：

「梁阿雁，你這個剋夫命的，發什麼瘋？」

「姜水清，你才是個剋死老婆的災星，這麼漂亮的閨女，你想把她打死嗎？」

「我自己的女兒，你管得著嗎？」

「你這樣還能做老子？我偏要管！」

這時房內的人都出來勸開兩人，呼延平找梁阿鴛來陪話：

「姜寨主，你摸黑出來找這娃兒，不也是天下父母心嗎？昨晚是我不好，因爲祭祀，留這娃兒下來吃一頓，沒想到錯過了時辰，我向你賠罪。」

姜水清臉色漸漸鬆了，加上抵不住酒香誘惑，連喝了幾杯，突然道：

「阿雁怎麼還是像小時候一樣火爆？剛才還有個野小子拔刀想殺我，那是誰？」

眾人又是一陣好勸，慕容超第一次體會到殺人的意念，姜繁霜似乎也想到了同樣的事，用畏懼卻又感謝的眼光看著他。

竇鐵槌

慕容超將近十歲，已要到山間去放牧，他們總是在一大早就出發，像其他牧童一樣，希望不要碰到日高寨主竇天寶的兒子竇鐵槌。他比慕容超大三歲，仗了父親的聲勢，每日嘯聚了十幾個孩子滿山亂走，遇到了別的牧童就免不了一頓拳腳，逼著他們磕頭學狗叫脫褲子，極盡羞辱之能事，甚至把羊兒趕散了，常要勞動大人花半天工夫才能找回來。牧童們遠遠聽到他們，都像是躲瘟疫似地逃開。

他個子比一般孩子都大，尤其是一個大頭，果眞像是個鐵槌。他把前額和頭頂剃光，留了根大辮子在後面，原來當時的祁連山區，時常有禿髮部落出沒，竇天寶十分巴結他們，自以爲有外援相挺，更可以在山中稱霸，竇鐵槌因此覺得，禿髮部落的髮型是權威的象徵，配在自己的大頭上更是適合，他還學著用一顆偌大的紅寶石做耳環，連日高寨的長老都嘆道：

「看來這孩子想做鮮卑人！只怕也變得一樣的兇狠。」

這禿髮部隊正是所謂的「索部鮮卑」的一支，驍勇善戰，本來居於塞北，在三國時代遷到河西一帶，在苻堅敗亡之後乘亂崛起，占了青海東部、甘肅南部一帶，又不斷地擴張地盤，甚至到了這山區來了。

爲了避開竇鐵槌，慕容超等三人越走越遠，逐漸接近老龍潭，這是三寨人的聖地和禁地，只有祭神的時候才能到此。老龍潭是個高山湖，也是三寨人共同的水源，若是遭到汙染就斷了生路，所以祖先們早就約定，平時絕不可到這裡來。

也因此在村民間逐漸形成了神話，說老龍潭有三條龍，靠近的人就會被牠們給吃進肚裡，第一條龍就是潭水，又長又深，永遠不會滿也永遠不會缺，龍身一半在山洞外，一半伸進山洞裡。第二條龍就是老龍崖，這崖是塊巨石，在高處有一塊巨石突起，像是一隻盤身昂頭的龍，每年的祭日，也只有三寨的長老可以爬到老龍崖頂，只有寨主，才能越過崖頂，下到老龍潭邊去。第三條龍是老龍樹，這是崖上唯一的樹，也不知在何年何月植的，竟在岩石上找到落根之處，幾百年來枝開葉盛，在山風下長得寬度比高度大，乍看又是一條龍。

慕容超以爲到了這裡總是安全了，但山寨中的孩子都是追蹤獵物的高手，一陣子之後，他們還是被竇鐵槌跟上了。那天三人正彈奏得過癮，狗兒們突然一陣狂吠，林中闖出十來個人，用棍棒和繩索就將他們放倒在地。

「我們已經跟了你們好幾天了，沒想到你們眞有天大的膽子，敢到這聖地來撒野。」

竇鐵槌橫眉豎目道：

「你就是姜家的閨女？你難道不知道你是我的媳婦？怎麼和這個雜種鬼混？」

他抓住慕容超的頭髮，對著他的跟班們說：

「這片天地就是日高寨的，姓姜的姓梁的，都是伺候我們的奴才，外來的雜種，都是來消耗糧食的，你們說該怎麼辦？」

「狠狠的揍他！」

「敢碰我們的閨女，閹了他，跟閹了羊一樣。」

竇鐵槌聽了大樂：

「好主意，我們就在這老龍崖上閹了這小子，也當做祭神，把我媳婦也拖上來，讓她對這野小子死了心。」

六個膽大的少年七手八腳，把三人拉到崖頂，竇鐵槌見到了老龍潭，一時間也是目眩神搖，好不容易才想起來叫道：

「先做了這小子再說！」

兩個人將他從後面抓住，兩個人拉住腿，竇鐵椪拔出短刀，說：

「據說這種野人，雞雞都是小得可憐，小姑娘看好了，我們日高寨才有眞的男人。」

未料姜繁霜竟然一口咬住了他的耳朵，他痛得哇哇大叫，照著姜繁霜的頭上揍了兩拳，她頓時暈了過去，他抓住她的頭髮，舉起短刀就要刺下去，她的脖子雪白，這時像是待宰的羔羊，使他又怕又興奮，獨孤拔破口大罵：

「你們才是沒雞雞的東西！有膽先來殺我！阿超你別再發呆，快拚命啊！」

這時的慕容超兩眼發直，那些惡棍見了哈哈大笑：

「你看這雜種，已經被嚇傻了！」

竇鐵椪摸著耳朵上的血，道：

「這騷貨已經迷上這雜種了，不要急，我先宰了騷貨，再宰了雜種，最後再來收拾這個嘴裡不乾淨的雜碎！」

他正要動手，慕容超突然將抓住他的兩人撞開，一個橫飛，竇鐵椪要刺向姜繁霜的短刀竟插上了慕容超背上！此時突然竄上幾個黑影，惡棍們一陣慘叫，原來是幾隻狗兒衝了上來，把惡棍們撲倒在地，一時間人狗打成一團，竇鐵椪大叫：

「我們自家的狗怎麼瘋了？下面的人快來幫忙啊！」

這一群人和狗糾結成一團，一起滾落老龍潭，那幾人嚇得大叫：

「我死了，我死了，老龍要吃掉我的。」

慕容超見那泓潭水，就像一塊無痕的碧玉，三面都是巨岩，另一邊的巨岩有個龐然的山洞，潭水一直迤邐伸展進去，這時原來不敢上崖頂的幾個惡棍，終於壯著膽子爬上來，竇鐵槌對他們氣急敗壞的叫道：

「快下來殺了他們，救我們上去。」

但此時老龍潭的巨洞之中，突然發出轟轟之聲，動地而來，諸惡棍都面如死灰：

「是老龍，我們死定了。」

獨孤拔厲聲笑道：

「你們這群沒卵蛋的閹貨，剛才不是天不怕地不怕嗎？」

竇鐵槌雖心中恐懼，但他是個悍勇的人，便拾了刀來追，三人只有往洞裡奔去，那洞口雖大，有一、二十人之高之闊，足以讓潭碧水蜿蜒入洞，但是那洞身一過洞口就打了個彎，使得裡面的光線大減，入洞不遠就已漆黑一片，洞裡隱隱聽得淙淙的水聲，洞中的岩石崢嶸嶙峋，一股懾人的低音動地而來，獨孤拔道：

「這是什麼聲音？難道這裡眞有老龍？」

慕容超驚道：

「趴下！」

原來他看到那洞頂上有千百個黑點，突然間幻化開來，吱吱亂叫，鋪天蓋地地撲來，像是地獄裡放出的無數惡鬼，慕容超連忙將袍子脫下罩住兩人，擋住雨點般的攻擊，獨孤拔叫道：

「是蝙蝠！難道牠們都是老龍的護衛？」

蝙蝠們吱喳怒叫，好不容易才飛出洞去，輪到外面的惡棍們陣陣慘叫，姜繁霜道：

「讓我看你的傷。」

姜繁霜看到他背上的血，不覺驚叫。他們平日都有爲牲口急救的本事，此時撕下布來爲他紮緊傷口，獨孤拔道：

「這樣止不了血，得趕快離開這裡，可是他們如果還在外面，我們也衝不出去！」

慕容超道：

「不要緊的，他們已經走遠了。」

姜繁霜道：

「你怎麼知道？剛才他們自己的狗，爲什麼發了瘋一樣咬他們？」

獨孤拔道：

「原來你也是個呆子！和他混了這麼久，還不知道他會說禽言獸語？剛才就是他指揮了竇家的狗兒咬他們，現在他也可以感應到，牠們已經走遠了。」

「羊兒？羊兒！我們的羊兒都不見了，怎麼辦？」

「眞他奶奶的，阿超已經是個木頭，你怎麼也這樣呆？爲什麼不是我們的狗兒來攻擊竇家的惡棍？因爲牠們早就趕著羊兒走了。」

他們出得洞來，果然已不見竇鐵槌等人，兩人夾著慕容超趕回月高寨，趕路間，只見呼延平與阿殘趕來，道：

「我們看只有狗兒趕了羊回來，就趕緊來了，幸好這些狗有靈性，否則如何找得到你們？方才在路上，看到兩個日高寨的孩子渾身是血，躺在路邊，已經讓阿缺背他們回去了，你們是和竇鐵槌他們衝突了？」

阿殘揹著慕容超快步奔下山去，慕容超的意識逐漸恍惚，呼延平不斷地叫醒他：

「不要睡著，你是慕容好漢，一定撐得過去。」

夜鬥

慕容超醒來時，聽到外面有火光的熊熊之聲，到門邊一看，呼延平和梁阿鴛全副武裝，站在碉堡的平台上，下面是竇天寶叫道：

「快把那雜種交出來，否則今天夷平了月高寨。」

梁阿鴛道：

「你好不講理，是你家的孩子刺了人家一刀，打了姜家的姑娘，又是你自家的狗咬了你兒子，怎麼反而來興師問罪？」

「都是因爲那個小雜種犯了天條，闖進老龍的聖地，惹得老龍爺發怒了，害得我家鐵槌中了惡咒，昏迷不醒，還有兩個孩兒被老龍噴了毒氣，陷在山上還找不到，你快把那小雜種交出來，我拿去祭了老龍，換回我的孩兒來。」

日高寨來了六七十人，個個武裝執著火把，梁阿鴛說：

「我們的孩子也掉進了老龍潭，爲什麼獨有你們三個孩兒有事？可見老龍爺知道是誰的錯，就懲罰誰。」

「就是你引狼入室，現在又妖言惑眾，你再不交出來，我只有把你一起當做敵人，你不怕把月高寨弄得玉石俱焚？」

梁阿鴛哈哈大笑道：

「我們三族到此不過三四百年，老龍爺卻已經在這裡千萬年了，我們這些凡人都是一樣的初來乍到，只要不仁不義，都要受到天譴，你說來說去，就是這三高寨都該是你賓家的，你小心眞的觸犯了老龍爺，恐怕日高寨才要玉石俱焚。」

「看來你是非要我們動手了。」

他的手一招，一波箭射上碉堡來，梁阿鴛叫道：

「竇天寶，看在十幾代的情誼上，我讓你這一波箭，再下來我可要不客氣了。」

這時，竇家部眾的後方，竟聽到梁阿雁的叫聲：

「要想你的鐵槌孩兒活命，就快讓條路出來。」

眾人只見梁阿雁身後是阿殘和阿缺，夾著昏睡的竇鐵槌過來，竇天寶急道：

「你們竟敢到我家綁走我的孩兒！照祖宗約定，這是什麼樣的罪？」

梁阿雁道：

「祖宗約定早被你竇家敗壞光了，廢話少說，否則你就落得個斷頭鐵槌。」

原來稍早時，梁阿雁見竇天寶帶人來興師問罪，心生一計，和阿殘阿缺由小路潛往日高寨，看到竇鐵槌昏迷不醒，便把他劫了回來。此時公孫氏帶了兩個日高寨的孩子，由碉樓中出來，梁阿雁道：

「我們帶你的鐵槌來，是爲了要救治他，你們看這兩個孩兒不是好了嗎？」

那兩個孩子見家人在下面，叫他們下去，竟說：

「不急不急，剛才老大娘給我們吃饅頭玉米粥，好吃極了，老大娘說還可以再吃。」

竇天寶怒道：

「那個老巫婆要把我鐵槌兒怎麼樣？」

那兩個孩子叫道：

「老大娘給我們聞好香的藥材，給我們捶背，我們就醒了。」

「滾你娘的！她是給你施了魔咒，你們果然就認賊作父。」

呼延平的家人抬了玉米粥和饅頭出去，日高寨人都放下了傢伙，一面吃東西，一面聽兩個孩子說明事情經過，越聽越知道，都是竇鐵槌的錯。

竇天寶進了月高寨，仍不放下手中兵器，公孫氏熬了一罐藥，餵給竇鐵槌喝了，接著她繞著竇鐵槌，在他身上不同的部位拍打，一炷香將點完之時，她跳起身來向他的天靈蓋一掌擊下，雙手往太陽穴一拍，嚇得竇天寶大叫一聲。竇鐵槌悠悠醒來，竇天寶衝上前抱住他，他竟然說：

「爹爹，你好吵呀，差點害我回不來了。」

竇天寶一條惡漢，這時竟然流下眼淚來，說：

「眞是天可憐見，謝謝老龍爺。」

公孫氏已經大汗淋漓，梁阿駕說：

「天寶兄，這次也是不幸中的大幸，沒有什麼大損傷，以後我們還是三寨同命，不要因此傷了和氣。」

竇天寶怒目相向道：

「你們縱容孩子闖入聖地，又到我家綁架孩子，我慢慢找你們算這筆帳。」

說著就抱起竇鐵槌走了，外面的人見沒事了，都不禁歡聲雷動，但是卻反被他一陣斥責，

忽然聽到「哐」地一聲，丫頭進來說：

「他把我們的鍋子打破了。」

之二 金刀之夜（西元三九三年）

定親

老龍潭事件後，三寨人都十分謹愼，避免再有衝突，牧羊的孩子都成群而行，還常要大人陪同，減少了山寨的生產力，三寨人也才領悟到，當年祖先們設下的規矩，都是爲了和平共處。日高寨的長老們對竇天寶勸告多回，他頗不以爲然，說：

「以我們竇家的實力，加上我和禿髮部落的關係，就算掃除了這兩寨又有何難？」

長老們說：

「老祖宗立下的規矩是有道理的，若少了他們兩寨，就非得找外人婚配不可，少年人去了就不會回來，又要捲入無邊的是非了。」

竇天寶像猴子般，一見機會就往上爬，道：

「這次既然是孩子們的衝突，也就讓孩子們來化解，我鐵槌兒差點傷了姜家姑娘，不如就讓他倆定個親，化解兩寨恩怨，月高寨那裡，再來想辦法。」

幾個長老愣了一愣，他又說：

「上次去星高寨興師問罪過，推擠中誤打了姜水清兩拳，去提親有些尷尬，不如由長老對長老，星高寨的長老同意了，我再擔酒宰羊，去向他下定禮。」

幾個長老明明是來譴責他的，結果還要替他奔走，看了許多臉色，但星高寨也希望兩寨修好，姜水清沉湎在杯中物裡，經不住別人不斷勸說，這樁婚事終於談成了，梁阿雁聽了甚爲焦急，說：

「這麼好的姑娘，一定會被竇鐵槌折磨死，況且阿超兒對她情有獨鍾，他又是個想不開的人！」

梁阿鴛道：

「小孩子過一陣子不就忘了？況且我們現在出面，一定只會造成衝突而已。」

呼延平聽了說：

「目前確實很難介入，但要這孩子忘掉，也是不可能的。」

就這樣，慕容超在養傷期間，每天爬到碉樓頂眺望星高寨，他知道以後更見不到姜繁霜了。公孫氏等人看著他發急，一天，公孫氏由假寐中乍然張開眼睛，道：

「阿超十歲生日就要到了，是尋找他元神的時候了。」

元神

公孫氏說：

「超兒你要聽好，我們鮮卑慕容氏，千百年來住在極北的雪鄉，酋長的孩兒們到了十歲生日，都要沐浴薰香，在巫師作法以後獨自在森林裡過一夜，那天晚上，他會發現自己的元神是什麼。」

「什麼是元神？」

「鮮卑慕容氏是森林的子民，相信樹木花草、山岩、白雪都有靈性，這些生靈會飄浮易位，時而是吃羊的虎，時而是被虎吃的羊，時而是吃草的羊，時而是羊吃的草，時而是人，時而是鬼，這樣才能瞭解生命的神聖和卑微。但是每個生命，不管他現在是什麼，都有一個元神是他的本尊，會影響他的個性和命運，知道了元神，就更知道如何自處。」

獨孤拔聽得十分興奮，說：

「老大娘，聽你這樣說，阿超兒過去這十年，活得就像是蒙著眼罩拉車的騾子，把車子拉到懸崖邊上都不知道。」

公孫氏愀然笑道：

「就算知道了，有時候也未必能自拔，因爲這就是本命，只可以稍微修正，不可能徹底改變。」

獨孤拔連珠似地問道：

「這元神只有慕容氏有嗎？要是元神不體面呢？能不能再來一次？」

這話被梁阿雁啐道：

「你不用試，就知道是條吠個不停的狗！這種事幹一次就夠耗神了，你以爲是表演雜耍？一次要不成再要一次？」

公孫氏道：

「別族鮮卑人也有，但通常開化久了，就失傳了。我也是幼時隨著長輩到北地，向巫師們學到了一些，以前阿超兒的爸爸和叔叔尋找元神，我也都參加過，但是我終究不是巫師，尤其是這祁連高原之地，與長白山上的藥材相差甚多，也不知道能不能成功。」

獨孤拔又問：

「那他們都是什麼？是龍，是虎，還是豹？」

公孫氏正色道：

「大燕的開國君王慕容廆，是一隻虎，所以能在長白山下建國；慕容吐谷渾是一頭熊，虎熊互不相讓，只能分庭抗禮，所以他只能帶著部族跋涉千里，別樹一國。」

「第二任國君慕容皝是一隻麒麟，身可飛天，所以能飛越渤海灣，打敗哥哥慕容仁；慕容翰是匹千里馬，爲大燕國闖出橫跨遼東和河北的大好江山，但是麒麟終究壓過千里馬，慕容翰被逼自殺。」

「第三任國君慕容儁是一隻鳳鳥，所以能讓大燕國意氣風發，傲視北國；可惜他的弟弟慕容垂是一隻鷹，鳳鷹不能相容，所以慕容垂被逼得進退維谷。」

「到了第四任國君慕容暐，據說也是隻鳥類，拍馬屁的都說也是鳳，但許多巫師說是隻雁，所以才會亡國流離，勞雁分飛。誤國的奸臣慕容評也自稱是鳳，但大家都說，他必是隻賤禽，推估八成是隻鴇。」

「你的父親慕容納，是頭雪豹，所以他的命運孤寒；你的叔叔慕容德，是頭駱駝，看來他行走天下，任重道遠，果然是頭千里明駝。」

「可是他們看不到自己，又怎麼知道自己變成了什麼呢？」獨孤拔問。

公孫氏道：

「除了自己的感覺以外，巫師都會在旁邊觀察，看他們的舉止動作用來解夢。但也有不是動物的，像是太祖爺慕容涉歸，他的夢境是全然不動，眼見春去秋來，萬物生老病死，循環不息，這夢境始終沒有解開。後代的巫師解釋，他應是座孕育萬物的山，也才能養出慕容廆和吐谷渾兩個國君。」

自此，公孫氏和段氏便忙碌而焦慮，時時討論到深夜。公孫氏開了好些藥方，要呼延平趕集時買回來，兩人常到森林裡去採藥草，趴在地上尋尋覓覓，梁阿雁緊張地握著一支矛，深怕有野狼衝出來，孩子們志願幫她們找草藥，但是也找不到公孫氏要的東西。

到了慕容超生日那天，他一大清早起來，公孫氏、段氏、梁阿雁就要他正襟危坐，一遍一遍地念咒語，三人在屋裡忙進忙出，將至黃昏，慕容超沐浴更衣，三人在露台上點起薰香和松枝，向他的身上揮舞，晴兒跟著亂跑，獨孤拔原本等著看一場大戲，此時不覺緊張起來，因爲眼見就要淪爲一場鬧劇了。

到了夜色深黑，她們引著慕容超到了林子，月色被高聳的樹枝割成一片片長條灑下來，那樹像直立的戟，片片的光有如插在地上的巨劍。

她們在林中整理出一片平地，放著一張狼皮，旁邊燃著一盆青紅的火舌，一個小鍋裡的藥沸騰著。慕容超在狼皮上坐下，她們的祝禱更快更急，公孫氏拔出劍來邊舞邊念，月光直照到慕容超的頭頂，公孫氏大喝一聲，將手中的劍插在他的身前，段氏端上沸騰過的藥給他喝下，兩人都沉默了，退到林中去等候。

慕容超覺得身體熱起來，一股氣在他的身內亂竄，讓他恨不得能起來狂奔，但他記著她們的交代，要端坐在原處，到了不可再忍之時。終於他覺得頂門大開，天靈蓋化爲無有，他覺得自己的靈魂和那股氣一樣，由腦門沖了出來。

慕容超當時懷疑，這莫非就是段氏生了他之後，覺得她飛升起來的經驗？他眼見自己的身體仍然在下方端坐，公孫氏和段氏在樹下殷切地望著他，而他的魂魄升到了樹幹下的松枝之上，自由地飄浮著。

他覺得身體若有還無地動著，在高原峻嶺、平川大地之間滑行，看到天上白雲蒼狗，日出月落，彗星殞落，鷹隼飛升；他看到萬千人等在他身邊穿梭，把東西餵給他吃，說那是他們死去的夢與淚，他似乎飄浮過了千萬里路，永無止境。

突然日光刺入眼簾，他的魂魄頓時失去了升浮之力，直落下去與他的軀殼撞做一堆，像是兩個相撞擊碎的瓦罐，崩碎在地上。他聽到了公孫氏和段氏呼喊他的名字，彷彿他已經死了。但他沒有死，只是他的夢死了，他醒來後全身難以動彈，公孫氏滿臉的自責，將他全身不斷的揉搓，他才逐漸有了知覺，公孫氏說：

「不知是哪裡弄錯了，這裡的草藥和遼東實在相差太多，我只看到阿超兒的身子慢慢地扭了扭，其他都看不出來。」

他把夢境說了，獨孤拔氣急敗壞抱怨道：

「阿超你就只會做掃興大王，再想想，還有什麼？」

公孫氏臉上頗有狐疑地說：

「似乎是條很長的東西，動得很慢。」

獨孤拔跳起來說：

「那一定是龍，阿超是眞命天子！」

段氏頗感懷疑，道：

「那也不一定就是龍，蛟和蛇不也合？」

獨孤拔道：

「不！一定是龍，他是龍，我是蛟！都是好長好長！」

晴兒當時只五歲多，說：

「我昨天抓到一條蚯蚓，也是好長好長！」

公孫氏和段氏不再討論，只是擺起香案祭祀山川靈魂、祖先亡靈，要慕容超和她們一起禱告，謝謝他們的啓示和照顧。

金刀

第二天夜裡，段氏由房中捧出一個深黑的木盒子，在她鄭重的神情之下，顯得特別神祕，

公孫氏道：

「阿超兒，你是大燕國慕容氏之後，北海王慕容納的兒子，眞正的慕容子孫，個個都是氣

血昂揚的漢子，抱負不凡的人物。慕容納十歲就知道他是勇將的種子，把鬼箭神槍練到了出神入化，然而一切都是命，這等的奇才，竟然會成了殘廢。」

「你叔叔慕容德曾經有兩個兒子，都在十幾歲就戰死了，他兄弟兩人年過半百，竟然沒有一個子嗣，沒想到你爹娘都四五十歲了，竟然懷了你，所以你這一胎，竟然有兩個父親在期待。」

「慕容德出發前，曾經留下一把金刀做證物，你也耳熟能詳了。今天，我就要把金刀傳給你，你要知道，你不是這山窩裡的牧童，你是命裡註定要負起萬千人性命的君王將相。」

公孫氏打開木盒子，翻開黑布，只見那把金刀像是一個巨大的珠寶，它被段氏擦得通體渾亮，晃動的燭光映在刀身上，像是它的精魂要破刀而出。慕容超捧在手中看了良久，終於說：

「我一直以爲它是把眞刀，沒想到這麼小，像是一把匕首。」

公孫氏道：

「超兒你說得對極了，這不是尋常的兵器。你知道我們慕容氏自古以來，聖物都和『七』脫不了干係，王冠就叫做『七刀金冠』，這『七刀金冠』、『七出刀』、還有一把當年慕容廆用過的『慕容神槍』，就是我們慕容氏的三神器。」

「當年慕容廆和吐谷渾復國，做了兩把金刀，一人一把，比照同樣的圖案，又稱做『七出刀』，成爲歷代慕容氏的聖物，只有嫡傳王族才見過，許多人都聽過金刀之名，也都以爲它眞是刀，所以才能躲過了苻堅的耳目，以後你帶著去見你叔叔，也好做為證物。」

他們仔細看這金刀，刀身上刻著鮮卑字「鮮卑慕容昌黎公源流大將軍阿柴虜吐谷渾」，獨孤拔道：

「這對兄弟也真糊塗，居然拿錯了！這把刀是吐谷渾的。」

公孫氏道：

「沒有拿錯，當年兩人分離時互換金刀，表示永世懷念，所以吐谷渾拿的是慕容廆的刀，上面刻了慕容廆的名字。你們再看看，這刀還有什麼特色？」

兩人看了半天，慕容超終於說：

「這刀是給左手用的。」

公孫氏道：

「沒有錯，慕容吐谷渾和你一樣，是個左撇子，慕容翰、慕容垂、你父親慕容納都用左手。」

獨孤拔已是熱血沸騰，說：

「阿超，你以後要振作點，不要整天傻呼呼的。再過幾年，我們一起橫越千里去見你叔叔，全國人夾道歡迎，你獻上金刀，登上大寶，我做宰相，兼任輔國大將！」

晴兒道：

「那我要做女元帥！我也要一把金刀！」

梁阿雁道：

「晴兒不要吵，你也有你的神器，你看，這是你爹爲你打的，一條銀項鍊！」

她拿出一條呼延平趕集時帶回來的銀項鍊，掛在晴兒頸上，晴兒大喜：

「這是我女元帥的神器，大家都要聽號令，跟著我行軍去！」

結果只有獨孤拔跟著她去了，火光把石屋照得溫黃，燭光照在金刀上面，折出一道亮光，投在慕容超的臉上。但他第一件想到的，是可惜姜繁霜沒能在這裡一起看這金刀，而他已經快要半年沒有見到她的蹤影了。

之三　呼延平之怒（西元三九七年）

鏈槌

竇天寶時而派人巡山，名義上是要防止牧童們的衝突，其實只是對慕容超嚴格的監視，如此三年過去，竇鐵槌十七歲，姜繁霜十六歲，慕容超十四歲，竇天寶怕夜長夢多，堅持那年冬天就要讓兩人成婚。他又怕呼延平等人不甘心，極力拉攏禿髮部落，山寨中常見禿髮軍士出現，令村人們都很擔心，暗地裡說：

「這些人說不定只是無賴，打著禿髮氏的名號，竇天寶卻把他們當成寶，只怕反倒是自己的姑娘吃了虧。」

公孫氏聽說，告訴段氏：

「阿超兒什麼事都像石頭一樣，為什麼獨獨對阿霜情有獨鍾？從他八歲一見到她就開始了！這都怪你們鮮卑人有早婚的習慣，十四、五歲就成婚了，這麼多代下來，已經變成這個種了！」

段氏也憂心道：

「這不是種，是命！這女娃兒見了他，不也像是針碰到了磁鐵？只怕我們一直教他做王公將相，如今竟然連心愛的人都得不到，我只擔心他會承受不了。」

「是該走了！十年一覺驚歲晚，萬里關山欲歸遲，我到底在想什麼？他十歲那次出事，我們就該走了！」

「娘！你怎麼忘了？你不是說要在這裡住到阿超十五歲嗎？那時候他也長成了，再去尋慕容德，憑他自己的本事，也可以行走江湖。」

公孫氏顯得茫然，說：

「是嗎？總之，這個計畫行不通了，我們快和呼延平商量，可是別讓阿超知道，免得他做出奇怪的事。」

慕容超每日出去放羊，都是越往高處去，獨孤拔明知該制止他，但是在山間看到日高寨的牧童，也難以抑止年輕氣盛，他因此每天帶了刀出去。他們的體格都已不輸成人，尤其是慕容超，公孫氏看了十分滿意，告訴段氏：

「慕容垂和劉備一樣，手長過膝，器宇軒昂，我兒慕容納、慕容德個個姿貌雄偉，阿超兒現在才十四歲，就已不輸他們。」

慕容超的武功也是一日千里，連呼延平都說：

「這孩子已掌握了鬼箭神槍的訣竅，我已沒什麼可教他了。」

而獨孤拔，幼時還可以和慕容超平分秋色，此時已瞠乎其後，雖然他的好勝心旺盛，從來也不服輸。慕容超在過招時也不用力氣來決勝負，有如大狗和小狗打鬧，絕不會眞的咬下去。獨孤拔的怪招百出，爛招層出不窮，尤其嘴上絕不饒人，只要沒有大人在，他的髒話便滾滾而出：

「你以爲你力氣大嗎？閹了的公豬力氣最大了，你看你這招數，像是吃得太多的懶猴，簡直像是抓卵蛋！」

這些話常把慕容超弄得傻笑，在見不到姜繁霜的鬱悶之中，還偶爾有點歡樂。

一日午後，兩人將羊兒趕到山澗裡喝水，聽到上面的林子有吆喝聲，獨孤拔急中生智，拔了草兒將羊兒的嘴給套住，不讓它們出聲。兩人爬上去，只見一隊人馬，爲首的正是竇鐵槌和一個穿著半截軍裝、作禿髮部落裝束的大漢，竇鐵槌說：

「聽說那兩個雜種，最近常到這兒來放羊，難道是想拐走我的媳婦？禿髮大哥們，你們說我們該怎麼辦？」

帶頭的禿髮壯漢說：

「鐵槌老弟，人家圖謀你的老婆，你這個男人是怎麼當的？要是給我遇見了，先砍下他一手一腳，讓他做一輩子廢人。」

「這也只能怪我的媳婦國色天香，也只有我這等人才，才能罩得住她。」

那些人鬨笑起來，他們翻來覆去的說著這般蠢話，竇鐵槌終於說：

「禿髮大哥，你說了要教我手刃這小賊的武藝，就在這兒教吧！」

那壯漢下了馬，由馬鞍中拿出一個重物，正色道：

「這兩個雜種既然都是使槍的，我這個把式可是他們的剋星，看仔細了。」

他深吸口氣，只聽呼的一聲，手中的一團重物飛了起來，是一個帶刺的鐵球，後面跟著一條鏈子，他的雙臂揮舞，那鐵球繞著他的身子轉圈圈，他對著一棵小樹叫道：

「著！」

那鏈子繞上了一枝樹幹，說時遲那時快，那鐵球發出一聲巨響，碗大的樹幹被鐵球打爛了半截，那夥渾人莫不大聲叫好，那男子說：

「看，如果那樹幹是他的腦袋，他的下場如何？」

「好哇！腦袋開花！」

「就算一擊不中，他長槍被纏住了，我只一拉，兵器就被我搶走，就算他氣力夠沒鬆手，他的槍使不開，我拔出刀來，他就只能任我宰割了！」

兩人看夠了，摸下山去，將羊兒往山澗裡趕去，聽到山上有人叫道：

「好像有東西往山澗裡跑了，莫非就是那兩個雜種？」

他們拚命趕著羊兒，直奔過幾個山坳，有隻羊兒掙開了嘴套，叫了一聲，慕容超連忙將牠抱起，乍然一抬頭，自己卻驚叫出來。只見山坳內、水澗中，一個撲簌簌的水簾之下，站著另一群羊兒，和他朝思暮想的姜繁霜。

山澗

四年來，慕容超每天讀書練武，種地放羊，卻隨時隨地都覺得姜繁霜在他身邊，他甚至覺得他做的每件事她都很清楚，因爲她就在身旁。

每天他站在山坡上，太陽晒進他的肌膚，感覺自己無聲無息地長大，就像是山坡上的草與木，他站在碉樓上，吸著夜氣和冷風，像在夜色中覓食的虎與狼，他覺得姜繁霜也在他身邊，和他一樣的舒展與成長。

所以他閉上眼睛，就能看到她現在的樣子。本來他們兩人一樣高，漸漸地和他越差越多，他自己的肌體越來越堅實強壯，她的肌膚越來越柔軟豐腴，她淡漠的眉目之間會逐漸綻放出動人的美豔，像是春天觸動的花蕾。

雖然此時她已長成一個年輕女子，慕容超卻沒有驚訝與陌生，因爲和他想像的一模一樣，像是他們沒有分開過一天，獨孤拔說：

「此地不宜久留，我們快向上流走段路。」

他們走了一個時辰，又遇到了一處瀑布，才由獨孤拔爬上岩去探路，這時不知是慕容超抱住了姜繁霜，還是她抱住了他，她清幽的體香飄進他的體內，也感覺到她豐腴的身材和溫軟的肌膚，她流下淚說：

「我以爲再也見不到你了，你長大了這麼多，可是你和我想像的一模一樣。」

又見老龍潭

時間讓人忘記一切，包括危險，這以後慕容超和獨孤拔每天一早就驅著羊兒出去，在瀑布附近與姜繁霜會合。眼見秋天將盡，慕容超知道這樣的日子無多，常常天未亮就醒了，見獨孤拔還在熟睡，便獨自出去，與姜繁霜會合了就把羊兒往山上趕，但獨孤拔總是能找到他們，這一對如膠似漆的小情侶越走越遠，終於又到了老龍潭附近。

一日，他們到了老龍崖，一隻羊兒竟翻過崖去了，姜繁霜急得像是熱鍋上的螞蟻，兩人連忙攀到老龍崖頂，只見那隻羊兒在潭邊盡情喝水，她拚命的叫喚，但那羊兒渾然忘我，他們壯起膽子，再一次下了老龍潭。

那頭羊竟蹦蹦跳跳，直奔進老龍洞去了。兩人一追進去，慕容超連忙將她和羊兒罩在袍下，那些蝙蝠果然又是一陣狂攻，等到蝙蝠逐漸散去，他才把袍子打開。

他低頭看見姜繁霜緊緊地抱著他，懷中揣著一隻小羊，她的臉上身上都有諸多傷口，兩人毫不思索地相互啜去對方傷口的血，他們的擁抱、親吻，都是一樣的必然和不可逆轉。洞中突兀峥嶸的岩石中有一塊光滑的平台，像是被鑿出後磨光的，在那塊岩石山上，成就了他們第一次的情愛，慕容超堅實的肌骨，與她清幽羊脂般的肌膚融成一處。

直到那些蝙蝠又飛回洞裡，他們才出得洞來，已經是下午了，他們爬上老龍崖，仍然浸淫在情愛之中，把危機感都抛到了九霄雲外，等到走到了馬兒旁邊，這才覺察到狗和羊兒都不見了，樹林間也沒有鳥叫。

說時遲那時快，慕容超的雙腳已被埋在土中的圈套套住，頭下腳上，直被吊到了樹梢上，姜繁霜也被綁住，放倒在地。林中闖出十來個人，竟是竇鐵槌和禿髮壯漢一夥，竇鐵槌踩住姜繁霜說：

「你難道不知道，過年之前，你就要過門做我的媳婦？你爲何如此犯賤，竟然和這野小子鬼混？我要把這小子吊死在老龍樹上，把我媳婦也拖上去，讓她親眼看這小子上西天。」

那禿髮氏說：

「鐵槌少爺，我看你這媳婦已經被這小雜種給玷汙了，以你的身分也不能要了，不過聽人說娘兒們剛行完房，像是抹了奶油的餅，更香滑呢。等宰了這小子，不如給我們兄弟們快活快活，然後讓我們帶下山去，賣到娼寮裡，也有個好價錢。」

竇鐵槌把尖刀指著他說：

「她是我的媳婦，要快活，要宰，要賣，都是我的事。你上山的這些日子，女人跟吃喝都沒有少過你的，現在你幫我料理了這個小雜種。」

他們將慕容超五花大綁，拖上了老龍崖，套住他的脖子，幾個人奮力一拉，慕容超就已騰空，兩眼發暈。竇鐵槌說：

「三年前本來就要在這兒閹了這雜種，竟然被自家的狗壞了事，那些吃裡扒外的狗全都給宰了，今天看誰來救你！」

慕容超正在想，難道這就是父親慕容納死前的感覺嗎？突然他又摔倒在地，聽到竇鐵槌說：

「小雜種筋骨倒是沉得很，連繩子都給你拉斷了，豈有此理！換粗點的繩子來！」

慕容超不覺冷笑起來，難道他也和他父親一樣，換了三條繩子才能吊死嗎？一個渾人跑下崖去，到馬鞍拿繩子，竇鐵槌等得不耐煩：

「為什麼找根繩子要這麼久？多加一根，再吊他一次！」

他們又把慕容超吊了起來，他全身的血液一半全都沖上腦門，一半沖向下身，他聽到竇鐵槌狂笑道：

「可以了！這小雜種的屎尿都流出來了！」

慕容超眼前一陣白光，突然失去了聽覺，頭頂上的白霧之中，有四匹馬奔騰而過，他看那服飾，似乎是公孫氏所形容的大燕勇將，第一代的慕容廆、慕容吐谷渾，和第二代的慕容皝、慕容翰，他看見一張臉俯看著他，對他說著他聽不到的話，難道這是他的父親慕容納嗎？突然，他的腦門撞上了什麼，他的耳邊響起：

「醒來！」

他睜開眼看到姜繁霜，綁住他雙手的繩索已經被割斷了，他見到她身後的竇鐵槌正一刀砍下來，便將她推開，伸出雙手，硬將那把刀夾在雙掌之中。雖然頸子疼痛難當，仍然一個鯉魚打挺，僨然躍起。

原來，就在竇鐵槌把他吊起時，突然帶頭的禿髮氏人悶哼一聲，抱住了頭，指間流出血來，叫道：

「是什麼人暗算我？是好漢的快出來。」

竇鐵槌道：

「一定是獨孤拔幹的！快四下看他躲在哪兒？」

說時遲那時快，禿髮氏身邊的兩個禿頭也都中了卵石，那個去找繩子的渾人走上崖來，竇鐵槌罵道：

「等你來，還不如等著給這雜種過生日呢！」

未料那個渾人掀開帽子叫道：

「要找獨孤拔嗎？就在這裡！」

說完後獨孤拔飛身上樹，割斷吊住慕容超的繩子，與眾人廝殺起來，姜繁霜連忙叫醒慕容超，他一個魚躍，雙手扣住了竇鐵槌的喉嚨，竇鐵槌也是氣力驚人，拔出刀來，姜繁霜也衝上去，三人纏成一團，又像三年前一樣直滾進老龍潭去了，獨孤拔叫道：

「阿超，你連這一個雜碎都收拾不了！眞虧了呼延老爹誇你武功好！」

他揮動長槍，那些竇鐵槌的跟班平時只想跟著他混點吃喝，見有拚命的事，都連滾帶爬下崖去了，只剩下三個禿髮族人，那爲首的禿頭由腰間解下鏈槌，叫道：

「都讓開了，今天你老爺要血濺老龍嶺！」

獨孤拔冷笑道：

「你說你老爺要血濺老龍嶺，就是你要死了，這可太不吉利，看吶！那隻烏鴉飛到你頭上，大便要落在你的禿頭上啦！」

那人大吼一聲，舞動鏈槌，畫起一個又一個圓圈直取獨孤拔；同時，慕容超等三人滾落潭邊，姜繁霜已被撞得昏了過去。慕容超只覺得脖子又痛又僵，聽到崖上鏈槌聲虎虎生風，擔心獨孤拔安危，一時分心，被賨鐵槌一刀刺在左手臂上，但這一刀反倒讓他血沖腦袋清醒過來，右手雲手掃過賨鐵槌臉上，只聽得慘叫一聲，賨鐵槌右眼鮮血長流，頓時瞎了，跌跌撞撞，直摔進潭裡去了。

慕容超撿起短刀衝上崖頂，這時兩個禿髮氏人逼住了獨孤拔的後路，退無可退，鏈槌已捲上了長槍，帶刺的鐵槌就要往獨孤拔腦袋上撞去，那人大喝一聲：

「著！」

說時遲那時快，慕容超扯住長槍，閃過槌子，將手中短刀扔給獨孤拔，獨孤拔正好迎上兩個禿髮跟班，三個人鬥做一處。

那禿髮頭首見慕容超仍不放手，正要用另一手拔刀，慕容超大喝一聲，竟將那支槍柄折成兩截，用槍尖刺進了他的胸口，他連驚訝都來不及，就已經送了命。

另外那兩個禿髮氏人回身要跑，慕容超甩出鏈槌，正打在其中一人的後腦杓，那人悶哼一聲，骨碌碌直滾下崖，在坡上留下一道長長的血跡，獨孤拔叫道：

「還有一個，別讓他走了！他會引得禿髮部落傾巢而出！」

那人已奔下坡，慕容超奮力一射，那斷槍破空而去，射穿了那人的胸膛。

獨孤拔委頓在地，他平常都自以爲比慕容超膽大，但慕容超第一次殺人，竟然就是三個，像是老虎長大，毫無猶豫就咬死獵物，此時他抬頭看到慕容超，見他眼冒精光，似乎還意猶未盡，不禁心生畏懼，指著慕容超的手臂說：

「你的手臂血流不止……」

兩人連忙包紮傷口，直奔到潭邊，用潭水擦姜繁霜的臉，她醒了過來，此時竇鐵槌仍在潭邊呻吟，獨孤拔也過來說：

「他要怎麼辦？是不是一不做，二不休？」

慕容超此時終於覺得脖子快要斷了，坐倒在地，道：

「殺禿髮氏，是怕禿髮部落很快來尋仇；若是殺了他，三寨就一定要拚命了，由他去吧！」

談判

獨孤拔背著昏迷的慕容超回到月高寨，梁阿雁等人連忙搶救，到了半夜，慕容超才逐漸穩定，梁阿雁做了個木架子將他的脖子夾住，說：

「他的頸骨沒有斷，簡直就是奇蹟，可是他得好幾天沒法動彈了。」

段氏流淚道：

「但願他不要像他父親，終身殘廢了就好！」

呼延平和梁阿鴛召集寨中人，布好陣勢，等待日高寨上門尋仇，到得夜裡，果然上百個火把來了，但出人意表的是，竟都是日高寨和星高寨的長老，竇老瘸子帶頭，由竇啞巴撐著，站在寨門口。竇老瘸子高聲道：

「大家都知道，算輩分，我還是天寶的曾叔祖了，所以才能暫時制住他，不上門來尋仇！」

寨門裡外兩邊的人都點頭應和，他又說：

「依我看，男女情愛，誰也勉強不了，我們三寨幾百年來，爲了爭風吃醋，也不是沒死傷過人，但今天這事若是弄拙了，禿髮部落上門尋仇，我們就大禍臨頭了！」

有日高寨人說：

「只有讓慕容超小雜種償命！」

竇老瘸子怒道：

「是哪個說的？給我狠狠地打兩個耳光！」

那人也是竇鐵槌跟班之一，被幾個長老連連掌摑，打得他直求饒，竇老瘸子又說：

「我們三寨已經通婚了幾百年，大夥兒養豬養狗都知道，近親代代交配，生出的小豬小狗病多肉少，這樣的白痴，可能就是這麼養出來的！」

「所以老祖宗早就說過，三寨人禍福與共，可是一定不斷要找外人來。你罵人家雜種，可是你不知道，老祖宗就教訓了，種是越雜越好，你想要純種，就只有絕種！」

他的話說得有條有理，而且帶點幽默，把雙方敵意鬆弛了許多，他又說：

「今天竇鐵槌瞎了一隻眼，呼延家的孩子也被刺了一刀，而且還差點被吊死，以眼還眼，以牙還牙，也算扯平了；只是有禿髮部落的人喪了命，他們必然不肯甘休，我一開始也是想，把呼延家的孩子綁了，去向禿髮部落求饒。」

他望了望梁阿鴦和呼延平，又轉身對著日高寨人說：

「但是要這麼幹，就得先和他們火拚一場，你們大家也瞧見了，今天在老龍潭，呼延家一個十三、四歲的孩子，就可以殺了禿髮部落三個勇士！所以今天日高寨的人若是一起上了，要打贏他們，你們想想，日高寨要死幾個人？是你死？是他死？還是你們的兒子死？」

他對著日高寨的人一個個指過來，眾人都微微閃開，怕被他指到了會倒楣，他又對著月高寨的人說：

「而且，就算是拿了呼延全家的屍首，禿髮部落也未必肯善罷，這不是個好買賣，所以，我想啊，還不如我們都先不要死。」

「呼延一家人呢，快離開三高寨，禿髮部落來了，我們緊閉寨門，告訴他們呼延家已經走了，他們急著報仇就會去追。這時候呼延家逃得了逃不了，都不是三寨的事，就算禿髮氏再回來，我們也可以逸待勞，我們的贏面不是大得多了嗎？」

梁阿鴛說：

「竇長老，你說了這麼一大篇，我們都聽懂了，可是竇天寶答應嗎？」

「他是不答應，但他的寶貝鐵槌兒答應。只是你們一走，姜家的姑娘就得過門嫁給他，所以，我先去找了星高寨的長老，也說得姜水清答應，就連這女娃兒都答應了。」

獨孤拔忍耐不住，跳出來說：

「阿霜姐才不會答應！嫁給這種蠢才，是一朵鮮花插在牛糞上，是一顆星星落在豬圈裡！」

竇老瘸子嘆道：

「小兄弟，你難道不瞭解姜家姑娘的苦心？」

梁阿鴛進退兩難，明知道這些話入情入理，但等於是要趕走呼延平一家，說：

「我不相信禿髮部落會為了這事傾巢而出，了不起是死者的家人來尋仇，我們若能三寨同心，又有呼延兄的悍勇，為什麼不能禦敵？」

呼延平卻毅然的說：

「阿鴛兄，你的心意我知道，但就算能禦敵，也不能解決三寨的摩擦！好！我們明日一早便走！」

呼延平回去，向公孫氏與段氏說了此事，公孫氏此時已經八十四歲，在過去兩年之內，似乎突然的老了，話說得出奇的少，她只說：

「是該走了啊！」

段氏說：

「我唯一擔心的，是阿超兒受得了嗎？該怎麼勸他呢？」

他們進房去，慕容超直挺挺地向天躺著，沙啞地說：

「你們什麼都不要勸，我知道我們不能不走；既然我的愛不能成全，至少也不用澆熄我的恨吧？」

闖關

破曉之前，呼延平一行人準備出發，慕容超的頸子上仍然戴著支架，由段氏公孫氏陪著，躺在一輛騾車之內，他聽到梁阿雁的親人都來送行，他們知道此生再也不能相見，都忍不住悲泣，但是也聽得出他們鬆了一口氣。

眾人送到寨門口，梁阿鴛依依不捨，一直送到山口，梁阿雁掀開車簾說：

「哥哥，你回去吧，你亦兄亦父，照顧我這半輩子，只怕再也不會相見了。」

梁阿鴛正要說話，忽然阿殘叫道：

「什麼人躲在岩後？」

只見竇天寶與蒙著一眼的竇鐵槌，由山腰的林中策馬出來，高聲道：

「既然發現了，就都出來吧！」

一聲呼嘯，岩石後、森林中，出現了數十名全副武裝的日高寨人馬，梁阿鴛叫道：

「竇寨主，我們都說好的了，他們走人，你娶媳婦，為什麼又出爾反爾？」

梁阿雁怒道：

「原來竇老瘸子說的都是假話，只是要騙我們出來。」

竇天寶大笑道：

「我兒瞎了一隻眼，我豈可甘休？這只怪你們瞎了兩隻狗眼，才會中了我的計。不過你們也不要怪瘸子，他也是中了我的計，誠心誠意的和你們談和的，否則你們也不會上當。我這引蛇出洞的計策如何？」

梁阿鴛怒道：

「原來如此！只是被我們發現了，你難道要連我也殺了？」

「可惜了！我本來只是要先剮了這小雜種，再亂箭射死呼延一家，你偏偏不早回頭，來撞見這事，你和你掃把星的妹妹一起，黃泉路上也不寂寞了！」

「你就不怕我月高寨的人找你報仇？」

「你死了，月高寨的人更要看我的臉色，誰會爲你拚命？少廢話了，誰去把小雜種揪出來受死？」

兩個人持刀奔向騾車，突然連續兩箭破空而來，那兩人各中一箭，殺豬似地叫了起來，竇天寶一回頭，只見一支長槍抵在他的背後，那人也是日高寨的裝束，但他不是別人，竟是呼延平！

所有人都大吃一驚，再看騾車旁的呼延平，竟然是一個僕從假扮的，竇鐵槌和眾人大吼起來：

「你們敢動我阿爹一根汗毛，我把你們月高寨趕盡殺絕。」

呼延平將竇天寶綁了雙手，又用一條繩索套住他脖子，獨孤拔大叫：

「誰鳥耐煩聽你們這些狗吠，再吠就先砍了他腦袋，識相的快讓出路來！」

嘍囉們仍然拉滿了弓對準他們，反倒是竇天寶頗爲緊張：

「不要輕舉妄動，找機會再和他們算帳！」

呼延平道：

「阿鴛兄，你收留我們多年，反倒爲你結下大仇了，你快回去緊閉寨門吧。」

梁阿鴛不禁垂下淚來：

「沒有你們在此，我們也未必活得到今日，我們阿雁就託付給你了，這不是十里長亭，反倒像鬼門關。」

說罷掉轉馬頭回山上去了。呼延平一行人戰戰兢兢的通過山口，駕車的吆喝一聲，拉車的騾子向山下疾奔，此時慕容超掙脫了支架，掀開車帘，看見阿殘和獨孤拔斷後，呼延平像拖著牲口一樣拖著竇天寶，日高寨的人隔著一段距離急追，終於來到一座高坡，坡上有一棵老松樹，呼延平停馬下來，追兵都停在山坡下方觀望，慕容超道：

「義父，阿拔，你們帶著騾車先走，阿殘叔，讓他也嘗嘗吊死的滋味！」

「目的是拖延他們，不要殺死了他，否則他們非拚到底不可！」呼延平說。

阿殘接過繩索，拋過松樹橫枝，用力一拉，竇天寶頓時被吊起一寸，滿臉通紅，日高寨人衝上坡來，慕容超叫道：

「不怕死的，盡量上來！」

慕容超連射三箭，連中三人的臂膀，令眾人都不敢上前。此時阿殘奮力一鞭，竇天寶座下的馬飛奔而去，將他吊上了樹，坡下日高寨的人大亂，但又畏懼慕容超的箭，只見竇天寶的兩眼發直，奮力掙扎，慕容超問：

「真要吊死他？」

「你捱得了多久，他也該捱得了多久，不用替這狗東西著急。」

此時竇天寶兩眼翻白，兩腳亂蹬，慕容超聞到他的屎尿味了，突然阿殘一刀割斷繩子，竇天寶像是個重錘一樣摔在地上，兩人放馬疾馳而去，直到他們去遠了，日高寨的人才敢到山坡上救人。

黃龍灘

慕容超與阿殘追上了騾車，卻沒看到呼延平，一隻野雉與他們反向而飛，他才突然意識到，呼延平必然是打算犧牲自己，留在半路攔截追兵了。直到夜間紮營，獨孤拔搶先問：

「呼延大爺打算斷後？可有危險？他會在哪裡？我去接應。」

阿殘斷然道：

「別說廢話，呼延大爺一定伺機而動，你去了只會變成他的累贅，雖然難受，還是要在這兒等。」

一群人都是半睡半醒，直到天亮慕容超趕路時，一面擔心著呼延平，卻又不禁想起今天就是竇鐵槌和姜繁霜成婚的日子。此時她早就打扮好了，竇鐵槌也已經騎了掛紅緞的馬，在她家門口接人，中午，他們會到竇家寨，下午，爲期七天的婚宴就要開始，晚上，竇鐵槌將和她入洞房，粗暴的占有她每一寸肌膚，在他的獸性發揮盡致之後，又會宣布她已不是處子，然後用這個理由凌虐她到死。

他們趕了一天的路，當夜在一個山洞過夜，幾近午夜，公孫氏突然驚起，手指著遠方道：

「是阿德，他孤軍誘敵，卻沒有人接應他，快去黃龍灘，再晚就來不及了！」

慕容超毫不猶豫的躍上馬背疾馳而去，獨孤拔也跟著奔去，向他大叫：

「大娘是說夢話，你要去哪兒？」

「過去這一陣子，她的夢話都和現在的事有關！你想，下了三高寨向東去十里路，河水轉彎處，不是有楓樹林？秋冬之際，映在河面上，不就是一片金黃？一定就是那裡！」

此時阿殘阿缺也追了上來，奮力趕路，在接近天亮時，果然在河灘上陸續看到五具死屍，有日高寨人，也有禿髮部落的人。

不久，阿殘示意大家下馬，果然，慕容超聽到山腰上有人馬之聲，他們彎身靠近，只見禿髮部落十餘人，日高寨三十餘人，圍住了一個山洞，竇天寶的脖子上也撐了個架子，與一個禿髮部落的壯漢站在人群中央。那壯漢對著山洞叫囂：

「匈奴老鬼，你死定了，快快自盡吧，也勝過零碎著難受。快燒火燻他出來！」

有人點起枝葉，就要拿到山洞前，突然那人應聲而倒，胸口中了一箭，如此接二連三，那禿髮氏怒吼道：

「匈奴老鬼，有膽的就出來，我和你一對一，旁人都不許插手，在裡面放冷箭，算是什麼好漢？」

呼延平仍然一聲不響，獨孤拔道：

「大爺故意把追兵引向東邊，好讓我們向西逃，現在是想殺一個算一個，把他們拖得越久越好！」

竇天寶叫道：

「就亂箭射死了他！」

一陣亂箭射入洞中，那洞內一片死寂，又有人躡手躡腳上去，未料洞內又是幾箭射出，那禿髮壯漢撿起一支箭，氣得哇哇大叫：

「他已經沒有箭了，你們卻送箭給他，你們這群農夫，簡直只會幫倒忙！看來這老鬼一時收拾不了，他既受了傷，只要不讓他出洞，餓也會餓死他！留下一半人在此看守，竇老頭，你不是自誇有獵狗的本領？快領我去捉那白虜少年！好替我老二報仇！」

慕容超見機不可失，說：

「等一半人走過河灘，我們就出手攻擊，先殺光了留下的一半，再一起衝下去！」

四個人分散開來，禿髮壯漢與竇天寶率眾下山去了，此時天空灰雲深重，被急風吹得滿天遊動，突然裂出一道破口，陽光灑在楓樹的紅葉和河灘之上，馬蹄踏水之聲由河灘傳上山來。

四個人早就分配好了攻擊對象，在迅雷不及掩耳之間連連發箭，已有八個人倒地，那禿髮壯漢和竇天寶渡過河灘，聽到山上的喊殺聲道：

「快回頭！這些短命鬼也夠膽識，竟然自己找上門來了！」

待他們衝到山洞之前，原先留下的那十五人非死即傷，敵人則是一個也沒看見，竇天寶狂呼道：

「不要讓他們逃了，快搜啊！」

那禿髮壯漢反而沉默不語，低聲喝道：

「不要散開！小心突擊！」

果然一陣亂箭由林中射出，一陣馬嘶聲起，五人騎馬直衝出來，殺出一條路直奔下山。禿髮壯漢大怒，引眾來追，慕容超等人不時反身放箭，讓追趕的腳步更慢了。這兩群人一直奔到河灘之上，呼延平等人勒馬回頭，禿髮壯漢大叫道：

「匈奴雜種們，不逃了嗎？來一決勝負吧！」

獨孤拔高聲道：

「你看看，自己身邊還剩幾個人？」

禿髮壯漢一看，竟然只剩下七個隨從，而且都是禿髮氏人，他啐一口道：

「這些狡猾的羌人，口口聲聲不共戴天之仇，竟然這樣貪生怕死！竇天寶，我算是認識了你，等我殺了匈奴雜種，再來找你算帳！」

原來竇天寶見損失慘重，將原本復仇的怒火都拋到九霄雲外，在追趕之中放慢了腳步，引了殘部回到日高寨去了。那禿髮壯漢指著慕容超道：

「你就是殺我老二的少年？」

獨孤拔道：

「不如你也死了，兄弟一起上路吧！」

兩邊一交鋒，呼延平這邊個個都非等閒，不久，禿髮氐人已經傷亡殆盡，只剩下那為首壯漢，他自忖必死，指著慕容超道：

「你我單打獨鬥，死的一方也甘願！」

他本來想仗著力大，與慕容超同歸於盡，沒想到慕容超經過這些驚濤駭浪，膽識與武功都大為成長，一交手，他才發現慕容超的長槍黏性極高，讓他的刀難以發揮，他大喝一聲，用刀背盪開慕容超的長槍，一刀就要劈下，哪裡料到慕容超的長槍一收一放，已經刺穿了他的喉嚨，他的雙眼圓睜，當場斃命。

呼延平此時由馬上跌下來，阿殘阿缺將他的數處傷口包紮了，呼延平說：

「把他們的屍體堆在一起，用亂石掩了，不要讓他們曝屍荒野，他們的族人來了，也還可以照習俗安葬。」

血耳

這五人追上騾車，梁阿雁連忙接過照顧呼延平，公孫氏凝視遠方，道：

「納兒，是你去救了德兒回來嗎？」

慕容超問段氏：

「大娘爲什麼像在演戲一樣？」

段氏道：

「這已經好一陣子了，我聽她有一句沒一句的，以爲她是在說往事；現在才知道，她其實記不住現在的事了，只會觸動她以前的記憶，她張開眼睛，落在什麼年代，她就活在什麼年代。」

「難道她過去六個月，睡得多醒得少，都是這樣子？」

「可憐她一世頭腦清明，現在卻像活在夢裡，莫非她的大限已到？」

段氏說著垂下淚來，慕容超道：

「或許是好事，她可以再回到大燕盛世，她又是文武雙全的公孫王妃了！」

天明之前，呼延平已經起身，他取出一個油皮紙包，裡面竟是一只血淋淋的耳朵，耳垂上鑲著紅寶石，獨孤拔大叫：

「你宰了那個兔崽子？你是怎麼殺死他的？他死以前有沒有屁滾尿流？有沒有像要死的豬一樣鬼叫？」

「人死都是一樣的，一樣的無助，一樣的恐懼。」

「呼延大爺，這一天半裡究竟發生了什麼事？」

「讓我來猜猜，吊了竇天寶，翻過第一個林子，你已經離了隊，由乾河溝潛回了日高寨，這時候寨子裡忙著辦喜事，又有傷患要救，你就找了一個地方躲起來。」

「第二天，婚宴開始，到了晚上，大部分的人都喝得爛醉，這時候竇鐵槌一定要吃喝吹牛到半夜，所以你是在洞房裡殺了他的！」

呼延平說：

「確實，我潛到屋梁上，他進來看到阿霜，竟然跪倒在她面前，說他是如何地愛她，所以才會千辛萬苦娶到她，連他的父親都差點賠上性命。他說，雖然他知道阿霜心裡愛的是阿超，但是爲了三堡的命脈，他不計前嫌，也會全心全意的愛她，以後要好好團結三寨。」

「沒想到這渾人還有些手段，其實只是要騙她一晚春宵。」

「他倒差點把我騙了，我甚至想，如果以後又能夠三寨一心，這也是他們的福氣。沒想到阿霜說，你恨我入骨，你現在只想拿到我處女的血，好去向外面的人炫耀，但我早已懷了那人的孩子，我有的只是脖子上的血，你要殺就殺吧。」

「這個賊子果然露出了猙獰的面目，他說阿霜的身子他還是要的，血的問題就容易了，他拿出一包血灑在床單上，走出門外，外面的醉漢們大聲的喝采，鼓樂大作。他回來關上門，就要扯去阿霜的衣服，我由梁上躍下，一刀插在他的脊梁上，他大叫一聲暈了過去，但被外面的鼓樂聲給掩過，這一刀已經讓他殘廢了。」

「我塞住了他的嘴，用水把他潑醒，我問阿霜要不要饒他的性命，她堅決地搖頭。我正要下手殺他，突然有一人推開窗戶，竟然是姜水清，他求我讓他下手，竇鐵槌翻著白眼求饒，但姜水清結束了他的性命。我割下了他的耳朵，我想，如果能活著再見，我要讓阿超知道，這渾人是眞的死了。」

眾人都不禁嘆息，呼延平又說：

「姜水清向我跪拜，謝謝我捨命來救阿霜，竟也向阿霜跪拜，說都是他的錯，讓她受這樣的折磨。」

「阿霜說，她原本想跳下懸崖自殺，但發現已懷了身孕，不忍心去死。她原本要我帶她一起逃，但我告訴她，我逃走只爲了犧牲自己，引開追兵，帶著她，只是更早被殺而已。她告訴我，孩子生下來，無論是男是女，她都會把她學過的慕容本事傳下去，可是她不要孩子再去復國，只要平安的過一世就夠了。」

獨孤拔道：

「哎呀！早知道就該帶她逃出來，現在不就跟我們在一起了？現在日高寨的人已經喪膽，我們爲什麼不殺回去，把姜繁霜給搶回來？」

梁阿雁啐道：

「你是神仙嗎？早知道，我們早就該離開三高寨了！你不要得意忘形，竇天寶這個老奸巨猾，就是要保留實力才臨陣脫逃，日高寨裡不是還有四五百個壯丁，你殺得了嗎？只怕他們還安排了多少歹毒的陷阱等你哩！現在我只希望日高寨的元氣大傷，不得不和其他兩寨和平相處。」

呼延平道：

「禿髮部落一定會追殺我們，我們必須走得夠遠，躲得夠隱密才行。」

慕容超將紅寶石由那耳上挖出來，用水洗淨了放在懷中，把耳朵扔進了火裡，像是丟掉一片樹葉。段氏對他說：

「呼延大爺已經把你的仇當成自己的仇報了，三高寨也被你攪得稀里糊塗，你恨他們的仇視外人，恨他們的村鄙，但是你就是他們的劫數。」

天色漸明，遠處傳來狼嚎，慕容超突然想到，如何來形容呼延平這個人。

呼延平像是一頭具有人性的獸，他沒有機心與盤算，只是隨著本性，像動物靠著本能過日子，但他又有人間的恩義情仇，有恩必報，有仇必報，路見不平，拔刀相助，性命賠上了也再所不惜。人世間的道理對他竟是這樣的簡單，而他們這一群人，正像是在遠處嚎叫的狼群，共過著一個生活，共用著一條生命。

第三卷　軍人之書

雙頭將軍

我從高昌城的王宮窗孔望出去，東門已經著火了，難道柔然敵軍已經打破高昌城了嗎？這也是我北涼國的末日了嗎？北涼國每遇國難，就會出現的傳奇英雄、姓慕容的雙頭將軍，竟然不再降臨了嗎？

當年我父王於危急存亡之際，雙頭將軍從天而降，助父王立國之後飄然而去，不知所終，這是長期流傳於北涼的傳說。後來，我自己就曾被雙頭將軍所救，十六年後的今天，雙頭將軍豈有不來之理呢？

我父王建立北涼國，號太祖，諡武宣王，諱沮渠蒙遜。立國之前，父王與其兄都是盧水胡人的領袖，見天下大亂，集合族人之力穩定張掖，推漢人段業為王，是我北涼國的前身。

段業位置坐穩了，開始對父王貶抑排擠，父王見再下去即無死所，便請其兄起兵，取段業而代之。但是其兄堅持一定要漢人為王，就算遭人猜忌，也只能逆來順受。父王知道無法說動其兄，又不願坐以待斃，就自領孤軍出祁連山躲避，天地之大，竟無父王的容身之地。

後來，父王用離間之計，借段業之刀殺死其兄，以號召胡人討伐段業，終成大業。雖說成大事者難計小節，但我知道，害死親兄終究是父王終身的遺憾，父王對這段過往一向諱莫如深，我是父王的老來子，自幼寵愛有加，也不敢在父王面前提起此事。

父王說話向來莫測高深。他說，當年他在絕地幽谷，誠心向上天祝禱，一天，在他的營帳之前出現一條金頭長蛇，盤旋一陣之後離去。他解讀天兆，蛇，代表要分兵迂迴進攻，金色蛇頭，代表他會得到神助。後來果然有神將和富商來助，使他擊退強敵。我有一次壯了膽問他，神將是否就是雙頭將軍，他只說：

「神龍見首不見尾，能求之而不能御之。有富貴，他棄而不顧；有危難，他必不離棄！」

說了等於沒說。至於民間和軍中的傳說，可就精彩多了。

據說這祁連山南，竟是集天地之精華，曾有一條北海蛟龍飛過，與南山猛虎，合龍虎之氣，孕育一個玉面將軍，取名慕容超。此時他已長大成人，要出來世上大顯身手，父王缺糧，他竟乘雲而去，在絕谷中召集土地公，集出糧草。

雙頭將軍受佛法點化，不用父王的一兵一卒，一路集結災民，竟成一支勁旅，這些難民軍日後成了北涼的護國雄師，這個部族，號稱「突厥」。

雙頭將軍發大水淹破敵陣，又以蛟龍之身下水救人，還將救回的敵軍全數放回。到了決戰之日，敵軍都感其恩惠，望風而逃，只剩下段業的親信部隊。他單槍匹馬衝入敵陣，化為兩頭四臂，正面是平日的玉面，口吐瑞氣，眼冒祥光；反面是鬼面，口吐蛇蠍穢語，使長短兵器，殺得敵人喪膽。段業只得出降，父王乃奪得張掖。

但雙頭將軍不願為官，加入一支商團西去，據說他曾經回來告訴父王，在大沙漠之外，鄯善與高昌之地，位處商道必經，又物產富庶，人民軟弱，自古中原勁旅能跨沙漠而久留者，至今未見，日後如果北涼有難，可以到這裡立國。

他又有新的使命，原來西域高僧鳩摩羅什在東方有難，他要救高僧回西域，但此後就不知所終。幾年後，遠在山東的南燕國君，竟然也叫做慕容超，後來國破身亡，但可能只是名字巧合而已。

此後父王向東攻破武威，向西攻破宿敵西涼，跨過沙漠，把國土一路拓展到高昌，龍驤虎視，儼然西方一大強國。

在父王崩殂之後，大王兄即位，雖然勤政愛民，民富國強，但此時拓跋魏已統一中國北方，遂出動十萬勁旅征討我國，大王兄死守武威，終至殉城，我等在沙州（今敦煌）得知噩耗，哀痛逾恆。二王兄即位，知道拓跋魏勢大，河西必定不可守，決定遵父王之訓，跨過沙漠，到高昌中興。

我自願斷後，原已抱必死之心，但被死忠之士救出重圍，逃到沙漠。此時僅剩三名侍衛相隨，一個老年的，一個中年的，一個少年的，我們被一支百人的拓跋鐵甲軍追上，這時那個老年侍衛說：

「王子不要害怕，你不是最愛雙頭將軍的故事嗎？我們一起高喊，雙頭將軍來啦！北涼國有救啦！他救過先王，也必來救我們！」

我知道，他是要我死得有尊嚴，我乃北涼王子，沮渠蒙遜之子，既已盡力衛國，豈能在匹夫之前示弱？

忽然一箭又一箭，以雷霆萬鈞之勢破空而來，將拓跋軍的鐵甲像是蛋殼一般射穿，拓跋軍叫道：

「先殺了北涼人再說！」

說時遲那時快，由黑夜中衝出了兩騎人，我和三個隨從都不禁叫出聲來：

「是雙頭將軍！」

那兩人長得一模一樣，在魏軍中衝殺，其勢駭人；但魏軍畢竟人多，他兩人一聲長嘯，一個躍到了另一個的馬上，一個對前，一個對後，二合為一，身形有如鬼魅。我們這才知道，這就是雙頭將軍的來由。我等四人，也吶喊著衝入戰陣，一場惡戰下來，那一百鐵騎都成了沙漠中的亡魂。

原來，他們的祖父就是慕容超，祖母乃祁連山中人氏，兩人曾私定終身，但命運弄人，失散後祖母帶著孩子，流浪天涯找尋愛人。他們曾到張掖，聽說慕容超已去了西域，到了西域，又聽說慕容超去了東方，走到這裡，卻由過往的商團聽到，慕容超已死在山東。他們的祖母說：

「他既已死了，我們不要再走，等他的靈魂來找我們吧！」

顯然她倒是很確定，南燕國君慕容超就是她的愛人；後來，他們在沙漠中找到了地下泉水，源源不絕，四十年來養活他們一族，直至今日。

他兩人談吐不俗，都是祖母教給他們的。他們說，慕容超有一個異姓兄弟，共創了這套「雙頭」武功，我告訴他們北涼的傳說，他們也不勝唏噓。我說：

「或許南燕的慕容超不是你們的祖父，當年我父王留他，讓他裂土封王，但是他對權位全無興趣，反而是義之所至，可以捨生忘死。這等人物，又為什麼要去這積弱之國做國君？」

但他們說，慕容超正是大燕國的落難王孫，而創建南燕的慕容德，正是他的叔叔。我仍辯道：

「慕容超神龍見首不見尾，如何會徒困愁城，坐以待斃？南燕國運衰亡，天也時也命也，他大可回到極北之地，西域之外，再創一片天地。」

「我祖母說，古早之時，慕容氏為了保護馴鹿可以犧牲性命，慕容超既然做了南燕國主，就是百姓的牧人，所以他絕不會離去！」

我等爭論不休，談得投機，遂結為異姓兄弟，兩人名叫慕容追月，慕容追風，這樣的名字，應該是他們的祖母一輩子尋尋覓覓，卻終不得見愛人的感嘆吧。

他們告訴我他們所居的谷地位置，我到了高昌一年後再去尋找，竟然怎麼樣也找不到了，二王兄告訴我：

「這兩人或許和你一般，對雙頭將軍著迷，所以自命為慕容後人吧！不過我們受魏國重創，有這樣的神話，大家都相信有個護國之神，也是件好事。」

二王兄在五年後積勞成疾而過世，由我繼任。高昌地勢平坦，物產昌盛，所以叫做高昌，我繼承祖訓，發展農牧商業，尊文重道，果然國運昌隆，至今已經十六年了。

但此時天外又飛來一場橫禍，在漠北興起的「柔然」一族，野蠻殘忍，強弓勁弩，四方畏服，以五萬蠻兵跨大沙漠而來。如今高昌孤城危在旦夕，我的慕容兄弟，雙頭將軍，難道將棄我於不顧了嗎？

殿內只剩下當年與我共生死的三名侍衛，只是當年的少年成了中年，中年成了老年，老年已經老到不行了。他們找到我的兩個王孫，我說：

「蠻賊勢大，看來連雙頭將軍都救不了我們了。」

那老到不行的說：

「主公，雙頭將軍神出鬼沒，我們一起大喊，雙頭將軍回來啦！北涼國有救啦！說不定他就來啦！」

我知道，他還是不忘提醒我做北涼王的尊嚴，我說：

「你們先出去，待我拜過先祖，便與你們一起赴義！」

我將兩個孫兒叫過來，一起拜過祖宗，說：

「可憐你們年少，也不用受戰爭的恐怖，待會兒我出去，你們就自盡吧，若是沒有勇氣，就互刺一劍吧！」

此時兩個人影由黑暗中浮現，像是兩個幽靈，竟是慕容追月與慕容追風兄弟，兩人已是壯碩的中年人了，道：

「安周兄，柔然大軍勢不可遏，你與兩個王子快跟我們走吧！其他人救不得了。」

但我看到滿城的火光，喊殺哀叫聲不絕於耳，竟說：

「請兩位義弟帶著兩個孩兒走吧，當年你們說，慕容超一定不會放棄任何一個子民，如今我年近六十，也做了十六年的國君，我也不能枉做北涼國君。」

「他是他，你是你，此一時，彼一時，你再不走，就來不及了。」

「你兩人的祖母還在嗎？如今莫不已近八十高壽了？」

「她果然還活著，每日還是精神矍鑠，身手靈活。」

「那麼請將這兩個孩兒託付給你們祖母，一樣傳授慕容氏文治武功，為避人耳目，將他兩人改姓為麴，以承沮渠之音。」

「我料想這柔然乃化外之民，愛劫掠而不好治理，在此不會久住，我兩個王孫若有雄才，或許可以奮起中興；否則，也能追隨兩位，成為匡濟天下的游俠！」

兩位王孫跪泣拜別，我拋下他們，持劍走到殿外，只見我軍越戰越少，我告訴三個侍衛方才之事，他三人都隨著我舉起兵器，大叫道：

「雙頭將軍回來啦！北涼國有救啦！高昌城有救啦！」

我們於是從容地迎向火光中的兵刃。

（註：沮渠北涼被柔然滅亡〔西元四六〇年〕之後，柔然立了若干短命的傀儡政權，但在四十年後，柔然衰弱，被新興的突厥人取代。而高昌，也被當地人麴氏所統轄，自此稱為麴氏高昌，是高昌最強盛、佛教最興盛的時代，政權長達一百四十年，直到唐朝才被唐太宗所滅。如今的高昌古城，大都是麴氏高昌的遺跡。）

之一 西方極樂（西元四〇〇年）

犛牛的呼喚

群山環抱的河谷中金霞燦爛，慕容超仰頭看雁群南飛，已經是第三次了。

這時的慕容超已經十七歲，比起離開三高寨時魁梧了許多，儼然是一個巨漢，他留了一口暗金色的短鬚，白皙的皮膚在長年的日晒風吹之下，帶了黑紅與粗糙。他的眼光巡視著牛群，有時他想到了姜繁霜，或者是想到了公孫氏口中的慕容王朝，使他的眼光有時平靜，有時忿怒，有時冒出精銳的光芒。

這時的公孫氏已幾乎沒有記憶，在這與世隔絕的山谷中，謀生困難，幾乎所有時間都在想辦法創造食物，慕容超常覺得，他快要變成一頭野獸了。

三年前，他們循著山中古道走了十餘天，擺脫禿髮部落的追殺，地勢越高空氣越稀，爬到高處觀望的阿缺奔下來：

「有人來了，看來有七、八十騎，離這裡不到半個時辰了！」

他們慌不擇路，竟走進了河道之內，阿缺叫道：

「笑話，待會不能走了，不是甕中捉鱉？」

阿殘道：

「廢話！來不及回頭，就闖一闖吧！」

不久，聽到前方水聲隆隆，眼前一道山丘隆起，約有五到六層樓高，一道瀑布橫在眼前，阿缺縱馬兜了幾圈，道：

「笑話！這是絕路，追兵一定循蹄印車輪印追來，如今回頭正好撞上他們！」

阿殘眼中迸出火花：

「廢話！只有拚命了！」

但此時的慕容超像是嗅到了同伴的狼，向著上方凝望，突然說：

「向那裡走！」

他竟連人帶馬，直衝進瀑布去了，眾人也只得跟著衝進去。說也奇怪，一過水簾，只見一片大石壁，上面爬滿了青苔和茂密的蕨與藤，慕容超奮力撥開亂石和藤枝，竟然出現一片陡峭但平坦的石坡，顯然是一條山路，但被亂石、樹枝、藤蔓布滿，因而難以發現。

眾人毫無猶豫地又砍又挑，推開亂石，理出一條路來，直入甬洞中數十丈，越爬越高，上方豁然開朗，竟是一個盆地，一片草原。一道河水蜿蜒而來，以一個曲線沿山繞過，滾下瀑布去，而他們已到了瀑布的上方。

阿缺叫道：

「笑話！眞是天無絕人之路，大夥快上來，就算把騾車拆了，也要拖上來，把洞口用亂石藤葉給封了，不要留下痕跡。」

眾人用盡吃奶的氣力，將解體的騾車用枝葉掩了，拖著騾馬，爬到上方的草原上，又搬了亂石、藤枝由外面掩住，遠處已有人喊馬嘶，踏水而來，果然是一支禿髮氏人，直追到瀑布之前，有人叫道：

「明明就往這裡來了，爲什麼不見了？」

有一個巫師打扮的人說：

「這裡有股陰氣，讓我有大不祥之感。」

爲首的仍叫道：

「快搜查看看，莫非有山洞！」

但此時忽然一陣怪風颳起，地動山搖，河水都跳動起來，連躲在洞中的慕容超等人都驚叫起來，阿殘道：

「地震！快爬上去！」

他們連忙向上爬出洞口，只見呼延平等人都不知所措地站在當地，一座高崗像被打碎了崩下來。良久，地震才停了，甬道已被亂石擋住了，呼延平道：

「你下不去，他們也上不來，我們快離洞口遠一些，讓牲口不要出聲。」

他們看到草原中有一棟棟黑壓壓的房子，連成一長條，橫在盆地的中央，完全沒有人聲，呼延平說：

「這是高原上藏人的村子，我聽說過，每家人前後的草地都用柵欄圍起來，好讓犛牛不會混在一起，因為房子排成一條線，又稱作線條村，阿超，你怎麼知道這裡的？」

慕容超緩步走向那條房子，呼延平說：

「大家都不要動，免得引起誤解，阿超，你自己小心。」

慕容超走到房子前，突然良久不動，呼延平示意準備好弓箭，嚴陣以待，只見他走進木屋，不久出來道：

「這個村子早就荒廢了，人不知去哪兒了，牛卻留了下來，只要重新馴服了牠們，就可以過日子了。」

呼延平只見房後草地上黑壓壓的，竟然有三十餘頭犛牛，他聽公孫氏說過慕容超懂得禽言獸語，當然也不意外。他們不敢生火，只能吃些冷食，三天之後，阿殘由瀑布上垂墜下去，才確定禿髮部落的追兵已經走了，呼延平道：

「禿髮部落是很迷信的，或許遇到地震，以爲是老天爺的意思，不可再追。」

從此，他們在這草原上住了下來，一過三年，靠著犛牛的奶、肉、皮毛，種些野菜，採野果，掙扎著度日，這些牛也在他們的照養下增加許多。但他們始終猜想不出，爲什麼這村中人去樓空，牛卻留了下來，慕容超斷定：

「當年是有個大地震，比我們遇到的還大得多，犛牛事先感覺到了，就衝出了山谷，我們進村的那個甬道，本來就是村人進出的道路，地震的時候，山壁垮了下來，壓在兩邊石壁上，成了甬道。村中的人沒有了牛，沒辦法過日子，只好離開了，等到犛牛回來，主人都不見了，從此在這裡自生自滅，我們到了瀑布下面的時候，牠們以爲是主人回來了，所以我才聽到了牠們的呼喚。」

「這是笑話還是廢話，還是什麼牛話？爲什麼我沒有聽到？」

獨孤拔問，但是慕容超沒興趣解釋，只好算了。

粟特商人

時間久了，他們也終於放大膽子，裝扮成羌人出去趕集，慕容超想去探詢姜繁霜的下落，但是他的長相特殊，呼延平堅持不讓他去。如此幾年過去，都順利回來，一天，他們如驚弓之鳥般逃了回來，因為在市集中看到了一隊禿髮士兵。

「看樣子，他們不像是來找我們的，而像是有任務的。」阿殘說。阿缺則說：

「哎呀！真可惜啊！這次市集裡出現了西域人的大商團，要是能留下來，我們採的藥材一定可以多換些東西回來。」

慕容超知道，獨孤拔想的是可以為晴兒買兩件新衣服。晴兒已經十一歲了，長得已經和梁阿雁一樣高，雖然體型還很纖瘦，但已完全是少女了。

次日，阿殘鐵青著臉趕回住處說：

「糟了！他們已經在瀑布下面紮營了。」

呼延平道：

「該來的就躲不掉，先守住瀑布，再伺機突圍。」

慕容超說：

「我去看看。」

獨孤拔也跟著去，他們對這裡地勢已瞭如指掌，神不知鬼不覺就到了瀑布下方，果然，河床上有數百頭牛馬在飲水，岸上紮了二十餘座帳篷，其中一座暗紅氈子的主帳最大，一群人忙裡忙外，埋鍋造飯，也沒有什麼軍士在戒備，獨孤拔悄聲道：

「這不是禿髮部落，這是前幾天見到的西域商團。」

「莫非是和禿髮部落聯手的？」

只見一群紅衣人都是深目多鬚，在甬道入口挖掘，主帳內走出一個身著褐色長袍的人，也是西域人長相，戴著一頂像是方筒形的帽子，衣袍十分奇特，肩頭、下身、衣袖都非常長而寬大，唯獨在腰處和上臂處收緊，像是幾個肚子大頸口小的瓶子，整個袍上都布滿圓點，每個圓點裡都是一棵樹。獨孤拔道：

「褐衣人才是頭子，紅衣人只是保鑣。」

那些人發現了甬道，也不急，收工吃飯去了，慕容超說：

「你回去叫義父他們來，今天晚上，我們了結此事。」

那些人吃完了晚飯，把營火生得大旺，唱歌取樂，好不容易才散了。呼延平示意，五人拿著兵器，便直奔那主帳而去。忽然火把點起，數十人手持弓箭由樹叢裡冒了出來，他們才知道踏入了陷阱，只見那褐衣人走了出來，用不甚靈活的羌語說：

「諸位壯士，不要驚慌，請放下武器，一切都好說。」

他的部屬果然都收了兵器，呼延平答道：

「好，就收了兵器。」

那褐衣人請他們進了主帳篷，他們從沒見過這麼大的帳篷，裡面可以給十餘人坐臥，烤著一隻全羊，帳內有六個侍女來伺候他們吃喝。褐衣人道：

「聽壯士的口音，是匈奴人吧？我們就說匈奴話吧！」

獨孤拔沒有看過這麼精緻的裝飾和器皿，還有妝扮精心的女子，不覺呆了。呼延平用鮮卑話道：

「就喝吧，要殺我們，在外面就放箭了。」

褐衣人竟用鮮卑話接口道：

「是啊！諸位壯士在外面等了一整夜，必然餓了，快吃吧。」

眾人也就乾脆開懷暢飲大吃，褐衣人作揖道：

「在下乃西方粟特人士，在西域往來經商多年，也有個漢人名字，叫做安和樂。」

呼延平道：

「安？是昭武九姓之一。」

「先生見識廣博，昭武九姓，指的就是我們粟特人。在下前幾日在市集上見到諸位，就知道不是等閒之輩，而見諸位倉卒離去，猜想你們與禿髮部落有些過節，見到你們向西直去，更加好奇，因爲我一直在找一條古道，可以由這弱水河谷到達西域。實無意冒犯諸位，但是諸位不易接近，才出此下策。」

他說的鮮卑話竟然十分流利，他又繼續說：

「諸位一定想問，我爲什麼要找這條古道吧？因爲河西走廊近年多事，我這次帶著商團到了長安，回程走到金城，聽到就要打仗，便改由弱水河谷西行，原來打算由扁鵲口再回河西走廊，但是又聽說，古時候由這峽谷也可到西域去，只是道路越走越艱難，古人說的進退維谷，就是這種感受吧？哈哈哈！」

他把自己的來歷與打算和盤托出，顯然是表示他的誠意，慕容超心中想：

「莫非這個人是天上所賜，來帶我們離開的？」

慕容超說：

「粟特是什麼地方？離這裡有多遠？」

那人見有了聽眾，拿出一張地圖說：

「看，這是我花了多年畫的一張地圖，祁連山之北是河西走廊，向西出去就是西域，這西域廣大，東西南北數千里，有高山有沙漠有草原，翻過了蔥嶺，向南去幾千里，就是天竺，往西去幾千里，都是波斯地界，向北有兩條大河向西北流去，一條叫做阿姆河，一條叫做錫爾河，這兩條河所經的富庶之地，就是我們粟特人的家鄉。」

他見慕容超聽得仔細，更高談闊論：

「漢人稱自己的地方是中原，但是波斯人會說，蔥嶺以東到海有三千里，以西到波斯帝國又有三千里，再往西羅馬帝國還有三千里地，所以，波斯才是在世界的中央。」

「天竺人會說，再偉大的房子也會傾倒，再偉大的帝國也會衰微，唯獨天竺的孔雀王朝有個阿育王，是佛教最大的贊助人，再輝煌的歷史都飛灰煙滅了，只有佛教與信仰不滅，所以天竺人才是時空的中心呀！你看，世界上的人是多麼不同，知道得又多麼有限！」

呼延平、阿殘、阿缺吃飽了打起瞌睡來，獨孤拔和侍女們語言不通，卻鬼扯個沒完，安和樂見慕容超聽得入神，更振作精神：

「粟特人經商，以四海爲家，很多人說粟特人把蜜糖抹在嬰兒手上，好讓他長大了說話很甜；又說每個粟特人學講話，教完了說黑，就教說白，說完了圓，就要說方，這樣才會學到說話反覆無常，死的說成活的。他們又說，粟特人的小孩沒有上學就會算帳。」

「其實是因爲粟特人著重教育，每個孩子都要識字，算術，會幾種語言，學精巧的手工。我們北邊的康居國有許多十字教徒，波斯人信拜火教，天竺人信佛教，粟特人卻信什麼教都可以，許多佛經，都是由我們翻譯成波斯文和漢文的。」

「而我，更是粟特人中的異類，我來自西方的猶太人，古早之時，我們族人也建有猶太王國，無奈被外族巴比倫王國給滅了，淪爲奴隸。還好巴比倫王國又被波斯人滅了，波斯人發現我們很有知識，會辦事，我們才得到了解放，枝開葉散，到了世界各地，那幾乎都是一千年前的事了。我的家族，就在粟特定居，在這裡我們更不會受到歧視，我們猶太人是信猶太教的，但是四百年前，有個猶太人自創了十字教，這個是個木匠，這十字教是個窮人的教，其教義也深得我心。」

「這些宗教我都略有涉獵，它們有許多相同之處，都是說宇宙中有個不可理解的奧妙，所以我們都要謙卑對待生命。但也有許多不同之處，每一個都很有深意，終有一天，我會好好思考，到底要信哪個教！」

「總之，我們粟特人天不收地不管，上沒有帝國，下沒有階級，城邦之間沒有爭鬥，只有貿易。所以流離之士，飄泊之人，都把這裡當做樂土。」

慕容超道：「但是你們離鄉背井，又沒有軍隊，身家性命，不是都要看別人的臉色？」

安和樂似乎碰到了知音，也把他的志向一口氣說給慕容超聽：

「我常想天下太平之時，商路暢通，天下之人能享受天下之物，東方的好東西、好思想能到西方去，西方的也可以到東方來，生產東西都能有好酬勞，日子就過得好，就不會想打仗，多聽聽別人的想法，也就不會太想不開！所以我一心想要找到通往西域的通路，路途越多，越不會出問題。」

慕容超不覺大奇，一個商人竟有如此雄圖，安和樂的言詞靈巧，和公孫氏異曲同工，但這幾年公孫氏的思緒越來越遠，而安和樂說的，不是爲了一個人、一家人、一族人的好處去欺壓別人，而是有更高的目的，讓慕容超感到熱血沸騰。他說：

「由此向西去，我們也試著走過，但是山高谷深，空氣稀薄，連飛鳥也難越。聽羌人說，只有翻過南山去，在青海高原上，才有通往東西的道路。」

安和樂道：「我由敦煌出西域，經過大沙漠之後，就會到一個叫做若羌的地方，那就是羌人所建的城池，這些羌人似乎就是青海高原下去的，這麼說有道理呀。」

他與慕容超兩人一直聊到天明，其他人都睡得沉了，安和樂問道：

「少兄，我看你的氣度談吐，長相膚色，莫不是白部鮮卑的王族嗎？你不要掛懷，我沒有刺探你的意思，就算是王族，少兄也不用太擔心，流落在江湖上的亡國王孫，真不知道有多少，也沒有人在意。我在洛陽，還看到有人打著慕容王孫的招牌，在街上賣膏藥呢。」

慕容超凝視著帳篷天頂上的天光，說：

「安先生沒猜錯，我是大燕亡國之後，流落到此的王子，我出生在死牢之中，被我的義父所救，一直苟活到現在。我做過死囚，牧童，被人搶走了懷我孩子的愛人，也因此和禿髮部落結仇，逃到這山裡做龜孫子已經三年了。」

「我不甘願在此做一世的牧童，我也不想回東土去復興大燕，安先生的世界比較符合我的脾胃，所以請把我們帶在商團之內，待我伺機回到羌村之中找尋愛人，然後我就做你的保鑣、學徒，隨著你打通西域，創一番大事業吧！」

之二 幽谷蒼狼（西元四〇〇～四〇一年）

鷹之眼

呼延平一覺醒來，才發現他們未來的命運，居然已經被慕容超決定了，這是他一輩子沒遇過的好事。

安和樂來拜望段氏，見到公孫氏，說：

「這位就是太夫人嗎？果然豐神逸秀，有母儀天下之態。」

段氏道：

「可惜，如今她思緒雲遊在過去之事，奇的是，她所在的時空往往和今天的事有關，比如昨天一早，就在準備迎接高句麗來的使節，閣下就出現了。」

「我們粟特人相信，凡人都困在一個世界裡，這樣的長者已經飛升了，可以周遊在好多世界，就像是天上的鷹，知生知死，法力無邊。」

慕容超提起救呼延平之事，安和樂讚嘆道：

「我這一路西來，不時就看到禿髮部落的人馬在此活躍，應該是想占住弱水河谷，既然諸位和他們有過節，就只好請諸位扮成我的僕從，太夫人和夫人也要委屈了。」

段氏道：

「我們在張掖被抄家的時候，那些士兵如狼似虎，見我大肚子，也是一陣拳打腳踢，我婆婆趴在我身上，不知道挨了多少拳腳，一棍捶在她的後腦上，我聽到一記清脆的聲音，像是什麼被打碎了，若不是呼延先生及時趕到喝退那些牛鬼蛇神，把我們押到了大牢裡，我們早就莫名其妙的死了。也許，就是這棒把她打壞了。安先生，你說我們鬼門關走過來的人，又有什麼尊貴，又有什麼委屈呢？」

「果眞是忍人所不能忍，慕容氏中英雄輩出，巾幗也不讓鬚眉。」

慕容超也頗訝異，怎麼這事他從未聽過，她們兩人，還有多少磨難沒有告訴他？一陣風由窗外颳進來，南邊山頭上聚集了濃重的彤雲，雨落在草地上，森森有聲，突然公孫氏朗聲說：

「你們以爲趙國的部隊是威脅嗎？秦國的部隊才可怕呢！」

安和樂聽了，說：

「鷹之眼所見，一定有因，快向東邊偵察，是否有什麼大事了？」

驛兵與飛鴿

商隊往東行走，四天下來，全不見禿髮部落的蹤影，當晚紮營後，一騎斥候疾奔而來，告訴安和樂道：

「北涼部隊約有三千人，駐紮在東邊三十里地外，到處拉夫搜糧。」

「難怪禿髮部落都跑光了，他們到這裡做什麼？快派人一面向東，一面上扁鵲口去，看看有什麼動靜。」

到得傍晚，上扁鵲口的探子飛馬奔回，道：

「有一隊二十人的驛兵，打著『沮渠』的旗子，過關口下來了！」

安和樂對呼延平等人道：

「沮渠兄弟是北涼國的大將，他們是盧水胡人，哥哥叫做沮渠男成，弟弟叫做沮渠蒙遜，北涼國主段業就是他們擁立的。近來段業羽翼已豐，對兩人頗有排擠之意，但他們爲何來到這裡？莫非張掖也要出事了？」

見到安和樂，那帶隊的軍官訝異說：

「安大戶如何到此窮鄉僻壤？」

「小民自長安歸來，撞到武威有戰事，只好由弱水河谷回來，恰巧碰到大人，是否這裡也要打仗？大人若可賜告小民，也可避禍保命。」

「沒事，沮渠蒙遜將軍在此練兵，你由東來，爲什麼沒有碰見將軍？」

「我以爲向西去還有一個大鎮，想去做做生意，因此錯過了將軍。大人，天色已晚，我殺隻牛，讓諸位弟兄果果腹，天亮上路，說不定趕得更快呢。」

那軍官似乎勉爲其難，但一見到烤肉和酒，便放情大吃大喝，到了深夜，安和樂進了呼延平的帳篷說：

「果然段業和沮渠蒙遜有了嫌隙，哥哥依舊擁護段業，沮渠蒙遜怕被追殺，所以逃到了這裡。如今哥哥想要招弟弟回去，但弟弟不肯，所以這封公文至爲重要，攸關我們的安全。」

他由懷中拿出一封信，呼延平見多了公家文書，道：

「你偷了他的公文？這上面都有關防騎縫章，你要如何打開看？」

「這有何難處？」

他並不去碰信的封口，而是用水將紙纖潤溼，由側面摺痕處用細刀挑開，他讀了之後，渾圓的褐色眼睛轉了幾圈，像是河水中的兩個漩渦，道：

「這也奇了，這個老哥還以爲他弟弟在武威防禦呂家軍，其實卻躲在這裡。老哥說，他不贊成弟弟推翻段業的計畫，這是漢人天下，還是要以漢人爲王，以少制多，總是危機四伏，不如與段業合作；如今既然弟弟願意繼續爲涼國賣力，他也很高興接受弟弟的邀請，一起到蘭門山去祭祖，盡釋前嫌。」

「看來這個弟弟對哥哥諸多隱瞞，並沒有誠心修好。」

安和樂又將封套黏回，噴溼之後細細的用火烤一番，果然完全看不出破綻，他道：

「沮渠兄弟，哥哥爲人迂厚，凡事與人爲善，弟弟桀驁不馴，智巧百出。到了這種節骨眼，老弟一定不會聽老哥的，只怕一場兵災就在眼前，我們若是趕得不巧，只怕像是這些不知死活的飛蛾。」

帳篷中，只見不時就有一隻飛蛾撞上中間的營火，燒得啪啪作響。

次日一早，那隊驛兵就趕向東去，那天午後，安和樂的探子又奔來叫道：

「又有一隊驛兵來了。」

到得傍晚，安和樂故技重施，把第二隊驛兵留了下來，夜裡又拿了一封信拆開，說：

「這一隊人，是沮渠蒙遜派到張掖城送信給段業的，這封是段業的回信。」

他將信讀了幾遍，拍了自己的額頭道：

「果然，這個弟弟算是夠狠的了，連親哥哥都要害了。段業說，現在知道他才是忠臣，他老哥才是叛逆！之前，沮渠蒙遜曾警告段業，他老哥如果要去蘭門山祭祖，就是要帶盧水胡人造反的暗號，如今果然發生了，段業也已發兵追捕，信中告訴沮渠蒙遜，希望他繼續忠心效忠北涼。」

「這麼簡單的計策就把兩人騙了，哥哥相信弟弟也就算了，段業爲什麼這麼笨？」

「段業本來是個文官，大家都覺得他是個靠得住的儒者，但是他位子坐穩了，培養了親信部隊，就想排除異己。段業如果不追捕他哥哥，沮渠蒙遜的計策就會敗露，如果段業笨到殺死哥哥，沮渠蒙遜就會以段業殺害忠良爲名，號召胡人起來作亂，即刻出兵。」

「誰比較占上風？」

「張掖城兵馬有三個派系，段家軍、田家軍，和沮渠軍，三方人都差不多。」

「段家軍是這幾年才組織起來的，段業向來靠著操弄沮渠軍和田家軍之間的矛盾維持權力，但是對兩邊都不信任。這河西一地，盧水胡人還不少，而且胡人驍勇，這場仗難分高下。」

慕容超問：

「什麼是盧水胡人？他們是匈奴人，還是羌人？」

安和樂又是一番高談闊論：

「這盧水就是弱水，有人嫌弱水不好聽，所以說成盧水。」

「弱水在這山谷中由西向東走了一千里，北出祁連山，進入河西平原後就轉向西北走，流過張掖城，直到北邊的沙漠中去，這弱水河岸的胡人，有匈奴人、月氏人、羌人、鮮卑人，幾百年了，也都彼此通婚，所以通稱爲盧水胡人。」

「至於沮渠家，有人說『沮渠』是匈奴的官名，所以是匈奴人。但是據我看，他像月氏人多，匈奴人少，可能他們的祖先曾經做過匈奴人的官。」

姜繁霜的母親就是小月氏人，不免引起了慕容超的好奇，這時獨孤拔說：

「如今我們該出扁鵲口，還是不出？」

「如果段業沒上當，沮渠蒙遜必然要逃，我好死不死，撞進了這個嫌疑之地，回到張掖，段業必對我懷疑，這樣對諸位也不利。而沮渠蒙遜已知道我們在此，跑也跑不掉，現在他的勢力不夠大，一定會抓住我出力，或許，這竟是諸位回張掖的天賜良機？但是無論如何，現在我們都要去向他獻上牛羊，探聽虛實。」

呼延平道：

「你說得沒錯，只可惜我們要與這奸險之人爲伍。」

「呼延先生一定是猛獸投胎的，光棍眼裡揉不進沙子；像沮渠蒙遜這樣的人是豺狼投胎的，遇到強者屈服，遇到弱者趕盡殺絕；但像我這種人是猴子投胎的，沒有殺傷之力，只能伺機而動，最重要的就是活下去。」

他向侍從說：

「快取紙筆和鴿子來！」

侍從帶來幾只鳥籠，安和樂修書完畢，選了兩隻鳥出來，各綁了一封在腳上，他凡事精謹，唯恐有一隻出事，所以一次放出兩隻，呼延平嘆道：

「我久聞西方有鳥，不管到哪兒都能找到歸途，原來就是這不起眼的鳥兒。」

「這鳥叫做鴿子，可以飛越千里找到家，休息夠了，又可以飛回到這裡來找我，據說希臘人就靠著它可以兵分千百里，還能互通聲氣。如今我們放兩隻送信回張掖家中去，可以盡快知道城中動靜。」

安和樂捧著鴿子，像是低聲囑咐了一陣，雙手一拋，那兩隻鴿子不一時就消失在天空，慕容超想，如果他也有一對這樣的鳥兒，至少可以知道姜繁霜在哪裡吧。

舔爪的老虎

安和樂要侍從點足了三十隻牛，向呼延平道：

「我要借二位世兄做我的保鑣，隨我到沮渠營中走一趟，麻煩呼延兄帶著我的商團，慢慢趕來。」

「這兩個孩子怕會誤事，還是我隨你去？」

「呼延先生嫉惡如仇，我怕你見了沮渠蒙遜，眼裡噴出火來，而這兩位少年英雄，正應該見見場面，多學學猴子求生的工夫呢。」

他們向東走，果然見到北涼軍士，安和樂呈上拜帖，那營裡外人馬奔動，慕容超問：

「你看那畜欄之外還圍有一欄，裡面空無一物，這是何故？」

他們被引到中軍帳前，一個將軍坐在一張交椅上，他的頭渾圓碩大，鬚眉甚多，連臉頰上都長了半金半黑的毛髮，像是一個老虎的頭顱，安和樂連忙參拜：

「聽說大人在此練兵，小民正經商到此，特別趕上三十頭牛給大軍加菜。」

「安大戶，老朋友，昨夜夢裡，我見到一株火紅的樹冒出地面，又有兩道霞光由天邊飛過，沒想到應在你身上！你怎麼知道是我在此？」

「大人，我這一路由長安回來，到處碰到打仗，如今又見大人在此，不知道是凶是吉，還請大人指點。」

「有我在，有什麼好怕的？我有機密的任務，你若洩漏了軍機，可得小心抄家滅族。」

「我們行走江湖的人，要是口風不牢，多管閒事，哪裡混得長久？」

沮渠蒙遜叫人備椅子給安和樂，一起看軍士練習攻城，只見他們操作著一個巨大的器械，平台下有輪子，上有根大木幹，撐著一個大碗，十來個軍士將一個大石頭扛進一個大碗裡，奮力拉著一條巨索，一聲號令，只見那木幹像是隻手臂一樣，力量奇大，將巨石扔到了數十丈外，眾軍士歡呼起來，沮渠蒙遜卻怒道：

「只能拋這麼遠，城上的弩箭都已經可以射到你們了，等於全無用處，至少還要能扔兩倍遠才行。」

那名軍官脫下頭盔，竟是個西域人，安和樂去攀談了半晌，回來說：

「他是波斯來的傭兵，十幾年前到龜茲國幫忙抵抗呂家軍，被俘到此，沮渠蒙遜知道他會奇門武器，所以一直把他藏在身邊。據他說，這玩意兒也是七百年前希臘大軍由西方帶來，把波斯人打得很慘，但他也只會這些。」

傍晚，營外又有騷動，只見一片人馬畜獸驚天動地而來，獨孤拔說：

「原來那個空欄，是要關他們劫掠來的百姓。」

慕容超向囚欄走去，掏出袋中的乾糧分給難民，軍士們開始吃飯，令百姓們更加飢腸轆轆，北風漸起，哭喊聲不忍卒聽，安和樂過來道：

「你要想幫助他們，就得沉得住氣，你們快跟我來。」

他的廚子用蜜汁烤了牛羊肉，配了野雉兔肉，新鮮蔬果，噴香無比，端進主帳，在安和樂口若懸河的介紹下，讓人覺是絕頂美味，沮渠蒙遜吃飽了，眼露精光的說：

「安大戶，你身後的那兩位是誰？雖然年少，但眼露兇光，莫非我夢中的兩道霞光，是應在這兩位少年身上？」

「大人好眼力，這兩人都是我在山谷中遇到，見他們天賦異稟，就收爲義子，因此都改姓安，一個單名拔，一個單名超。」

「必是敗軍之將，或是死囚的後代，所以氣宇這樣兇惡，但你願意收他們爲義子，一定是有本事的。今日有美酒好菜，要是他們再露一手，那就不算太無聊了。」

慕容超道：

「我們學的本事，是用來作戰的，不是用來喝酒助興的。」

「那就去難民裡面拉十個有武藝的出來，但是可得全部殺死才行。」

「那也不急，我們使的是眞功夫，兄弟過招也絕不留情，怕你不知，先說明一下。」

沮渠蒙遜冷笑說：

「你在唱戲嗎？還要開場白！」

慕容超對獨孤拔低聲說：

「既然姓安的已經把寶壓在這人身上，我們爭取了他的重用，更有機會救救這些難民。再說，我已經過夠了看牛的日子，這是上天要我們出頭的機會！」

「好！我的老虎爪子早就藏不住了！」

兩人的動作如電光石火，他們自幼練習，默契奇佳，過招之間險象環生，但兩人都毫髮未傷，沮渠蒙遜叫道：

「果然是戲班子！打了半天沒傷沒亡，馬上功夫如何？出帳去，天要黑了，點起營火來！」

慕容超和獨孤拔上馬，如轉燈般的廝殺，軍士們都忍不住叫好，兩人激戰了數十回合，沮渠蒙遜說：

「安大戶，我要徵召這兩人做我的隊長！如今北涼有大事，你也受北涼的庇蔭久矣，是你回報的時候了！」

安和樂笑嘻嘻地說：

「大人說的其實沒道理，這張掖城並非我的故土，北涼國在三年前還沒個影兒，況且，這三年來我也沒有少繳一分稅，所以究竟是它庇蔭我，還是我庇蔭它，還是件可以斟酌的題目。」

沮渠蒙遜冷笑兩聲，安和樂降低聲音說：

「有道是商人無祖國，要我出力自然可以商量，恕小人直言，大人現在流離失所，國主猜疑，兄長不容，連張掖城都回不去，跟了將軍，豈不成了喪家之犬？」

沮渠蒙遜也不動聲色地說：

「老滑頭，所以你是段業派來刺探我的？如何知道我的處境？」

「大人不要誤會，這些軍閥爭鬥，絕不是我有興趣的事。」

「將軍器識過人，所以我有一套富貴說給將軍聽，如果天下承平，道路暢通，不但商人可以賺大錢，老百姓安居樂業，就連這沿路的小軍閥，也有無窮盡的好處。只可惜這些人眼光短淺，只顧著搶眼前的這點小錢，誤了賺大錢的機會。」

「這次巧遇大人，正是天命，小人有意協助大人奪回張掖，但是我只希望：第一，大人休兵，讓大家過幾年好日子；第二，西域商團由我統領，我若將東西商路再打通，張掖城就變成商路的重鎮，我所得的好處，當然要奉給大人一份。」

沮渠蒙遜斜著眼問：

「原來你是個夢想家，我奪了張掖，也只像你說的是個小軍閥罷了，別說是西域，你走到了敦煌，西涼國就不賣我的帳，又怎麼幫你打通商路？」

「大人只要封我做大使，修國書一封，裡面說加入我商團的人，必在張掖通行無阻，只要這樣，西涼也好，西域諸王也好，一定會對我刮目相看，同時我會串連當地的商人，收買一些大臣，讓國主知道天下太平，貨暢於流的好處，一定望風披靡。」

「原來你是野心家了，我壓了你的寶，可要分大份的紅，你也要留人質在張掖，否則到時候你過河拆橋，你做你富可敵國的大商人，我卻還是小軍閥。」

「大人放心，我們粟特人要是沒有個算帳分錢的辦法，那能夠行走千里？只是眼下，將軍有些以寡敵眾，這些難民也很難充人頭！」

「我沒有笑你做春秋大夢，你倒來懷疑我的本事了？我在這裡只爲囤糧，自有各地盧水胡人來響應，到時候人馬眾多，你的這兩個義子也可以統兵，你們兩個過來！剛才我看到你分乾糧給難民吃，這些難民，和你們有關係嗎？」

慕容超說：

「我們兩個自幼在這河谷的山村中長大，有的村民有恩於我，許多也有仇，但我不忍見他們像野獸一樣被殘殺。」

獨孤拔插嘴道：

「他曾愛上個山村中的女子，卻被當地的惡霸搶去了，還結合了禿髮部落一路追殺我們，我們才會逃到這天涯海角來。」

聽到這裡，沮渠蒙遜頗爲相信，說：

「原來如此，那你該恨這些蠢才才對，爲什麼竟要幫他們？」又道：

「你們聽著，這些人住的山頭產鐵，他們也特別會打鐵，打的頭盔最有名，可以把頭整個包起來，又叫做『兜鍪』，連長安軍士都愛。用他們的土話，發音是『突厥』，所以，外面人就叫他們爲突厥人。」

「他們又會種田，又會放牧，又會打鐵，必然富足，但是怎麼拷打他們也不說，即使把他們殺光了，大概也不會說。你們要救他們，就找出他們的糧食，我兩三天內就要出兵了，一定得有供八千軍士、十天的軍糧才行！」

慕容超道：

「這裡的百姓都一樣，他們被官兵和強盜搶得多了，都有祕密的糧倉，只有幾個長老知道，個個發下毒誓，絕對不會透露一點口風。」

「如果要我找到糧食，你得答應把他們歸我管，你不要再拷打他們，然後，每個寨各找兩個長老隨我去找糧食，同時，你不能讓這些難民餓死。」

「好，今夜我就煮大鍋粥，養他們三天，明天一早，你就去找糧食，我會派一隊士兵跟著，若是你找不著，我就砍掉安大戶的腦袋，把他的肉割下來給難民吃。」

熊熊營火之下，沮渠部隊煮出東西來給難民吃，掀起了一陣歡呼，安和樂的笑臉上卻露出不安，因爲慕容超已把他的腦袋當做賭注了。

一泡尿

白色的鴿子騰空而起，直飛進深黑的夜，像是逝去的流星，慕容超對獨孤拔說：

「這個突厥部落，共有三個寨子，我和阿殘、阿缺叔去找糧食，你留在這裡，改良那座拋石器。」

獨孤拔也由懷中掏出一張圖來，說：

「我已經知道該如何做了！」

慕容超看了拍手叫絕：

「就像是我們的鬼箭神槍，沒有了旋轉的力道就難以及遠！它這機關沒有扭力，力道不夠。這樣用藤枝編成拉索，用犛牛將大碗拉到有如滿弓，一旦放開，那拋石之力勢必倍增，藤枝有如彈簧，就像是羌人打水用的機關！」

安和樂也在旁看得興致盎然，道：

「你要是立了這個大功，說不定能救我的腦袋。你到底有沒有把握找到糧食？」

軍士們將三寨的長老找來，有的已被打得遍體鱗傷，獨孤拔說：

「你們難道看不出來？不說出糧倉，遲早你們都會被殺盡，留著糧食有何用？」

那些人一面垂淚，一面道：

「但是我們都是對祖先發了誓，做了長老，絕不能對任何人說出糧倉，否則永世不得超生。」

慕容超道：

「我知道。所以你們每個寨派出兩個長老，每兩人一組，去找第三個寨的糧倉，憑你們自家的經驗，一定可以嗅出別人的糧倉，越早找到，村人的災難就越少。」

「但我答應你們，我會在糧倉裡留下一半糧食，不算對不起祖宗，這樣聽懂了嗎？」

慕容超一口氣趕了一天路，分三路前往三寨，他自領一隊，在傍晚前來到五狼寨口，寨內已沒有人，寨門被燒毀在一旁，牆上插著幾支斷箭，是軍隊進來劫掠時留下的痕跡。那兩個隨隊的長老雖來自別寨，也不免兔死狐悲。慕容超四下巡視，天上降下雪來，抬頭一看，才發現為什麼這裡叫做五狼寨。

這寨子在一個盆地之中，四周都是山頭，那雪落在山頭上，依稀露出了五座山頭，每座山頭上各有兩個高低不同的小山頭，乍看之下，有如五個狼頭，上面豎著五對狼耳，輪廓被雪勾勒出來，更是明顯。

慕容超猜想，這糧倉必與這五個狼頭脫不了關係，但終究看不出破綻，便裹著一條毯子睡去。夢中他見到天上的星斗，變成了諸多神祇，從睡著的長老和士兵前面走過，預言他們未來的命運：

「唉呀！這人滿臉的晦氣，免不了血光之災了呀！」

「你說是幾天？三天？五天？我說是六天！」

慕容超想，這些土神的趣味也和土人一樣，他們終於來到他面前時，竟然都噤了聲，甚至打算散了，但是被他喝住：

「你們別走，快說！糧倉到底在哪裡？」

那幾個土地山神結結巴巴地說：

「我們也發過誓，絕不能說。」

「你們是神明，卻也這樣無知，難道你們不知道找不到糧食，這寨中的人都要死？你們都是這些人世代供養的，如何忍心？」

那些神明仍是支支吾吾，慕容超怒道：

「不明事理的蠢貨，不說就罷了，伸出腿來，讓我打幾下出氣！」

眾神都驚道：

「你這少年好無理，山中有山中的規矩，否則這寨子如何傳了這麼多代？況且，又哪有凡人打神的道理？」

慕容超衝上去就要打他們，但是一衝近他們，動作竟然緩慢了下來，大家都像是喝醉了似地，這一場人神大戰，竟是誰也打不到誰，誰也躲不開誰，這樣混戰了許久，大家都累倒在地，一個老者喘著氣低聲說：

「五匹大野狼，中間大狼王，左邊大耳朵，聽到一泡尿。」

慕容超忽然驚醒，這才想起來這四句口訣，其實是前一天晚上他在睡夢中聽到的，如今才終於浮現在他腦中，他知道一定是某個五狼寨的長老在他耳邊說的，也算盡了他的人事吧！

慕容超終於看出來，中央的山頭最大，而且兩隻狼耳的形狀和大小，幾乎都一模一樣，他叫醒兩名長老，告訴他們夢中之事，道：

「神明告訴我，『左邊大耳朵』，我們就上左邊的山頭！」

他們爬上山坡，一個長老眼尖，道：

「看！這棵大樹的幹上有刮痕，一定是用繩索吊糧食磨出來的！」

三人沿著山勢而上，果然發現一條搬運的路徑，近山峰之時，看見一棵連理樹，兩棵樹在主幹間形成了一個拱門的形狀，只是它們的枝葉茂盛，由下面完全看不出中間藏著一個山洞。

「找到了！就在這裡！」

慕容超斬開藤蔓，推開石頭，見那洞內頗大，但只有幾擔玉米，幾擔醃菜，兩名長老道：

「這兩年欠收，但沒想到五狼寨竟會這麼慘！」

慕容超拿著火把，在洞裡往來細看，說：

「好像有水聲，這就是神明說的『聽到一泡尿』嗎？這石壁後面，必有文章！」

「真的！有些石頭竟是被砌上去的。」

慕容超扛起一塊巨石，奮力向山壁扔去，一而再、再而三，突然嘩地一聲巨響，露出一個大洞來，原先的洞只是大洞的一部分，大小洞間有導水溝，將水引到外面，成了長老口中的一泡尿，大洞中存糧也未滿倉，慕容超道：

「雖然不夠沮渠蒙遜的要求，我們還是只拿一半！但我們要想辦法搬下山去，不要讓士兵知道糧倉在哪裡。」

兩個長老用他們的暗號，呼叫留在山下的挑夫，同時對他跪下道：

「英雄果然這樣守信，我們就信了你，等搬完了這裡，我們就帶你去我們寨子的糧倉，即使不能超生也認了！」

「不要拜我，你們看，這整個左耳原來都是砌出來的，上面覆土種草木，眞是鬼斧神工，我們對著這些老祖宗、土地公，一起拜謝吧！」

三高寨的幽靈

慕容超果然把另兩寨的糧倉都找到了，也都只將一半存糧取走，沮渠軍士雖有異議，但都見識過他的武功，只是敢怒不敢言。是夜，大夥興致昂揚地飲酒唱歌，慕容超卻叫來幾位長老，問道：

「你們這些村寨，幾乎是沿著弱水河谷而建，每二十里就有一處，再下去二十里，就是三高寨嗎？」

長老們道：

「我們三寨都是匈奴遺種，三高寨是羌人，與我們不太來往，寨子和我們距離比較遠些，怕有五十里路，但是那裡已經沒人了呀！」

「你們為什麼這麼確定？」

「那三寨火拚的事，谷中之人都聽說了，也沒有人懂為什麼一起住了好幾百年都沒事，如今卻會搞到村毀人亡？一定是被惡鬼上身了。」

慕容超轉身對阿殘、阿缺說：

「請你們押著這些糧食回去，我要回三高寨走一趟。」

阿缺的圓臉縮做一團，道：

「笑話！如果日高寨還在，你不是去自投羅網？若是真的毀了，回去又有什麼用？況且這奸雄治兵甚嚴，必會修理你。」

「我不去，終不甘心。」

阿缺還要反對，阿殘道：

「廢話，非去不可就去吧，奸雄如果真要下毒手，就豁出去拚了吧！」

不等天亮，慕容超便直向東奔去。

下午，他已來到月高寨，他們住過的碉樓已被大火燒過，燻成了黑色，應是日高寨人的報復行爲。

他直奔到星高寨，也是一片斷垣殘壁，奔到老龍潭，看到老龍崖上幾乎吊死他的老樹，直入老龍洞，他點起火把，在他曾與姜繁霜恩愛的石床前後看了一次，看她是否有留下信息給他，但始終沒有找到。

他持著火把出洞時，只見忿怒的蝙蝠滿天紛飛，他奔到日高寨，心想若還有人，一定要殺光他們，但是原本有兩百多戶人家的日高寨此時一片漆黑，山風流竄，有如鬼哭。

慕容超來到竇鐵槌家，掏出紅寶石扔進屋裡，那是呼延平由竇鐵槌耳朵上切下的，他感到有人，連忙拔出佩刀，難道竇鐵槌竟沒有死？或是，他的鬼魂還在？

只見一個人影向外竄去，慕容超直追，那人左轉右閃，奔進一個大屋，直衝到另一個人的身後，房中間點著一團火，慕容超這才看到，坐著的是竇老瘸子，而他追的人是竇啞巴，竇老瘸子似已瞎了，說：

「我們什麼也沒有，只有這點野菜，你要就拿去吧！」

「竇老爺，是我，慕容超！」

竇老瘸子仰頭望天，說：

「慕容超？你是人是鬼？當年我不是要騙你們的，是竇天寶連我也騙了，誰知道他自食其果，把祖宗幾百年的基業都毀了。」

慕容超一掌打斷一根傾頹的木梁，喝道：

「姜繁霜到哪裡去了？梁阿鴛到哪裡去了？」

「三寨火拚其實拖了很久，打打和和，死傷得太多了，梁阿鴛以為，竇天寶是真的想要和解了。」

「你是說，梁阿鴛還是上了這喪心病狂的當？」

「人心也沒有這麼簡單吶，竇天寶喪子，已經讓他瘋了，村中人死傷這麼重，我相信他也有悔恨之意，但是這時候姜繁霜竟生下了你的孩子，這讓他再也不能忍受了！」

「生下孩子？是男孩，還是女孩？」

「我也弄不清了，啞巴，是男還是女？」

那啞巴抓著他的手，吱吱哼哼了半天，竇老瘸子道：

「男的，不，女的，什麼？啞巴，你把我搞糊塗了，又是男又是女？一個男的一個女的？到底是怎麼回事？」

啞巴確信，姜繁霜生下了一男一女，慕容超一口惡氣消散了，又是高興，又是傷心，竇老瘸子說：

「竇天寶又去借了禿髮氏的援兵，梁阿鴛中了計，送了老命。他得理不饒人，把月高寨的人都抓了起來，包圍了星高寨，打了十幾天，姜水清戰死，但是打破寨子時，姜繁霜已經不見了。」

「據說，她帶了族人往山上走，找古道翻過南山，往青海高原去逃命，竇天寶追了幾天都沒追到，看到山下火起，趕回日高寨，寨子已被禿髮氏劫掠一空，他帶人去追，再也沒有回來，後來人都走了，只剩下我們一老一殘，只好在這裡等死。」

慕容超把食物全留給了兩人，策馬下了三高寨。

慕容超回到大營時，沮渠蒙遜已坐在台上，安和樂坐在一旁，神情尷尬。山坡上，獨孤拔正領著一群人在組裝投石器，三千兵馬列陣在台前，難民都站到牢圈邊上觀看，天上一隻孤鳥的叫聲聽得一清二楚，沮渠蒙遜道：

「你找到了糧食，有功，找的糧食不全運回來，有過，你自己超過三日才回來，又有過，你說，該如何？」

「這裡要是我說了算，就是我坐著而你站著說話了，大將軍這一問，不是廢話嗎？」

沮渠蒙遜拍一下他的圈椅道：

「說得對呀！這裡我說的才算呀！突厥難民都給我聽著，我們出兵在即，你們都得上場打仗，打勝了，你們可以拿賞賜回家，打輸了，大家都玉石俱焚。」

「從現在起，你們都是軍人，一切要受軍人的節制，但這小子雖然志願做你們的領軍，卻頗不受號令，所以我先給你們上軍人的第一課，鞭刑伺候！」

沮渠蒙遜的手一揮，兩匹馬由陣中奔出，各拋出套索，將他拉倒在地，拖行到草場的一端，又被拖了回來，兩個士兵將他的雙手綁在兩根木樁之上，那兩人一鞭一鞭地抽在他身上，痛入骨髓，讓他痛暈了過去又痛醒過來。

痛楚逐漸麻木，他觀察到，安和樂已經慢慢地下了台，獨孤拔已經把兩座改良的拋石器緩緩拉起，第一座裝上了塗滿燃油的巨石，對準了沮渠蒙遜，第二座放了綁成一大把的武器，準備投到難民的圍欄之中，阿缺已經潛到了放草料的地方，準備放火，阿殘已經躲進了馬圈之中，要打開圍欄趕出馬兒，呼延平假扮成士兵，已經潛到了慕容超身邊，就要躍上來，斬殺正在鞭打他的士兵。

正在一觸即發之際，慕容超感到一隻飛鳥在空中盤旋，安和樂拚了老命的揮動長袖，原來是他養的鴿子直飛落在他的肩上，他大叫道：

「不要打了！大將軍！段業已經殺了你哥哥了，出兵吧！」

果然，鞭子停了，慕容超突然鬆懈了，終於無法支撐住痛楚與暈眩，白色的日光在他眼前渙散成一團迷濛。

之三　決戰張掖（西元四〇一年）

法顯和尚

慕容超再醒來，已躺在帳篷之內，裡面煮著一鍋熱騰騰的食物，身體的移動引起了背上的刺痛，他才想起了他在暈倒前劍拔弩張的那一刻。

帳篷中像是他幼年住的地洞一樣寧靜，外面飄著雪，他聽到了雪地中有腳步聲，只見呼延平進來，說：

「你醒了？我本來搞不清楚，沮渠蒙遜究竟是要殺你，還是只是要立軍威，所以我們都準備好了隨時要出手救你。」

「你眞的以爲救得了？這不是日高寨的一兩百個農夫，是三千正規軍，我們有任何勝算嗎？」

「爲什麼沒有？獨孤拔已經準備了火石，先打死沮渠蒙遜，群龍無首，再用火石打到糧草堆裡，引發一場大火，我們又準備一束束武器，用拋石器投進難民營裡，這夥難民一定會殺出來，阿殘在馬棚放火，趕出馬匹，我即時救了你，跳上馬背，一陣混亂之後，軍隊也散了！」

慕容超知道，呼延平是無可救藥的樂天派，此時他又說：

「這段業也真夠笨，真的中計殺了沮渠男成，沮渠蒙遜聞訊，當場就拔出刀來，往自己臉上深深劃上一刀，宣示報仇的決心。以前我行走大草原，有很多部族都會用割臉表示傷痛，沒想到此地也有這種風俗。」

「這奸賊一股血飆出來，他的部隊激奮不已，立刻起兵往蘭門山祭祀老哥，同時號召盧水胡人攻打張掖，他要安和樂留下人照顧你，但要你盡快趕上，為他去衝鋒陷陣。」

慕容超聽了立刻爬起來，問：

「我們得趕快追上，否則這奸雄一定把難民做餌，我們的家人也會成為犧牲品！」

「你說的對，但是你這傷還沒好，只好忍痛了。你回三高寨，看到了什麼？」

慕容超將他所見都說了，呼延平沉吟道：

「我們若能離開這裡，就到青海去找阿霜吧！阿超，你知道，如果為了活下來，阿霜或許得改嫁那裡的酋長，他們一族才有機會活下來。」

「只要能活下來，其他又有什麼重要？」

茫茫山霧像野馬般在山谷中飄過，遠遠竟有一行人施施然而來，呼延平道：

「北涼軍這一陣劫掠，遠近的人都逃走了，如何還有人敢來？」

那一夥共有五人，風吹掉一個人的帽子，露出一個光禿頭頂，呼延平驚叫：

「是禿髮部落的！」

兩人躍上馬背準備迎戰，但那隊伍行走頗慢，全無戒備，等五人靠得夠近，慕容超道：

「不是禿髮部落，是群禿驢！」

「和尚是入道之人，不可以出言侮辱。」

那五人全是老和尚，見了兩人拱手道：

「在下名叫法顯，山西人士，我和四個師弟要到天竺取經，原來要取道河西，但遇到戰事，才想要從扁鵲口到張掖。聽人說這裡也在打仗，兩位可知狀況如何？」

慕容超見那老和尚，大約有五、六十歲年紀，臉頰和身材都有些胖，倒像是個員外爺，笑嘻嘻的，也沒有出家人的嚴肅。呼延平連忙回禮，慕容超見到這樣的和尚，頗覺好奇，答道：

「北涼正在內訌，有一位將軍沮渠蒙遜，昨天還領著三千軍在此，如今已經回張掖決戰去了，我們的親人也被捲在裡面，所以也要去參戰，你們可以跟著我們走。」

法顯聽了大喜，呼延平道：

「這帳篷還沒拆，快進來暖暖身子！帶諸位出山絕無問題，但是兵荒馬亂，諸位應該在扁鵲口住下，等情勢平定了再下山。」

法顯等人也不客氣，吃完了菜湯道：

「貧僧自幼出家，如今已年近六十，雖說生有涯而學無涯，以有涯追無涯，殆矣，但是終生學佛，許多義理無法參透，所以才不自量力想要到天竺，一方面禮拜佛蹟，與各地高僧參悟佛法，還望能取得諸多經書回來，傳譯天下。所以，無論多少艱難險阻，都不能阻撓我們，即便送了老命，我等也毫無遺憾，施主不必多慮。」

他的一名師弟這時也說：

「我們不要耽擱了，即刻啓程吧！」

慕容超對呼延平道：

「說什麼青燈古佛，沒想到這些和尚這麼趕時間！」

扁鵲口

這一行人摸黑到了扁鵲口。祁連山東西綿延千里，扁鵲口是山上僅有的三個關口之一，最靠近張掖城的就是它。

慕容超對法顯十分好奇，像是對安和樂一樣，一反平時的寡言，法顯也覺得這個少年十分奇異，問他來歷，慕容超竟對自己的身世、呼延平和他的關係，也一樣全無隱瞞。法顯嘆道：

「呼延先生高義，眞是今之古人，亂世間的一點靈光！貧僧感佩不已。」

「這麼說來我們也有些淵源，貧僧老家在山西臨汾，曾是燕國的領土，當時慕容氏政治清明，讓百姓過了二十年好日子，貧僧能夠長時間潛心佛法，倒有半輩子要歸功慕容氏呢！」

法顯見慕容超對佛法頗有興趣，一路也就說些佛教故事。山勢逐漸險峻，狂風之中大雪紛飛，突然一支響箭破空而來，有人叫著：

「來者何人，下馬走上前來。」

眾人才看到已到了關口，掛著「扁鵲關」，一個軍官吼道：

「你們是什麼蠻人亂黨，竟敢明目張膽的闖關！」

呼延平由懷中掏出了一個令牌，上面寫著「沮渠」二字，高舉在手道：

「沮渠將軍令牌在此，要我們急速趕去蘭門山會合，快快開門，不得有誤。」

「哎唷，是安將軍嗎？」

那軍官連忙跑下城樓來開了城門，屁滾尿流地將眾人迎入關內，這扁鵲關內只有十來幢軍舍，都是由石塊砌成，似乎在北風中瑟縮在一起。那軍官見這幾個和尚，十分訝異，慕容超叫他備些素食，他尷尬道：

「反正也沒有肉了，只有些麵餅，野菜湯！」

「你是鎮關的將軍嗎？」

「哪裡輪得到我？鎮關的官兵都跟著大將軍去打仗了，我只是個管軍備的，沮渠大將軍要我幫你張羅一副戰袍，我弄不出來，你也別怪我！」

等大家吃完了，法顯等人自去睡了，忽聽得一陣爭吵之聲，慕容超出得堂來，只見一人坐在地上號啕大哭，抱著一包東西哭道：

「可憐我沮渠男成大將軍，一生精忠，竟死在這昏君之手，我冒了生命危險，才偷得大將軍的一身衣裳出來，要請蒙遜大將軍爲他報仇雪恥，你卻反倒要趕我們走！男成將軍的鬼魂絕不會放過你！」

「蒙遜將軍已經走了，我勸你去追他，你怎麼向我撒賴？我告訴你，我這兒的糧食全給他拿光了，我自己都不知道如何過冬，你追上了他，自有東西吃！」

慕容超道：

「你拿的是戰袍嗎？」

「當然是戰袍，否則要偷睡袍嗎？昨夜我把這戰袍掛在樹上，它一直晃晃作響，可見男成將軍英魂不遠，跟著我們來了，誰穿了都會大破段賊！」

慕容超對那軍官道：

「不是要你爲我找一件戰袍嗎？這豈不是送上門來，你還不好好犒賞他？」

那軍官只好不甘願地叫人去準備菜飯，呼延平拿出些肉乾窩窩頭，那軍士風捲殘雲般地把東西都吃完了，見慕容超穿上戰袍，讚道：

「好一條漢子，正佩得上男成將軍的戰袍！」

慕容超自己也穿得頗滿意，他童心未泯，捨不得把戰袍脫下來，最後和衣睡了，一夜夢魘不斷，所見都是沙場上的廝殺和寃鬼，煩悶無比，凌晨醒來，法顯道：

「你穿上這戰袍，爲何有些暴戾之氣？請來與我讀一遍經吧！」

慕容超學著打坐，法顯道：

「這本《坐禪三昧經》，是西域高僧鳩摩羅什譯的，他原來在西域的龜茲國，十六年前，被呂家軍劫到武威，我原本想去向他請益的，未料因爲兵災要繞過武威，看來是沒機會了。不過，這抄本流傳於世，譯得十分達意簡潔，你不妨帶在身邊念念，能積德修心！」

慕容超難得拿到一本眞書，恨不得一眼就讀完了它，把戰袍的事全忘了。法顯道：

「佛學的教義裡有三藏，經、論、律，經和論都是講理論和教義，律就是戒，什師的志向，據說是把經和論傳到中土，獨缺戒律。」

「沒有了戒律，寺廟大了就難以管束，手中的廟產多了，善男信女都又信任佛門中人，難免有逾越清規之事，甚至有想要影響朝政的和尚。這佛法是天竺來的，這種事多了，自然會受到士大夫的排斥，認定是外國來的妖法，禁令一起，佛法就要滅絕了。所以我希望到天竺，精研戒律，取回戒律類的經書回來。」

慕容問長問短，法顯也耐心地一一回答，呼延平在一旁專心的聽，要離開前，對慕容超說：「我這輩子路見不平，拔刀相助，救了不少人，可是這些和尙想得更遠，他們想用傳道和經書來救人。」

慕容超道：「書要救人？太迂遠了吧？」

「你沒聽和尙說，人心正了，就不會做不公不義的事，而且，人會死，書會傳下去，所以不是救一時人，救一世人，而是救百世人！」

出關前，那軍官拿了一份軍令給他，他讀了對呼延平道：

「上面說，一下山，沮渠蒙遜自引一軍向東北，往蘭門山號召盧水胡人各族加盟，另一軍向西到河口下寨，牽制張掖部隊，安和樂一行人就在其中，我們要趕去加入他們。」

呼延平道：

「這向西一軍，顯然是個餌，他一定是要犧牲西軍，爲他爭取時間，只怕我們到時，已經遭遇張掖軍了！」

「這軍令上又說，兩軍都用鴿子，都飛到張掖城中安和樂家，用那裡做聯絡處。」

「那天他看到安和樂的鴿子，頗爲訝異，顯然他也沒見過，沒想到現在已經是他的作戰工具了，這奸雄，果然有他的辦法！」

迷途混戰

他們才來到山腳，法顯說：

「但願你們馬到成功，但我們要直奔張掖，就此告別。」

呼延平道：

「張掖現在劍拔弩張，你們會被當成奸細！」

「我們出家人，死生由命，此生就只有向天竺行而已！慕容施主，你來到此時此地，必有機緣所致，要在這場人禍之中救助難民，希望你常念經，常存救助心，必然不負你的天命。」

他們五人逕自走了，慕容超一心想趕去河口，呼延平卻忽然說：

「阿超，我知道這聽起來荒唐，但我得去保護這些和尚。」

「義父，阿雁大娘和晴兒都身在險地，你卻寧願去保護和尚？」

「如今你的本事遠超過我了，晴兒她們就靠你了，但是這幾個呆和尚，這一去卻一定是送死！」

強風之中，慕容超知道改變不了他的心意，只好說：

「你去吧，慢慢走，等我大破張掖軍，再進城不遲！」

呼延平也知道他故意這樣說好讓他放心，但仍掉轉馬頭去了。慕容超在曠野之中，心中一陣茫然，走了一段，突然有幾個突厥難民由路邊樹叢裡鑽出來說：

「我們被田家軍追上了，混戰了一陣，都被打散了，我們想回五狼寨去。」

慕容超把方才的茫然都忘了，說：

「你們走了，你們的族人呢？況且，扁鵲關口已關，你們也過不去，你們跟著我去作戰，只有所有族人在一起，才有機會活下來。」

那些人見識過他的武功，果然聽他的話。慕容超召集沿路的難民，走了數十里路，見到呼延平的一個老家人，他說：

「家眷們都跟著部隊往河口走了，阿拔領了難民軍斷後，被敵軍堵在前面山坳裡，已經僵持了一日一夜了，我在這裡急得不知道該怎麼辦。」

慕容超爬到高處，果然看到數百軍士圍住一個山谷，那峽口甚窄，也因此，獨孤拔才能守得住，老家人說：

「我們帶的一座拋石器被他們搶去了，看了半天不知道怎麼用，現在還扔在那裡，可以拿來用。」

「你會用嗎？」

「當然會，就是我幫著改出來的。」

「那更好！你去拉幾個難民幫忙，等我射一支火箭進谷，獨孤拔就知道要攻出來，你就投出火石，大聲吶喊，我雖然單槍匹馬，他們也分不清多寡。」

「阿超爺，你要小心，聽說這帶隊的本名叫田虎，因爲使兩個大鐵槌，綽號叫田大槌，是大將軍田昂的親弟弟，有萬夫莫敵之勇。」

「有這等事？那麼你拋火石就要小心了，別打死了他，既然他的名字和寶鐵槌有關，我就得親手收拾了他！」

那老家人笑了，等準備妥當，慕容超點起一支火箭，呼呼聲響，劃破夜空，直落進峽谷去了。那夥軍士此時都抬頭看，像是聽到了老鷹叫的鴨子。火石一個接一個，直落在田家軍陣中，難民們躲在四下大聲吶喊，更令田家軍大亂，慕容超單槍匹馬，衝進敵陣，這時獨孤拔領軍衝了出來，叫道：

「阿超，你像個他媽的黃花大閨女，到現在才來，快宰了這個沒雞雞的田大槌，洩我的鳥氣！」

「不要戀戰！跟著我走！」

這時田大槌大叫：

「來的沒多少人，跟著我來。」

難民們馬匹不足，大都兩人共乘一騎，甚至用跑的，慕容超與獨孤拔斷後，獨孤拔練出一手連珠箭法，一支接一支，如流星，如閃電，田家軍中箭者甚多，沒有人敢衝在前面，儘管田大槌氣急敗壞，但始終追不上難民的隊伍。

木寨

如此且戰且走，果然看到了一座木柵營寨，立在一個河彎之上，上千個田家軍正在圍攻，有難民道：

「前面是田大刀帶領的，人更多，我們要怎麼衝過去？」

獨孤拔問道：

「他敢情是個使大刀的？他又叫什麼狗名字？」

「他叫田豹！」

「眞他媽的愛吹牛皮，田裡哪有什麼虎豹，只有田鼠、田雞而已！」

慕容超道：

「大家不要怕，我們一鼓作氣殺進去！」

慕容超的長槍如飄瑞雪、如舞梨花，田家軍見到他們來勢洶洶，頓時有些心虛，又見後方煙塵不斷，以為都是敵人，陣腳鬆動。他們終於殺出血路進了營寨，發現木柵上竟無人在指揮作戰，慕容超問：

「不是有沮渠軍官在領軍嗎？」

安和樂蹲著躲在木柵之後，道：

「那軍官中了箭躺在下面，我正在考慮投降呢！」

慕容超見這木柵營寨紮得很牢，原來是難民們就地取材，砍下山上的楠木，一天之內就在河彎高處造了這座近兩百尺正方（約六十平方公尺）的寨子，又紮成幾十座與人齊高的木牌，用來擋箭，散在寨內，上面插著亂箭。寨子裡三百士兵，兩千多個難民，傷者甚多，哀號不斷，鮮血與污泥混成黑紅色，布滿了寨內，最有精神的竟是公孫氏，大聲道：

「水淹七軍了！水淹七軍了！破敵在即了呀！準備衝出去呀！」

慕容超道：

「看來我們還有一個指揮官！」

安和樂道：

「就是因為有她，才撐住了一股氣勢呢！」

獨孤拔說：

「這狗娘養的沮渠蒙遜，根本就準備犧牲我們，敵我這樣懸殊，沒援兵沒糧草，再一天都撐不下去！」

梁阿雁帶著晴兒過來，說：

「聽說你義父去救和尚了，自家人卻陷在這裡。」

獨孤拔道：

「阿雁大娘，你做這樣的感慨未免也太遲了，他如果不是專幹這樣莫名其妙的事，也不會救了我們，也不會遇見你。」

「少說廢話！你們有何打算呢？」

「今晚，劫了他的寨。」

梁阿雁啐道：「天下只有你倆俐！他們知道我們狗急跳牆了，還不會埋伏了等你？」

這時木柵上狂風呼嘯，安和樂起身道：

「鷹之眼吶！真是靈驗吶！太夫人說水淹七軍，你們看那山上濃雲密布，已經下大雨了，這些人還不知警覺，把營紮在河床上！」

那風剎那間吹得叫人抬不起頭，不久，大雨傾盆而落，天地間只見一片白光，寨外一陣人喊馬嘶，原來山洪暴發，一時間河岸上的帳篷、人畜都被捲走，獨孤拔大叫道：

「狗娘養的王八，這下子成了河裡的王八了！這就叫做天殺的！」

慕容超突然道：

「打開寨門，把擋箭的木牌扔下去！」

「你要幹什麼？」

「你沒看到有多少人落在水裡？快扔下去，能救一個是一個。」

「你跟呼延老爹是不是都被和尙洗了腦？你救了他們，不是讓他們再來殺我們嗎？」

獨孤拔雖然如此說，仍然聽他的話，打開寨門，此時土坡上也成爲一片激流，一片片木牌，有的上面還插著箭，順著水勢沖進洪水之中，果然有許多軍士巴住了木牌，像是掛在樹葉上的螞蟻，爬到高處的田家軍望著洪流發呆，獨孤拔道：

「這群蠢才，不知天時，不知地理，現在不是落湯雞，就是呆若木雞。」

「快把這兩片木寨門拆下來，阿殘、阿缺，帶著匕首，和我們一起下去救那些摸不到筏子的人！」

獨孤拔雖然嘴裡囉哩囉唆，還是跟著推倒了木寨門滑下土坡，他們用兩支長木頭做篙，阿殘、阿缺另控一筏，往來撈救落水之人。見筏上人將要滿，就盪到岸邊，讓眾人上岸，又盪回河中救人。往來數次，已經沖到離木寨數里遠，終於氣力用盡，眾人都倒在河灘上，在風中瑟縮發抖，不多時，馬蹄聲響，獨孤拔道：

「阿超，你這個蠢才，剛才怎麼不盪到對岸去？現在可好，這些恩將仇報的田雞跟王八，要來抓我們了。」

果然，田大刀、田大槌引了上百騎而來，綁了阿殘、阿缺過來，田大槌道：

「快把這兩個少年給綁了！」

有軍士說：

「將軍！這兩人是我們的救命恩人吶！」

「恩人是恩人，敵人還是敵人，軍令如山，不可違背。」

獨孤拔啐道：

「你腦袋裡的屎尿如山，再去吃段業的屎吧！」

田大槌道：

「你不服氣？我和你一對一，決個上下。」

「我爲了救你的軍士，已經耗盡了氣力，你爲什麼不去河裡救一百個人上來，老子就替你娘給你開個屁眼！」

說時遲那時快，慕容超突然奮起，飛躍到阿殘、阿缺身後，割斷繩索，又飛身撲向田大槌，手中匕首已架在他的脖子上，田大刀道：

「你們以爲逃得掉嗎？放下刀來，談談條件吧！」

獨孤拔道：

「你的腦袋比雞雞還小，有什麼好談的？段業以前用沮渠兄弟來壓你們，現在又用你們來打沮渠軍，你居然還要替他賣命？剛才救人的時候，我兄弟說救一個是一個，現在，我們殺一個是一個，多殺幾個，世界上就少幾個蠢才消耗糧食。」

這時許多士兵趕過來，有不少人說：

「將軍，這對筏子，救了我們兩百來個人呢！」

「將軍，段業對我們是不好！對付完了沮渠軍，一定又來害我們吶！」

田大刀連忙大喝道：

「住嘴！誰再亂說，小心人頭落地！小子們，快說！你們要如何？」

這時馬蹄聲起，一支上百人的隊伍，竟是安和樂帶領的難民軍，田大刀冷笑道：

「安大戶，你造反了嗎？不怕被滿門抄斬？」

獨孤拔道：

「若不是胸有成竹，誰會幹這傻事？張掖城裡早已埋伏了三千西域神兵，段業連他的狗頭都保不住了！」

慕容超說：

「我聽說古人打仗，是將軍對將軍單打獨鬥，打輸的一邊就投降，免得枉死許多人，今天我們就一對一較量武藝，輸得一邊就投降。」

「我有軍令在身，豈能答應你？不過要單打獨鬥，我也奉陪，否則，你們兄弟倆對我們兄弟倆，也可！」

慕容超道：

「你想要我放了他？好，就放了他，免得你輸了又有諸多藉口！」

田大槌跑回陣營，拾起大槌，氣得哇哇大叫，獨孤拔朗聲道：

「你們是親生兄弟，我們是結義金蘭，我們是義氣相投，你們是同屄所生，我們戰鬥爲了救人，你們出征爲了殺人，所以我們必然勝你。」

「我當兵二十年，還沒見過這麼賤的嘴！快納命來吧！」

「我只是嘴賤，你們卻是人賤，要爲奴才做奴才，爲賤人做賤事！」

兩邊都是雙騎齊出，四匹馬像是走馬燈般廝殺，田氏的大刀可長，雙槌可短，慕容超這邊卻都使長槍，落於下風，慕容超叫一聲：

「騎一匹馬，用套索。」

獨孤拔立刻會意，跳到慕容超的馬上，與他背貼背，有如雙頭四臂，慕容超的長槍舞得風雨不透，護住了前後左右，獨孤拔趁隙刺出一劍，正中田大槌，鮮血長流，田大刀一刀橫掃，慕容超二人同時鐙裡藏身，慕容超一槍正中田大刀的腳踝，被獨孤拔飛出兩個套索，一個套出田大刀，一個套住田大槌，將他們由馬背上拖了下來，田家軍正要衝出來救人，難民軍已拉開弓箭，獨孤拔高聲道：

「願賭服輸，賴賭的子子孫孫都會沒屁眼，輸的一邊就該投降。」

慕容超道：

「你們也不用投降，自己走吧！因爲我們也沒有糧食給你們吃。」

田家軍都不願再戰，但是又放不下田家兄弟，慕容超見狀，便放了兩人，道：

「田家軍、沮渠軍，都是世代住在張掖的人，何苦爲了幾個人的利害在這裡曝屍荒野？段業就是要你們兩敗俱傷，坐收漁人之利，你們難道看不到這個結果？」

田大槌忿忿道：

「我們哪有這麼笨？只恨我們田家軍的家小都被扣在張掖城中，我們不打仗，是家破，打仗，是人亡！我大哥的軍後也有一支段家軍監視，只要不聽號令，就有快馬直奔張掖，就有十個家屬人頭落地。」

慕容超道：

「那麼你們要以迅雷不及掩耳之勢，擊破這監視部隊，再和沮渠蒙遜聯手，打破張掖，才是唯一生路。」

「投降沮渠軍？我就算死，也吞不下這口氣！」

獨孤拔道：

「就爲了你這一口氣，幾千個田家軍陪葬！他們的家小以後男的爲奴，女的爲娼，這樣的鳥氣，你反而受得了？」

田大槌聽了面有難色，田大刀道：

「但沮渠蒙遜狼子野心，連他的親哥哥都害得了，誰跟了他，都沒有好下場。」

慕容超道：

「沮渠蒙遜再陰險，到底手段高明，他若身居國主，也可以做出一番氣象，大家還有好日子過。你們去告訴你大哥，忘了意氣之爭，和沮渠軍談和，回頭攻擊段家軍，那時候你們便不是降將，而是開國的功臣。」

「功臣就不用了，若能保全我軍家眷，我等肝腦塗地，又有何惜？」

獨孤拔道：

「我兄弟能通禽言獸語，他會叫鳥兒飛去張掖，聯絡我們的內應，先保全你們家眷，等我們進城。」

「你的鬼話我全不信，但這位英雄說的話我聽得懂，我必然想辦法說服大哥。」

次日，突然帳外有人叫道：

「沮渠將軍有飛鴿傳書來了。」

沮渠軍的頭領看了之後道：

「大將軍已在蘭門山誓師，明天就要和田家軍決戰，下令我們立刻去會合，你們即刻出發，跟在我軍之後，若有落後，唯軍法是問。」

慕容超道：

「昨天我們在那打仗，你在哪裡睡覺？你全是騎兵，我們拖著這老弱婦孺，座騎又不足，不如你走你的，我走我的。」

那軍官知道奈何不了這些人，只有吞下氣，帶著他的人馬去了，安和樂道：

「這兩天眞是見識到了，兩位世兄的武功高強，膽識過人，還讓田家軍心服口服，眞是叫人敬佩，所以，我有一個重大的請託。」

「我估量沮渠軍一勝出就會直撲張掖，恐怕就要拜託兩位，換上段家軍服，混進張掖城中去，保護張掖城西安樂坊的西域商人，你們的家眷由我照顧，事成之後，我重重相謝。」

慕容超道：「安樂坊？那是你家？」

「我家也在裡面。長安和河西的大城中，都有給西域商人居住的西市，因爲財力雄厚，我們付給官府很高的稅，我們自有城牆，僱用傭兵自衛，有如城中之城，也是全城最富的地方，打起仗來，大家也最覬覦。我已經聽說，沮渠蒙遜答應盧水胡人，在破城之後讓他們劫掠一日一夜，千萬不要以爲仗已經打完了，打完的是沮渠蒙遜的仗，我們自己的仗才剛開始呢。」

之四　安樂坊（西元四〇一年）

三路軍混戰

難民軍行進中，有探子奔來道：

「田家軍和沮渠軍，在前面十里路，劍拔弩張，一早就要決戰了！」

獨孤拔咬牙道：

「果然是田鼠田雞，既沒頭腦又沒卵蛋。」

慕容超道：

「他們這樣必有原因，不如我們去偷襲了段家軍！」

兩人由難民中選了一支百人隊，直奔向敵人軍營，草原上則是無限的黑，漸漸霧氣出現，一絲日光浮現，忽地一支箭破空而來，獨孤拔道：

「已經到了營門口了，乾脆衝進去吧！」

慕容超聽音辨位，向來箭的方向射去，果然聽到一聲慘叫，道：

「寨子不高，我們跳過去！」

兩人一聲吶喊，兩匹馬兒飛躍過木柵，斬開大門，讓百人軍進寨，段家軍營中的軍士稀落，顯然大軍已經出去了，只見一處木柵之內，鎖著數十名軍士，爲首的正是田大刀。慕容超斬開柵門，田大刀奪了兵器衝出來，可憐留守的段家軍，頓時成了刀下亡魂。獨孤拔趕來道：

「我們放了你，你卻又掉進這糞坑裡。」

「我們在半路中了段家軍的埋伏，可憐我三弟不肯繳械，已經中箭身亡了！」

獨孤拔不覺啞然，慕容超道：

「暫且不要傷心，先解決了段家軍再說，否則你田家軍今日將全軍覆沒！」

「我喪了手足，神智渙散，一切聽你的！」

此時遠處鑼鼓齊鳴，似乎大戰已要開打，慕容超道：

「殺進段家軍後方，隨機應變吧！」

段家軍平日狗仗人勢，對其他部隊頤指氣使，戰鬥經驗卻甚差，如今腹背受敵，兼之田大刀奮不顧身，頓時陣腳鬆動，慕容超叫道：

「不要戀戰，我們先去分開兩軍！」

田大刀如夢初醒，連忙奔向大哥田昂的陣中，慕容超兩人奔入沮渠軍，見了沮渠蒙遜道：

「請快收兵，讓田家軍先去對付段家軍，再與他們談和。」

「我爲什麼不乘機追殺，把他們都一股腦剷除了？」

慕容超道：

「你不是要做北涼國主嗎？人都死光了，還有什麼好做的？」

「好！就收兵，嚴陣以待，看兩隻狗打架。」

田家軍果然集中兵力，將段家軍團團圍住，越殺越少，沮渠蒙遜道：

「現在出兵正好，把他們全都收爲屬下！」

他催動軍士，把田家軍包圍了起來，沮渠蒙遜令慕容超、獨孤拔跟著他奔到陣前，田昂與田大刀出了陣，沮渠蒙遜說：

「田大將軍，段業才是罪魁禍首，這些傢伙雖說是罪有應得，也只是混口飯吃罷了，說起來，你我不也都爲段業做過些對不起良心的事嗎？」

田昂也是鬚髮戟張之形，但是眼神深沉，不像個粗人，怒道：

「你又在假仁假義了嗎？不如今天大夥拚了，誰生誰死，聽天由命，也是個了結。」

獨孤拔斥道：

「你開口要拚，閉口要死，要死你自已去死，你的手下就該跟你去死嗎？他們的家人也都得死嗎？」

田昂望了他一眼，道：

「小兄弟們，你們救我弟兄，田某銘感五內，但是你們跟著這個奸賊一定沒有好下場！盧水胡人，害死沮渠男成將軍的不是涼王，是他的親生弟弟，你們快快回家去，涼王不會怪你們，他要抓的只是這個狼心狗肺的奸賊。」

沮渠蒙遜大笑道：

「你以前看我哥哥，有如眼中釘肉中刺，如今爲何這麼思念？我哥哥一世英雄，就是腦袋糊塗，有些奴性，覺得主子再無能也逆來順受，你也差不了多少，這樣只會把你田家軍給葬送了，快加入我們，我們建一個新的北涼國，讓大家安居樂業。」

「那麼北涼王必非閣下莫屬囉？」

「有能者得天下，我若撐不起一片天，就拱手讓給田兄試試。」

「我是粗漢，只會衝鋒陷陣，你不妨讓給這位少年英雄，只怕比你稱職一些。」

慕容超道：

「田將軍此言差矣，我們是天涯過客，捲入戰事只爲救人，若要選邊，就選個有能力的，讓大夥過好日子。看來段業眼光短淺，將軍意氣用事，能治國的只有沮渠將軍而已。」

田昂道：

「那麼先殺了這夥段家軍，省得他們回去通風報信，害我們的家眷。」

慕容超道：

「你要殺的只是段業而已。剝下段家軍的制服，讓大刀兄和我兄弟換上，騙入城內，一面保護你們家屬，一面做為內應，段家軍烏合之眾，必定不戰自亂，張掖城唾手可得。」

田昂嘆口氣道：

「好好好，奈何天上掉下這一對少年，沮渠蒙遜，眞是便宜了你。」

段家亂軍

來到張掖城下時，天色已黑。田大刀假扮成段家軍的領軍，叫開城門：

「田家軍慘敗，沮渠軍就要殺來了，快開門，讓我通報主公。」

守城官回道：

「照規矩來，都把兵器拋在地上，下了馬，一個一個進來。」

城門打開一條隙縫，田大刀便率眾衝了進去，搶了兵器殺散士兵，城內段家軍聞訊湧來，但此時張掖城內火光四起，喊殺震天，田大刀叫道：

「是我們田家的老的小的，都來拚命啦！」

原來安和樂早已用飛鴿傳書，讓他的護院武士殺了看守士兵，放出了田家軍眷屬，此時老弱婦孺都捨命出來接應，安和樂的僕從告訴慕容超：

「跟我往西城走。」

慕容超領著難民軍，見城中四下都有火起，那人道：

「必是我們的人四下放火，弄他個人心惶惶。」

不久，他們看到了「安樂坊」的牌坊，果然四下都是又高又長的實牆，上面還有箭垛，中央五條直街，五條橫街，是城內最整齊的一區。

慕容超調配護院武士和難民軍布署防衛，獨孤拔對坊內人宣布道：

「大家聽了！這安樂坊太大，只有神廟和安大戶的宅院最牢固，若敵人勢大，我們只能撤退到這兩處，所以你們最重要的金銀細軟，都要搬到神廟裡去，由諸位長老負責看管，誰敢侵吞別人財產，立斬無赦！」

張掖城中已經大亂，段家軍四下打家劫舍，來到坊前大叫：

「剛才有亂黨躲進坊內，快打開門讓我們搜查。」

但是坊內無反應，段家軍於是開始攻打，慕容超率眾上城防守，段家軍放出火箭，四下火起，還好坊內井多，但仍有許多房子被燒毀，許多人都落下淚來。段家軍攻勢三次頓挫，到了天明只得退兵，坊內人都歡呼起來，有長老道：

「兩位英雄神勇，難怪能大破田家軍！」

此時黑煙和風沙吹遍全城，一群平民百姓扶老攜幼來到坊前，叫道：

「段家軍喪了天良，四處打劫，將軍行行好，讓我們進來避個難吧！」

坊中的長老七嘴八舌道：

「會不會是段家軍的詭計，逼著這群百姓想要混進來？」

「將軍是奉安老爺之命來保護安樂坊的，怎麼反而讓我們陷入危險？」

慕容超對獨孤拔說：

「當年姜繁霜帶著星高寨的村民被禿髮部落追殺，也會希望有人能伸個援手！」

「我就知道你要說這句話！」獨孤拔道。他下令守門的軍士放人進來，同時對坊內長老們說：「我們是來救人的，不是你們的護院保鑣，妨害我們救人的都是敵人！」

長老們抗議不休，難民們湧進來，突然有人尖叫，指出一個段家軍不久前還在幹姦淫擄掠的事，手上還沾著血，身上還穿著方才殺戮的人的衣服，被未亡的妻小指了出來。那殘兵不斷的求饒，那婦人罵道：

「方才我們向你求饒，你有饒過我們嗎？」

坊中長老又吵起來：「你們看，果然有敵人混在裡面，你們這樣會害死我們！」

阿殘由城牆上躍下，將佩刀一個橫掃，那殘兵的腦袋被砍得直飛出牆外去了，眾人頓時都安靜了下來。

盧水胡軍

天明後，火石由城外飛過城牆，火勢四下延燒，慘叫聲不絕於耳，又有一隻安和樂的白鴿從天而降，信中說：

「請告訴坊中長老，作戰的開銷和損失，由我出一半，其他商家平分另一半，這筆帳等我進城再算，合先敘明！」

獨孤拔道：

「我們在拚命，他們在算帳，沮渠蒙遜在算計，好像我們最低級！」

那些長老七嘴八舌，夾纏不清，好不容易安靜下來，慕容超和獨孤拔來到神廟頂上觀戰，天黑前，阿殘指著南門道：

「城破了！沮渠軍要進城啦！」

二更天，張掖城中如群鬼夜哭，沮渠軍猛攻段業王宮，盧水胡人到處掠奪姦淫，坊中人都不禁默然。不久，馬蹄聲四面八方而來，繞著安樂坊打轉，耀武揚威，一陣箭雨射進坊來，四下都有雲梯搭上坊牆，兩方激戰，獨孤拔道：

「好傢伙，盧水胡人不是烏合之眾呀！」

三更天，慕容超率難民軍隊伍殺出去，往來衝殺，盧水胡軍沒料到竟有人殺出，頓時被殺散，趁這機會，坊內人都撤到安氏大院和神廟之內，慕容超奔回到神廟，來到樓頂放箭，見到下方有幾個敵軍把一個和尚追到牆角，那和尚竟是法顯！

他連續幾箭，射倒幾個敵軍，眼見更多敵軍奔來，只得將一條繩索套在身上，跳出窗外，奮力一盪，由上而下，砍去了好幾個敵軍的腦袋，敵軍莫不驚駭：

「這傢伙會飛呀！」

阿殘等人在樓頂上奮力地拉，慕容超挾著和尚踩著牆面奮力奔上樓頂，問法顯道：

「師父，你的四位師兄弟呢？我呼延老爹呢？」

「我們在路上遇到一隊旅人，就加入了他們，到了張掖，卻全被當成奸細，關進大牢裡，其中有一位長安來的算命先生，被拷打得最厲害，呼延先生想盡辦法替他開脫，結果也一起被關進了死牢。」

「兩天前，又把我們五位師兄弟帶到大佛寺，去念經解厄，念了一日一夜，寺裡人都不見了，我們就跑了出來，隨著難民到了這兒，四位師弟都在下面救人，呼延先生只怕還關在大牢裡。」

「他會有危險嗎？」

阿殘道：

「廢話！獄卒逃光了，沒人管飯，就餓死了，若是有火災，就燒死了！」

「這裡一解圍，我們就去救他！」

法顯又要下樓去救人，慕容超道：

「師父！你不是要取經救萬代之人嗎？有這樣重要的使命，爲什麼到處冒險？」

「見死不救卻說要救人，豈不虛妄？也許我們的緣法，只是來這裡救人而已！」

說完仍然下樓去了。

天亮之後，盧水胡軍仍然攻打猛烈，正午過後，遠處王宮號角大起，慕容超道：

「在騷動什麼？難道是段業投降了嗎？」

只見王宮附近，一批軍馬直奔向安樂坊來，阿缺道：

「帶頭的是田大刀！」

阿殘道：

「看！西門有一支部隊進來，應該是安大戶來了！」

不多時，盧水胡軍被夾在中間，獨孤拔站到牆頭叫道：

「阿超快下來！我們殺出去，出一口鳥氣！」

此時他們見西面的部隊，眞的是安和樂帶的頭，叫道：

「今日北涼國易主，是大喜的日子，不要再厮殺了！只要你們立刻收兵，安樂坊供上白銀三千兩，犒賞諸位，你們先退了兵，管家，請立刻取白銀出來！」

獨孤拔搔搔頭道：

「既然要給，爲什麼不早給？也省得打這麼久的仗，死這麼多人？」

「廢話！早給了，他們只會想搶更多，豈肯罷休？」阿殘道。盧水胡人看到了白銀歡天喜地，首領卻仍板著臉，道：

「我們死傷頗重，這點銀子，只怕不夠安家！」

田大刀縱馬出陣，叫道：

「坊內兩位英雄是田家軍的恩人，他們的敵人就是田家軍的敵人！」

安和樂連忙道：

「首領只要撤兵，我一定連日擔酒牽牛，犒賞你們的辛勞，我還會每年送上好苗好種，讓你們連年豐收！」

那首領不得已，將部隊撤出西門去了。

慕容超問大牢位置，安和樂說：

「這大牢從十六年前大火以後，又依照原樣重建的。」

阿殘和阿缺道：

「如此，我等比誰都熟。」

慕容超等四人立刻出發，此時張掖城中仍有零星戰鬥，獨孤拔道：

「那幾個和尚還跟著我們，弄得我們還要照應他們。」

他們來到大牢口，果然完全無人看守，大門內外插著刀山，牆上畫著火海，營造出一副閻羅殿的氣勢。四人將鎖鍊劈開，放出牢中人犯，五個和尚忙著分給餅和水，慕容超直奔死牢找到呼延平，斬開他的手鐐腳銬，呼延平說：

「快去看第二間那人，與你大有關係。」

慕容超將那人扶起，那人渾身淤傷，在他嘴邊灌進些米粥，他逐漸甦醒過來，突然雙眼圓睜道：

「納王爺嗎？還是金刀王子慕容超？」

眾人都大吃一驚，呼延平說：

「你果眞認識納王爺？」

他掙扎起身，仔細看著慕容超，啜泣道：

「看年紀，您是慕容超吧。這位先生，自從見到你我就猜想，路見不平、拔刀相助的呼延平必然就是這個長相，沒想到果眞是你，納王爺呢？」

「納王爺早在十六年前就遇難了。」

「小人叫做杜弘，受燕王慕容德之命來尋他的親人，小人化身爲雲遊的算命仙，原以爲你們會被抓到長安，但是遍尋不著，才來到張掖。皇天不負苦心人，能在死前找到了你們。」

他的性命如一道遊絲，喘息著說：

「你叔叔隨著慕容垂復國，但慕容垂死後，國力大衰，節節敗退之下，燕國被切爲南北兩邊，你叔叔因而在山東自立爲王。」

呼延平說：

「你不要再說話，否則性命難保矣。」

「吾願足矣，若能讓我看看金刀，我就可瞑目了。」

慕容超說：

「你不要死，多喝些米粥，我帶你去看金刀。」

慕容超背著杜弘回到安樂坊，一路上杜弘絮絮叨叨，說著慕容德如何復國。到了安樂坊，慕容超將金刀放在杜弘手中，又請了法顯進來，段氏泣不成聲，在公孫氏耳邊說：

「娘，你聽到了嗎？你兒子現在是燕王了，派人來找你了。這樣我總算少一分遺憾，亡國是遺憾，納王爺是遺憾，小霜兒是遺憾，超兒你想法子去找叔叔吧。」

公孫氏突然說：

「大燕國如日中天，我方才在城外看見納兒，他要來接我了，有什麼遺憾呢？」

法顯見了，似乎知道了一切緣由，嘆一口氣道：

「善哉，我幾日之內，見到人間的至善，有捨身爲人，有言出必行，何其幸哉。」

杜弘握著金刀，在微笑中闔上了眼，法顯說：

「善哉金刀，斬斷煩愁，心性則淨，得大至樂。」

法顯等人就地端坐，念起經來，窗外傳來安和樂和商人熱切的討論，如何分攤損失和保護費，屋外仍不時有流箭呼嘯而過，以及哀叫哭悼之聲。段氏在炕上扶著公孫氏，只覺得越來越重，摸摸她的鼻息，她竟然就這麼走了。

段氏不願打斷念經，只是緊緊地抱著她，看到獨孤拔跪在地上，眼淚如泉水般潸然而下，而扶著杜弘的慕容超，則只是把眼睛抬了抬，臉上似乎帶著一絲微笑。

第四卷　商人之書

千面僧

遠近來的客官，龜茲城什麼戲碼都有，要看大戲的到東城，要看武行的到西城，要看雜耍的到北城，要看魔術的到南城，要聽說書嗎？您哪兒也別去，找張椅子坐了，等夥計沏上香噴噴的酥油茶，我不靠道具，不靠人多，不靠把式，光靠我這張嘴，就讓您上天下地，古往今來，一輩子都忘不了我說的故事。

你們都知道什師，就是鳩摩羅什大師，都知道半面佛女，可曾聽過千面僧的故事嗎？這千面僧不是別人，正是在下的祖師爺，我這說故事的本事，全是由他那裡傳下來的！

想我龜茲，位居東西商路要衝，富庶得驚人，是西域的一顆明珠，此間的人有感於這沙漠中綠洲的繁華，如同朝生暮死的螢火蟲，拚命地珍惜這短暫的生命，所以也都謙遜和善，不愛爭鬥，孔子說，吾未見好德如好色者也，這裡的人，是好德好財好色，一視同仁。

但是匹夫無罪，懷璧其罪，建元十九年的時候秦國知道了龜茲的富裕，派了大軍到此掠奪，作威作福了兩年，大將軍呂光說：

「什麼高僧，還不是血肉做的，用酒和迷藥灌醉了他，把公主送去和他同房，破了他的道行！」

秦軍回去時，大肆劫掠，把什師也劫去東土，那時公主已生下一女，在兵荒馬亂中逃到西方去了。浩劫後的龜茲人心澆薄，直到十八年後，那女孩回到龜茲，她一半的臉端正完美，另一半的臉全毀，原來當年逃命時被惡人砍傷，能活下來全是奇蹟。

她學得精深佛法，人稱之為佛女，卻也有人想要加害於她，適逢東方來了一支商團，其中有一英雄可以飛天，將那惡人繩之以法。這段往事高潮迭起，但客官要聽，可得改日再來了。

原本佛女還想把什師接回龜茲，因而求飛天英雄帶她遠去東方，但一年後卻獨自回來，原來什師寧願留在長安譯經，造福萬代，她只好獨自返鄉，但此時她半個醜臉不見了，活生生是個什師的女相，有人說她是戴了面具，有人說什師道行高超，能治百病。她還懷了孕，人人都說這是和飛天英雄所生，但她從來守口如瓶，那孩子出世，取名作鳩摩越。

人人都期望這孩子也成為高僧，他雖悟性甚高，但也活潑好奇，早上在寺內修行，下午不是練武，就是在街市上看戲聽說書，動如脱兔，靜如處子，隨時容光煥發，有如冬天的太陽。有人勸他專心佛法，他小小年紀，竟說：

「不知人間事，焉能知佛法？」

他五歲時，佛女帶著他去了西方學佛，三年後她單獨回來，又急忙趕去長安，又過了兩年回來，形銷骨毀，有人說她太過傷心，因為什師死了，飛天英雄也死了。

佛女終於甘心留在龜茲，每逢初一十五，到雀離大寺登堂講法，萬人空巷，擠不進寺的人都挨在路口，由裡面的和尚把話傳出來，舉國好道若狂，一至於斯，好像又回到了當年什師的歲月。

又五年後，西方來了一個商團，人人見了那頭子的笑容與雙眼，都會想起當年的那個孩子鳩摩越，他處理生意幹練圓熟，自稱是得了粟特商團的真傳，沒想到，在下個初一日，他竟然穿著袈裟到了雀離大寺，陪佛女登堂講法，他聲若洪鐘，論道精闢，果然就是鳩摩越。

講完了道，他就到街上看戲聽書，後來大夥發現，他才有說不完的故事，都是他在悠長的旅途中由同行的旅人聽來的，他說，每個人的生命都很精彩，只要像釣魚一樣引出來，都是個動人的故事。我的祖父當年只是個孩子，拖著鼻涕，纏著他說一個又一個的故事，這說故事的本事就這麼學來，一脈單傳到我，已是第三代了呀！

他每年夏天會在龜茲待上三個月，講道論法，因為此時天氣太熱，無法旅行。秋天到時，他就像是候鳥一樣地走了，有商團中人說，其實他真人不露相，有幾次遇到強盜，他在危急中出手，將幾十個強盜全部制服，卻沒有傷過一條人命。

又幾年後，他受了佛女的急召趕來，要陪她到東土去，佛女說：

「三個月前晉軍打破長安，姚秦淪亡，什師有諸多子嗣只怕流落人間，我得去找回來。」

原來，什師有天在長安草堂寺講道，秦國皇帝姚興也來聽道，什師忽然告訴姚興，有兩名仙子停在他肩頭上，要到人世間來，姚興賜下美女，果然生下兩子，姚興於是又賜下十名女子，又生下了十名子女，這事引起和尚間騷動，也都要女人，什師召集了他們，拿了一碗鐵針，一口氣全吃了下去，然後說，你們若能像我，也可以破戒了。

總之，佛女當初想救什師，這時又要去救同父異母的弟妹。客官你說什麼？一個佛門中人，奈何如此執著？若是不執著，她年輕時也不會回龜茲來啦！

這以後沒人再見過佛女，但是鳩摩越還是會回來，坐在您坐的椅子上喝茶。他一來，我們說書的個個像是拖著鼻涕的小孩，圍著聽他說他的奇遇。他的足跡東到高句麗，西到羅馬，北到極地，南到天竺，他的故事奇之又奇，問起他為什麼浪跡天涯，他說因為他的生父生前一直想要盡遊天下，但最西只走到龜茲，後來在東土殞命，所以他要完成父親的遺願。大夥因此更確定，他就是飛天英雄之子。

問起佛女下落，他說：

「什師的子嗣甚多，她一個又一個地找，看來也是種修行了。」

那些什師的兒女，有的在建業做到高僧，有的是洛陽的名妓、草原的奇俠、深山的隱士，他們的故事，個個精彩絕倫，客官們改天再付些茶錢，我再一一道來吧！

所以我們龜茲人想起什師，充滿了崇敬景仰，想起了佛女，不免心生敬畏，但想起了鳩摩越，必是滿心歡喜。祖父說，有次看他在街口募捐糧食，原來是鄯善鬧飢荒，他託了士兵送糧去鄯善後，又馬不停蹄地趕去和闐、疏勒募捐去了。

直到十年前，他又單騎趕來，說北方有個蠻族稱作柔然，已經打破高昌諸城，直向龜茲來了呀！那時，他已經是近六十歲的老人了，但仍有用不完的精力，他聯絡了鄯善、和闐、疏勒與龜茲，組成四國聯軍共禦強敵，他說最重要的，是能說動天山以北的大國烏孫，於是急急忙忙帶了一千軍，翻過天山去做說客了。

後來柔然軍直撲烏孫，可憐六百年古國，就此滅亡，等柔然軍來龜茲時，已是強弩之末，被四國聯軍擊退，使我龜茲古國得以長存。

但是我們再沒見過鳩摩越，龜茲人都相信，必是他把柔然軍引去了烏孫，有軍士回來說，親眼見他命喪於伊犂河大戰；有商人說，曾見到他在柔然境內傳佛法；又有人說，他已在天山之上，在雲深不知處隱居起來。但我們知道，不論他在哪裡，一定又搜集了許多可歌可泣的故事，流傳後世。

或許有一天，他又會坐在客官您坐的位子，喝著油酥茶，興味盎然地聽我說故事，到時候我一定又像個拖著鼻涕的孩子，好好問問他，到底在烏孫發生了什麼事呀！

之一　沙河故人（西元四〇一年）

中惡

慕容超將公孫氏和杜弘都埋在安樂坊的墓園內。幾天之後得到沮渠蒙遜的命令，要他們和「長安高僧」一起覲見，進了正殿，沮渠蒙遜坐在一座台上，左邊立著一列武官，為首是田昂，右邊排著一隊文官，個個神情冷傲，安和樂悄聲說：

「這些人是段業的文官，如今段業已經被砍頭了，這些人竟然還屹立不搖。」

有文官朗聲道：

「大都督有令，因破敵有功，安和樂掌管安樂坊事宜，慕容超、獨孤拔封為虎威將軍，長安高僧法顯等人，長駐張掖圓通寺任護國大方丈。」

慕容超說：

「我等無意任官，只請求兩件事。第一，賜給突厥難民足夠糧食，讓他們回鄉。第二，安大戶有意重啓西域商路，我等也願擔任護衛，而法顯大師一意要往天竺取經，弘揚佛法，如此張掖國富民強，北涼國贊助佛法，也可以名揚西域。」

沮渠蒙遜道：

「安大戶的雄圖，我已聽得熟了，但是目前應以安定爲上。近日或許是殺戮太重，總令我心神不寧，請大師在圓通寺作法四十九日，爲我國消災祈福，並長久駐錫於此，今日到此，明日再來議事。」

眾人都準備下朝，此時慕容超的身體卻直挺挺地摔在大廳中間，在眾人驚呼之中，他又直立起來，口中竟吐出粗厲的聲音：

「是誰騙我去蘭門山祭祖？又是誰在段業耳旁唆使要殺我？不就是你們嗎？好弟弟呀，你要怎樣償命來？」

他一張口，一口血不偏不倚，像是一顆飛石一般，吐在沮渠蒙遜的臉上，沮渠蒙遜驚恐已極，竟然沒能躲開，大叫一聲向後倒去，慕容超將頭盔摘下，甩向那群文官，打得他們滿地亂爬，眾衛士都以爲是沮渠男成的冤魂，沒有人敢上前攔阻，這時閃出法顯說：

「阿彌陀佛，快放開心中冤孽，莫要墮入劫數！」

慕容超的身子突然僵住，又直直的倒了下去，昏迷不醒，眾人一陣混亂，將沮渠蒙遜抬入後堂，獨孤拔等人也抬著慕容超直奔出都督府去了。

回到安樂坊的住處，慕容超睜眼坐起，眾人的臉上都驚訝莫名，他說：

「我不願接受他的決定，又聽他說近日心神不寧，只得臨時起意，正不知該如何收拾，幸好師父現身，我才見好就收。」

法顯道：

「老衲知道，施主此舉是爲了讓我等離開張掖，如此高義，老衲感激不已。」

「你們西行之路不該被他阻斷，我們也不該被他們主宰，今日之事讓我更加瞭解，跟著安大戶去闖西域，遠比投奔我的叔父爲強。」

段氏驚道：

「你不去找德王爺嗎？」

慕容超說：

「我聽杜弘說，叔叔打下江山比沮渠蒙遜辛苦百倍，連這個小朝廷都有這麼多人謀奪權力，叔叔的開國功臣們，又豈會甘心讓我白得天下？如今祖母已逝，一把金刀，一句承諾，經得起多少壓力呢？」

「德王爺是你的親叔父，他妻子是我親妹妹，又沒有子嗣，不傳給你，他傳給誰？」

「娘，你說這話，不是盱衡局勢的王妃，只是個關心孩子的母親，我若去了遭同宗所害，還不如自尋出路，反而海闊天空？我若飛黃騰達再去見叔叔，接王位，豈不更名正言順，理直氣壯？」

段氏愣住了，流下淚來說：

「可憐德王爺打下的江山，不是就此斷了？只有被慕容旁枝接去了？」

獨孤拔一直站在窗口警戒，道：

「有人來了。」

慕容超繼續裝做昏死，進來一個軍官說：

「大都督中了邪昏迷不醒，請法顯大師救救他，否則亂事再起，又是一場災難。」

「老衲只會念經，沒有通神驅鬼的法力。」

「今天若不是大師制止冤魂，眞不知會有什麼結果，還是請大師移駕吧。」

那軍官請大家都出房去，蹲下在慕容超耳邊說：

「大哥，二哥縱有千般不是，如今也只有靠他了，大哥英靈未遠，我等一定立了祠堂朝夕奉養，您就饒了二哥，保佑我們吧。」

兩天之後那軍官又回來，道：

「聽說你已清醒了，這是四位高僧之功嗎？」

獨孤拔道：

「把他身上的戰袍脫了，慢慢就醒了，大都督醒了嗎？」

「不要多問。慕容超，帶著戰袍跟我走，但不要穿在身上。」

到了都督府，沮渠蒙遜已坐在堂中，法顯坐在下首，他反而先關心慕容超：

「你中了惡，如今好了嗎？」

安和樂替他道：

「如今已無大礙，只是冒犯了大都督，請大都督降罪。」

「戰場上冤魂遍野，中惡之事在所多有，不必太多忌諱。」沮渠蒙遜道：

「那天，你的一口血吐在我臉上，讓我飄泊在無邊的濁氣之中，陷入無底的深淵之內，無數的冤魂圍著我，像是沙漠之中的旋風、弱水裡面的漩渦，把我一次次的溺斃。我敢說，你們沒有人能體會這種絕望和恐懼。」

「這樣好像是過了好幾輩子，漩渦之中終於出現一道缺口，有亮光露進來，我才終於吸到了空氣。我睜開眼，是法顯大師坐在我的床邊，床邊的痰盂裝滿了穢血，後來他們告訴我，我昏迷不過兩天，但是我好像過了幾世的歲月了。」

法顯道：

「善哉，大都督有過這樣的經歷，可以窺破人世的虛妄矣。」

「經過這樣的悲慘世界，再冥頑不靈的人，也能看破紅塵。救我回來的是法顯大師，地藏王菩薩願意放我回來，一定是因爲我在這個世上還有點用。所以我決定，讓大師們如願西行，至於安大戶，我雖然懷疑你會成功，但我還是讓你們去，如此，大師在路上遇到險阻，也可多些照應。」

安和樂大喜道：

「有我們這些俗人張羅茶水，倒是好的；但是法顯大師佛名遍天下，我們要靠他的庇蔭，也倒是眞的。」

竟有文官仍插嘴道：

「西域多不毛之地，難成氣候，黃河長江都向東流，才能收納百川，歸宗大海；而弱水逆流向西，就只能在沙漠中乾死，大都督還請三思，我國未來發展，仍應以向東爲重。」

沮渠蒙遜道：

「以張掖目前之力，要與中原爭衡，勢不可能；而和西涼相比，還稍勝一籌；對付西域小城邦，更可以所向披靡，如果有西邊做後院，我們對中原進可攻退可守。」

「況且，你說弱水只有乾死一途，至少它也走了千里路，我們若有此國運，也是福分了，此事我已決定，但還是要請大師說法四十九日再走。」

「我師兄弟五人必將爲北涼國百姓虔心祈福。」

沮渠蒙遜轉向慕容超問道：

「你中惡之時，是否有經過我一樣的磨難呢？」

慕容超指著那戰袍說：

「我在扁鵲口，穿上這身盔甲之後捨不得脫下來，就穿著睡著了，夢中覺得胸中有無限苦悶與憤怒，像是被無數蟲蟻吞食。」

「第二天早上，法顯大師看出我心神不寧，帶著我打坐念經，我就大好了。而那天在堂上口吐囈語和穢血，都是我假裝的，只是要改變你的決定而已。」

安和樂的一雙眼睛像是被關在瓶裡的蒼蠅亂轉，文武官員都罵出聲來，法顯連道：

「善哉。」

沮渠蒙遜卻好像無事一般，撫著戰袍說：

「那是你自以爲是清醒的。你不知道，你雖有意識，其實我哥哥的鬼魂眞的附上了你的身，否則你沒見過他，爲何聲音和他一模一樣？原本他也決意報復，但是他生前心軟，死後還是心軟，終究狠不下心害我。」

出發前，晴兒吵鬧不休：

「我長得這麼高，又練得一身好武功，也可以做保鑣！」

梁阿雁斥道：

「你是失了你的時了？你就算功夫好，也得再等幾年！」

獨孤拔覺得晴兒是捨不得他，道：

「晴兒，這條道是我們發大財的路，這輩子怕不要走個上百次？我們就像軍隊的先鋒一樣，先替妳這女元帥探個路！」

晴兒安靜下來，等到眾人都走了，她落下淚來，將從不離身的銀項鍊取下，掛在獨孤拔的頸上，說：

「見項鍊如見元帥，掛在你脖子上，你就有了我的武功，你到哪裡，我就在哪裡！」

獨孤拔又高興又感傷，恨不得項鍊永遠都停留在呼延晴掛上去的位置，他僵著脖子趕到西門時，沮渠蒙遜也來送行，還賜了三十名軍士做爲商隊的護衛，喧天的鼓樂奏起之處，正是當年慕容納被釘死的地方。

他們初到西涼，被當做犯人看管，但是西涼國主聽到有長安高僧在內，立刻迎入都督府，安和樂伺機推銷他的商路大計，也得到國君支持。有了兩國的加持，消息很快傳遍河西，各地都有商人趕來參加，商團成長數倍，安和樂笑得合不攏嘴。

出了玉門關，安和樂告訴慕容超：

「古人出玉門關，橫跨這大沙漠，就能到樓蘭，樓蘭在壯闊的羅布泊畔，自古就富甲一方，但也害他們被漢人和匈奴人殺來殺去。到了八十年前，羅布泊的水消退，樓蘭古城如今都埋在風沙之下了，樓蘭人只好搬到鄯善，鄯善是新的水的意思，但比起羅布泊有如天壤之別，而樓蘭已永遠回不去了。」

「由這裡到鄯善城，中間有一千五百里的沙河，也稱做白龍堆，風沙說來就來，多少商團都被活埋在裡面。」

法顯後來返回中土之後，將西行的見聞寫成《佛國記》，這樣形容這段路途：

渡沙河，沙河中多有惡鬼、熱風，遇則皆死，無一全者。上無飛鳥，下無走獸，遍望極目，欲求渡處，則莫知所擬，唯以死人枯骨為標幟耳。

王妃

這樣走了十天，有斥候叫道：

「快向南邊的山腳跑，有龍捲風來了。」

遠方一股黑氣漫天而來，整個大地都在撼動，直到它走遠，眾人才驚魂甫定地由山下躲藏處爬出來，只見一片狼藉，連大樹都被連根拔起。嚮導說，龍捲風過後，會有幾波風沙跟著來，最好遠離沙漠走山路，繞路到鄯善。眾人連忙回去找散失的牲口和失物，次日，尚未破曉，又聽到隆隆之聲動地而來。

「難道那風沙又來了？」

呼延平道：

「這是馬蹄聲。快擺成防守陣勢，去探探是什麼來頭。」

慕容超和獨孤拔躍上馬背，見到有三騎人在逃，其中有一個是小孩，後方有一百人馬在追，兩方都是青衣戰袍，那裝飾看來十分眼熟，獨孤拔說：

「這不是慕容大軍的軍服嗎？大娘畫給我們看過的呀！大娘啊！你說故事便罷了，奈何弄些鬼出來嚇我們？」

「別胡扯！難道，這就是吐谷渾王國的兵馬？」

「前面三人頭盔上插的是紅羽毛，大娘說，紅羽毛是王室用的？難道是叛變？」

紅羽盔掉落了一個，露出那人一頭長髮，獨孤拔叫道：

「一個是孩子，一個是娘兒們，眞他娘的，叫我這等好漢如何看得過去？只是追兵這麼多，好漢也會變成縮頭烏龜！」

慕容超卻已一箭射出去，正中第一個追兵的右肩，獨孤拔叫道：

「你還不知道誰是誰非，幫錯了邊怎麼辦？」

那逃的一方叫道：

「是若羌城的弟兄嗎？王妃和王子在此，快來護駕！」

獨孤拔只好跟著放箭，追兵接連幾人落馬，逃命的三人中，那男子是個將軍打扮，少年王子稚氣之中帶著驚恐，那女子大約二十五、六歲年紀，眉目中帶著一股貴氣，三人見到慕容超都驚呼出來，慕容超道：

「敵人來了，你們快走！」

這時呼延平引了數十名士兵衝下山坡來助陣，慕容超、獨孤拔殺入敵陣，那些追兵見荒漠中突然殺出這樣悍勇的對手，都心生畏懼，呼嘯而去。那紅羽軍官躍下馬來，對慕容超搗蒜似地拜道：

「傳說中的鬼箭神槍，沒想到還在人間，你是老祖宗慕容吐谷渾顯靈嗎？」

獨孤拔道：

「你不要像個龜孫子一樣亂拜，我們只是過路商旅，你等為何被自己人追殺？會不會害死我們？」

「我是吐谷渾王國慕容視羆大單于的禁衛隊校尉，也姓慕容，名古岩。」

「去年我國和東邊的乞伏國作戰失利，視羆大單于受了傷，一路退到青海湖，沒想到幾天前，他的弟弟慕容烏紇堤叛變，我等拚死命護主，想要逃到若羌，但昨日被叛軍追上，大單于被圍在一座山上，我帶著主母王妃與王子，殺出一條血路，想要去若羌城搬救兵，未料在這裡遇到諸位壯士。」

那王妃說：

「我是念氏王妃，這是我兒慕容樹若干，如果你不是吐谷渾，爲什麼救我們呢？」

獨孤拔道：

「我們是雲遊天下的大俠，這是我們該做的，你不必太感動！不過說也奇怪，若不是昨天一陣大風，我們也不會走這條路！」

「你們千里迢迢，偏偏在此時趕到這裡，不是吐谷渾的神靈驅使，又是什麼？」

慕容超見有這等奇事，也不想相瞞：

「我確實是慕容廆的後人，流亡在此，只是因緣際會，正好救了你們而已。」

慕容古岩拜倒在地，道：

「我們大單于英明智慧，讓吐谷渾王國成爲連接四川和西域的商道，這幾年來經營得有聲有色，但引得乞伏國眼紅，連年侵犯。他的弟弟慕容烏紇堤，性情暴戾乖張，若是他來治國，一定是生靈塗炭，所以萬萬求你救我主公。」

安和樂驚異道：

「吐谷渾果然建立了一條貫通東西的商路嗎？你們是什麼時候占了若羌的？」

「十餘年前鄯善國被秦國軍隊掃劫一空，國力衰微，視羆大單于是在五年前派了兵馬到此，從此占住若羌。」

「眞是英雄所見略同啊，青海是條好路呀！這裡離若羌還有多遠？」

「就在這往西北去，應該不出五十里路。」

安和樂道：

「要是那裡的守軍也反叛了呢？」

慕容古岩堅決道：

「不可能，那兒都是由禁衛軍駐防，我就駐在那兒三年，去年才輪派回王城的。」

「圍住你大單于的有多少人馬？」

「叛軍約一千人，大單于身邊約剩一百人，若羌城內有五百人。」

那念氏王妃道：

「你們若是救了單于，以後吐谷渾王國任你自由行走。」

安和樂道：

「王妃，恕我直言，如今你舉國上下都被烏紇堤給占了，你們稱他是叛賊，他也稱你們是亂黨，救了你們，只怕我們變成和吐谷渾國爲敵。」

念氏王妃道：

「我們吐谷渾傳承的規矩，父妾子承，哥哥死了弟弟要娶嫂嫂，尤其烏紇堤是一時得勢，實力未穩，各部大人都未必服他，他更要娶我，才能正他的名分。」

「果眞如此，我也只能苟活保全我兒，烏紇堤雖然殘暴，但昏聵無主見，權柄必會落在我的手中，所以我答應你的都會實現。」

這時呼延平老大不耐煩起來：

「是我們幾個去賣命，你在談判些什麼？」

安和樂陪笑道：

「我知道諸位大俠非出手不可了，所以趁機討點便宜。」

慕容超說：

「古岩將軍，你快去若羌城搬救兵來，我們就去救大單于。」

慕容古岩奔出後，那念氏王妃竟說：

「我也要拜託這位大商人，帶我兒去若羌城，我和你們一起去殺敵，我自幼兵馬嫺熟，絕對不用你擔心。樹若干吾兒，不要怕，你看父王和這位先生，就知道慕容英雄的模樣，即使娘死了，你也要自己掙扎長大，以他們爲典範。」

安和樂見她爽快利落，決斷分明，不勝感佩道：

「有這樣的好處，照顧王子是我分內的事，他們是義不容辭，我這叫做利不容辭。」

大單于

慕容超道：

「王妃，你爲何要上陣？你活著才能保全王子，你死了，烏紇堤非殺他不可。」

她臉上突現悲戚之色道：

「視羆單于受傷，是受到兩個殺手偷襲，用一種飛輪式的兵器，把他一半的腸子都勾了出來，雖然大難不死，但是也再難痊癒。這一定是江湖上的刺客，我懷疑是烏紇堤所差遣的，我猜殺手也仍在他陣中，所以你要特別小心。」

「我每次看他的傷口，都有無盡的夢魘，所以我一定要親上戰場，經歷他經過的一切，只有這樣，我才能從恐懼的迷宮裡走出來。」

狂風吹散她的長髮，被眼淚沾在臉上，她撥開頭髮說：

「我是堂堂吐谷渾王國的王妃，從沒有在人前示弱過，更不能流淚，但你是慕容祖魂派來的，所以沒有關係。」

傍晚，慕容古岩帶了兵馬趕來，眾人漏夜趕路到午夜，慕容古岩要大家下馬，自己去刺探回來道：

「外圍的哨兵已被我解決，我先帶一百人潛到他們的營裡放起火來，你們由高處衝下來，必可破敵。」

將近天明時，果然營中火起，戰馬由欄中狂奔出來，慕容超領軍殺入敵陣，叛軍們不知敵人有多少，乃不戰自亂，紛紛奪了座騎逃走，趕殺了一個多時辰，叛軍已四散而去，還俘虜兩百餘人，數百頭的騾馬。

念氏趕上視羆藏身的山崗去，不久令人請慕容超上去，上到山頂處有一山洞，中間生著一盆火，一個面無血色的魁梧大漢半躺半臥著，念氏坐在一旁，大漢說：

「你叫做慕容超？你是慕容廆的哪一支呢？」

慕容超把自己的門系說了，視羆說：

「我是慕容吐谷渾的第四代孫，你是慕容廆的第四代孫，我比你年紀大，可以算是你的堂哥吧。」

他開始有些咳嗽，無意間露出腰間一把短刀，慕容超問：

「你腰間的可是聖物金刀嗎？」

他由懷中取出自己的金刀，視羆大爲驚異，嘆道：

「眞的是一模一樣啊！」

念氏看了也驚嘆，視羆說：

「請你看吐谷渾王國的這一把。」

慕容超細看，刀身上刻著鮮卑文「鮮卑慕容昌黎公源流大單于廆」，而慕容超的金刀上，則是刻著「鮮卑慕容昌黎公源流大將軍阿柴虜吐谷渾」，視羆道：

「果然，這把金刀是左手的，我祖吐谷渾留下的弓，上面的握溝都是右手，可見他是左手拉弓，拿神弓來給他看看。」

武士送來一把長大鐵弓，透體漆黑，已長久沒有使用，弦並沒有拉緊，握溝是依照慕容吐谷渾的手打造的，經過長年的抓握，顯得格外光滑，慕容超試著調緊弓弦，視羆大笑，卻咳嗽起來：

「你不要白費力氣了，這把弓除了吐谷渾，只有幾個人可以拉滿，但是用太多力，射不準。據說吐谷渾發箭時，不僅弓弦像琴弦一樣發音，就連鐵打的弓骨也會作響，一唱一和。要用此弓，第一，手要像他一樣大，第二，要有驚人的膂力，最後，你得是個左撇子。」

慕容超把弓舉起，右手五指正好握在指溝之上，他站穩腳步，奮力一拉一放，果然弓弦發出高音，弓骨發出低音，如兩把樂器嗡嗡作響，視羆叫道：

「你眞是吐谷渾轉世嗎？你若是半夜來找我，我會以爲你是來帶我升天的呢！」

他哈哈大笑起來，道：

「可惡啊！要不是這傷，我會被這小丑逼上絕路？他恨不得我立刻死了，好接收我的王位和王妃。」

他的眼中似乎要噴出火來，念氏抱住了他說：

「你做不了的，你兒子可以做，他做不了的，他的子孫可以做，巫卜說過，吐谷渾王國有五百年國祚，你若死了，做鬼要護佑我國，不要爲一戰之敗，自怨自艾。」

視羆的呼吸平穩了下來，慕容古岩道：

「叛軍敗退，烏紇堤一定舉大軍來追，現在大單于傷勢如此，該怎麼辦？」

念氏說：

「找一個山洞，將單于藏在裡面，其他人都撤到若羌城，叛軍以爲單于也去了，就會一路往西追，請慕容公子假扮單于出現，他們更不會起疑心。」

視羆竟說：

「不用麻煩了，慕容超，勞駕你騎著我的青海神駒，讓我坐在你的身後，若是我在路上死了，就算是我高祖帶著我升天吧。」

「王妃是對的，我們做單于的只是工具，國家和宗嗣能延續就好，工具換換又如何呢？今日之敗，是我的錯，只因打通了商路就心高氣傲，忘了祖訓，我眞是不配做大單于啊！現在就立下遺言吧。」

他不顧眾人之意，執意說：

「王妃，烏紇堤一定要娶你，才能名正言順做大單于，所以你們要固守若羌，必須讓他妥協，逼他接受只能暫攝大單于位，等到樹若干十六歲，他就要讓位。」

「烏紇堤短視，一定想先坐上了王位，娶到了你，再來害死樹若干，但他絕不是你的對手，只是要委屈你幾年，將各部大人維繫好了，到時候一起逼他下來，否則就用激將之法，說是只有我敢與乞伏國爭雄，他只敢臣服納貢，他一定會惹出禍來，等他戰敗了再收拾他，不難矣。」

慕容超與視羆共乘一騎，走了數里，視羆說：

「你這麼慢慢的顛，怕我撐不了多久，何不縱馬飛奔？我這匹青海神駒，是從波斯引的良馬，和此間的馬經過五代才配出來的，既有波斯馬的壯，又有青海馬的快，你儘管跑，我若是死了，也好乘勢飛上天去。」

慕容超吆喝一聲，那馬兒衝了出去，念氏等人已瞠乎其後，視羆道：

「要小心那兩個刺客，一個青衣人，一個紅衣人，他們的兵器和暗器都是餵了毒的，最奇怪的是，我們明明打得他們負傷而去，沒多久，紅衣人竟然又埋伏在我們前面，我才著了他的道。難道他們會地遁嗎？還好我一槍刺倒了他，才抓住腸子狼狽逃生！好兄弟，你若能替我報仇，那是最好，如果知道他們為何這樣神出鬼沒，請到我墳上告訴我，好嗎？」

到若羌時已是黃昏，紅霞把城牆照得有若火燒，視羆卻說：

「大家都說，這城在黃昏時是火紅的，漂亮得不得了，我看也是灰蒙蒙的而已。」

慕容超停下馬來，覺得背上有一塊陰溼，視羆說：

「慕容吐谷渾萬夫莫敵，卻能忍辱負重，避開是非之地，像個儒夫一樣，終於找到青海大草原繁衍後世，我沒有這樣的胸懷和柔韌，今日的下場，眞是我的天命呀！」

視羆腰間染了大片的血，慕容超將他抱下馬來，念氏到了，奔到視羆的身邊抱起他，淚如雨下，但是淚水落在沙地上，登時消失了，念氏說：

「你開闢了這條商道，就開了幾百年的國祚，吐谷渾之後，你是最好的單于。」

視羆臉上帶著一股頑皮的笑，像是少年取悅少女時的表情，既逞強又撒嬌，這天眞的微笑中，突然罩上了一層蒼涼，也在念氏懷中嚥下最後一口氣。

之二 念氏阿敦（西元四〇一年）

圍城

若羌城中住著五六百戶人家，城中央有一座石頭堡壘，大堂上祭著視羆的金冠和戰袍，念氏換了喪服，一身白衣，頭戴王妃金冠，顯得冷豔不可方物，那金冠正是有七支樹枝狀的「金步搖」，念氏道：

「視羆大單于臨終前說，敵我兵力懸殊，我們要拖得夠久，才能逼烏紇堤妥協，請諸位獻策。」

安和樂道：

「我有一計，就是向鄯善國搬救兵。」

慕容古岩說：

「當年我們搶了若羌城，他們當做是國恥，為什麼會幫我們？」

安和樂試探著說：

「我們可以把若羌城還給他們，做爲出兵條件。請王妃准許我帶著商團和王子去鄯善城，和他們談條件，他們如果出兵逼退烏紇堤，你們就把若羌城還給他們，以後兩國訂立盟約。」

念氏道：

「爲什麼要樹若干去？」

「可以算是人質，表示誠意，王子已到別國，烏紇堤也會有所忌諱，假如若羌城陷落，安某會帶他到西域去，調教成一個大商人，再回來爲父親復仇。」

慕容古岩道：

「若是鄯善國朝中有人懷恨在心，豈不是讓王子涉險了？」

安和樂道：

「鄯善國崇尚佛法，見到法顯這等高僧，必然望風披靡，也會對王子禮遇，我又有西涼北涼的國書，如果再加上阿敦（王妃）一封，都要和鄯善聯合經營西域，他們理應不會拒絕。」

念氏道：

「那麼我也就無所掛慮了，去吧，古岩將軍快準備見面禮。」

慕容古岩道：

「但是鄯善國的軍隊實在不管用，眞的出兵，也不是烏紇堤部隊的敵手。」

安和樂道：

「這股救兵只是來虛張聲勢的，眞正打仗還是要靠你們。」

地道

「慕容公子，你醒著嗎？」

慕容超睡在堡中一間石室內，四面都是石壁，神奇的是，頂上一個洞口，就有日光探進來，地上一個木桶，就有暖風冒出來，他睜開眼睛，確定是念氏的聲音，他不覺心驚，難道他對念氏著了迷嗎？

一塊石壁打開，竟是念氏帶了樹若干進來，原來這些石室內有暗道暗門，念氏道：

「請跟我來。」

慕容超跟著走進暗門後的甬道，走了許久，隨一道階梯往上爬到頂，打開一個沉重的石門，清亮的月光豁然照入，原來已到了若羌城外一處土崗之上，慕容古岩已帶了士兵守在外面，崗上亂石嶙峋，散生著幾處雜木和墳墓，其中一處新墳，墓碑上用鮮卑文刻著「吐谷渾汗國第四世大單于慕容視羆墓」。念氏道：

「我們趁著夜黑，已經先將他下葬了，有辦法時再來爲他遷葬。」

慕容古岩道：

「這個地道，原是挖了來逃命的，但也可以用來偷襲，你看該派多少兵馬在此？」

「古岩將軍是沙場老將，如何問我？」

樹若干道：

「我父王說，他一路與你同乘，就是要讓他的魂魄依附在你身上，未來一仗，他會在冥冥中助我們勝利。」

慕容超想，視羆如此說，或許是鼓舞他們的信心，便說：

「好吧，多收集些雜木亂石，由此處點火推下去，可教敵軍大亂陣腳。」

念氏道：

「古岩將軍，西域不是有一種黑油，甚是好燒，你們常運回青海給宮裡祛寒？」

「王妃這主意大好，這種黑油城裡很多，你看，我手裡的這支火把，就是點黑油的，這種油從石頭裡流出來，有人叫它石脂水，有人叫它石油，西域人稱它做魔鬼的眼淚，連抹在石頭上，都燒得起來。」

他叫士兵搬來一塊大石頭，澆滿了石油，點得熊熊火起，用木桿一翹，那火球呼呼作響的滾下去，在後方留下一條火線，慕容超說：

「我們再造幾個拋石器，由城裡打出來，但是等他們到若羌城下，已經是殊死戰，我們得在半路就偷襲他們，讓他們草木皆兵，這一路上，可有什麼能埋伏之處？」

慕容古岩道：

「這條羌中道是我國的命脈，沿路都有吐谷渾廟，東去一百里有座小山，上面就有神廟！烏紇提為了強調他也是正朔，一定會逢廟必拜，是埋伏的好地方。」

念氏道：

「在神廟埋伏，最容易讓他們喪膽，到時候請你戴上吐谷渾的盔甲，由山頂上衝下來，叛軍以為祖魂顯靈，必然喪膽。」

慕容古岩早有準備，慕容超見那頂牛頭盔，是用眞的犛牛頭做的，念氏道：

「這頭盔連視羆都嫌重，也不知道他是怎麼戴著打仗的，你這樣子，簡直就是我祖再世！」

慕容古岩道：

「烏紇提貪吃好飲，總是要帶上百牛隻、幾車烈酒同行，我派人混進去，到時候讓牛群狂奔，再將酒車和糧草給燒了，他更不能持久。」

這時一直很沉默的樹若干道：

「娘，我不去鄯善，你都上戰場了，讓我跟著你們一起作戰。」

念氏道：

「你去鄯善不是去逃命的，你要去說服鄯善王出兵，讓他知道，你會做一個英明的大單于，但是他如果看不起你，你也難以活命。」

「但是我每想到妳出生入死，我就無法安寧。」

「你放心，娘不會再衝鋒陷陣了，戰爭的恐怖，我已知道了，娘會留在後方調度。」

她問慕容超：

「你殺過多少人？」

「我沒有殺過人，我只殺過要殺我的人，安和樂說過西方十字教義，生命是上帝創造的，沒有人有資格殺生，但是你可以爲了保全自己神聖的性命而殺敵人。」

念氏道：

「昨日一役，我殺了兩個人，一個中了我的箭，一個被我切斷了半邊的脖子，連咽喉都露出來了，我還記得這兩個人的臉。」

「多奇怪啊，他們的父母生他養他，他們卻巴巴的趕到這裡送死，難道他們走的這一輩子，就是爲了到這裡來受我一刀一箭？」

「安和樂也說過，摩尼教的教義，既尊重死，也尊重生，他們相信死的那一刻，沒有結束已經活過的生命，他們活過，就已經活過了，誰也改變不了。」

「而且，他們是被烏紇堤的貪念害死的，若是從佛教說，這因果報應複雜得很，不是有限的智慧可以參透的。」

神廟

官道在兩座山頭之間穿過，吐谷渾廟坐落在較高的山頂上，慕容古岩帶人將四根柱子都鋸斷，屋頂上塗滿石油，山頭上只有草沒有樹，山腰以下，才有兩片樹林，正是埋伏的好地方。

烏紇提的部隊到了，騎兵趕動牛群、捲動漫天的沙塵，領軍一聲令下，全軍有如遇到了閘門的流水，轟轟隆隆地慢慢停了下來。

一隊軍士快步奔上山坡，在神廟前後裡外看了一圈，向下揮手示意，又一支隊伍持武器上山圍住了神廟，這時一名全身銀甲的將軍，無疑就是烏紇堤，在眾人擁簇下爬上了山頭。

他進廟去祭拜，慕容超射一支火箭直飛到神廟屋頂，此時轟然一聲，神廟成了一個火球，烏紇堤屁滾尿流地奔出廟來，軍士連忙上前保衛，趕下山來。

昏黃天色中，只見神廟後方飄起了一盞天燈，上面仍然漆著紅色的大字，寫著「慕容吐谷渾大單于」，又聽得轟隆聲響，後山竟衝出十來頭犛牛，每頭牛尾巴上都綁了火把，直衝下坡來，神廟的柱子又早已被鋸斷，發了瘋的犛牛把火球般的神廟給撞得直滾下山，叛軍連忙走避，未料後軍也大亂，大火燒起他們的糧草，群牛狂奔。此時林中一聲砲響，念氏部隊殺了出來，兩軍激戰。

慕容超穿著吐谷渾的裝束，頂著牛頭盔，策馬到山崗上，此時頭頂上一記電光閃動，天地間一色慘白，竟比烈日還要刺眼，剎那間轟然一聲巨雷，讓他的座騎連人立起來，崗下叛軍全都抬頭，只見一個活生生的吐谷渾，不禁都呆了。

慕容超的座騎受驚，有若一顆流星，直向山下衝去；慕容超也被這一聲雷打得震耳欲聾，他乾脆彎弓搭箭，連珠似地射向叛軍，慕容古岩大叫道：

「是吐谷渾！你們作亂犯上，罪無可赦，慕容祖魂要你們死無葬身之地！」

昏黑之中，叛軍人心惶惶，互相推擠踐踏，忽然林中有海螺聲響，念氏部隊沒入黑暗之中，烏紇堤大怒，下令道：

「敵軍很少，快追！」

未料追了幾里路，前軍一陣慘叫，都跌入了一個大陷坑之中，後軍踐踏前軍，此時又是一陣箭如雨下，烏紇堤渾身有如針扎般難過，怒道：

「不准後退，敵人就是靠這點小伎倆，快追上了給我殺光！」

「大單于，」此時他的部眾已如此稱呼他：「你看那漫山遍野，都是火光，他們的人不少啊！」

念氏早教人在遠處點起數千塊黑油，讓敵軍不知道多寡，烏紇堤卻吼道：

「這鳥不拉屎的地方，哪有這麼多人！一定是障眼法，快殺上去！」

念氏原以爲烏紇堤會被嚇破膽，沒想到觸動了這渾人的牛脾氣，完全不顧部屬的死傷要拚到底，她原打算快打快退，此時竟變成了硬拚之局，所幸叛軍已頗有傷亡，而見牛群四散，軍士們多是牧人出身，本能地去追牛，又跑散了一半，剩下的怕眞的是祖魂出現，故意落後，陣線拉得甚長，才給了念氏部隊喘息的機會。

激戰至半夜，兩軍主力都已散落在黑夜之中，慕容超、呼延平、阿殘三人仍沒走散，慕容超道：

「有看到阿拔和阿缺叔嗎？」

阿殘道：

「快趕回若羌城會合，你找我，我找你，只會誤事。」

呼延平道：

「阿殘說的有理，只是殺到這半夜倒是尿急了，人老了不中用，待老夫撒了尿就走！」

慕容超道：

「那我也老了，尿雖要爆了，口卻乾得要噴火！」

刺客再現

慕容超突然感覺腦後嗡嗡作響，呼延平與阿殘都是一陣慘叫，他就地一滾，只見一個青衣人，一個紅衣人，各執一個飛輪，如兩點巨大的鬼火，一左一右、一上一下向他攻來，這兩人先打倒了他身邊兩人，再來合攻。

慕容超幾天來一直在思索對策，他想到飛輪與鏈槌異曲同工，當年他折斷長槍殺死禿髮氏人，於是準備了兩支短槍背在身上，此時他抽出短槍，將飛輪盪開，但兩名刺客不時射出飛鏢，鏢上一絲螢光，必是餵了毒藥，他左支右絀，瞥見呼延平掩著胸口由黃沙中坐起，他猜想呼延平應該是中了毒鏢，而阿殘左前臂已斷，正撕下布來纏住傷口止血，必是中了飛輪。

他看到身後有一處山壁，便直奔過去，將青衣人的飛輪一盪，直撞到山壁之上，沒入土中，入土近尺，那青衣人拔不出飛輪，他又用一支短槍攪住紅衣人的飛輪，紅衣人氣力不及慕容超，被慕容超順勢一帶，也插進山岩之中。

他兩人都失了飛輪，回頭便走，慕容超用短槍擲向青衣人，那人聽得聲響，就地一滾，但說時遲那時快，卻被第二支短槍射穿胸膛，死在當地，原來慕容超看破他的閃躲習慣，他好像自殺似地撞上短槍。

紅衣人反而不逃了，化悲憤爲力量，拔出兩把彎刀，慕容超抽出長劍，紅衣人身形靈便，比慕容超穿了戰袍的身子靈活得多，他那雙刀變化莫測，有如飛蛇一樣溜上來，一刃已刺入慕容超的左手臂，另一刃在月光下一閃，已向他面門刺來。

慕容超扯斷牛頭盔的綁索，用頭盔卡住尖刃，大喝一聲，把頭盔上的牛角刺進了他的胸膛，紅衣人一聲悶哼，由山坡上滾了下來。

慕容超正要結束紅衣人，突然他後方的黃沙僨起，一個飛輪直向他後腦打來，那人穿著一身白衣，慕容超在這刹那才想通了，原來有第三個刺客！

千鈞一髮之際，他腦後迸出火花，飛輪被撞開，慕容超大難不死，立刻飛身把白衣人撞倒，兩人滾下山坡，原來是阿殘用剩下的一隻手臂，射出長槍撞開飛輪，救了慕容超。

那死了一半的紅衣人，也撿起彎刀逼來，但突然他又仆倒在地，竟是被呼延平由身後撲倒，又使盡力氣箍緊了他，呼延平天生神力，這時候拚著一口氣，竟然將紅衣人勒死了，但自己也昏了過去。

白衣人爬起來，正要拔出彎刀，卻兩眼圓睜僵立在那裡，因爲慕容超雖躺著，卻將手中的長劍豎起，正好刺進了他的咽喉之中。

慕容超已經氣力用盡，只覺左手痠麻，顯然這些人的尖刃都餵了毒，中刀就中毒，他想要拉起呼延平，卻突然一陣天旋地轉，又跌坐在地，不禁大笑起來，道：

「視羆，難怪你連晚霞中的若羌城都看成灰的，難怪你不知道有第三個刺客，原來你是個色盲吶！」

恍惚中見到有兩騎馬奔來，他在自己的笑聲中失去了知覺。

慕容超醒來時，已經躺在一間石室內，左手臂疼痛難當，口乾如焚，安和樂道：

「阿拔和阿缺趕到時，阿殘已死，見到你手臂發黑，阿拔為你吸毒，自己卻也中了毒，阿缺將你們三人救回若羌，呼延平中毒頗深，最是嚴重。」

慕容超看到石室內生著一個火盆，一個白衣大夫正在調藥，室內排列著四張床，在他旁邊是獨孤拔，臉色泛青，呼延平卻是黑色的，最後一張則是阿殘的屍體，床旁邊放著三個人頭，都是西域人的長相，安和樂道：

「我看這三人是波斯人，這些刺客，可說是由來已久。」

「九百年前，波斯帝國的皇帝大流士一世，為了控制廣大的國土，複雜的人種，創了一個特務組織，又稱做『皇帝的眼，皇帝的耳』。一代代傳下來，專門幫皇帝暗殺反對他的人。」

「波斯帝國被希臘滅亡之後，這個組織走入地下，為老主人復仇，專找公開的場合，比如宴會、運動會上刺殺希臘的政要，他們勇氣驚人，手段毒辣，愛用近身武器，像是匕首、暗器、毒藥，一定要置對方於死地，一定和敵人拚到同歸於盡。」

「後世波斯、天竺地區的國家，要打天下的皇帝就會用他們。但狡兔死走狗烹，用完了就想除掉他們，這群人枝開葉散，逐漸成了江湖門派，專門受僱殺人，足跡遍及數萬里，讓人聞之色變，沒想到也來到了這裡。」

慕容超向阿殘拜了幾拜，道：

「這幾個人頭該送去給念氏，我昏過去多久了？烏紇堤的部隊到城下了嗎？」

安和樂道：

「你昏迷了近一整天吧，那個白衣大夫是鄯善神醫，他說你的復元奇快，但還是要多調養休息，烏紇堤部隊應該再過半天就會到了。」

慕容超開始打坐調息，安和樂說：

「我早就安排了人在鄯善四下宣傳，說是有東土的高僧來到，果然鄯善王就派人在城外迎接，法顯講道，舉國轟動，樹若干亦侃侃而談，朝廷上下無不折服，同時，我又到王妃宰相那裡送大禮，鄯善王終於同意出兵。」

「這時候卻接到飛鴿傳書，說是你們全都重傷，幸好阿缺對你們中的毒描述準確，所以我連忙帶來白衣大夫，他說你們兩人的毒已經控制住了，但呼延兄啊，毒性已經深入經脈，難以預測，發出來時可以痛不欲生，甚至會亂人心智。」

傍晚，叛軍到了城下，號角四響，士兵高呼，用來恫嚇城內之人，念氏令守軍將俘虜來的叛軍，都趕進了城內廣場上，高聲道：

「我視羆大單于高瞻遠矚，這十年之間，你們的生活是不是好過了很多？人丁是不是旺盛了很多？誰料到乞伏國興兵犯界，大單于親赴戰場，可惜遭到三個刺客埋伏，使他負傷而歸。」

城樓上三支長竿插著三個頭顱，軍士突然擲下飛輪，在空中嗡嗡作響，她又說：

「就是這三個刺客，用這兇殘的武器，暗算了大單于！吐谷渾的好男兒，請與我一起祭拜大單于。」

守軍和俘虜都跟著下跪泣拜，她起身道：

「這三個刺客，其實是烏紇堤的手下，這次，又要刺殺我和樹若干王子，讓我們的勇士給殺了。你們受人驅使，我也不怪你們，今日就放你們回去。」

「但是我要警告你們，慕容吐谷渾的祖魂已經降臨了，這一戰我們必勝，你們的孤魂野鬼，連祖廟祖墳都不敢收你們。」

城門打開，俘虜們推擠而出，但也有俘虜大叫：

「我們不走，我們留下來對抗叛軍！」

安和樂道：

「這些人多半是念氏阿敦安插在隊裡的，其實根本不是俘虜。」

俘虜中留下了一半，出城的一半遇到了親人，高興地歡呼擁抱，安和樂道：

「出城的俘虜，會宣傳念氏的仁慈、烏紇堤的陰險，使得這支叛軍不會想要打仗。」

慕容超由地道來到南山上準備就緒，突然見到北方煙塵滿天，一片紅色衣甲，有軍士說：

「那是鄯善國的部隊，他們好用紅色，看來也有兩千多人呢！」

烏紇堤部隊金鼓齊鳴，調整陣勢準備迎敵，若羌城中一輪火石飛出，打入叛軍陣營中，北面的紅衣軍一擂鼓一步，慢慢逼進，像是一畦畦紅花。慕容超一揮手，轟然一聲，五個大火球滾下坡去，叛軍果然缺乏鬥志，隊伍渙散，雖然號角催動，攻擊卻始終是虛應故事，烏紇堤震怒也沒有用，念氏在城樓上喊道：

「吐谷渾國的勇士們，只要奉樹若干為王子，我們就奉烏紇堤做代任單于，不要再自相殘殺了。」

城下的士卒都應和起來，叛軍中一支信箭射上城去，顯然烏紇堤見大勢不諧，要開始談判了，不久，城上也一箭射下來，談判之箭往來了幾次，念氏朗聲道：

「吐谷渾國的勇士們先回去吧，半個月之後，我們在牛頭城立慕容樹若干為王子，慕容烏紇堤為代任大單于，直到樹若干成年退位。我們不要再兄弟相殘，要收復東邊國土，振興青海商道，實現視羆大單于的遺願，讓吐谷渾王國成為高原霸主，讓我們世代子孫永世富足。」

士兵都歡聲雷動，念氏又說：

「受傷的勇士留下來，讓我們為你們療傷，再與我們一起回家。」

不出半日，烏紇提的部隊已消失在地平線上，傷兵都進了若羌城，阿缺道：

「笑話呀！烏紇提萬一又回來攻擊，這些人做內應，不就完了？」

這時鄯善部隊也歡聲雷動，慶幸兵不血刃就拿回若羌，紅衣部隊中兩騎緩緩走進若羌，竟是樹若干和法顯，城上軍士高聲歡呼，阿缺驚道：

「笑話呀！這些鄯善蠢才居然把人質給放了！念氏要是這時候翻臉，不肯交還若羌，他們又如何？如果烏紇提和念氏聯手攻擊他們，可以把鄯善國都滅了。」

石室中一燈熒然，慕容超見到獨孤拔的鼻息穩定，只是臉色仍然泛白，呼延平則像是深陷在深淵之內，不時喊出梁阿雁和晴兒的名字，那白衣大夫道：

「你看，毒鏢打進他的肩胛，我已把他的肩肉剖開，骨上都已發黑，我已把爛肉和毒骨都刮盡了，我們這裡，盡收中原、波斯、天竺的醫術，中原人說，兩百年前有個神醫華佗，曾幫關羽刮骨療傷，就類似我用的開刀術！」

他翻開呼延平的被子，慕容超看見他的胸口一道長長的口子，被縫得像是個補過的袋子，左肩上藥草之下，挖了一個大傷口，血肉模糊，連白骨都露了出來，慕容超見他的傷這樣重，忍不住垂淚，正滴他臉上，這時呼延平竟說：

「我若死了，待晴兒長大，你就娶她爲妻，好嗎？」

此時竟是原本昏睡的獨孤拔聽見了，渾身顫抖，登然坐起，忿然奪門而出，慕容超想要抓住他，他竟像一尾泥鰍，從他指縫間溜走了。

「慕容超，你的傷好了嗎？」

慕容超在石室之內，聽念氏在壁後問他，應道：

「我沒事，我正想問你，爲何鄯善國肯放樹若干？」

「法顯大師雖是出家人，也洞悉人間的爾虞我詐，他預料烏紇堤一定會製造事端。果然，在我們談判時，烏紇堤提議，由他假意撤軍，我犒賞鄯善軍，讓出城池，他卻回頭把鄯善軍趕盡殺絕，不但無需讓出若羌，反而滅了鄯善國。」

「他想到的，都是挑動別人的貪念，所以法顯說動鄯善王，開誠布公，放走樹若干，使奸人無法得逞。」

「一個和尚能說動國君，恐怕是破天荒第一遭。」

「這麼多人的機心利害，都比不上和尚的坦蕩，人們說佛光普照，原來是這麼回事。樹若干跟了他幾天，幽怨之氣都沒了，顯得從容自在。」

「你何時要回去？」

「明天一早就走，人世無常，也許我會重掌大權，也許會死於非命，也許你可以成爲大富商，也許像沙漠裡的雨，落下時驚天動地，然後就無影無蹤。你要是能回來，請到吐谷渾來看我，我今夜來，不是來道謝，只是想多見你一面。」

「既然是要見面，爲什麼你一直站在門後呢？」

她轉出身來，披著一身皮袍：

「法顯和尚教我們要坦蕩慈悲，但是卻只讓我更認清了自己的情愛，我知道我會無時無刻的想著你。」

「或許是你要經由我再見到視羆吧。」

「視羆和你，我分得很清楚，我心裡明白，我今天想見的是你。」

「我也一直想見你，我自問，難道是要和你討論商團暢行吐谷渾的條件？還是要你尋找姜繁霜？」慕容超道：

「但我終於知道，我對姜繁霜想念深切，對你的想念卻很亮眼，想到姜繁霜，我有無限的痛，想到你，我有無限的酸。」

她吹熄了手中的蠟燭，推上了門，褪下身上的皮袍，慕容超觸摸到的，是她圓潤滾燙的肌膚，愣了一愣。念氏說：

「漢人有個書生名叫劉伶，有人到他家裡找他，驚見他赤身裸體，他說，天地是我的屋宇，房子是我的衣服，你怎麼跑到我的衣服裡來了？如今，你也跑到我的衣服裡了，爲什麼大驚小怪？」

慕容超把她擁入懷中，她身上的熱化做一陣清香，他說：

「我沒有大驚小怪，只是難以承擔你的美。」

之三　龜茲佛女（西元四〇一年）

表演擂台

慕容超不知道與念氏纏綿了多久，他回想與姜繁霜的情愛，所有的過程與細節，他都記得那麼清楚，但是在這不知日夜的石室之內，他幾乎覺得回到了母親肚子裡，終於，姜繁霜清澈的眸子亮起，對他說：

「醒來！」

他睜開眼，眼前卻是念氏，她說：

「我要回牛頭城了。」

念氏將他的手放在自己的肚子上：

「月圓如畫，潮水盈河，我希望已經懷了你的孩子，吐谷渾的國人，會以爲我懷的是視羆的遺腹子，在我懷孕期間，不必與烏紇堤行房，而這個孩子生出來，比任何人都會更像是吐谷渾的傳人，你要爲這孩子取名字嗎？」

慕容超不知道是被命運、還是被念氏捉弄了，他搖搖頭，念氏道：

「若生下男兒，我就取名爲阿柴，這是慕容吐谷渾的小名，漢人叫他做阿柴虜，鮮卑話是巨熊的意思，我要培養他成爲像吐谷渾、視羆和你一樣的大英雄。」

「你不怕他長大了，和樹若干兄弟鬩牆？」

「樹若干和法顯相處了幾日，有如脫胎換骨，我只怕他要鬧出家，阿柴若是和你一樣的性情中人，這兩人必不會相爭。」

念氏冷靜的臉孔上突然現出哀怨，說：

「你爲什麼不跟我回吐谷渾？」

但她只是一時的失控。她推開暗門，消失在甬道的黑暗中，像一尾魚歸於深淵。

念氏騎著白馬率先出城，她一身黑色大氅，唯有頭套是紅色的，更襯出她雪白的臉孔，豔光四射。吐谷渾士兵全部撤到城外，鄯善國王率領軍馬進城，是夜大肆慶祝，城門大開，吐谷渾士兵都放下武器，也進城來大吃暢飲，鄯善軍中，竟有一半是百姓，鄯善王是這麼說的：

「幾百年來，我們的世界就像古樓蘭的城牆，不斷地傾頹，如今我們卻把若羌城拿了回來，這是從來沒有的好事，出兵前我也想過，我是不是帶著大家去送死呢？但是我相信了法顯大師，國與國間，也可以互惠，而不只是互相掠奪。」

「所以我們出發之前，我下令不要祭祀，只要歡唱，鄯善城裡的戲團、唱曲的、雜耍的，全都跟著來了，行軍的晚上，都是歡天喜地的唱歌跳舞。」

南門外搭了一個戲台子，變成了表演的擂台，有的唱，有的耍雜技，有的跳舞，互不相讓，吐谷渾的士兵，自然不是鄯善戲團的對手，但是沒想到，又被疏勒的雜耍團給比了下去，走高索，呑長劍，吐火舌，目不暇給，眼看穩操勝券；此時，卻聽得一陣騷動，甚至有人離座奔逃，原來是夜空中一個火球，由城門口橫飛而過，落在山坡上熊熊燃燒，有人大叫：

「吐谷渾的部隊回來了！」

果然城外的山坡上，一人一騎，正是慕容吐谷渾的打扮，衝過城門直奔上舞台，將長槍插在地上之後，又奔向城外去了，觀眾們驚魂甫定，台上卻出現兩個身影，是念氏和樹若干的模樣。那故事編得甚爲簡要，把若羌城一役的過程，演得令人一看就懂，鄯善人大爲感動，雖然這場戲的唱腔最差，竟然被選爲冠軍。獨孤拔縱馬而出，取過鄯善王送的一把玉劍，他四下奔馳，歡聲雷動，安和樂道：

「這兩天看不到他人影，沒想到他想要用這些熱鬧來澆熄心中的痛苦，呼延平這隻老狗是怎麼回事？你有沒有問過他，他爲什麼說出要你娶晴兒的話？」

「你果然什麼都知道，」慕容超說：「我告訴他，他的夢話傷了阿拔的心，但是，他只露出迷惘之色，說：『昏迷中，好像所有人都死盡了，荒原中只有一個人影，伴著晴兒在揀樹枝，我無法忍受她孤苦伶仃，所以說出了這句話。』但我去找阿拔，告訴他這些話，他只是一副不在意的樣子。」

安和樂道：

「少年人的心，眞是不可解啊！但是讓我們擔心下一步吧！」

「白衣大夫說，呼延平的病只能治到這個程度，但龜茲也有個神醫，功力更在他之上，事不宜遲，你應該先帶他去治病。但龜茲現在的國王和國師，橫征暴斂，對百姓刻薄，有不服的就會遭殃，對外來的人也非常猜忌，你們更不宜露出身分。進了城會有粟特商人接應，你要仔細觀察當地情勢，也算是爲商團探路。」

龜茲

慕容超扮成車夫，阿缺扮做管家，呼延平扮做牧場主人，十餘天後，路邊逐漸見到放牛羊的牧人、瓜果田和農莊，顯然是個富庶之地。

他們來到城內，只見人車熙攘，許多人聚在一個戲台前看戲，台旁一個頎長俊美的西域男子，穿著講究，見到他們奔過來問：

「你們由東邊來，可有經過鄯善國嗎？」

他自稱是龜茲一個戲班子的班主，名叫龍神駒，口若懸河，談吐不俗，原來他要打聽的是獨孤拔的冠軍大戲，說：

「連疏勒雜耍都比不上他們？如果眞有這麼厲害，我可以安排他們表演給王后和公主看，這對母女只有兩個嗜好，念經和看戲。喂！你可認識這個戲團嗎？」

阿缺答應為他接頭，那龍神駒眉飛色舞，道：

「只要是有我安排，一定在龜茲空前轟動！」

慕容超告訴阿缺：

「若是王后和公主都愛看這場戲，或許可降低對商團的敵意，只是爲什麼這人的長相透著點妖氣，莫非是我不習慣西域人的長相？」

「以前漢人看你們慕容氏，可能也覺得如此！」

果然有粟特商人帶他們到了那龜茲神醫家中，那神醫是個虯髯深目的老人，道：

「我聽說若羌一役有一個少年將軍神勇過人，我看這位氣宇非凡，就連襤褸的衣衫也遮掩不了，是不是就是你？」

慕容超問：「神醫也與我們同心嗎？」

神醫道：

「想我龜茲自古就是人間天堂，但這一王一僧再搞下去，遲早要像樓蘭一樣成爲廢墟，這時候正好東邊有安大戶的商團到來，西邊又有佛女出現，眼看龜茲要有大變動了，這是天意。」

「佛女是什麼？與我們有什麼關係？」

那粟特人道：

「半個月前出現一名蒙面少女，每日傍晚都在西城外的無遮大會場上弘法，她的佛學造詣深湛，聽的人越來越多，人們都稱她爲蒙面佛女，有人說，她就是鳩摩羅什大師的女兒，弄得是萬人空巷，國師就更緊張了，派了人嚴密監視。」

「鳩摩羅什不是和尚嗎？如何生下小孩？」

神醫道：

「六十年前，有位天竺王子鳩摩炎，落難來到我國，與耆婆公主成婚，生下一子名鳩摩羅什，此子天賦異稟，耆婆把他帶到天竺修道，十二歲就修成正果，回到龜茲弘道，千里之外都有人趕來聽講，人稱什師，使龜茲成爲一盞佛法明燈。」

「但十八年前，秦國派大兵打破龜茲，先王白純王逃去西方，秦軍擄獲什師，用酒和迷藥灌醉了他，逼他與毘莎公主洞房，以虧什師的操守，就生下了一個女兒。」

「秦軍在這裡作威作福了兩年才回去，又將什師擄去，走時又是一場搶奪，大火燒了兩天，毘莎公主母女就此下落不明。如今就有人說，當年她們逃到疏勒國去了，而當年的女嬰就是今日的佛女，修成正果回來，要爲當年之事平反。」

那粟特人道：

「國王已知道商團要來，下令他們一到，就把長安和尚帶到城東的雀離大寺，護衛一律不得進城，商人也只能在夷人坊活動，看來沒有什麼善意，說不定，這佛女弄得全城騷動，是個可以利用的機會。」

慕容超道：

「那就用鴿子通知安大戶，商人打扮成護衛，護衛打扮成商人，但要保護和尚。你們可認識一個戲班班主，叫龍神駒的嗎？」

「當然，先生如何認識他？」

「他在城門攔住我們，打聽若羌的唱戲冠軍，說他可以安排在王后和公主面前表演，果眞如此，戲團就不會被拘禁，我的兄弟獨孤拔若能自由活動，就可以保護和尚。明天我去探探雀離大寺和王宮附近的虛實，下午，我去見識見識這佛女是何等人物。」

無遮大會場

早上，慕容超到夷人坊，果然有許多士兵，他看了一圈，畫了一張簡圖。

中午，他來到雀離大寺，正午甚熱，寺中僧人都睡午覺去了，慕容超把那寺院前後看了一回，又畫了一張簡圖。

下午，他扮成工人，由粟特商人帶進王宮，伺機看了一回，又畫了一張簡圖，回到神醫住處，將三張簡圖，都用鴿子送給安和樂。

到了傍晚，他到西門外的無遮大會會場，見到兩尊佛像，都有九十尺高（約二十公尺），會場四邊立柱，上面拉起了帳幔遮陽，粟特商人道：

「龜茲城東有雀離大寺，城西有明燈寺，這大會場就是在明燈寺旁，僧人都在這裡講道，尋求信眾。」

突然有人叫著：

「佛女要講道了，佛女要講道了。」

慕容超隨著人潮擠進道場，講壇在正中央，觀眾坐在四下，場中有一和尚在講道，鬧烘烘沒人在聽。不久，人群讓出一條路來，甚至有人拋下花瓣，鋪出一條花路，一名女子渾身白衣，頭戴白紗頭罩，皮膚黝黑，天竺服裝頗為貼身，顯露出她纖細豐滿的體態，她走到道場中央，盤膝坐下。

那和尚被搶了鋒頭，火氣十足，全無說道的儀態，講完了瞪了一眼，拂袖而去。那女子紋風不動，像是在默禱一般，觀眾也沉靜下來，她念著《坐禪三昧經》，聲音越來越清楚，法顯曾給慕容超一部譯本，他已背得滾瓜爛熟，如今聽佛女用吐火羅文念來，又是一種風味，觀眾們都跟著她念誦，旁邊有人議論道：

「這《坐禪三昧經》是什師彙集多種佛經而成，今日有佛女帶挈，正是最佳法門。」

「隨便一個天竺來的女子，你們都可以當做是什師的女兒嗎？」群眾中有人斥道：「你們這樣以訛傳訛，不怕國師怪罪嗎？」

顯然國師的眼線分布在四下，那些人頓時噤若寒蟬，但眾人隨著那佛女念經，幾千人的聲音共振共鳴，人人如醉如痴。經念完後，佛女開始講述佛法，場中連掉一根針的聲音都聽得見，直到月夜初上，佛女起身，眾人又是讓出路來，慕容超問：

「她住在哪裡呢？」

「就在寺旁搭個棚子，拉起布幔，只有兩個侍女跟隨，但是許多信眾都來照顧，深怕她有什麼不便。」

慕容超回到神醫處，見呼延平高談闊論，他已把十八年前的龜茲往事寫好，準備由鴿子送給安和樂，神醫道：

「呼延先生眞是強壯，中了這樣的重傷，竟像沒事一樣。」

呼延平道：

「沒事？我渾身裡外都在痛，連頭髮都痛！」

神醫道：

「慚愧，我精通東西醫理，但是仍然治不好你的病，只能讓你減少些痛苦而已，希望能把毒素壓制住。你若毒不發，也和以前一樣健壯；但毒素若走到要穴或腦裡，你就會生不如死，心智大亂。」

呼延平道：

「我們匈奴戰士，到二十歲沒死，就要大肆慶祝；二十五歲沒死，就要去山洞裡避一個月感恩；三十五歲沒死，人人都要避著他，因爲他不是欺心的鬼，就是有神明眷顧。如今我五十五歲了，還有什麼遺憾呢？」

慕容超知道，雖然呼延平醒著的時候，覺得自己了無遺憾，但由他夢魘中的呼喊，他已被這緩慢的死亡改變了，夢中的囈語都是對家人的思念。眞沒想到，他這樣火山一般的漢子，其實也藏了多少的兒女情長，多少的恐懼和焦慮，而且，他痛苦的時間越來越多，正常的時間越來越少了，只怕時日無多，慕容超因而決定，等商團到龜茲，他就要帶呼延平回張掖，至少有機會死在梁阿雁和晴兒的身邊。

慕容超談起當日所見，呼延平像是有癢難搔，問：

「商團什麼時候會到這裡？」

「已經上路了，沒有遇上大風沙的話，再三天就到了。」

商團如期到達，龜茲守軍要商團護衛繳械，而且留在城外，柵欄之內叫罵不斷，而市場中卻掀起一陣陣叫好聲，原來是戲台上面演起「吐谷渾顯靈若羌」，西域的訊息流通得甚快，龜茲人又愛戲如痴，已擠得水泄不通。

慕容超看到後台的安排和服裝，知道這齣戲之後，獨孤拔就會演出十八年前的龜茲王宮祕辛，這會像傳染病一樣，在龜茲城爆發出民怨。於是他又躍入雀離大寺，見法顯等人受到厚待，寺僧並無惡意，只是軟禁，便回到神醫處，呼延平道：

「等到國師處理了佛女，就未必不會害法顯了。這國師手下號稱有十大弟子，和佛祖一樣，今天這十個禿驢輪流詰問佛女，很多觀眾已開始害怕，明天，八成是國師要出馬下手。」

顯然那天下午，呼延平已到過無遮大會場了。

次日，果然街上把「吐谷渾顯靈若羌」談得沸沸揚揚，而且當晚，王后公主就要到龍家戲院看戲了。慕容超在傍晚到了無遮大會會場，已經是萬頭攢動，仍是一樣鮮花鋪路，讓佛女進場說道；但城門方向傳來鼓樂之聲，一列小沙彌，每兩個一組，有的持香，有的搖鈴，有的敲鈸，進道場後分開跪倒，迎來一個著華麗袈裟的胖大和尚，在場中坐下，沙彌們拜了又拜，重覆念道：

「國師佛法無邊。」

那國師坐定了，閃出一人高聲道：

「昨日，國師派十大弟子與你證法，你雖多方狡辯，但已理出十大謬誤，十大罪證，你且聽了。」

那人指著佛女厲聲數落，像是對犯人宣讀罪狀，她等他說完了，開始不疾不徐的反駁，無止無息，字字清楚，而且旁徵博引，理路清楚，但那質問之人又朗聲道：

「你還自稱是什師之女，那小孩早就死於兵災，你若無憑證，便犯了欺君的死罪。」

「若不是你親手所殺，親眼所見，怎能確定她早已死於非命？若要我證明是什師之女，爲何不是你證明我不是呢？」

國師不再藉他人之口，聲如其人，亮若洪鐘：

「你若真是什師之女，如何沒有什師的溫純敦厚，淨是血口噴人？況且自稱者自證，這不也是自然的道理嗎？」

「自我到龜茲，只在此念經誦道，從未說過我是什師之女。是國師的徒弟說我是，所以國師說自稱者自證，那麼應該是他要證明才對，況且，他既然如此確信什師之女已死，那麼除非他親見，或是親手行兇，否則也不會知道吧？」

「阿彌陀佛，女施主開口殺人，閉口殺人，恨意橫行，惡言飛揚，不可再念經誦道，以免玷汙了佛法，你若要問誰親見什師之女慘遭橫禍，不是別人，正是貧僧。」

眾人都一陣驚呼，國師又說：

「當年我是什師首徒，法號圓理，奉什師之命，忍辱負重，留在龜茲弘法，同時保護毘莎公主母女。那時秦軍四下劫掠，龜茲如人間煉獄，有盜賊闖進宮內，守衛都已逃竄一空，我手無縛雞之力，仍然以身護衛，被賊人一劍刺入胸口後，賊又把公主母女都殺死，還放火焚燒宮殿，我佛庇佑，這一劍並沒有致命，我被其他師弟救出火海，但她母女倆卻被燒成灰燼，有不信者，可以看看這劍傷！」

他將袈裟拉開，全場莫不驚呼，果然在胸前有一個大傷口，國師說：

「所以大家不可以訛傳訛，相信她是什師之女，況且她方才也承認她不是，如果姑娘只是來此論道學佛，龜茲歡迎之至，若是妖言惑眾，那是王法不容的。」

他覺得穩操勝券，佛女卻不疾不徐的說：

「我方才說過，我從未說我是什師之女，並未說我不是什師之女，所以國師又說錯了。在座的耆老，聽過什師說道的，相信都終生難忘，那麼請諸位聽我說一段《法華經》，看看會不會想起什麼。」

她聲音一沉，像是唱歌一般地開始，人群之中驚嘆之聲四起，有的擊掌讚賞，有的淚流滿面，有一老人說：

「簡直就和什師的語氣音調一模一樣，她這樣年輕，爲何聽過什師講道？」

佛女突然停止唱經，站了起來，將她的面紗放下一半，觀眾都不覺驚叫出來，國師也露出大驚之色，有老人驚呼：

「這是什師的女相！」

她兼有龜茲人和天竺人的特徵，輪廓突出，骨肉勻稱，膚色白中有紅潤，睫毛又濃又長，像是蝴蝶的翼，妙目像是帶了清洌的泉水，令全場都屏住了呼吸，她盈盈嬝嬝轉了一圈又盤膝而坐，說：

「國師剛才說，你替毘莎公主受了一劍，之後就暈死過去，醒來時已被人由火場救出，那又如何知道，她母女倆都已死？」

國師震怒道：

「這是我師弟不畏刀斧將我救出，又衝回去救人，眼見她二人被焚，他也被燒成重傷，這是他臨死前告訴我的，你提這些陳年往事，究竟有何意圖？是要玷汙我師弟的名譽嗎？」

「我自疏勒國來，就是爲了要讓眞相大白，國師沒有說錯，當年國師確實受了一劍，而公主母女都受了重傷。」

國師說：

「果然你還有些良知，知道不可再扯謊了。」

「但是公主和女嬰都沒有死，公主曾隨異人學得武藝，所以，她被刺了一劍之後，只是一時暈死，那刺客走到搖籃邊要殺死嬰兒，公主即時醒來，用匕首刺死刺客，但是他的餘力仍然把刀砍進嬰兒臉上。」

場邊人都驚叫起來，她又說：

「這時候另一個刺客衝進來，公主將嵌在嬰兒臉上的短刀拔出來，刺穿了這人的胸口，公主母女逃出火場，被友人藏了，後來一路逃到疏勒國，直至今日，才由我來此，還眞相之大白。」

「滿口胡言，來人啊！把這妖女給抓起來！」

佛女鼓足中氣，竟把眾人的聲音都壓了過去：

「那個中匕首而死的刺客，就是你的師弟，而那個幫兇，就是國師你自己，你胸口的傷是被公主刺的，而我，就是被刀砍進臉龐的嬰兒！」

她將另一半的面紗拉下，所有人無不駭然，原來她的右臉是那樣的姣好，左臉卻完全的毀容，左眼窩暴突，根本沒有眼珠，能活過來簡直是奇蹟，極美與極醜並存在她的臉上，有的人掩面不敢再看，有的人跪在地上哭泣，有的人對國師怒罵，說時遲那時快，已有幾個僧人手持鐵鍊向她奔來。

伽藍塔上

有些信眾想要護衛佛女，被爪牙們捉的捉，殺的殺，未料這時一人似若瘋虎，舞著一柄長槍護住佛女，慕容超既驚訝又不驚訝，因爲正是應該在養病的呼延平！

慕容超幾個縱躍，與呼延平合在一處，這時又有一人加入，竟是阿缺，三人將佛女護在中央，慕容超看見士兵如潮水般殺來，說：

「去佛寺，上塔。」

三人殺進寺中，內有諸多建築、院落，院中有一天竺式的寶塔，他們衝進塔內，將鐵門緊閉，插了門閂，追兵奮力打門也進不來，他們由樓梯盤旋直上塔頂，從窗口看到，下面已被圍得像鐵桶一般，吆喝不止，士兵們搬了一捆捆的柴堆在塔底，呼延平問：

「佛女，你的保鑣護衛在哪裡？為什麼沒有出手救你？」

「我只有兩名侍女，一名馱夫，沒有保鑣護衛。」

「那你到龜茲來，究竟想要做什麼？」

「前年我母親過世，她臥病在床時常有囈語，我覺得那就是她未竟的心願。她知道龜茲的佛法蒙塵，國運衰微，加上她始終難忘什師之愛，所以希望讓當年之事大白，讓龜茲能走回正途，把什師迎回龜茲。」

「你一介女流，卻打算來顛覆龜茲一國？那麼方才你是打算束手就擒嗎？」

「我有預感，什師澤被龜茲，一定會有人挺身而出，推翻妖僧和昏君，還會帶我去武威救出什師。」

阿缺嗤之以鼻說：

「笑話！這些龜茲人都像羔羊一樣無用，你看，在道場上想要護衛你的人，只會引頸受戮。」

「一定是有因，才會讓你們出現了。若是沒有人救我，我就自殺殉教，或許可讓龜茲人得到開示。」

「笑話！過不了多久，也沒有人會記得了，龜茲兵在下面生起火來了，佛法有教你怎麼閉氣嗎？」

佛女嘆道：

「圓理爲了抓我，竟不惜把這千年古塔給毀了！」

濃煙漸漸由窗縫竄進來，慕容超用長槍奮力的戳打屋頂，打出一個大洞，雖有了空氣，但仍是煙燻火烤，他們像是桶中的燒餅，汗如雨下，除了慕容超，其他三人逐漸失去了知覺，忽然，一滴滴冰涼的雨水落在他們頭上。

慕容超本以爲是錯覺，此地一年下不了幾次雨，難道眞有佛祖庇佑？不久，竟成了狂風驟雨，剛才還像是炙熱烤爐，這時已經是冰風刺骨，慕容超將木窗踹開，只見下面的士兵搬了梯子，想要攻上來，這時佛女醒來，用她圓潤宏亮的聲音高聲道：

「你們難道看不出來，老天此時降下大雨，就是要平反不公不義，讓龜茲再度佛光普照嗎？快快捉拿國師，要白震王給個公道，然後我們一起東去中土，將什師給接回來。」

此時寺外圍了更多的百姓，手持火把，吼聲震天，國師的親信奮力吆喝，士兵們卻不出手捉人，反而有人扔下武器跑了，呼延平道：

「奇蹟出現了，這麼溫和的百姓，竟然造起反來了，這些士兵若不是良心發現，就是看苗頭不對，開小差了。」

慕容超在塔頂上，看見遠處有一串火把，由西城門出來，是一支約兩百人的馬隊，直奔入寺院中，帶頭的將軍對國師說：

「國王有令，所有護院僧侶都放下武器，到寺內坐地念經，不得出寺一步，請國師立刻入宮議事，不得遲疑。」

國師怒道：

「就連我王對本僧說話，也沒有你這樣無理。你好大的膽子，竟敢藐視本座，待我捉了妖女，再請我王降罪於你！」

佛女朗聲道：

「天網恢恢，疏而不漏，就是這個道理。今日上天已降大雨，彰顯此人之大惡，你們還要倒行逆施，難道要上天降下大火嗎？」

這時天邊果然一陣閃電，許多人嚇得趴倒在地，百姓中有人把火將扔向和尚，那將軍道：

「全城百姓都信了這女子的話，國師還是趕緊進宮，免得危險。」

兩方人馬僵持不下，慕容超道：

「事不宜遲，擒賊先擒王，佛女，你這頭巾是一長條的布嗎？」

佛女把頭巾解了下來，是一條長達數十尺的布，她見眾人驚異，道：

「從疏勒、犍陀羅到波斯，這是很平常的裝束，它可以讓你的頭不被曬昏，農夫們相信，它也可以保護你的靈魂，不被魔鬼吸走。」

阿缺道：

「笑話！哪有那麼巧的事，正好給我們重演張掖神廟上的絕技，上次救和尚，這次捉禿驢！」

他們把頭巾綁在木架上，由阿殘和呼延平抓著，繫在慕容超的腰間，他盪了下去，在塔身上點得幾點，已到塔底，踹翻了國師身後的護衛，扣住了國師的脖子，有如老鷹搏兔一般，在士兵的驚叫中，將國師硬生生的抓到空中，但那國師太過肥大，阿缺和呼延平無法拉回去，慕容超乾脆割斷了布繩，將國師肥大的身軀當做墊子，直落在塔前，把國師撞得七葷八素，他把刀橫在國師的頸上，對那將軍說：

「快把賊禿的人馬全趕進院內，嚴加看管，否則就拿個禿驢頭去見國王。」

又對四下的軍士和百姓道：

「今日之事，三歲小孩都能分辨忠奸，快去傳遍全城，國師十八年前加害公主，如今又要危害佛女，已被逮捕，要進王宮去受審，你們要扶老攜幼到王宮，要求公義天理！」

士兵們果然將僧人趕入寺內，百姓們群情沸騰，舉著火把為他們開路，待佛女等三人出得塔來，呼延平已支撐不住，由阿缺帶回神醫家中，眾人簇擁著佛女走向王宮，軍士中閃出一人，竟是獨孤拔，顯然這支禁衛軍之所以出動，也是他導演出來的，獨孤拔得意道：

「龜茲人愛戲如痴，我們在龍家戲院演出了若羌城的戲，就已經全城轟動。昨天晚上，王后和公主來的時候，卻看到了新戲碼，就是街上流傳的佛女故事，被我加油添醋，煽情的煽情、賺眼淚的賺眼淚，讓全場看得失聲痛哭。」

「沒想到今天下午，佛女在大會場所說的往事，比我們的劇本還精彩，我們馬上又加上最新情節再演，演到結局時，我跳出來說，這齣戲只能演到這裡，佛女的生死，請到明燈寺去看。所謂怒從心中起，惡向膽邊生，幾乎所有觀眾都趕來搶救佛女，而且這故事一下傳遍全城，讓龜茲人陷入瘋狂，全都趕來救人。」

「同時，王后和公主看了戲，十分不安，被安和樂收買的太監告訴她們有長安高僧在此，於是她們請了法顯進宮念經，安和樂帶我們混進宮中，見到了國王，這國王本來還想敷衍，但是聽到宮外人聲嘈雜，火光沖天，加上安和樂舌粲蓮花，馬上就動搖了，又聽說國師在此追捕佛女，王后公主都啼哭不止，國王才終於下令，要禁衛軍立刻請國師進宮，說個分明。」

龜茲王宮

王宮燈火通明，將它的金碧輝煌照得一覽無遺，一行人到得宮前，禁衛軍厲聲要他們繳械，百姓中竟有人將火把扔了過去，禁衛軍怒吼著要抓人，被慕容超連發幾箭射倒，百姓們膽子更大，而那群平日威風八面的鷹爪，都爭先恐後的退進宮去了。

慕容超等人經過幾重院落，來到一個圓拱頂下的圓室。佛女道：

「這圓拱頂畫的，是佛陀教導十門徒的故事！我母親常懷念它！」

慕容超看到那拱頂上的圖像，都是用金箔和寶石貼出，牆壁上也是佛教故事的精巧壁畫，室內燒著一盆火，堂上坐著白震王，右手邊坐著王后和公主，左手邊竟坐著安和樂，國王果然對國師頗有忌諱，道：

「要你們去請國師，怎麼把他綁來了？眞是罪過，快放開！」

獨孤拔道：

「門外的萬千百姓，都是要查他的罪過，國王縱容，恐怕也難辭其咎，誰敢上來，一刀先砍了禿驢頭，再放百姓進來！」

國師對國王說：

「我王切莫受外人挑撥，這個妖女一再妖言惑眾，有篡國之心，我王要明察。」

國王左右爲難，說：

「但是百姓們都相信她是什師的親生女兒，又相信當年她母女是被國師所害的，國師有何解釋？」

國師厲聲道：

「我王如何不記得，當年龜茲浩劫，我受什師之命擔任國師，貧僧做了多少場渡厄法會，才讓眾人心服口服。後來也是我王令我去保護毘莎公主，我才受了那一劍之災，這些事難道我王都忘了嗎？」

國師已到了頤指氣使的地步，安和樂笑嘻嘻的說：

「國師的意思是說，他當年所作所爲都是爲了國王，也都是國王所授意。」

國師怒道：

「這位西域人爲何干涉我國朝政？和妖女是一夥的吧？我王不要害怕，本殿之內就有三十名大內高手，五百禁衛軍，貧僧有十大弟子，兩百護院武僧，龜茲城內更有五千大軍，千萬不要向這些宵小讓步。」

獨孤拔冷笑道：

「你那些禁衛軍，被百姓丟幾支火把就嚇得屁滾尿流，那些幾十幾百幾千個廢物，就快出來見識本英雄在若羌城萬夫莫敵的身手！」

國師圓睜雙眼道：

「原來這些人都是從鄯善國來的，非常危險，我死不足惜，我王萬萬不要受他們挾持，刀斧手快進來砍了他們。」

國王怒道：

「你死不足惜，只可惜我還不想死呢。」

國王轉向安和樂道：

「雖然你們藝高人膽大，但是也不要想走得出龜茲，你們要求什麼條件，快提出來吧，大家都可以毫無損傷。」

獨孤拔道：

「你把戴王冠的烏龜頭探出去看一看吧！全龜茲的百姓都在外面，你處置不好，莫說禿驢沒命，你也見不到明天的太陽。」

國王的臉上紅一陣，白一陣，這時才像想起了佛女，對她說：

「你是毘莎的女兒嗎？那麼也是我的甥女了？你也希望把國師正法嗎？」

獨孤拔怒道：

「如今有上萬人要把禿驢正法，你如何都推在她一個人身上？她如果說你也該死，那你也照辦嗎？」

佛女竟毫不猶豫的說：

「不必，請人將他送到罽賓國，因爲白純王在那裡出家，會把他留在那裡，一起虔心禮佛，對他也是造化。」

「我母親生前一直希望白純王回國，也曾修書給他，但他回信說他已是出家人，不想重提過去的是非，他做國王犯下許多錯誤，爲龜茲引來一場浩劫，白震王絕對比他好。」

國王不禁啜泣道：

「王兄有這樣的見識胸懷，眞是讓我羞愧啊，當初我只是呂光的傀儡，當時我也知道國師打算謀害毘莎公主，但有呂光的爪牙在側，我也不敢造次，所以，我也是共犯吶！」

「呂光走後，國師以什師手諭爲證，作威作福，我爲了穩固王位，也讓他胡作非爲，這是我的貪慾和懦弱，造成了你們母女的劫難，以及多年來人民的痛苦，我在國事穩定之後，也削髮出家，到罽賓國追隨王兄。」

外面的士兵衝進來說：

「不好了，百姓已經快打破門了。」

安和樂道：

「既然有此共識，就請國王出去，宣布這和尙的罪證，廢去國師之位，暫由佛女接任，讓情勢安穩下來。」

佛女道：

「我不想做國師，我只想去河西，勸呂光將什師放回來。」

國王站起來說：

「甥女，國中一旦大亂，盜賊四起，將會不可收拾，你還是勉爲其難，先讓龜茲逃過一場浩劫吧。」

龍家戲院

次日，安和樂到神醫處，告訴慕容超：

「國王今天召見我說，這十八年來，佛門變成弄權之地，希望佛女和法顯大師在此說法七七四十九天，把出走的僧侶號召回來，呼延平正好可以養傷。」

「我看義父的病情只會越來越嚴重，他在夢囈中流露出思家之苦，我一世受他恩惠，至少可以讓他死在家人身旁，只是我這西方壯遊，竟然到此而止！」

安和樂知道他的心意，道：

「你回張掖，也不過是一個月路程，將呼延大爺安置好了，休息半個月，再走一個月，歷時不到三個月時間。」

「和闐王已有信來，希望法顯到那裡夏坐，論經說法，到秋天再上路，我們只要在冬天前過蔥嶺就好，所以你可以在和闐趕上我們。你放心去吧，獨孤拔天天泡在龍家戲院裡，彷彿要改行做演員了，這護衛商團的大任，交託給獨孤拔吧，或許他可以振作些。」

慕容超跟著安和樂到了龍家戲院，戲院後的大廳，顯然是龜茲最高級的妓院，已有十餘人在裡面飲酒作樂，歌女表演著冶豔的歌舞，在座之人都是富商，個個左擁右抱，桌上杯盤狼藉，獨孤拔也已是箇中老手。龍神駒拍拍手，兩個身形婀娜的美豔少女出來，龍神駒讚賞道：

「這兩名少女是剛由天山來的處子，正好配上像慕容將軍這樣的少年英雄。」

安和樂見重要的商人都在，宣布道：

「龜茲在長安和粟特的中點，我們的商團從此分做東西兩路，向東的商團由慕容將軍帶領，向西的由獨孤將軍帶領。」

他把兩人自張掖到龜茲的遭遇，加油添醋講了一遍，談到波斯刺客，每個商人都有一兩個故事可講，越說越玄，但龍神駒道：

「諸位想，不論一個人多麼兇猛，到了臨死往往就怯場了，像是跟荊軻去刺秦王的秦舞陽，平時是多麼的好勇鬥狠，到了秦宮卻尿褲子不敢上殿，荊軻才沒有成功，但為什麼波斯刺客個個視死如歸？這個原因，我可是有親身經驗！」

眾人無不動容，他是演員，說起來當然更引人入勝：

「十八年前，正是龜茲國浩劫，我把戲團搬回焉耆國老家，半路上遇到一個受重傷的波斯人，雖然我見他可能是個飛賊，還是救了他，我從來不問他的身世，以為他傷好了就會不告而別。」

「我推想，他可能是受僱去刺殺白純王的，把白純王嚇得逃到蔥嶺以西，他的同伴似乎都死了，但他傷好了也不走，每天望著天空發呆，醫生說或許他受了重擊，讓他忘了過去的事。」

「一天我們正在排武戲，我對一段打鬥的動作不滿意，他竟然一句話不說跳進場子裡，把台上人的動作都重編了一遍，那眞是個個好看，整體精彩。他突然有了用處，也很高興，以後每天與我們練武排戲，成了我們的武行教頭。」

「這樣過了五年，他有時要記起身世，就繞著城牆急走，但有時頭痛發了，簡直是痛不欲生，後來病越來越重，晚上經常在夢中慘叫。他告訴我，他忍受這無比的痛苦，是因爲往事逐漸浮現，所以還不願死，他想起一點就告訴我一點，希望我能湊出一個劇本來。」

「直到他死，他已大約知道，自己無父無母，自幼就是被養來做刺客的。十五歲時，祭司告訴他，他得吃下毒藥自殺，但是他會進入天國，和一個處女交媾，處女懷孕後，他就會再回到人世，這以後他只有他的肉體會死，他的靈魂一定會再回到天國，而那個處女生下的孩子，就是他的再世。」

「他記得吃下了毒藥，在一具銅棺內死去，經過了祭司說的一切，棺木打開時他又回到了人世，這以後他做了二十多年的刺客，最後一次就是在龜茲國。但是有天他不斷地叫道：『沒有天國，只有噩夢』，就這樣，他瞪著眼睛死了。」

安和樂道：

「他當年吃的毒藥是催眠藥，到最後，他是腦袋最清楚的。」

龍神駒道：

「是有這種藥，可以讓人暫死，但藥性並不持久，其實是靠催眠術，讓他以爲過了很長的時間，期間讓他與處女交媾，生下來的孩子又是新的刺客，他們叫這個過程爲『神賜』。」

「這藥引起我濃厚的興趣，我也在周遊各國時，尋訪了各種處方，兩位少年英雄如果有興趣，今日又有兩位處女，不妨也可如法炮製，體會一下這刺客的遭遇。」

他拍拍手掌，有人托出金盤，放著兩味藥，獨孤拔說：

「阿超，公孫大娘若有此藥，說不定可以知道你的元神呢！姓龍的！你的催眠術靈光嗎？」

「在下精通西域各種藝術，如果不會催眠，還能混嗎？」

慕容超道：

「我們爲什麼要知道刺客的經歷？我們也不是種豬，要別人安排了下種，龍先生，難道你也要培養自己的刺客集團？」

獨孤拔此時把銀項鍊取下，掛在身邊的女子手上，說：

「我這個兄弟有個毛病，他覺得什麼事都得要出生入死，所以他捨生忘死地救女人，但我是聰明人，如果能不費吹灰之力，那是最好。」

龍神駒道：

「這麼說，我是獨孤將軍這一派的，因爲我這點假把式，可禁不起出生入死！」

眾人都跟著鬨笑，慕容超起身，對著獨孤拔的耳邊說：

「你可不要把晴兒的銀項鍊搞丟了！」

「我怎麼會搞丟？」獨孤拔醺醺然道：「我掛在誰身上，那人就是全世界最美的人！我怎麼能搞丟？」

慕容超頗爲愕然，這才發現，他身邊的一個是眞女子，另一個是男扮女裝，竟然都是一樣的嬌媚。

慕容超走出龍家戲院。龜茲城是千百年發展出來的，每條路都彎彎曲曲，他不知不覺走丟了，又被美女依偎了一晚，情慾之心被煽起，他想起與姜繁霜和念氏的纏綿，覺得自己是頭要絕種的獸。

他回到驛館，天已初亮，只見一個熟悉的身影像是一尊塑像一樣，那人說：

「我一早醒來就向這裡走來，不知道爲什麼，我就知道你會在此時出現。」

那人轉過身來，露出半美半醜的臉，正是佛女。

第五卷　乞人之書

報仇寺

官人，您先去巧春齋，媽媽會伺候您，喝酒暖暖身子，奴家去去就回來侍候您咧！什麼？您要跟著去？官人千萬別多心，奴家只是要去東郭門外二郎巷裡的小廟上個香，這小廟一定要在天將黑未黑的時候去，才會靈驗呀！

這廟拜的是什麼神？官人，您真是個外鄉人，沒聽過人說，到處都有報恩寺，唯獨我們長安城這個角落有個報仇寺嗎？官家曾經說這名字擾亂民心，逼著改成行義廟，不過小老百姓還是叫它報仇寺，因為聽了這個名字，就覺得窩心呀！這寺根本稱不上寺，只是個老榆樹下的小屋子，但是對我們這些苦命人，它可比什麼大寺廟都還重要哩。

這神其實是個醉鬼，但他心裡是雪亮的，人世間不公不義的事都看在眼裡，尤其知道我們窮人的冤苦，過了半夜，他靈魂出竅，把那些為非作歹的貪官汙吏，為富不仁的奸商惡賈，無惡不作的地痞流氓，殺的殺，罰的罰，真是大快人心呀！

奴家聽說，這神是苻秦時候亡國的遺少，乃西域人氐，流落長安，靠著乞討為生，聽說那時候有很多這樣的人。

這個醉鬼頗有些武藝，又知道很多西域的典故，因為這附近西域人多，所以常在此出沒，在這裡説説故事，獻個武藝，西域商人憐惜他的身世，所以他能換些酒飯。

他每日喝得爛醉，就在老榆樹下睡覺。旁邊的長牆上，據説當時有個土地公廟，有天他發了酒瘋，説是這土地公沒保護這裡的百姓，就被他給扔了出來，他會做點木工手藝，就把個板凳折了，塑成身骨四肢，用稻草紮了個頭，拿著兩塊碎玉，算是眼睛，一塊破紅布算是頭髮，裹著一個又破又髒的大氅，就算是神像了，到現在還是這樣，不過都是重修過的了。

據説，那時街坊們怕他的氣力，敢怒不敢言，他倒煞有介事的説：

「這是西方十字教的神，生前是個木匠，是個窮人的神，名叫鴨酥，最厭惡不公義的事，對付惡人絕無寬恕之心，你們有什麼事，就來向他投訴，他也不要你們的供養，高興就送點東西給他吃，即使沒有，他也一樣伸張正義，但若是誣賴別人，你受的苦，就和那不公不義的惡人一樣！」

這二郎巷裡有名的吃食很多，羊肉饃饃，炒牛肚，可是這鴨酥麵是人人必吃的，因為這就是窮神的名字，官人您可要嘗嘗，把鴨肉炸得連骨頭都酥了，和芋泥包在一塊兒，店家都説，吃了他愛吃的東西，可以更靈驗吶！

誰知道立了神像後，就出了許多怪事，有放高利貸的被人折斷了手，有強暴良家婦女的地痞被閹了，有收了賄賂的判官給剁了雙手，有專門找人麻煩的訟棍被割了舌頭，有誘拐小孩的人口販子被剝了皮掛在樹上，又有專靠權勢抓人入獄再勒索的惡吏被腰斬了，上半身在西城門上，下半身在東城河裡，這些惡人，一個個現了形，一個個都受了酷刑，有些罪不至死，僥倖活了下來，都說是遇上了和這神像一樣的厲鬼，嘟囔些聽不懂的話，下手全不留情，也沒有討饒的餘地呀！

這個廟一下子人滿為患，多少人來這裡，呼天搶地地要求公道，像奴家這樣沒什麼要求的，也都想來這裡上個香。

這事驚動了姚秦的捕快，在這街坊埋伏了眼線，他們說，醉鬼其實是假醉，一到晚上，他就出去幹下這些勾當，可是一整晚，他都醉倒在樹下，城中還是出了人命！

後來，捕快們抓到有人化裝成窮神的模樣，就把這人正了法。沒料到窮神一個個冒出來，殺了好幾個，惡人們還是一個個被殺。這下又有人說了，其實是神靈飛出去幹的，惡人們什麼都沒看到，腦袋就落了地呀！

他不是當年靈驗，到了現在也一樣，前幾年鳴玉軒有個名妓，名叫寶瓔，長得美呀，皮膚像是白玉一般，又會唱曲兒，性格又爽朗，許多公子都迷上了她，後來被一個申公子給包了，可那申公子有些房中怪癖，寶瓔是個烈性的女子，不願順從，是呀，官人，我們歡場的女子，有些就像野馬，就算怎麼鞭它，它還是要揚蹄了的喲！

這個申公子把寶瓔毀了容，打折了腿，付給媽媽一筆銀子把她趕了出來，這寶瓔竟也不肯苟活，到這廟前，要窮神替她主持公道，就在老榆樹上了吊。

有天，申公子夜裡回家，馬車翻在金水河裡，他被撈上來的時候，官人您多包涵，他的那話兒給魚吃了！手腳的筋都被蟹咬斷了，脊梁也摔斷了，成了個殘廢，在家躺了一年突然嗆死了！所有的人都覺得，這是窮神替寶瓔報了仇。

官人，您問那醉鬼後來如何了？據說，他突然失蹤了，有人說，是官差們把他給殺了，有人說，他回西域去了。無論如何，幾百年過去了，他應該早就死了，可是這長安城中，還是不斷有惡人得了報應，如果這個窮神沒有靈驗，又怎麼會這樣呢？

哦？姚秦只是一百多年前的事嗎？又叫您笑話了，您看，前面就是小廟了，那棵老榆樹也還在呢，還有人鋪了草蓆子，算是給醉鬼睡的，有人看了這神像會怕，我倒覺得頗親切吶！你看他翻著綠眼，是酒氣泛上來了想吐，還是他對人間的不公不義生氣呢？說不定，就在我們拜他的時候，又有個惡人要掉腦袋了呀！

之一　天涯路遠（西元四〇一年）

途中

慕容超帶佛女進屋，問：

「你以佛女之尊，卻一大早來找男人，豈不落人閒話？」

「我不是佛女，我娘給我取的名字是迦葉。我來，是因爲我夢見什師在一間大殿中振筆疾書，寫完了要我把書接過去，我就醒了，這是個徵兆，他要我去見他，必有話要告訴我。」

「爲什麼都是夢在惹禍？我義父如此，你也如此！」慕容超道：「你爲什麼不想，他把書傳給你，其實是要你在龜茲替他傳道！」

「我只想去見他，請他開解我一生不解之事，我就沒有遺憾了，你只要帶我到張掖，其他的事，我自己會想辦法。」

「呂家軍把什師當做禁臠，你又怎麼見得到他？」

「到時候老天自有安排。」

呼延平此時竟走入堂中說：

「你要帶一個商團，又哪怕多一個人？」

他纏不過兩人，於是在回張掖的路上，每晚就是聽呼延平的囈語，與佛女描述蔥嶺以西的世界，他只希望趕快把呼延平送到張掖，就插翅重回西行的商團。

若羌

若羌城內，慕容古岩道：

「十日之前，主母有信送到此，囑咐我親呈給你。」

慕容超拆開信，讀到：

鮮卑慕容昌黎公源流大單于魔四世孫金刀王子慕容超，我的恩人與愛人：

自從若羌一別，東回的路上，我所想到的都是我與視羆和與你的情愛，但願這條路永遠不會走完，但這一千里路，竟然如此短暫。

我回到牛頭城，已與烏紇提成婚，所幸我已懷了你的孩子，至今還無需和這個拙夫同眠，他也以為這是視羆的遺腹子，使他格外不安，要我也替他生一個孩子，他原來把樹若干當成眼中釘，現在反而減低了加害之心。

我但願腹中的孩兒永遠不要出生，但也知道這十月懷胎總會有一個終點，到時我也不得不與這拙夫行房，逐漸讓他的粗暴，把視羆的恩愛以及你的溫柔，都從我的記憶中慢慢抹殺。

但是若羌一役不是白打的，各部大人都對烏紇堤嗤之以鼻，對樹若干刮目相看，這孩子脫胎換骨，已有乃父之風，也糅雜了你的影子。

我回到王城後，派出諸多人馬尋找姜繁霜的下落，原來在過去幾年，有許多羌人逃難到青海高原，其中有一支可能是姜繁霜之族，當時適逢視羆戰敗，被乞伏部擄去充軍，又遭呂家軍擄脅而去，我已派人往武威查訪，但至今尚無下文。

我知道你讀到這裡，已恨不能插翅飛去了，但是你一定要留下你的線索，有朝一日，在你找到了愛人和兒女後，或許也來看看你的第三個孩子。

鮮卑慕容昌黎公源流大將軍阿柴虜吐谷渾四世孫慕容視羆大單于念氏阿敦

呼延平聽到此事，道：

「霜兒一定吃盡了苦楚！但是沮渠蒙遜和呂家軍爭戰不止，他怎麼肯放你去？」

「我志願幫他和呂家軍談和，也可以見到呂家軍首腦，誘之以利，讓他們幫我找人。」

佛女知道了此事之後，雙手合十道：

「這豈不是緣法？你終究要帶著我去武威。」

張掖

慕容超坐在張掖的朝廷之上，沮渠蒙遜有如見到故人，慕容超告訴他西行發生之事，道：

「國內百姓能安居樂業，這是將軍的大功。」

沮渠蒙遜道：

「我把安大戶的話給聽進去了，先讓百姓休養生息，你看著，我終會稱霸河西。」

「聽說將軍近日吃了呂家軍的虧？」

沮渠蒙遜道：

「呂家軍內訌不斷，一個月前侵犯邊境，我親自帶兵防禦，軍事不順，我也生了點小病，但是沒有大礙，呂家軍氣勢已盡，只要多等幾年，必會自取滅亡。」

慕容超道：

「我這次偕五百西域商人東來，都希望能一路到長安做生意，不如我以商團領袖和北涼特使的身分，到武威談和，也為你瞭解當地情勢。」

「恰巧張掖今年豐收，而武威卻歉收，我可以準備一萬石麥子，讓你做見面禮，也可以籠絡人心。」

慕容超讓安和樂的管事先到武威，到重臣處打通關節，呂家軍終於同意接受使節入境，沮渠蒙遜在他出發前說：

「昨夜我夢見一輪明月直向東奔去，突然晦暗朦朧，幽不可見，然後又繼續向東飛去，白光轉熾，難以逼視，終於落入大海，激起浪花滔天。我難解此夢，但若是與你有關，或許是你遇到劫數，或者你一路把商團通到東海去了。」

沮渠蒙遜一向覺得，自己上知天文，下知地理，有經天緯地之才，通神運鬼之能，有鬼谷子、孫臏、諸葛孔明的遙傳，此時他越說越得意，對臣子們說：

「你們可知道，孔子爲什麼被人奉爲聖賢？只是他學問好嗎？孔子曾經和七十二弟子遊於東海，見天象有異，知道魯國有難，就將一枝木杖扔到水中，變成一條飛龍，叫一個船夫坐上龍身，直飛到魯國晉見魯侯，請他築城備戰。」

「魯侯不信船夫，此時竟有千萬隻燕子銜著土飛來築城，魯侯這才相信，果然不久齊國來攻，魯國因有準備而得保全。你們飽讀詩書，可知此事？」

「所以孔子是有神通之人，我一生所見除了我之外，只有兩個人有此神通，一個是開我天眼的師父，另一個就是慕容超，只是他的天眼未開，還不知道如何運用。所以，你到東海，說不定孔老夫子的船還在那兒呢，聖人不死，到時候必有驚天動地之事。」

慕容超心中想：

「我若有此奇能，如何連姜繁霜都找不到？」

呂家軍

慕容超帶著糧食和商隊來到武威，打扮成西域人氏，以商團領袖和北涼特使的身分，見了呂家軍國主呂隆，呂隆眼中流露著不安，他雖然也喜歡這王位，但是兄弟們都陰險兇狠，深怕丟了腦袋，他私下問慕容超：

「你去長安，不如也做我的使節，問姚興，如果我奉表稱臣，他能給我什麼條件。」

慕容超藉著發糧爲名，尋找姜繁霜的下落，到處送上重禮，所以通行無阻。

慕容超到處尋訪都無結果，卻讓他警覺到這裡的危險。

他到武威以北兩百里，聽說有人見過一群由青海擄來的羌人，族長是個年輕女子，慕容超頗爲確定，這一定就是姜繁霜。

而這批人眾被送到南邊去充軍，又被禿髮部擄走了，慕容超於是又趕往南境去查訪，卻發現到姚秦和禿髮部正在聯手，準備出兵攻打武威了。

此時有信送來，是呼延晴寫的，呼延一家和段氏竟已到了武威，他不知爲何有這樣的變故，只得馬上趕回去。

當他趕到武威商棧，只見呼延晴和佛女在商量著什麼事，慕容超嚴厲地問道：

「晴兒！你們爲什麼趕來這是非之地？」

晴兒不覺兩眼充滿了淚水，此時呼延平出來道：

「阿超，是我要來的。」

「這裡風聲鶴唳，禿髮部和姚秦已經要出兵了。」

梁阿雁道：

「晴兒說得好，天地之大，我們幾個人要就死在一起，有什麼好可惜的？」

段氏也加入了說：

「是啊，這一輩子大風大浪，還有什麼可怕的？爲什麼要待在張掖乾著急呢？」

慕容超說：

「既然老英雄、女英雄、少女英雄都所見略同，我也無話可說，但是武威危在旦夕，我們一定要在五日之內離開。」

呼延晴又忘了剛才的委屈，興高采烈地說：

「阿超哥，這幾天涼王呂隆辦法會，說是爲大涼國祈福，我跟著迦葉姐姐去聽經，就看到了什師，中間笑話可多了！這裡的人都是土包子，有的人拚命叫，爲什麼沒有呑火劍，跳豔舞？以爲西域來的人都是要把戲的。有的人背著病人來，要什師給他們治病，以爲他是看病的大夫。」

佛女道：

「我利用奉禮的機會，送上一本我母親手抄的《法華經》，呂家軍監視得很緊，每份禮物都得盤查，但是經文是吐火羅語的，他們也看不懂，我在卷中寫了一段，說我與他有深重的關係，而且兩天後的午夜，會到寺中見他，那就是今夜了。」

慕容超見她堅如鐵石，說：

「我就知道此事在所難免，但是《法華經》這麼長，他未必會看到你寫的那段，再者，大雲寺有幾百個房間，還有嚴密看守，你要如何找他？」

「你們要以商團的安危爲念，商團若有五百個人，就有五千個親人在等他們回家，你們若危及他們，是很自私的；而且呂家軍把什師當個國寶一樣，禁衛森嚴，你不要想把他劫出來。」

「我只是想和他談談，告訴他我母親的經歷，還有，世上有我這個人。」

夜裡，慕容超只得陪她們到了大雲寺，原來迦葉早已摸清了什師的住房，他們到了一座閣外，那門竟是虛掩著，漆黑中傳來輕微的聲音：

「是送經人嗎？」

只見一人盤坐房中，在月光下顯得清瘦異常，兩眼晶瑩發光，三人知道是什師，都跪下行禮，佛女放下她的面紗，就連這神僧也不禁驚呼一聲，他說：

「你是我和毘莎的女兒嗎？看來你已嘗盡了苦難。」

兩人退出房，讓他們父女相聚，呼延晴突然說：

「阿超哥，回張掖之後，我要跟著商團去找阿拔哥。」

一個時辰後，佛女出房來，三人回到商棧，迦葉啜泣著說：

「他告訴我，他若一直在龜茲，只能澤惠一方一時之人，東來之後，雖然有這麼多的困阨，卻也能將眾多佛經譯為漢文，如此傳道於眾方之人，傳之於千百代之人，這就是他的緣法。而我的緣法，或許就是回龜茲弘法，我既是他的女兒，也可以是他的傳人。」

她落了幾滴淚，問慕容超：

「城破的時候，他會有危險嗎？」

「聽說姚興此次出兵，就是要把什師接到長安弘法，他崇尚佛法，也要做成苻堅沒做成的事，表示姚秦比苻秦還要高明。」

慕容超盤算，沒有時間再到禿髮部落找尋姜繁霜，便通知商團，準備兩天後出發，兩日後，他們在黃昏出了西城門，在星夜中直向張掖奔去。慕容超前後打點，趕了幾十里路後。才奔到自家的騾車，見段氏一人坐在車內，他問：

「晴兒和迦葉呢？」

「兩個女娃說車子裡氣悶，不是和你一同騎馬的嗎？」

慕容超心中一緊，奔到呼延平的騾車，果然車內只有他夫婦兩人，他仰天長嘯，道：

「我眞是不懂人心吶！以爲什師告訴了佛女要放下私情，她就會甘心回龜茲，以爲告訴了晴兒不要逞強，她就會乖乖聽話。義父，只好由你帶領商團回張掖，這兩個女俠，一定是回去救什師了，我得回去。」

「慢著，大家一起回去。」

「你代我留下照顧商團吧，這是我們的責任！記住，無論發生什麼事，我們都到安和樂的商棧會合。」

慕容超直奔回城，那西門統領見了他大驚，道：

「你如何又回來了？我的家人可安全嗎？」

慕容超道：

「你家人都好，不用擔心，只是我自家人沒有跟上，才趕回來。」

「那你得快，姚秦軍已經在城東下寨，馬上就要交戰了。」

慕容超奔到大雲寺，他潛到什師房外，突然有四個身影無聲無息地撲向他來，那四人都不發一聲地交手，慕容超隨即意會過來，這些人不是呂家軍的守衛，而是姚秦的先發部隊，慕容超將四人打倒，但黑衣人越來越多，將他重重圍住。

大殿的偏門開了，一群人簇擁著什師等三人出來，慕容超拔刀出鞘，連傷幾人，那群人已到了外院了，這時刷刷刷幾箭射來，他連忙躲開，他猜想這群人是要由東門出寺，他乾脆向南邊跑去，再繞到東門去攔截。

此時鑼聲大作，看守的呂家軍發現有人闖入，大呼小叫趕來圍捕，慕容超趕到東門，兩邊已展開廝殺，黑衣軍人眾驍勇，但是呂家軍越來越多，雙方廝殺慘烈，爲首的黑衣人叫道：

「快放火砲上去，叫大軍來接應！」

只見幾支火箭直沖上天，轟然炸開，冒出數朵火光，黑衣軍殺到寺外，已有車馬等著接應，呂家軍的軍官叫道：

「大將軍有令，絕不能讓和尙落在姚秦手裡，留不住，就殺了和尙！」

呂家軍亂箭橫飛，黑衣人中箭的頗多，慕容超身影快如鬼魅，連殺數十個呂家軍，此時什師等被推上一部馬車急駛而去，慕容超搶到一匹馬，直追上去，呂家軍也窮追不捨，黑衣軍只剩得十餘騎，慕容超縱馬繞過幾條街弄，趕在馬車之前，那帶隊的黑衣人怒道：

「你這個陰魂不散的，一下子追我們，一下子幫我們，你到底是何人？」

「呂家軍已下了格殺令，你不放什師，只會害死他，你快投降，大家都可活命。」

那人看來年紀頗輕，與慕容超相若，都是二十上下，冷笑道：

「你不知道我姚秦大軍已經進城了嗎？呂家軍不投降的全要死！你快加入我姚秦帳下，否則你也要死！」

慕容超叫道：

「那麼找個街弄先躲起來，等你的大軍來救！」

那人點頭，慕容超領頭急奔，但突然覺得身後有異，一回頭，只見一支長矛刺穿他胸口，說時遲那時快，他的腰刀也直飛出去，正中持矛人面門，原來正是那年輕領袖，黑衣軍都大駭，叫道：

「王子落馬！」

慕容超把長矛拔出，血如泉湧，只覺得五臟六腑都被刺破了，他忍痛跳上馬車，將駕駛踹了下去，掀開車帘，劃開什師等三人的捆綁，叫道：

「兩軍在東門對決，唯一的出路，是南門！」

不多時，南門已在眼前，慕容超道：

「晴兒！你來駕車，弓箭給我！」

晴兒接過韁繩去，慕容超彎弓搭箭，連續射倒守門士兵，飛身下馬，斬開門鎖，推開門閘，晴兒一聲吆喝，馬車疾奔出城去，慕容超又躍上馬車，晴兒叫道：

「阿超哥，你的半個身子都是血！前面有黑衣軍來了，我們怎麼辦？」

慕容超奪過韁繩，拉開車帘，道：

「你們都下車，姚家軍會禮遇你們的。」

「你要去哪裡？」

「我傷了他們的王子，還有什麼好下場？你們快走，不要連累我！」

他一手一個，像是提小雞一樣，把三人都扔下車去，大聲道：

「西域高僧，鳩摩羅什在此！你們要好生保護！」

他砍斷馬兒拉車的木棍，躍到兩匹馬兒背上，縱馬急奔，黑衣軍大聲急呼：

「快抓住他，他傷了東安王子！」

那平陽廣地上，四面都有黑衣軍包圍，慕容超已氣力用盡，終於被拉下馬來，一個軍官高聲下令：

「快亂刀砍死他！」

此時一個將軍趕來，將那軍官猛抽一鞭，斥道：

「東安王子已死，你若是殺了他，要如何向護國公交代？快叫軍醫過來，這人非救活了不可！」

軍醫趕來，把藥粉灑滿了慕容超的胸口，又用點穴止血，忙得滿頭大汗，道：

「他傷及內臟，又已失血過多，活不了了！」

那將軍嘆口氣，這才到主帳見什師，那將軍道：

「呂家軍倒行逆施，神人共憤，大秦天王深信佛法，早就想奉迎什師，爲了怕戰火無情，所以派人先潛入城內保護什師，不得已而有冒犯之處，要請大師海涵。」

「帳外那位是我的救命恩人，能否交給我？」

「他殺了護國公的義子東安王子，護國公是天王姚興的叔叔，我若不帶活口回去，怕被護國公重責，但他傷勢很重，聽說大師有神通，或許可以救他。」

「我沒有神通，只能虔心祝禱，盡力照顧而已！」

慕容超被抬進帳內，迦葉和晴兒見了啼哭不已，什師將手放在他的天靈蓋上，念起經來。

慕容超在昏迷之前，把那將軍的服飾看得十分仔細，遙遠的記憶浮現起來，當年他只有一歲多，苻秦派出的黑衣隊好像還歷歷在目，沒想到轉了二十年，他還是落在黑衣軍手中。

之二　長安街頭（西元四〇一年）

強遷

慕容超在昏迷中，覺得像是在一條沙河中浮沉，有如沮渠蒙遜形容的夢魘，全身有無盡的痛，像是呼延平所說「連頭髮都會痛」的煎熬，他看見姜鰵霜帶著一行人走在前方，他奮力要追，卻只是不斷沉到流沙中去，突然姜鰵霜在他耳邊叫道：

「醒來！」

但是他如何也醒不過來，如此一次又一次的重複，好不容易，他的夢才有了轉變，姜鰵霜變成了兩個、四個、八個、無數個環繞在他身邊，每人一字輪流念出一段經文，他也跟著念，漸漸他的飄浮緩慢了，恐懼和痛苦減輕了，無數個姜鰵霜齊聲道：

「醒來！」

他睜開眼，只見鳩摩羅什正俯看著他，晴兒和佛女也在一旁，佛女哭著說：

「你總算醒了，我以爲把你害死了，什師念經三天，終於把你叫回來了，你眞是死而復生呀！我對不起你，沒有聽你的話，但這是千載難逢救什師的好機會。」

晴兒擦著眼淚道：

「阿超哥，我們比他們還早到，但一下出現了幾十個人，我們才不敵，要是早半個時辰，就成功了。」

顯然兩人全無後悔之意，什師道：

「慕容先生，如今你也只好隨遇而安，你身上帶了我所譯的《坐禪三昧經》的抄本，可見我倆有緣，我爲你念經這三天，試著和你心意相通，你年紀輕輕，竟然承擔著好幾代人的苦痛，我幼年時，以爲我自天上帶著智慧來到人世，但是若沒有經過人世的洗禮，你與生俱來的痛苦，和我以爲有的智慧都是虛假的。」

慕容超無法說話，什師又說：

「我們竟也有緣相處幾日，共思我們經過的人世。你且看我如何打坐，如何呼吸吐納，如何吃飯喝水，你要學會呼吸的每一口氣、吃的每一口飯、喝的每一口水，都是永恆，或許可以不受困頓災難的侵擾。」

長安

姚秦爲了杜絕後患，剷掉呂家軍在武威的根，下令城內所有的富戶約一萬居民，都得遷居長安，騾車陸續的被趕到城外，入夜後風寒刺骨，人群中哀號不止，不等天亮，秦軍就驅動上路，十日後到了長安城外，已是哀鴻遍野，富戶們的許多僕人都已逃逸，慕容超見到渭水旁曲折壯觀的城牆，想到公孫氏的話：

「長安城牆的形狀，是北斗七星的布置，所以長安是萬國之都，萬年之都。」

但城牆已頗多破損，姚興自號爲萬年天王，顯然是硬撐出一個大帝國的模樣。

時至正午，城門大開，鑼鼓齊鳴，一支浩大的隊伍出城，過中渭橋，目不暇給的儀仗、鼓樂、護衛後，出現了姚興的大輦，他對降軍只淡淡地受禮，唯有對什師禮遇有加，攜手直上大輦，朗聲道：

「你們以前都是大秦國的子民，如今再回祖國懷抱，就像是重見失散的父母。當年劉邦建國，就把山東、河北的富戶遷來了，派去守五座祖陵，結果那裡變得比城裡還熱鬧，富家少年就稱做『五陵少年』。」

「你們在長安，會分到和武威一樣的宅第，原來有田的分到田地，原來是經商的也可以保有商號。」

其實，因爲長年動亂，許多人逃難走了，留下許多空屋，姚秦也亟需充實人口。

此時大隊催動，慕容超被押入一輛馬車跟著入城，直到天色近黑，有宦官傳令：

「打開他的鐐銬，換上衣服，皇上要見他。」

慕容超到了殿外，聽到姚興說：

「見到什師，感到一陣祥藹之氣充斥長安，先讓他在西明閣暫住講道，他說要譯經，你們把逍遙園整理出來，招攬門生，創建譯經館。」

「你們要知道，沒有不死的君王，沒有不倒的朝廷，他若譯出千古傳誦的經文，千百年後大家讀經，上面還會寫著『大秦弘興年間鳩摩羅什譯』，這是何等的功業！」

姚興又說：

「不是說有一個鮮卑人在武威救了什師，卻殺了東安王子嗎？傳他上來。」

慕容超參拜後，姚興對護國公姚碩德道：

「皇叔，你說，他該如何處置？」

「皇上，東安王子是我幼弟的遺腹子，先皇命我撫養長大，所以他不只是我的孩子，先皇也視如己出啊！」

「這孩子文武雙全，就是鋒芒太露，這次去接什師，他非要自己進城不可，未料竟撞在這瘟神手裡，經查這瘟神名叫慕容超，應該是慕容納的後代，當年本來要全家處斬的，但是他的義父呼延平與慕容氏有舊，一把火燒了大牢，救走了他母子，這個呼延平也在武威落網，當年的監察官至今還在，可以作證。」

他將當年的監察官傳上殿，此人已老態龍鍾，當年在苻堅治下做到監察官，是他一生的榮幸，而此事則是他畢生之恥，此時他年近花甲，上殿來把當年之事說得又臭又長：

「天王既襲大秦國號，是不是要把這些逃犯給正法呢？」

姚興早已不耐煩，道：

「我們姚氏不也反了苻堅嗎？是不是要砍自己的頭？聽來這個呼延平是今之古人，亂世中難見的高義。」

姚碩德道：

「你看他，和慕容垂、慕容德豈不是一個模子澆出來的？當年這兩人和先皇同朝，也有諸多爭執，再說，難保他不是沮渠蒙遜的奸細。」

姚興道：

「你自己說吧，你是何人？在武威發生什麼事？」

慕容超簡略說了，最後說：

「我誤殺王子，願意以命償命，只望皇上放過我的家人。」

姚興道：

「你這段話，有兩件事我不懂，第一，你受了這樣重傷，竟然活過來，我久聞什師有通天之能，能預知未來，能起死回生，這次就是明證！第二，你爲什麼會莫名其妙回頭射出佩刀？一定是東安王子覺得你礙手礙腳，想殺了你，你在亂中反而殺了他，對嗎？」

姚碩德道：

「這賊子敢把王子說成一個背後暗算的小人，實在膽大包天！」

「皇叔，這話是我說的，戰場上相爭，有何暗算可言？我這個皇弟沒有錯，只是性子太急，照我看，他應該利用你的驍勇，殺出城後再殺你。皇叔，這戰場之上決策錯誤，也怪不得他！」

「人死不能復生，皇叔的苦我感同身受，但你我都有經營秦國的責任，這人若能成爲一名勇將，也可彌補我們的損失吧！」

姚興知道許多臣子會迎合姚碩德，對付慕容超，便說：

「你既是西域商人，那就賜你城西夷人區的一座大宅，另外給他五百兩銀，讓他修繕打點，你每天要來上朝，我要聽聽西域的事情！」

初春時份，慕容超陪著姚興的行列，到灞上看花，上林苑練武，初夏時刻，也受召昆明池中泛舟，漢陵墓懷古，他知道朝中不知有多少人要修理他，不免想起慕容翰的脫身之計，他平時表現得平平穩穩，但是一碰到了酒肉，他就吃喝得一發不可收拾，唯有遇到了伎樂表演，他才會正正經經、專心一致地一起演奏或唱歌，將公孫氏所教的鮮卑歌曲，在西域所學的歌曲，唱得興會淋漓，只是必然喝得大醉，姚興一開始還說：

「這等食量，眞是壯哉！」

但是其餘人莫不嫌他不知分寸，壞了氣氛和禮數，打獵與練武時，他有時爭先表現，有時又宿醉難醒，有時姚興要與他說話，他卻呆若木雞，辭不達意，反正對別人的言詞全無反應，本來就是他的專長。漸漸地姚興的新奇感不再，他受邀的次數也就少了，而此時姚秦和沮渠北涼間逐漸和解，卻沒有西域商團的消息，呼延晴不安道：

「這麼久了，阿拔哥不是可以到了粟特又回來了嗎？爲什麼一點消息也沒有？」

姚興也問他，西域的商團爲何還沒有來？一天黃昏，有家人進來說：

「終於有西域商團來了，但是帶隊的不是粟特人，而是波斯人。」

呼延平道：

「安和樂不是說過，雖然粟特人和波斯人同文同種，可是粟特人寧願殺頭，也不願受波斯人管嗎？」

慕容超驚道：

「是啊！莫非龍神駒是波斯人暗樁，籠絡阿拔，就為了圖謀商團？」

呼延晴焦急地問會發生什麼事，慕容超等人想到波斯刺客的兇狠、龍神駒的陰詭、獨孤拔對酒色的沉溺，都會給人可乘之機，不禁都捏了一把冷汗。

波斯商團

時值仲夏，西域商團終於到了，西市像是久旱降下甘霖，熱鬧非凡，商團中有許多舊識都來告訴慕容超：

「我們在張掖待了一陣子，聽說你被抓到長安來了，還好沒有閃失，也是萬幸。」

「幸虧你把我們送到張掖，我們聽說你被困在長安，本來想組隊回西域去，沒想到上個月，竟然是這群波斯人帶了商團出現了。」

「聽說，翻過蔥嶺之後，商團受到了強盜伏擊，保鑣們全軍覆沒，還好有個波斯來的哈山王子，殺光強盜救了商團，安大戶知恩圖報，把商團交給哈山王子，自己和和尚們到天竺去了，可是沒有人知道獨孤將軍的下落。」

也有人私下抱怨：

「這哈山王子手下有一群高手，不聽話的人都會遭到毒手，他對我們的規定也很嚴苛，好像我們都是他的奴隸。」

慕容超一言不發，夜裡，他到了西市的酒樓，哈山王子正和秦國官員宴飲，過了午夜才酒酣耳熱地出來，那哈山包著頭巾，留著削尖的絡腮鬍，似已半醉，慕容超只覺得他的聲音頗熟。

哈山上馬，轉了幾個彎後，突然快跑而去，慕容超縱馬直追，未料在一個路口，四下亮起了十餘個火把和弩箭對著他，顯然是早已設好的圈套，哈山說：

「明天我會報告姚興，說你想要暗殺我，已被我們擊斃，請他殲滅餘黨，到時候你的親人一個也走不掉。」

慕容超大悟道：

「根本沒有什麼哈山王子，你是龍神駒，你的化裝再好，卻藏不了你的聲音，所以你是和強盜一夥的？你由獨孤拔知道了商團的計畫，約好強盜偷襲商團，又黑吃黑，用波斯人殺光了強盜，對吧？你放心，我就算死也要拉你作陪，黃泉路上，我好好的折磨你，替我兄弟報仇。」

龍神駒大笑道：

「哈山王子哪是你見得到的？我不化裝成王子，你也不會上當！」

「慕容超，你連自己兄弟都不瞭解，不知道他死前有多痛苦，這是呼延平和你造成的，他告訴我，呼延平要把女兒嫁給你，而他一生眞正在乎的，就是這女子。」

「他還說，他一生與你形影不離，以爲形就是影，影就是形，但對你們這些人，你永遠是形，他永遠是影，他倒要看看，他這個影死了，你這個形又能如何？」

「他說既然他得不到呼延晴，但他有她的銀項鍊，有天他要我把他催眠，只要這條銀項鍊掛在誰的脖子上，他就會像看到呼延晴一樣，你這兄弟也眞變態，只怕掛在馬脖子上，他連馬兒也上了！」

「這給了我可乘之機，我在催眠時控制了他，商團的守衛全由我安排，我在蔥嶺上結果了他的性命，不過他醉得不省人事，死的時候也沒什麼痛苦，如今你也可以安心死了，黃泉路上，慢慢和他討論吧。」

他手一招，弓弩齊發，電光石火之間，慕容超的馬兒訓練有素，在他一夾之下霍然傾倒，側躺在地，放箭的人竟把彼此射死。

慕容超就地一滾，砍傷龍神駒的座騎，龍神駒躍下馬來，他兩個護衛以「圍魏救趙」刺向慕容超，但是慕容超全然無視，直入中宮，只要取龍神駒的性命，眼看就要同歸於盡，竟然斜裡閃出呼延平，爲慕容超擋住了兩個護衛的攻擊，同時用雙斧砍死兩人，在此撞擊之下，慕容超雖然一劍刺中龍神駒，卻只刺進了他的右胸，他的隨從奮力殺來，被慕容超殺散，但龍神駒已經去得遠了。

慕容超抱著呼延平，他說：

「我一生助人，沒想到最後只是拖累人，一生為人成事，最後卻只會敗事，以前雄健飛揚，毒一發就比死還痛苦，真是諷刺啊！我中毒之後，像是變了一個人，以前毫不在意的事，如今變得天地般大，我一直以公義為先，後來能想到的，只是妻兒可以託付給誰。」

「我知道阿拔對晴兒的心，但我在夢中說了傷他的話，想到他死時是這樣傷心，我就算沒有這個傷，也要傷心而死的。」

慕容超知他必死，乾脆給他水喝，他又說：

「沒關係，死於刀槍比死在床上好，我死前把話說完，阿拔是錯的，我從沒有覺得你是主，他是從，你是形，他是影，你們兩個，晴兒，霜兒，都是我的好孩兒。你和阿拔兒，完全不同又那麼相像，有時候我想到你，腦中卻出現了他，或許，我在夢中所見，洪荒之中，剩下的是他和晴兒！」

他逐漸無法說話，只伸出手來，好像想要握住什麼，說：

「好阿雁，我永遠記得，刀光血影，玉米田中，來世再見吧。」

十月，慕容超的宅院門口掛上了紅燈籠，但是全沒有賀客上門，蕭瑟的風陡然狂飆，捲起一陣落葉，灰暗的天空只剩下幾只風箏，因為秋高氣爽，滿天風箏的日子早已經過了。

慕容超葬了呼延平後，日夜在西市找龍神駒報仇，令西域商人看得發毛，秦國捕快攔住他盤問，他可以站著一整天不說話，沒過兩天，盤問他的捕快就會莫名其妙跌進河裡，或是挨了悶棍，捕快們學了乖，只敢遠遠盯著他。

姚碩德幾次派人暗算他，但是慕容超的復仇之火正無處發洩，幾次在深夜街頭偷襲、翻牆到慕容家的行刺，都是全軍覆沒，他們明明有精細的布局，但是慕容超背後似乎長了眼睛。

慕容超幾次死裡逃生，都是出於突然的靈感，他因而更相信，獨孤拔的鬼魂在爲他看著背後，他得了失眠症，但並不覺得累，他想，或許其中有一半時間，醒著的是獨孤拔的鬼魂，他每天想的，就是如何殺死龍神駒。

段氏、梁阿雁和呼延晴見他如此，都有說不出的擔心，眼見他越來越不像是一個人，只是怨恨的化身。

一天，他斜倚在庭中棗樹上，兩眼翻白望著星空，呼延晴說：

「阿超哥，你娶我吧，就當做是阿拔哥娶了我，這樣至少有一半的你，可以吃飯，可以睡覺，可以像一個人。」

死而復生

慕容超打聽到西方商團又要到長安了，西市大開，仍是哈山帶領，心想：

「他顯然有備而來，而且一定想要取我的性命。」

夜裡，他來到驛館外的路口等候，果然哈山來了，竟是單槍匹馬。慕容超道：

「龍神駒，你的幫手呢？要不要一起上了？」

他不回答，掉轉馬頭直奔西市口，突然一箭射出，慕容超連忙閃過，兩人驅馬挺槍，終於到了氣力相逼之時，四目相交，慕容超驚見到極爲熟悉的目光，竟是活生生的獨孤拔！

獨孤拔由槍下一劍刺出，慕容超驚訝之中，被那劍刺進肩胛骨，痛徹心肺，慕容超忍痛道：

「阿拔，你沒有死！爲什麼騙我們？」

那人果然是獨孤拔，他竟理直氣壯的說：

「我騙你們？還是你們騙了我？呼延平滿嘴的義薄雲天，結果只是一派愚忠，永遠擺脫不了你我身世的差異，安和樂滿口的均利天下，結果也只是爲皇親國戚搜括財物，你也只是要我做你的影子和墊背，一切好的都是你的，王位、領隊、女子，甚至於晴兒。」

慕容超扯下斗篷紮住傷口，道：

「難道根本沒有哈山這個人？難道是你和龍神駒串通了，只是爲了搶到商團？」

獨孤拔雖然滿眼怨毒，但見慕容超受傷，也不忍心再出手，道：

「你搶了我的愛人，還要把我想得這樣陰險？」

「我們到了蔥嶺上的石頭城，我看見法顯的大師弟得了風寒，就把我的皮衣給了他，還讓他睡我的帳篷和被子，自己去和騾夫們喝酒，到了半夜，龍神駒引了強盜殺光了保鏢和士兵，也殺死了和尚，以爲殺死了我。」

「這個和尚總是注意時間，趕著大家上路，結果竟然是這樣死法？眞是可嘆呀！」

「我躲到峭壁下，才躲過了追殺，他們把商人當做人質去要贖金，我跟到了他們的老巢，我人孤勢單，想不出如何救他們。」

「但是，龍神駒可以出賣人一次，就可以出賣兩次，那天晚上，我打算到馬廄放火，乘亂救人，沒想到裡面埋伏了波斯武士，三更天，那一陣好殺，多少強梁惡匪，都一命嗚呼。原來，龍神駒是和盜匪結義的，但是自從他知道了這商團的好處，就不甘心只搶錢了，所以找上了哈山。」

「哈山是波斯王室的旁支，很有野心，但在波斯京城難以出頭，就到這裡發展自己的勢力，他當然不信任粟特人，安和樂說，只要放了和尚，他可以把商團交出來，他自己跟著和尚去天竺，永遠不回來。」

「哈山只怕他走了，沒有人能撐得住商團的運作，但我竟沒有死，哈山也知道龍神駒和盜匪的關係，對他也頗有忌諱，所以，我就成了操作商團的最佳人選。」

「但他怕我回來與你合做一處，他就失了控制，所以就放出我已死的消息，切斷我的過去，也只有你會笨到去相信！」

「哈山把我留在西域，同時派了龍神駒來取你性命，要斷了我的根，後來哈山聽說你娶了晴兒，知道我一定恨你入骨，又怕龍神駒坐大，才終於放我回到中土。」

「你不要怪老爹！」慕容超將呼延平死前的話告訴他，說：

「我是爲了你娶了晴兒，你如今回來了，你大可帶她走。」

獨孤拔道：

「呼延老爹的仇，我一定會報！可是這盤棋你已下拙了，晴兒再好，也是你的殘局，你自己下完了吧！況且，她既已嫁你，又哪裡還有我？」

「你原來迂腐得可怕，把處女膜看做蒼穹一樣大，你可以和女妓男妓們翻雲覆雨，晴兒卻要爲你堅守貞操？」

此時梁阿雁的聲音竟從黑暗中冒出來：

「你這個兔崽子，呼延平眞是白養了你。」

獨孤拔道：

「大娘，你不要擔心，我幼時吃你的，我用一百倍、一千倍來還你，但是只有一個條件，就是你不能拿一粒米飯給慕容超。」

「以前你把碗裡的飯菜拿去餵撿回來的小狐狸，我把自己的飯菜補給你，可曾少過一次？你要給我供養，又有什麼資格來管我？你若有條件，就不用送來！」

獨孤拔在梁阿雁面前，到底有些氣弱，硬著頭皮說：

「那我就偏要送來，看你餓得慌的時候，是用還不用？」

說完揚長去了，梁阿雁啐一口道：

「笨蛋，你盡量送來，大娘愛怎麼用就怎麼用！」

慕容超此時失血過多，眼看著就要從馬上摔下來，梁阿雁連忙扶住他直奔回家，卻見哈山又立在門前，慕容超不想再理他，梁阿雁突然大叫：

「小心！」

只見一支長槍直刺，梁阿雁將慕容超推下馬，卻刺穿了她的胸膛，慕容超才知道這個哈山是龍神駒扮的，電光石火之際，悔恨交加之間，他右手一槍劃過龍神駒的頸間，一陣血光噴灑而出，龍神駒掩住頸子，飛奔而去，梁阿雁道：

「是呼延平老鬼來接我了，你看，連我們的死相都一模一樣，真是天生一對啊！」

一陣腳步聲在青石頭上響起，是出去找慕容超的呼延晴趕了回來，呼延晴抱住梁阿雁大哭，慕容超不知如何安慰她，只好告訴她發生的事，她聽了哭得更激烈，好不容易平靜下來，抬頭問：

「阿拔哥還戴著我的銀項鍊嗎？」

之三　慕容翰再世（西元四〇三年）

怪神

姚興皺著眉頭，聽著眾臣報告：

「慕容超又在天子腳下行兇，還要殺西方使節，暗算哈山王子，不過尋仇未成，可能左手殘廢了，如今生路都有問題。」

「慕容超想把岳父岳母合葬在西域人的墓園裡，但是因爲他和哈山王子爲敵，西域商人都反對。」

「他每天在街上買醉，喝醉了在街頭睡覺，小孩對他吐痰，野狗對他撒尿，他也不在乎，簡直就是個乞丐了。」

姚興聽了頗爲感慨：

「什麼使節王子？幾塊和闐玉，就讓你們把驢看成馬？這些西域人當年受他的照顧，如今卻這般勢利，不足取也！」

這些話讓大家的態度都收斂了許多，而慕容超則努力養傷，一面盤算脫身的方法，他對呼延晴說：

「我近日頗有領悟，如今情勢我們是回不了西域了，我一直以爲我和阿拔多麼像，甚至於我就是他，他就是我，但他是個活人，不論多麼親，我也沒有辦法完全瞭解他，也不可能變成他，他現在究竟在打什麼主意？是受制於哈山和龍神駒？還是他有更大的野心，要找機會取哈山而代之？我都不知道了！」

段氏道：

「阿拔個性雖然偏激，城府卻並不深，腦袋動得快，卻按捺不住性子，只怕被這些西域人害了，你雖然悶得慌，也不要想太多！」

姜繁霜、念氏，都很容易就懷了孕，但是呼延晴卻始終沒有，慕容超想，或許她本身就不孕，或是她不想懷他的孩子，呼延晴雖以爲他可以取代獨孤拔，但連自己的身體都在反抗，段氏道：

「還是向東去投奔你叔叔吧！或許這是命中註定！」

一日日過去，他還是找不到脫逃的辦法，成天裝瘋賣傻，就連街上的小販都躲得遠遠的，深怕被他逮著了，要陪他說話喝酒到半夜。他覺得像是掉入了泥淖，越陷越深，不是被姚碩德的爪牙暗算，就是被囚禁到腐朽老死，他只怕最終會在這泥淖中沒頂，這種被泥土悶死的可能，讓他感到前所未有的恐懼，他漸漸覺得，他不是在裝瘋，他是眞的瘋了，他不是在裝狼狽，他是眞的一點尊嚴也不剩了。

未料，他成天像是遊魂一般地亂逛，竟然發現，他像是隱形了，卻反而把這街市上的人世看得更清楚了。

他看到有某一家的帳房瞞著老闆，在私底下摳錢；又有某一家的少年，無可救藥地愛上了街坊裡的女孩；又有某一家的媳婦，和鄰家的男子眉來眼去；又有某一個貪官，昧著良心要栽個罪名給那個富戶，想要好好榨些錢財。人世間的好事壞事，他竟突然都看得那麼清楚，在大雨滂沱之中，他不禁仰天大笑：

「原來，這就叫做冷眼旁觀吶！」

他告訴段氏和呼延晴：

「朝廷裡有明爭暗鬥，這街市上也有多少不公不義的小陰謀，我原來覺得自己有多麼不幸，現在看來，比我們倒楣的人還多得很呢。」

段氏道：

「比這還慘的人間事，比黃昏的蚊子還要多，你管得了嗎？」

呼延晴道：

「慘事只能怪命運，就像弱肉強食，可是阿超哥所說的事情，是那些歹人的殘忍，讓人受不了。」

慕容超對她這話頗為動容，此後，他每天在街上假裝買醉，到了晚上卻出手主持公義，讓無辜的人受到保護，讓惡人無法得逞，他想起以前安和樂說的，十字教耶穌的故事，他自己改編了，裝神弄鬼，打扮成一個紅髮碧眼的惡鬼，每晚出去殺奸除惡。這些事讓他得到暫時的滿足，也讓他重新找回了勇氣和目的。

夜黑風高夜，他也遇見幾名高手，都是聽到了他做的事而存心來挑戰的，他也見識到各式中原武術，幾個月下來，他覺得這輩子這樣大隱於市，也沒有什麼不好，只是偶爾想起姜繁霜，仰望街市上的塵囂，還是覺得在人世的洪荒之中，自己渺小得可笑。

算命先生

姚秦對他的監視逐漸放鬆之時，他終於盼到了一條出路。

一日，他在東城的酒肆內吃喝，一個算命先生撐著一根烏木杖，由廣場上走過，那杖上有六個分枝，就是七出刀的形狀。

他想起慕容翰的故事，當初慕容皝所派出的使者，也是用七出刀圖案的招子。於是他用了七個酒盅，喝完堆在桌上，酒保道：

「我們這燒刀子，你可以喝七盅不倒，眞好漢也！」

「好漢只會吃喝？還要會打拳吶！」

他走到街心，擺開架式，打得歪歪倒倒，惹得路人都笑，但是在踉蹌之間，他卻隱入幾個眞招，拳勢虎虎生風，他瞥見那算命先生看得十分入神。

他第二天換到西城飲酒，又看到這個招子走過，他吃了七串燒肉，把七支鐵叉插在桌上，掌櫃的叫道：

「客官，我們這一叉子就可以餵飽一個人，你竟吞了七個，眞是大肚漢吶！」

「大肚漢有什麼了不起？要會舞槍才算好漢吶！」

他借了擀麵棍，雖然是短短的一根，但是他仍當做長槍在舞，使得都是慕容神槍的招式，大夥笑得激烈，那算命先生卻目不轉睛地看。

第三天，他換到南城，聽到算命先生的搖鈴聲，他買了七串糖葫蘆，用手高舉著，引著一大群孩子跟著討，吵鬧不休，他鬧了半天，才分給孩子們吃了，選了安靜的巷弄走回家，紅輪西墜，巷中出現了烏木杖點在石板上的聲響。

「張掖的算命仙杜弘，和你有什麼關係？」

那人嚇得把烏木杖掉在地上，原來，慕容超站在一棵槐樹上：

「你不要抬頭，假裝對著牆壁小解，我居高臨下，可以看得見是否有人跟著你。」

「杜弘與我，都受同一個師父差遣，出來要尋一個小師父。我師父名德，字玄明。」

「今日午夜，到西市駝鈴街後巷，安字號後門，敲門三聲爲號。」

那人在地窖中，向段氏、慕容超與呼延晴下跪道：

「在下宗正謙，是大燕皇上慕容德屬下，數月前有探子送信到燕都，說是姚興朝廷上，出現一位慕容超，是慕容納的遺腹子，皇上因而命在下前來尋找。」

宗正謙儀表堂堂，體格高健，段氏問起慕容德和其妻段彩雲，段氏原名段彩霞，當年段家姐妹嫁給慕容兄弟，曾是燕國佳話。

「段皇后身體硬朗，諄諄告誡在下，一定要找到你們，說她二十年來，無時無刻不記掛著姐姐。敢問公子這些日子，是不是要重演慕容翰之事，以求脫逃？」

「是，但有兩個問題，第一，慕容翰當年只要隻身脫逃，如今我們有一家三口。第二，當年宇文部落是游牧民族，逃出了大營就是曠野千里，但如今姚秦國界遼闊，出了長安還有重重關卡。」

宗正謙道：

「一點也沒錯，我一路走來，秦國東邊的虎牢關戒備森嚴，過去多年關中動亂，人口流失嚴重，所以邊關上既防外國奸細，也怕百姓逃跑，我混在商人之中，幾經盤查，才拿到了張入關證，沿路官道上頗多檢查站，隨時要盤查身分，如果沒有入關證，根本就出不去。」

「阿超哥會易容術，我們找三個旅人下手，換成他們的身分逃走。」

段氏道：

「但是我們在長安一失蹤，秦國一定到處緝拿，更難逃脫。」

宗正謙說：

「公子若有高明的易容術，在下倒有一計，公子化裝成在下先走，在下則扮成公子，與兩位夫人暫時留在長安，公子到燕國之後，再設法接回兩位。」

慕容超等三人面面相覷，左思右想，段氏毅然道：

「那我和晴兒就在此撐持，阿超兒先行一步。」

慕容超道：

「叔叔派宗先生來，最主要是想知道祖母的下落，如果我到了燕國，他不肯出手營救你們，我再潛回長安，另做打算吧！」

段氏道：

「你這是什麼話！你叔叔當年說過了，只要你拿著金刀去找他，他的一切都是你的，他與你父親再親近不過，我的妹妹，也不會放我在這裡不管。」

宗正謙道：

「主公膝下無子，如果見到公子是這等人才，豈有不愛惜的？公子不要多慮，奮力往燕國去就是了。」

說到這裡，宗正謙再下跪道：

「在下有一請求，請公子體察。」

慕容超要扶起他，但他堅持不肯，他說：

「主公對我恩重如山，有所差遣，萬死不辭，但可憐家中有一個老父，我出來時曾向皇上請求，照顧家父到臨終，就遭到諸位大臣斥責，說我還未立功便先邀寵。」

「如今我扮爲公子，若被發現，秦國會放過兩位夫人，我這個間諜卻難逃一死，到時我也毫無怨言，但是公子到燕國後，務請照養家父終老。」

地窖中一燈熒然，屋外透進了雞啼聲，慕容超道：

「我若到得了燕國，必把令尊當做父親一樣奉養，但你說得對，我倆雖然體格相近，但面貌舉止也難雷同，我還得弄得更加蓬頭垢面，才好矇混。」

佛女

在他出發前一日，慕容超不知不覺來到逍遙園外浮屠祠前，高歌飲酒到半夜，監視他的探子都已厭倦地回家了，他瞥見菩提樹下有個人影，那人拿下頭套，竟是迦葉，說：

「晴兒到寺中找我，像是打翻的淨瓶，把觀世音裝了七海的水都倒了出來，所以我知道你要走了，我知道你實出無奈，你恨不得自己見到叔叔時，是個呼風喚雨的富商，而不是形孤影單、向他乞討祿位的窮漢，我說的有錯嗎？」

「怎麼一年不見，你竟然得了什師通靈的本事了？」

「我隨什師誦經，只學會了心中澄淨，什麼色相都遮掩不了眞相。」

「你終於看清了，把什師救回龜茲是件不可能、而且對誰都沒有好處的事了？」

「是啊，什師告訴我，凡事皆有因，只是世人看不清，人捏死螞蟻，螞蟻根本看不到災難是哪裡來。」

「他自幼就靠著天資穎悟，遁入空門，成爲高僧國師，但是他終要跌下來，在紅塵中受盡困頓流離，破色戒，破酒肉戒，但是他對人世的無常有不可言喻的認識，他甚至於愛上我的母親。」

「這是他告訴你的？所以，你找到你要的答案了？」

「因爲這份情感，他曾陷於無限的苦痛，但他終於能夠超脫，這份情愛也終能像晶瑩的舍利子般，飄浮在人世的塵埃之外，與佛法一樣的飛升，所以他以前所悟，是智巧上的佛法，經此浩劫和肉身的試煉，才是由人世煉造的智慧的佛法。」

「那麼，你母親在九泉之下，應該也能甘願滿足了。」

「回想起來，她一直是甘願滿足的，是我爲她不甘願，經過這麼多事，我也終於願意接受我的天命，就是代什師回龜茲宣法。」

「你何時要走？」

「幾天後，秦國有一支使節團要去北涼，我就要跟著上路，多麼巧，我們都要一起離開長安，一個向東，一個向西，今生今世恐怕再難見面了，我來，要給你一樣東西。」

她由懷中掏出一本薄薄的經書，道：

「這是什師新譯的《金剛經》，是我親手抄的，你懂也好，不懂也好，每日念上幾次，或許可以消災解厄。」

「我也有東西要送你，我整天裝瘋賣傻，和小孩子在路邊剪紙花，就用牛皮做了這個要給你。」

他由懷中拿出來，竟是一副人皮面具，迦葉看了說：

「這是我的臉！阿超哥，眞是惟妙惟肖，但沒有人的臉是完全對稱的，你做得這樣完美，反而不眞了。」

慕容超道：

「什師的臉就是完全對稱的，況且，你和他一樣，生得完美無缺！」

迦葉流下淚來，把半邊醜臉拆了下來，果然是一張完美對稱的臉，她說：

「你是何時知道的？」

「在龜茲伽藍塔上，我在火光中，就看出你的汗由面具下滲出，你的醜臉，令人不忍卒睹，所以很容易騙人，但是我那時就看出，你眞正的長相就是這樣。」

佛女道：

「你一直知道我的眞面目，你可一直知道我的眞心嗎？我這一年來心裡越發澄淨，也才知道，當初，我似乎是爲了什師而要東來，其實我也是捨不得你！」

慕容超道：

「我也是出了不少力才走到這一步吧？否則爲什麼這麼容易就被你賴上了？」

「你知道我爲什麼扮成醜臉嗎？」

「因爲被毀容的是你母親，此後，她不願以醜臉再與什師見面，所以，你才這樣爲她不甘心。」

佛女道：

「對我天大的事，在你看來竟是這樣簡單；對你天大的事，在我看來也是一樣容易。其實你過慮了，富貴貧賤不重要，重要的是你是慕容骨血，是公孫氏調教出來、不折不扣的慕容英雄。」

慕容超撥開蓬亂的頭髮，夜空中撲簌簌地落下豆大的雨點，道：

「你說得這樣有理，爲什麼哭喪著臉，這是眞臉還是假臉？」

「在你面前，我只有眞臉，我的心結已解，以後我講道，只會以紗蒙面，不再戴醜臉；你做的面具我還給你，就像晴兒的銀項鍊一樣，你見到了就如同見我。」

「我不需要，你的神情長相，我都已印在腦中，否則，我是如何做出面具的？」

迦葉跪下抱住了他，用親吻蓋滿他的面龐，慕容超道：

「你難道和什師一樣，可以吃尖針不被刺穿肚腸嗎？」

「這是我害了什師，姚興知道我是什師之女，說是什師應該多留些智慧之子，就賜了十個美女給他，結果引得眾和尚也都要女人，所以姚興就編出了那些吃針下肚的話，說是他親眼所見的，只要能在他面前吞針的和尚，也可以娶老婆，因爲沒有人敢質疑皇上，所以也沒人再敢要女人。」

「法顯當年告訴我，他去天竺，要去找戒律之書，看來西域的佛法眞的是重經與論，而稍欠戒律。」

「我也是西域佛子，雖然沒有什師的佛性，這些遭遇卻觸動了我的人性，今夜月圓潮漲，我希望能懷了你的孩子，像我陪著母親一樣，以後也陪著我一起悟道。」

「你精研佛法，怎麼什麼事也割捨不了？先是要救什師，如今這個心結解了，卻又搞個情人，搞個孩子，如何去參悟佛法呢？」

「能割捨而不割捨，是業障，不能割捨而假做能割捨，就是虛假，在人世間不能盡人事，又怎能知道佛法呢？」

「什師說，他譯經幾十年，只希望不是造了千百年的口業，所以他死的時候火化，希望唯一燒不化的是他的舌頭；至於我，在我火化以後，如果有個舍利子留下，那裡面都是我對你的情愛。」

凌晨，雨已停，屋簷滴下殘留的雨，落在簷下的淺塘內，迦葉飄然而去，在身後留下淺淺的足印。

慕容超由懷中掏出另一副面具，綁束頭髮，逍遙園外出現一個人影，持著一支長杖，慕容超與那人換了裝束，那人戴上面具，變成了慕容超的長相，兩人互相一揖，分道揚鑣，慕容超持著木杖，以宗正謙的裝扮，快步走向長安東大門。

乞活堡

慕容超用了宗正謙的證件，直走到邊界虎牢關，戒備森嚴，仍扮做算命先生沿街閒走，他盯上了一隊來自河南的隊伍，爲首的人稱作「五哥」，做完買賣正要出關回去，他上前相求，道：

「我要往山東投親，請五哥帶挈一程。」

那五哥是個陰鬱謹慎的人，鬍子似乎刮不乾淨，其實只是遮住他頸上的傷疤，五哥問：

「我看你是個練武之人，那根木杖就是兵器，怎知你不是盜匪派來臥底的？」

「我確實有些武藝，但五哥江湖閱歷豐富，應該看得出匪類吧？」

「知人知面不知心，你把那杖子交給我保管，而且，你得負責自己的吃食。」

慕容超混在五哥隊中，出了虎牢關，遠離秦國地界，才鬆了口氣，但是想起段氏和晴兒還陷在長安，又不覺黯然，低了頭拚命趕路。

走了兩天後，慕容超帶的餅都吃盡了，他借了一副弓箭，趁大夥在紮營時到山上打獵，不久他打了一隻雉雞，一頭獐子回來，而且一支箭也沒有少，眾人都爲之驚異，他請大家分食，大夥都興高采烈，他對五哥說：

「北邊高崗處似乎該多兩個哨子。」

夜裡，果然北邊崗上有盜賊攻了進來，但五哥早有準備，一陣混戰，待到天明時還擒獲了十餘個強盜，流民們爲他們療傷，還餵了一頓飯才放走，慕容超說：

「強盜有飯吃，我幫忙卻要自己管飯？」

「他們大都是走投無路的人，我們之中，也有很多做過強盜。」

這以後，五哥的話匣子打開了，慕容超聽到了許多東方的局勢：

「秦國、魏國、燕國、晉國，其實只能控制邊關、大道和幾個大城。這江淮之間是個四不管地帶，我們都知道這些國家沒一個可靠的，所以乾脆聚堡自衛，有自己的部隊。盜匪和軍隊靠近時，所有農民都撤到堡內，我們可以送糧食給他們，可是他們不可任意掠奪，我們只相信一件事，就是要活得越久越好。」

慕容超自幼就知道，這些堡的名字都十分淒愴，像是「乞活堡」、「遺世堡」，主持這些堡的領袖，又稱做「流民帥」。

「這些部隊知道我們是搏命的，所以不會眞正來攻，都用談判來解決。也有些堡會受徵召加入部隊，以壯聲勢，當年苻堅攻晉，號稱百萬大軍，其實一大半都是流民軍，所以一有事就跑光了。」

「聽說晉國有個叫陶淵明的，寫了篇〈桃花源記〉，就是寫我們這樣的乞活堡，只是我們沒那麼幸運，找不到這麼個遺世獨立的好地方。」

強盜部隊

次日，五哥的隊伍情緒高昂，因爲離返家只有半日路程，但此時一騎快馬奔來，報道堡內昨夜遭襲，男子都被擄走，唯一被擄走的女子，竟是五哥正值妙齡的女兒，來人道：

「那夥人有五百多人，全部黑衣勁裝，裝備精良，搶了人馬向南去了！」

五哥挑了人馬，慕容超道：

「我跟你們去！」

追了十餘里，看到馬蹄印向南而去，五哥道：

「這是晉軍來拉壯丁的！他們押著人走不快，我們得快追上，若是給他們過了江，就再也見不著了！」

他們直追到天黑，大夥已人困馬乏，加上山路險惡，只好休息，五哥臉色陰晴不定，有人告訴慕容超：

「十幾年前，五哥的家人都死光了，只帶著這個女娃，流浪到此，這女娃長成一個美人，沒想到遭到了這場劫數，只怕今夜就要給人破了身子！」

慕容超走向五哥道：

「讓他們休息，你我去追！」

五哥雖訝異，但仍然跟著他上馬，兩人幾次差點摔下絕壁，好不容易地勢平緩，遠遠看見營火，五哥道：

「兄弟，我們是不是拴了馬，潛進營內？」

「不是要救你女兒嗎？還鳥耐煩？就殺了進去！」

兩人向那營直衝而來，營門口的軍士還來不及反應，已被慕容超射倒，兩人衝入營內，慕容超挑起營火，燒起營帳，那夥堡民手腳都被綁成一團，慕容超斬開繩索，堡民們搶得武器，與軍士們混戰。

五哥到處衝開帳篷，尋找女兒，混亂中，慕容超瞥見一個魁梧之人，拉著一個女子，由帳篷鑽出來，他縱馬直衝而去，將那人撞得橫飛出去，昏死在地，他正要結果了那人，卻有一箭破空而來，其勢驚人，慕容超撥開來箭，只見一人縱馬掄刀，喝道：

「狗賊！莫傷我兒！」

五哥趕來救了女兒，怒道：

「你明明是軍人，卻劫掠百姓，任憑兒子玷汙女子，你才是狗賊！」

慕容超見那人四十餘歲年紀，使一口大刀，來勢洶洶，連忙對五哥喝道：

「快帶人殺出去，不要戀戰！」

那人膂力驚人，刀法嫻熟，而且招招致命，都由意想不到處攻來，那夥晉軍訓練有素，已經重整陣勢追殺，慕容超等且戰且走，奔出數里，突然一隊火把迎面而來，正在叫苦，未料來人叫道：

「五哥！你怎麼丟下我們走了？」

原來是被五哥拋下的堡民們，也摸著山路趕來，兩路堡民會合與晉軍混戰，慕容超又接住那中年將軍，一百回合之後，慕容超抖擻精神，越戰越勇，那中年將軍則開始體力不繼，此時一聲清嘯，斜裡殺出另一個將軍，喝道：

「大將軍！讓我來收拾這個傢伙！」

慕容超道：

「什麼大將軍？帶著兒子幹這等沒臉面的事？」

那人大怒，道：

「本人行不更名，坐不改姓，晉國驍騎將軍孟龍符是也，這是我大將軍劉裕，我等來此徵兵，有什麼沒臉面的？你們都是漢人，應該如嬰兒見父母，馬上跟著走，遠勝過在這不毛之地受胡人宰割！」

劉裕道：

「怪事了，這荒山野嶺，竟然冒出個小乞丐，一身絕世武功。我看你二十出頭，老子年紀是你兩倍以上，所以以二敵一，你也不算吃虧！」

「你大將軍不做，卻到這荒山野嶺來幹這老無賴的勾當，有什麼本事，都拿出來吧！」

未料那孟龍符也是武功卓絕，但是慕容超遇強則強，此時以一敵二，竟也未落下風，此時又聽得一陣狂號，又一人加入戰團，正是原來被慕容超打昏的那青年，劉裕斥道：

「阿通！你眞是狗娘養的！是不是你偷偷劫了堡中女子？」

「若不是當年你和我的狗娘有一腿，怎麼會收我做義子？所以你是條狗爹，不要說我，宰了這小子，就不用囉唆了！」

原來劉裕年輕時浪蕩江湖，身無長物，一直沒有子嗣，直到官拜大將軍才一連娶了三個太太，此時他年過四旬，長子才三歲而已。所以他年輕時收了劉通做義子，自幼就隨軍打仗，劉通驍勇，但是粗獷兇殘，常令劉裕頭痛。

四人轉燈似地廝殺，慕容超雙拳難敵六手，乘隙衝出重圍，那三人也捨了兵眾窮追不捨，在平原上直追出數十里，黑夜中只有這四騎奔馳。

此時天上一聲響雷，落下傾盆大雨來，三人戰馬精良，又追上慕容超，他只得使出渾身解數，那三人見他氣力源源不絕，都不覺嘖嘖稱奇，劉裕道：

「好漢，且住！昔日有三英戰呂布，如今我三人都有萬夫莫敵之勇，竟然戰你不下，你這等身手，不應埋沒江湖，如今我晉國被奸臣桓玄篡位，我正要號召天下好漢，推翻逆賊，如此用人之際，我保證你必能封疆裂土，做到王侯將相，如何？」

劉通道：

「你若不投降，我就回去把那堡夷爲平地，把所有人殺個精光，把每個女人不分老幼都強姦到死！」

慕容超道：

「你滿口天下大事，卻幹這等無恥勾當，頭銜是大將軍，行徑只是個老無賴，若讓你得道，天下蒼生只有遭殃的份！廢話少說吧！你今日撞上我，只要取你這淫賊狗命！」

說罷又掄起長槍，舞得有如一尾活龍，那三人頗有默契，三樣兵器齊發，慕容超使一個「轉」字訣，手中長槍將三樣兵器架住，三人如泰山壓頂般，想要把他的腦袋打個稀巴爛，但慕容超有如一柱擎天，四人僵持，各自用盡吃奶的力氣，在大雨中卻啞然無聲，直到天上一道白光閃電，有如一尾白龍，竟打在四人高舉的兵器上，將四人四騎都打得暈死在地。

大雨不斷落下，劉裕漸漸醒來，叫道：

「快醒來，要是讓他先爬起來，我們都是待宰羔羊了！」

四人都是奮力掙扎，遠處聽到有馬蹄聲奔近，劉通大叫：

「這是我們的馬匹，快過來呀，殺了這小子！」

孟龍符身體強壯，首先顫抖地爬了起來，摸到一支長槍，卻無力舉起來，只見慕容超也掙扎著起身，劉裕叫道：

「別拿那長兵器，拔劍吶！」

但他手腳發麻，好不容易拔出來，大雨稍停，雲間露出月光，慕容超卻已不見了。

慕容超花了兩天時間躲躲藏藏，好不容易才遇到了堡中之人，那人大喜道：

「我們到處找你，五哥說天可憐見，若不是遇上你，我們只有堡破人散了！」

慕容超從那人口中知道，那天三人都去追他之後，晉軍群龍無首，無心久戰，堡民才逃脫了回去，雖然死傷近百人，但仍是不幸中的大幸。

到了乞活堡之後，五哥對他叩拜謝恩，道：

「據說這劉裕也和我們一樣，是長江淮河之間的人，這裡天災多，土地貧，人也特別強韌，項羽、劉邦都是這裡的子民。過去幾十年，很多人在家鄉過不下去，就過長江到建業（今南京）從軍，被稱做『北府兵』，是晉國最會打仗的部隊，劉裕就是其中大將。去年，他說的桓玄篡了位，劉裕差點被害，顯然現在他想要策反，也許是他能掌握的部隊不夠，就回老家來拉夫。」

「爲何這江淮之間，誰也控制不了？」

「這裡沒什麼天險，易攻難守，我們是靠拚命才能活下來，劉裕若要下狠手，我們就難混了。」

「你的女兒如何了？」

「驚恐過度，回來了啼哭不止，只怕她懷了孕，這是亂世中人的命！」

慕容超於是決定，在那裡多留半個月，教堡民做了拋石器，又傳授五哥一些布陣作戰的要訣，都是他受公孫氏傳授，再加上自己的實戰經驗。等到他要離去時，五哥道：

「兄弟，我知道你絕非常人，你要去山東必有大事，我也不應留你。」

「不是我捨不得給你一頭座騎，只怕反而讓你成爲歹人的目標，雖說你武功驚人，但總是有睡覺的時候，所以你還是慢慢地走吧。只是，你需要走過一段荒地，以前是晉軍占著，去年秋收前，拓跋魏由北攻來，晉軍撤退時堅壁清野，把收成全燒了，那一方的百姓，被撤退的晉軍搶了一回，被攻來的魏軍搶了一回，又收成全無，不是死了，就是逃了，那百里之內，什麼吃的都沒有，你要小心了。」

孤狼

果然，他來到五哥所說的地界，方圓百里杳無人蹤，連飛禽走獸都絕了跡。

慕容超在河南與山東邊界的黃河邊上，看到自己的倒影，持著一根木杖，大氅破得只剩了一半，渾身的落魄與骯髒。他由長安至此，有時靠占卜，有時靠唱曲加耍把式，或是靠著乞討換飯吃，還曾匐伏到狗碗邊，由狗嘴中搶到一口食物。

他走過繁華的通都大邑，荒蕪的平原，和荊棘滿布的太行山，終於要到山東了，但他已經五天沒有吃東西，偏偏這一方的人都死絕了，連狗食都偷不到，他知道再這樣下去，不出幾天，他一定會餓死的。

他在河邊坐下，把綁腳打開，露出了慕容金刀，他想起晉文公與介之推的事，快要餓死的時候，介之推把腿肉割下來給晉文公吃，那麼吃自己的肉又會如何呢？他揣摩著該割哪塊肉，黃昏中金刀上竟映著一個狼頭，他將金刀微轉，那狼已經蓄勢待發，慕容超想：

「我是不是餓瘋了，眼中竟出現了異象呢？這狼爲何和我一樣落單了？或者，這是慕容祖魂派來了結我的性命？再不然，就是讓我塡飽肚子的，吃了牠，我將有祖魂的力量！」

他知道，若是他轉身，那匹狼就會咬上他的喉嚨，說時遲那時快，他把身子向後一縱，用金刀直刺那匹狼的喉嚨。

慕容超靠狼肉撐了幾天，剝了狼皮包在身上，終於看到了一個乞活堡，用狼皮換了點食物，他問往燕國的路，有人說：

「沿著河走，快則五天，就可以到兗州地界，有慕容部隊駐守。」

他依著指引的方向走，白天漸漸地長了，他吃了些懷中的餅，見到天邊一群野雁，由南向北飛去，綿綿細雨之中亮過一道閃電，不久，一聲春雷，驚動天地而來。

第六卷　貴人之書

好太王

功業無邊、昊天罔極的長壽王，老臣在死前能再受到您的召見，是何等的欣喜啊！伺候過先王廣開土好太王的臣子，就只剩下我了！大王要問燕王慕容超的事嗎？這事除了我這個九十幾歲的老不死之外，也沒有人知道了。

我孫兒已經告訴我了，有隊商船由倭國來，為首的人自稱是慕容超的曾孫，而且送上一副「金步搖」王冠，說是當年先王送給慕容超一四千里馬，慕容超曾說，要回送一副慕容王冠做為答禮，但是後來燕國敗亡，這承諾從未實現，而他的妻兒和部下乘船逃走，一路飄到倭國去了，他們在那裡經營近六十年，斬妖降魔，才終有一片天地，他的後人，不忘先人的承諾，竟然把這王冠送來了！

老臣記得，當年慕容超坐著商船出現，他說，他已航遍了遼東、倭國，才到了「丸都山城」（高句麗都城，在今中國吉林省），眾臣一聽是宿敵慕容氏到了，把劍都拔了出來，好太王大笑說：

「你們怎麼像是見了狗的貓一樣？既是燕國王子，要以國禮相待，如果是個騙子，就好好教訓他！」

雖然說，我高句麗四百年前就在白頭山下立國，那時慕容氏還不知道在哪裡茹毛飲血呢！但是他們興起時，把我們打得落花流水，讓我們幾十年都抬不起頭來，一直到了好太王即位，我們才反擊成功，開始占了上風。

慕容超面孔白晳，雙手長如猿猴，虎背熊腰，穿了一身四不像的怪衣服，寬大的袖子和衣襬，束著緊緊的腰帶，印著一個個樹的圖案，他說，這是他懷念以前在西域常見的袍子。

慕容超說話很慢，常常說了一段就沒了，過了好久才又說一段，搞得眾臣們都不耐煩，只有好太王不厭其煩，聽得津津有味。他說，他是南燕國主的侄兒，被封為北海王，但他生於河西的死牢，長於祁連的窮山，他做過牧童、軍人、商人、俘虜、乞丐、浪人、游俠、算命仙，他的出生和成長，是一個又一個死裡逃生的故事，引起了好太王莫大的興趣。

他說，他來高句麗只有一個心願，就是希望建立一條商道，由山東到高句麗，向北經由鮮卑大草原，可以一直到西域，那裡有富有的波斯和羅馬大帝國。他說，國與國的紛爭，只是在爭少數人的私利，但這條大商道，卻可以讓天下人得利。好太王聽得入神，曾說：

「這個慕容超，沒有貴族的驕傲，他的眼神，倒是蒼涼比較多。」

兩人一談就是三天，也到校場上練武，山上打獵，慕容超把慕容神功「鬼箭神槍」傾囊相授，好太王也把「廣開神拳」三十九套路全教給他。

那時的慕容超，頗受南燕的重臣排擠，他也因此頗為落寞，才有出海另闢蹊徑的想法，好太王比慕容超整整大十歲，稱他作「阿超老弟」，鄭重地對他說：

「自古以來，哪一個王國的繼承不是腥風血雨的？你叔叔若不決斷，你就只有靠自己，高明的君王，就是快刀斬亂麻，才不會傷害國本。」

「套你叔叔的比喻，他的復國歷程，只有他是一頭獅子，其他都是跟班的豺狗，而你，是隻獨行的虎，豺狗都以為可以取獅子而代之，其實根本扛不了場面。所以，哪有老虎讓豺狗的？但是豺狗聯合起來，也可以讓老虎重傷，所以，一口就要咬死帶頭的豺狗！」

好太王的話，應該讓慕容超頗有開悟吧？

那時，正好後燕國興兵來犯，群臣懷疑，莫非慕容超是來做間諜的嗎？

「誰知道，血濃於水，說不定他們和好了。」

好太王說：

「你們都不讀歷史，早年的慕容氏龍驤虎視，若不是手足相殘，早已稱霸中土了，南燕雖是後燕分出來的，但雙方勢不兩立，不要擔心，我們帶他一起上陣去！」

可惜當時老臣留守京城，所以沒有目睹，據說慕容超上陣，和他說話時有一搭沒一搭完全相反，如猛虎出柙，洪水決堤，一個早上連敗十二名燕國勇將，燕軍見到他使的竟是他們的看家本事鬼箭神槍，士氣潰散，當晚就撤軍了。

慕容超在我國待了多久嗎？一、兩個月吧？此後，南燕國固定有商船來高句麗做生意，運來中國的絲綢絹匹，連我們的藥材礦石也藉此由大草原西去，在西域大受歡迎，讓高句麗富足很多，那是人人都感受得到的。

後來慕容超登上王位，好太王送了一匹千里馬做賀禮，那匹馬全身乳白，像塊玉一樣，一點雜毛都沒有，老臣至今難忘。但是，幾年後，這商船就斷了，南燕被晉國攻打，好太王還派了部隊去支援，一年後有軍士回來，說是燕國已亡，慕容超也死了，但也有軍士說，慕容超沒有死，燕京城破時，慕容超率領軍民逃到海邊，坐船出海了，也不知去了哪裡。

好太王常對海瞭望，推算了他可能的忌日，為他燒香祝禱，懷念之情頗深，但好太王以國事為重，也派出使節到晉國恢復通商。好太王曾對人感嘆道：

「為了百姓，你也不得不和仇人打交道呀！」

大王說得沒錯，當年慕容超來高句麗前，就先到過倭國，他說那裡應該就是傳說中的蓬萊仙山，又沒有強大的帝國，直到一百多年前有一個天孫族崛起，他們的穿著叫做吳服，慕容超因而推斷，他們應是被晉國滅了之後坐船逃去的東吳孫權後代，因為紀念孫姓，所以自稱為天孫族，好太王也說：

「有理啊！只有人自稱天子，哪有人自稱是天孫的？萬一跑出別人自稱天子，那不是還要認老子？」

這話令眾臣大笑，所以慕容超去倭國，並不奇怪呀！果真如此，當年好太王如果知道，也不必那樣悵然吧！

大王，你問老臣該相信這些人嗎？老臣老眼昏花，如何能分辨真假忠奸呢？什麼？這個慕容超後人就要進來了嗎？大王寬恕，老臣只看到一片白光。咦？這步伐、這塊頭、這聲音，不就是慕容超嗎？

之一　陌生的祖國（西元四〇三年）

身分之疑

據說張騫被匈奴關了十多年，終於逃回中土，在入關之前，曾經將一把泥土捧到鼻前，享受著故土的氣味。

塞內和塞外的泥土到底有什麼不同？慕容超懷疑著，還是其實張騫是在揣測，刑法嚴峻的漢室王朝是會把他當做功臣，還是叛將呢？

慕容超見到邊關守將，燕國的南海王慕容法的時候，遭到鉅細靡遺的盤問，他知道犯了大錯，他不該暴露身分，應該一路乞討，直到見到慕容德。慕容法道：

「不是我不相信你，主公尋親心切，所以冒充慕容超來認祖歸宗的，已經有三個，全被揭穿了，我要是隨便送進個假貨，又要遭到主公斥責。」

慕容超仔細看著驛館，說是款待他，卻把他鎖在一個院子裡，隨時有人在監視，慕容法和他想像的慕容勇將一點也不相似，表情談吐全是猜疑褊狹之氣，看來，實際的燕國和公孫氏所說，實在相去太遠。

這燕國就連國境也不對，慕容氏興起於遼東，強盛時占了東北、河北、山東，因而以其中心河北的古名「燕」爲國名，如今卻只能占住山東苟延殘喘，這個古代是齊國和魯國的地方，如今卻掛著莫名其妙的「燕」字。

這時他頓悟，慕容法絕不會讓他去見叔叔，這種人不是開疆拓土的勇士，而是搶奪地盤的地痞，像群居的狗，只是一時還鼓不起勇氣害死他，不過也是遲早的事。

他想，原來慕容翰這齣戲一定要演整本，他在長安只演了裝瘋賣傻的上半部，奮起脫逃的下半部，原來是要在這裡發生。

他叫管事的送上一桌酒席，還拉著管事的、打雜的一齊坐下，硬塞給他們酒食，胡鬧了半夜，同時問出了附近的路途，第二天慕容法來了，道：

「聽說你吃喝了大半夜？慕容子孫都食量大，酒囊飯袋可不都是慕容子孫。」

慕容超道：

「南海王說得是，我可以日食全羊，也可以三天不吃，但我確實是慕容納的遺腹子，逃過多少劫難，就是希望能見叔叔的面，希望南海王成全。」

慕容法突然惡狠狠道：

「我們打了多少的仗，負了多少的傷，才換來今日的江山？你不過是裝瘋賣傻尿褲子，算是什麼劫難？那不是肯吃屎的豬狗都可以做王親國戚了嗎？」

慕容超也橫了心，道：

「看來你們還要盤問我的身世，何不再布下酒食，邊吃邊談？」

慕容法叫人準備酒食，忽然又轉成了笑臉：

「據說皇上當年留有一把金刀做為證物，如今何在？」

「王爺這話問得眞笨，我若帶在身上，早被姚興給搜去了，還輪得到你來搜？我早就藏好了，等我安頓了，去長安接我母親時，也把金刀取回。」

慕容法冷冷道：

「那可對你不妙呀，既無金刀，又無親人作證，如何證明身分？」

慕容超一面大吃大喝，道：

「你不必替我發慌，我叔叔曾和祖母立下暗語，如今世上只有他和我知道。」

「那你說兩句來聽聽。」

「你這話豈不更笨？說給你聽，你也不知眞假。」

慕容法大怒，拍案斥道：

「你是藉酒裝瘋嗎？小心我把你拿下大牢，左右，快撤去了酒食。」

慕容超手抱著酒甕，抓著半隻烤羊，呼地一聲躍上了庭中的樹，叫道：

「慕容法，論輩分，你還是我的侄子輩，如今我居高臨下，你想動我，是雙份的以下犯上。」

慕容法搖頭道：

「就算你是眞的金刀王子，也只落得個無賴混混，不要理他，讓他留在樹上耍猴戲，採果子吃吧。」

「想我慕容祖先，雄渾高健，哪會講究什麼吃相。你們這些不肖子孫，都讓漢人給閹割了，只會計較瑣事！待我吃喝夠了，露一手鬼箭神槍，給你們開開眼界。」

「你要自露馬腳，也由得你。明日一早，我在東門外校場上恭候，不要說因爲酒醉使不出來。」

「成！但怕你們不給我好弓箭、好馬匹而已。」

慕容法喝道：

「哪有這等囉唆的人，就給他騎我的青驃馬。」

「像我這樣天神一般的漢子，一匹馬怕扛不了多久，所以要多準備一匹，我高興騎哪匹就騎哪匹。」

「好，就把白玉馬也給他，你若不濟事，我把你先打五十大板，再剃光了遊街示眾。」

他拂袖而去，慕容超在樹上啃著羊肉，心中道：

「數典忘祖的蠢才，慕容翰的故事，難道不知道嗎？」

校場

慕容法對著孤燈，他追隨慕容德復國，參與幾次重大戰役，和慕容鍾（北地王）、段宏（徐州刺史）、慕容鎮（桂陽王）成了南燕四大將領，獲封爲南海王，鎮守南疆重鎮兗州。他盤算到，和他一起的開國功臣們，一定也和他一樣，不甘心把出生入死打下的江山讓給這個野小子！

他終於得到結論：

「明天好好羞辱他一頓，趕出關去，要是他還敢回來，就當場正法。」

天明時，慕容超伸懶腰道：

「多打幾桶水上來漱洗！老爺連衣服一起洗了。」

他穿著溼答答的衣服出來，兩匹駿馬已綁在驛館門口，他對著牠們耳朵囑咐了一陣，侍僕們都竊笑不已，他一躍而上，將一手一腳各掛在一匹馬背上，那兩匹馬兒同步奔出，他像是躺得十分愜意，而那兩匹馬兒亦步亦趨地奔去，那夥侍僕都追著看這奇景。

那兩匹馬兒直出東城門，來到校場之上，已站了五百名軍士，慕容法坐在點將台上，上面張著一頂遮陽的大帳篷，叫道：

「你以爲是來耍把戲嗎？」

慕容超一躍而起，站在馬背上道：

「你們不給我新衣服，我只好將這舊衣服洗了，所以拜託兩匹馬兒做竿子，這一路走來，衣服果然乾了。」

「你插科打諢的本事倒是不小，現在露露你的武功吧。」

慕容超朗聲道：

「拿兵器來，請看慕容神功。」

他腳跨兩馬，如履平地，一會兒騎青驃馬，一會兒騎白玉馬，一會兒鐙裡藏身，一會兒又立在兩匹馬兒背上，令眾軍士不禁喝采起來，他讓那兩匹馬兒繞著圓圈打轉，自己立在馬背上，將那柄紅纓鐵槍舞得有如一個陀螺，令人看得眼花撩亂，有軍士叫好道：

「好像是兩人兩馬在廝殺一般。」

說時遲那時快，慕容超收槍舉弓，接連幾箭，將點將台上帳篷的繩索一一射斷，將慕容法罩在下面，兩匹駿馬疾奔而去，等到慕容法爬出來，吼道：

「還不快追！」

但哪裡還追得上那兩匹駿馬，慕容法恨道：

「快放烽火，讓下一關的守軍捉他。」

公孫五樓

慕容超行得半日，來到一個野店，旁邊一個打鐵鋪，灶上的蒸籠冒著熱氣，卻不見一個人影，慕容超知道，這燕國境內必定有嚴密的防禦系統，這裡已有了埋伏。

他乾脆自理，餵了馬兒，打開蒸籠吃飽了，高聲道：

「你們是要出來捉我，還是要在林子裡躲一輩子？」

四下林中的士兵都現了身，舉槍彎弓對準了他，慕容超道：

「刀槍無眼，我盡量不傷你們性命，來吧！」

他將長槍橫掃，只見桌子上的杯盤筒筷、鍋碗瓢盆，像是兵器一樣橫飛出去，頓時間數十個士兵倒在地上，慕容超大喝一聲：

「燙手的傢伙來了！」

一鍋熱湯橫飛出去，引起一陣慘叫，他一個縱躍，已經跳到了鐵鋪上，他又叫道：

「硬傢伙來了。」

他將掛在架上的馬蹄鐵直飆出去，被打中的頭破血流，他再叫道：

「注意了，要活命的快走。」

他將打鐵鋪的火爐撞翻，挑起火塊，打得軍士們抱頭鼠竄而去，不一時，只見一個年輕軍官策馬奔來，喝道：

「你的武功高強，軍士們只是送死，我是領軍的軍官，就由我來和你對打吧！」

慕容超道：

「你這話還有點擔當，來吧！」

他躍上白馬，不出十回合，那人招架不住，長槍脫手，慕容超道：

「去吧，不要在此送死！」

未料那人道：

「你使的是慕容武功，如何爲魏國做奸細？我勸你趕快回頭吧，燕國境內，有烽火台傳信，四面八方，都有人來捉你。」

「我是失散的慕容氏人，想來投奔親人，竟被南海王從中刁難。」

那人愣了一會兒，說：

「由你的武功和長相，我也相信你是慕容氏人，但南海王已發了格殺令，多少人在搜捕你，根本沒有見到親人的機會。」

慕容超不覺黯然，那人又說：

「也罷，誰叫我看不慣這等小人弄權之事，不如我棄了官，帶你走小路吧！我家在從軍前世代經商，熟知此地路途，陽關大道走不通，自有山間小路。」

慕容超見他這樣爽快，雖然大喜，但不知是否要騙他，道：

「沒想到你這樣的古道熱腸，不知尊姓大名？」

「我叫做公孫五樓，自幼隨父親行走江湖做買賣，直到主公在山東立國，見他頗有作爲，才投了軍，如今卻有這等事，我也難袖手旁觀。」

慕容超越發覺得親切，問道：

「我的祖母，也姓公孫，但她是遼東人士。」

公孫五樓驚道：

「好漢！皇上的親生母親就姓公孫，難道你是當今皇上的親人？」

「你如何知道？」

公孫五樓道：

「我們有表叔在宮內做倉房總管，十分得到中黃門（太監總管）孫進的信任，所以我聽他說過。」

「孫進？就是他當年保全了慕容金刀，獻給我叔叔的。兄弟，當今皇后，還是皇上的元配段氏嗎？」

公孫五樓點頭，慕容超道：

「這不是老天眷顧嗎？她是我母親的親妹妹，我修書一封，你若有辦法送到她手裡，她必能分辨我的眞假。」

公孫五樓思索半晌，道：

「段皇后愛吃新鮮瓜果，我們常收集了送進宮中，若請我表叔呈上瓜果，就有機會把信送到皇后手中。」

慕容超修書一封，本來下筆如飛，但一時思母之情湧了上來，良久才寫完，公孫五樓已將瓜果準備好，交給他的一個家人，由官道往燕京去，他說：

「此地不可久留，你我馬上由鄉間小路去廣固城。」

天色將黑，這兩人快步離開了那是非之地。

段皇后

如果有什麼是段皇后的專長，那就是求神問卜了，她也曾生下二子一女，但兩個兒子都年紀輕輕戰死沙場，加上燕國奸臣弄權，令她每日心驚肉跳，所以在燕國國都的佛寺和道觀不知燒了多少香火錢，結果只求來了大燕國的覆亡。

那天，她一早就心神不寧，到得下午，倉房總管說是有瓜果送來，那總管就是公孫五樓的表叔，進來呈上一封書信說：

「我外侄說，這是由河西的甘州帶來種子種出來的西域瓜，因爲是稀物，這孩兒還用他苦學來的鮮卑文，把這瓜的吃法寫下來。」

「你的外侄會鮮卑文？我倒有興趣看看。」

段皇后打開那封信函，一開始完全看不懂，但突然驚叫出來。信中時而用漢語、時而用鮮卑語，不就是她在少女時期窮極無聊，和姐姐「發明」出來的寫法嗎？

當時在大燕國，一派人主張漢化，一派人主張保持鮮卑文化，大多數的貴族兩種都要學，結果每句話都是一半漢語一半鮮卑語，兩種都說不好，她們因而戲謔的自創了這種半弔子語法。

慕容超爲了讓段皇后相信，因而想到這種寫法，段皇后終於完全掌握了當年的密碼，不覺眼淚撲簌簌地滾出來，公孫娘親竟然不在人世了！當年姐姐腹中的那名孩兒竟然在兇險中存活了二十餘年，如今飄泊在燕國境內，遭到燕軍的追殺！

慕容德接到皇后的急召，有些惱怒，心想：

「最好有很重要的事，把皇上叫來叫去，這皇上還可以做嗎？」

一進寢宮，他的怒氣就全消了，上次見她哭成這樣，是大燕國亡國的時候，段皇后把信翻譯給他聽，慕容德細細推敲，到了三更天，他的眼淚撲簌簌地滾出來，向西長拜：

「娘親啊，你的晚年是這樣的辛苦，納哥哥，你竟然死的這樣慘吶！」

他躍了起來，若晚了一步，這孩兒千山萬水的來，竟可能死在燕軍的手中，豈有此理，快把文武重臣都立刻召進宮來！

慕容德的近臣都曾跟著他出生入死過，所以不出一個時辰就都到齊了，以爲又是國難當頭。慕容德先發一道聖旨直奔兗州，召回慕容法，令所有部隊轉而嚴陣向外，以防魏國和晉國伺機入侵，同時派出禁衛軍到各個關口張貼布告，那布告是由段皇后手擬，也是用半漢語，半鮮卑語的雜種文字，讓慕容超知道不是陷阱。

慕容超兩人走了五天才出了山區，來到一個村莊，看到一群人圍著告示指指點點，慕容超靠近一看，道：

「兄弟，那封信果然送到段皇后手裡了，現在不是搜捕我們，而是要歡迎我們了。」

「既如此，就找個地方更衣吧，你總不能穿這樣的破衣服去見皇上吧？」

慕容超道：

「我還是用這一身的襤褸去見叔叔吧，由他的反應，我也可以知道金刀之約，對他到底還有多少分量。」

果然，文武官員見了慕容超都喜出望外，用快馬送信回廣固，原本要款待兩人，慕容超道：

「我等這一刻已經二十二年了，何必再拖呢？」

他兩人策馬不出半日，便到廣固城，官員中有人說：

「皇上命人在城外搭了黃帳篷，親自在那兒等你。」

他看到官道兩旁擠滿了百姓，指指點點，他直奔到黃帳前躍下，見一人虎背熊腰，雖然髮鬢泛白，但英氣煥發，無愧祖母口中的美男子慕容德。

他兩人對望良久，慕容超才想起要跪下，慕容德受了他三拜，道：

「我給你父親的金刀，還在嗎？」

慕容德的表情冷靜，口氣近乎冷酷，慕容超彎下腰，將他的綁腿脫了下來，取出金刀，雙手捧上，慕容德對著天空反複看了幾遍說：

「能再見此刀，眞是比大海撈針還難吶，阿超兒，你是怎麼活過來的呢？」他終於語帶哽咽，扶起慕容超道：「快來見過你的姨娘，也是你的嬸嬸。」

慕容超上前跪拜，段皇后和母親段氏長得很像，但她眼中沒有段氏的滄桑，雙頰沒有祁連山風雕出的皺紋，長年養尊處優，在慕容超眼中，表情甚至還有些幼稚。

慕容超瞥見帳下百餘文武官員中，慕容法也赫然在列，硬著頭皮瞧著他們，段皇后見慕容超罩一件只剩了半片的大氅，裡面一件短衫，一條長褲有些短，露出一截小腿，道：

「這些人接了你，也不知道要爲你換套衣服？」

慕容超道：

「這套破衣服是宗正謙給我的，靠著它我才能逃出姚秦，所以我要穿著它來見皇上皇后，見證祖母和我們受過的苦楚，請記得忠臣宗正謙和杜弘所受的苦難。」

慕容德點頭道：

「你說得好，即日重賞杜弘和宗正謙的家屬，你看，今日有這麼多人趕來看金刀王子，我娘一定有告訴你金刀的來歷吧？」

他把公孫氏所說的典故重述一次，也說了遇到慕容視羆的經過，慕容德動容道：

「沒想到你竟有這等奇遇，這兩把金刀，隔了一百多年，千山萬水，竟然還能相聚！今天是我慕容氏的大日子，但願從此國運昌隆，我們爲此好好歡呼一下。」

慕容德高舉金刀，拉著慕容超高聲呼道：

「大燕萬歲，慕容氏萬歲！」

軍士和百姓大受感動，全心歡呼，許多人涕泗縱橫，慕容德將斗篷披在慕容超身上，兩人並騎步回廣固城，慕容超瞥見叔叔，有一股仰之彌高的威儀，足以震懾百官，令百姓心儀，在金色的夕陽下顯得格外高貴，他的表情看似高傲，似乎隨時要發威，但從另一個角度看，又像是隨時都很緊張，等待著隨時會出現的驚恐。

但他也感覺到群臣之中，彌漫著一股陰陽怪氣，他知道未來他要面對各種的懷疑，不只是他的身世，也包括他的人品、修養、能力、性格，和他的一切。

之二 全國之敵（西元四〇四年）

上朝

慕容超承襲了慕容納的爵名，封做北海王，每天跟著上朝。

他知道，自己一在燕國出現，就樹立了無數敵人，慕容法就是一例。慕容德沒有兒子，又已接近七十高齡，群臣們莫不在做他身後的打算，如今突然冒出一個繼承人，豈會輕易甘心？

所以，一開始他上朝時只是旁聽，但是在他漸漸聽出端倪，不禁對慕容德的判斷有質疑，對群臣的治國方法不以爲然。有人奏道：

「青州有平民暴動，搶奪縣城後，就不知道躲到哪裡去了，應該派出重兵挨家挨戶搜索，只要藏有官府糧食的就斬首！」

慕容超心想：

「百姓大都懦弱，會變成暴民必有原因，應該先調查，是有酷吏？還是有歉收？不該動輒鎮壓。」

有人奏：

「膠東的收稅最難，漁民們動輒上船出海，應嚴加管束，否則刁民們越發囂張。」

慕容超想：

「漁民逃逸，對他們也是很重的負擔，可能是稅太重！」

有人奏：

「古之三齊之地，有泰山一帶的西齊，有臨淄爲中心的中齊，和膠東的東齊，民情差異甚大，不如用西齊管東齊，東齊管中齊，中齊管西齊，讓他們互相傾軋，我們可以坐收漁利。」

原來這就是他們的治國之道。慕容超進言，這些刁民們要是不刁，早就被趕盡殺絕了，官府不該去搶他們，而是要讓他們發財，像是安和樂的宏圖，自然就有兵丁和稅收。這引來了眾臣的反駁和揶揄：

「照北海王這麼說，皇上得和賤民住在一起，吃大鍋飯。」

「俗話說無商不奸，商人無祖國，北海王卻這樣相信他們，只怕錢賺走了，還要爲別國做奸細呢！」

慕容超更發現，眾臣的許多主張，表面是個政策，其實都是要爲自己牟利，或是爲某些人壟斷利益，他每每據理力爭，數次下來可以感覺到，群臣對他已有尖銳的敵意了。

就像幼時在祁連山上他要維護姜繁霜，在河西平原上他要救突厥難民，在若羌他堅決的助念氏對抗叛軍，此時的他覺得自己別無選擇，一定得把這些人的治國觀念根本的扭轉才行，這令朝中氣氛詭譎，慕容德的眉頭鎖得更深了。

親情

對他絕對沒有惡意的人，就只有慕容德、段皇后，和中黃門（太監總管）孫進了。

慕容德雖然在政治上對他有所保留，但在情感上是絕對向著他的，段皇后更是對他百分之百的維護。

慕容超對孫進禮敬有加，若不是孫進，七出金刀早就消失在人間了，幾年前的禁衛軍叛亂，孫進帶著慕容德夫婦鑽進地道逃到宮外，才躲過兇險，他是慕容德最信任的人，逃命地道這類的極機密，只有他兩人知道。而孫進對慕容超，又像是侍從又像是長輩，他一雙明亮的眼睛，似乎時時在觀察，也在關切著慕容超。

慕容超每每聆聽慕容德復國的辛苦，簡直險象環生，令他都不免捏幾把冷汗，而他敘說他的經歷，驚險時令段皇后驚叫，痛苦時令她落淚，奇異時令慕容德都不免動容，慕容超走後，段皇后說：

「吃得苦中苦，方爲人上人，阿超接你的位子總令人放心了吧？」

「我不懷疑他的膽識和武功，但是他太像呼延平的游俠性格，而且他腦袋裡的燕國都是我娘教的，我娘總以爲有一個好行公義、龍精虎猛的慕容王朝，其實眞正的燕國，就是不斷的妥協，就是連滾帶爬的求生存！」

「燕國的貴族和權臣，是糾纏在一起的利害關係，阿超兒天外飛來，應該盡量和他們拉近關係，他一到就與慕容法鬧得不可開交，正應該想辦法改善，偏偏他全無興趣和老臣們打交道。」

「這是你立的國，我們親血般的孩兒，又有這等的武功氣概，他們憑什麼來挑三揀四？」

「他自己的言行，處處都在得罪這些重臣，也間接在頂撞我。」

「那麼你爲什麼不上朝前、下朝後，把他拉到一邊教一教，要跟你唱個雙簧？」

「哪一個重臣不知道要和我唱雙簧，這些事不用說，他們自己就能體會，只有他，明示暗示他都聽不懂。」

「阿超以爲我不知道，封孚參奏，要擴大徵地給游牧部落放牛，其實封家自己會把三分之一的土地占爲己有？他以爲我不知道，慕容法主張人民不能隨意進出邊關，其實是他自己要收買路錢？他以爲我不知道，段宏主張嚴徵漁民稅，其實是要把漁產都保留給琅邪的大戶？他以爲我不知道，慕容鍾主張要向北地買馬，其實都是他自己養的？」

「他以爲我這皇上被這些人蒙在鼓裡？這是他們爲我效忠的條件，做一國之君，是非分明就夠了嗎？文武雙全就夠了嗎？一隻老虎再厲害，也要有爲虎作倀的貪鬼替他跑腿！」

慕容德的怒氣讓段氏嚇了一跳，但他們是一輩子出生入死的夫妻，聽久了，段氏反而覺得可笑，說：

「那你知不知道你的皇袍的裡子破了，補了三個補丁？那你知不知道去年雨下多了，西大殿漏了水，現在還沒有錢修？那你知不知道上個月有三個太監跑了，查了幾天，原來跑到封家去做家丁了？這些重臣連招夥計都比你還行！等到別國打來，他們每個人都帶著大筆家產投降，只有你這個窮皇帝要掉腦袋！」

慕容德被她一陣搶白，一時語塞，段氏又說：

「還有，他幾次求你把姐姐和他妻子接出來，你爲什麼都說再想想？」

「姚興以上國自居，一定會要我們稱臣納貢，這會重創燕國臣民的士氣。」

「這是爲了孝道，爲了天倫，臣民也該瞭解！」

「你這就叫做婦人之見，一國的尊嚴，豈可這樣隨便？我若太維護他，老臣都會更反對他成爲太子！」

段皇后怒道：

「那你就把他趕走吧！否則以後必要內訌，這種事燕國還嫌少嗎？」

老臣派

慕容超發現，燕國的王公貴族有三種。

第一種是鮮卑貴族，掌握了燕國的部隊，但這些兵將雖是沙場老手，也只像是豺狼和禿鷹，殘忍有餘，卻全無當年慕容部落的威猛，慕容法就是典型，他們各有各的財源和地盤，反抗的百姓就會被羅織罪名，有錢的榨些錢出來，沒錢的便冤死在牢裡。慕容超對公孫五樓說：

「我祖母最深惡痛絕的，就是前燕國的奸相慕容評，連亡國的時候還要向逃難的百姓收過路費，如今這些貴族的作為，也沒有好到哪裡去。」

第二種是慕容氏的舊臣，大部分是漢人，比如宰相封孚家族，他們掌握了燕國的政府，利用職權占了許多土地和好處，子弟們窮奢極侈，又自認書香門第，欺壓平民百姓，更認為是理所當然的事。

第三種是當地的豪族，掌握了燕國的經濟，他們本來就是山東大族，權力無限放大，他們和鮮卑貴族、漢人官員結合起來，壟斷了大部分的土地和財產，老百姓們近乎成了奴隸。

慕容超最受不了的，是這些權貴的宴會，燕國百姓仍然困苦，而這些權貴已經有富麗的房宇庭園，舉辦宴會時，痛飲暴食之外，還要學晉人的名士作風，尤其喜歡學「曲水流觴」的把戲，他們在庭園中建一道曲流，不斷的放下盛了酒的浮杯，主客散坐在曲流兩邊，任意取酒來飲，慕容超心想：

「游牧民族的豪放，他們只留下暴烈，而他們學的晉人遺風，也只有造作與附庸風雅。」

燕國宮廷還養著一個伎樂團，是苻堅在全盛時期培養的，苻堅敗亡後，伎樂團流離失所，跟著慕容德來到廣固，成爲燕國頗爲自豪之處，但是慕容超看過他們的歌舞後說：

「這些都是過時的長安樂曲，爲何這樣故步自封呢？」

他發現，伎樂團的另一個任務，就是收集民間的美貌女孩，教以歌舞，做爲權貴子弟把玩包養、爭風吃醋的對象，與酒樓的紅牌妓女一樣。慕容超對公孫五樓說：

「長安的權貴子弟，最愛幹這等聲色犬馬的事，是這古都不可救藥的病，沒想到燕國才在山東喘息了六年，這方面就已不輸人了。」

貴族們對他也很不以爲然，都說：

「他以前做牧童、做乞丐，貧賤慣了，根本不瞭解貴族生活。」

慕容法到各重臣家中拜訪，加油添醋：

「他武功再好也是個無賴，血統再好的馬兒，自幼拉車子，就成不了駿馬啦。」

在慕容法有了北地王慕容鍾、丞相封孚的認同後，就形成了「老臣派」，他們的共識，就是慕容超是個無行之人，一定會把大燕帶到萬劫不復之地。

慕容鍾

慕容鍾自認爲是建國第一功臣，此時比慕容法還著急。

大燕復國，本原是慕容垂領導，但是慕容垂死後，兒子慕容寶撐不住局面，魏國和晉國都發兵，燕國被切成南北兩半，慕容德領了三萬部隊在河南，四面受敵，惶惶不可終日。

他們一出根據地滑台，守將就把城池獻給了拓跋魏，押糧草的部隊也不見了，慕容德和部下坐在一棵樹下，餓著肚子，有策士獻計：

「這河南平原上沒有天險，四面都是敵人，虎落平陽，不知道要把頭往哪裡看。」

慕容德苦笑道：

「你說得好聽，拓跋魏才是老虎，我們是受了傷的狼，你有何計快說吧，不用顧我的面子。」

「那麼依德王爺看，鎮守山東的晉軍是什麼？」

慕容德的眉毛一揚道：

「你是說，我們去吃了這些狗？」

「這些狗占了好地方，山東物產富饒，西有泰山，南有沂蒙山脈，北邊和東邊都是大海，既有天險，又無後顧之憂，進可攻，退可守。」

「你這條計策，簡直像是諸葛亮的隆中對，爲什麼我們沒有一個人想到呢？還是我們已經餓昏了，所以聽了什麼都好？你們都退下去，讓我想一想。」

慕容德在樹下長考，慕容鍾則越想越生氣，因爲他的大小老婆都給擄走了，豈可聽這些書生之見？當然是反攻滑台，難道我們甘心戴綠帽？他令士兵弄了盆淨水來，硬著頭皮走向樹下，慕容德似乎睡著了，突然睜眼看到他，他連忙跪下去：

「王爺洗個臉吧？」

「阿鍾，你對山東熟嗎？」

「略知一二。」他方才的怒氣頓時洩了。

慕容德問：「那我們是先打哪邊才對？北邊的青州，還是南邊的兗州？」

原來慕容德已經決定了。他退了下來，眾人都圍上來問，他正色道：

「經過我的力勸，大將軍主意已定，發兵山東。」

慕容德的戰略，是把晉軍主力所在的廣固城孤立，分頭擊破外圍的州縣，慕容鍾負責圍住廣固。

晉軍閉關死守，慕容鍾派人潛入城中，四下散布晉軍慘敗的謠言，晉國主將棄城而逃，廣固不攻自破，所以他自詡爲是第一功臣，慕容德死了，他是第一順位的燕皇。所以慕容超出現時，他像是修完了一座廟，竟被別人搬了神像供在裡面。

自南燕在山東開國以來，他就被派駐在河北和山東交界的冀州，負責北方的邊界，他主張每年要從北地買馬，以保持優越的騎兵，其實，他分出軍士到黃河口去養馬，讓他賺了大筆的差額，他的住所比慕容德的皇宮還要豪華。但慕容超屢次在朝中主張，只要引進良馬，配出適合本地環境的良馬即可，完全就是衝著他來的，眞是是可忍孰不可忍。

封孚

封孚的祖父原本要遷到江南的，但在半路遭到亂兵，只好往北走，投入慕容廆帳下。封家在燕國三代爲官，燕國敗亡時他投降了晉國，被派在渤海城駐守，慕容德大軍到時，他又連忙投降，跪在城外迎接，這種反復投降的人通常會被冷眼相待，但是慕容德卻把他扶起說：

「渤海城對我不重要，但是能重得你的輔佐，表示老天是照顧我的。」

慕容德把政府的重組全權交給他，他也把這個小朝廷整頓得人模人樣，他極力起用燕國舊臣與世家之後，強調沒有三代的薰陶，如何能夠處理複雜的國務？

其實，他組織了權貴與豪族，成爲綿密的剝削集團，他主張的每條政策，都有封氏家族和貴族們的好處。封孚覺得，這是他爲國效命應有的報酬，慕容德也是睜一眼閉一眼允許的。

但是這個不識趣的慕容超不斷說要還地於民，直接抽稅，因爲大戶都隱匿人口，不報稅也不服兵役，隱隱約約的指出他中飽私囊，令他惱羞成怒。

他眼見「金刀王子」已經成了百姓的偶像和希望，於是責無旁貸的成爲「老臣派」的首腦，慕容鍾、慕容法、段宏與他祕密集會，封孚道：

「最糟糕的是他不斷的說，要把土地還給百姓，還要重用商人，民可使由之，不可使知之，這是千古不易的定理，照他的主張，燕國非被顚覆了不可！」

太子派

慕容德指派了大夫韓範做爲慕容超的漢文老師，韓範曾經是苻堅的大臣，他對慕容超瞭解漸多，說：

「我原本以爲他是個古怪的野人，沒想到他見識淵博，胸中有百萬兵，只是他和我們不一樣。我們不會期望天竺人、西域人和我們一樣，爲什麼他得和我們一樣呢？」

韓範因而成爲繼公孫五樓之後，第二個對慕容超折服的人。

慕容超愛到城裡城外，在尋常的茶樓酒肆吃喝聽曲，也會唱些西域曲調與眾人同樂，有時他到山中打些野味，帶給大家分用，他說：

「靠著天賜的食物，付點工錢請人烹煮，這樣的酒食吃來是多麼的舒坦。」

「人人都說燕趙之士，慷慨悲歌，是多麼的雄壯。這山東境內，悲壯之歌也有，溫軟之曲也有，比之西域歌曲全不遜色，獨有一番風味了！」

也因此，許多老百姓愛戴他，因爲他和他們打成一片；許多軍士愛戴他，因爲他雖要求嚴格，卻也體恤他們；也有許多年輕的貴族崇拜他，因爲他們重新見到了慕容雄風，覺得有未來，就這樣形成了「太子派」，和「老臣派」越來越壁壘分明。

禁衛軍

燕國的都城叫做廣固不是沒有道理的，它的位置與齊國古城臨淄相近，但古城早已頹敗了，廣固城是九十年前，由漢趙帝國（前趙）的大將曹嶷所修建的，曹嶷把城牆修得堅實高大，其實早有稱王的野心，這城池大約東西八百公尺，南北六百公尺，城外又有四座堡壘，可以與廣固城相互支援。

廣固城的東邊有濁水，西邊有淄水，背靠堯王山，廣固有此爲屛障，還有許多的地下水源，物產豐饒。

慕容德在此定都之後，乾脆將四個堡壘做爲城門，修築了一座外城，外城較內城大出許多，有農田和牧場，慕容德曾說：

「我們打進廣固，就是因爲晉軍斷了糧食。有了外城，即使廣固被圍，至少也可以撐個一年。」

廣固的內城是由三千禁衛軍負責防衛，以往禁衛軍多是鮮卑人，但幾年前鮮卑司令叛變，此後慕容德就任命漢人張綱做司令。

張綱年過四旬，終於受到重用，對職位十分勤謹，他也善於製造機關器械，慕容超把投石器畫出圖來，張綱大喜，兩人經常一起切磋思索，慕容超見此人自視甚高，有大志向，便對張綱說：

「大丈夫當做國之柱石，更要留名青史，一身本事，絕不能跟錯主子，切不能隨便送了命，那就浪費了！」

劉敬宣

慕容超受召入宮時，常見到晉國降將劉敬宣，此人在兩年前逃亡到燕國，頗受燕國眾臣排擠，唯有段皇后對他十分照顧，常請他進宮陪慕容德吃飯，她說：

「當年我們投降苻堅的時候，有多少人想害我們？但是苻堅對我們特別照顧，受過恩的就該施恩，受過的苦卻不能轉給別人！」

慕容超與劉敬宣十分投機，經常夜裡把酒長談，他才知道，在逃亡路上遭遇的劉裕，竟然是劉敬宣的生死之交！

「什麼？劉裕到兩淮之地拉夫？太好了，他一定準備起義了！他不出手則已，一出手，必是驚天動地！」

劉敬宣說得眉飛色舞，原來，晉國的部隊有兩支主力，在首都建業的稱做「北府兵」，劉敬宣的父親劉牢之曾是統帥，劉裕是他手下大將。

而在荊襄一帶，長江中游的部隊稱做「西府兵」，以當地人爲主，自三國時代劉表起，就自成一個系統。桓玄掌握了西府兵，進而控制朝廷，廢了晉室，立國號爲楚國，自任爲天皇，自立爲帝，劉敬宣說：

「五年前，北府軍內訌，家父怕被部下所害，和桓玄談好條件，準備投降，以爲他是世家子弟，一定會信守承諾，結果兵權一交出去就遭到殺害，我要不是趕緊渡江逃走，也早死於非命了。」

劉敬宣亟欲報殺父之仇，而他唯一的希望就是劉裕，一談起劉裕就喋喋不休：

「劉裕自稱是劉邦弟弟的後代，但出身貧困，年輕時靠著賣草鞋度日，和韓信一樣，潦倒中也帶些無賴，賭輸了錢還不出來，被人綁了遊街，在街頭被毆打吐口水，看起來也眞是沒出息的樣子，和韓信所受的胯下之辱相比，眞是有過之而無不及。」

「他在北府軍裡面，本來只是個低階軍官，可是一路立下戰功，做到了將軍，有一次，他的部隊全軍覆沒，只剩他一個人被幾百敵軍追到水邊，不知爲何，敵軍竟然自亂陣腳，他也不知道哪裡來的力氣，舞動大刀，一口氣殺死了兩百多人，竟然反敗爲勝！他不只驍勇，也很有統兵的能力，北府軍就是在家父和他的統領之下，成爲晉國最精銳的部隊。」

慕容超道：

「他果然武功高強，刀法詭異，他若是還年輕，出刀再快一點點，只怕我就中招了，高手過招，差異都只在那一剎那。」

劉敬宣道：

「因爲他特別體恤士兵，人人都願意爲他賣命，其實他爲了達成任務，犧牲兄弟他眼睛都不會眨一下。他雖然識字不多，卻常常要文官講故事、說歷史給他聽，他說出的感想，往往讓士大夫也佩服，有人說因爲他的器識過人，個性隱忍，又帶著兇狠和流氓氣，或許眞的和劉邦有關係。」

慕容超問：

「他起兵反桓玄，勝算如何？」

「桓玄這人瑣碎刻薄，自以爲天下他最聰明，做了皇帝，天天改臣子的公文該怎麼寫，發出去的詔令，又派人追回來再改，弄得大家無所適從，全國等於停擺，連他的子弟兵西府兵，都是動輒得咎。」

「劉裕沒辦法的時候，可以做縮頭烏龜，沒有人憋氣憋得比他長，但他又有豺狼之性，只要占了上風，連老虎他也敢吞，他既已出手，就絕不會再後退，你看著好了，他會一步一步，把桓玄逼到絕地！」

慕容超道：

「推翻桓玄之後，他的野心會有多大？」

「劉裕早就跟我說過，司馬氏無能，可是士大夫最討厭有人篡位，要讓他們服氣，只有一個辦法，就是要能痛打胡人，北伐成功，到那時候，他們會把你捧成民族英雄，甘心地把篡位化裝成禪讓。」

「他還曾說，司馬氏是靠著篡了曹魏的位，曹魏又是篡了我們劉家的位，怎麼這些僞君子，眞奴才，沒有替我們劉家打抱不平？你說他野心有多大？」

「看來他眞的比桓玄看得遠！」

劉敬宣在燕國悶得久了，又喝了酒，偏激之氣冒了上來，說：

「老實跟你說，以前南方不敵北方，都是因爲北府兵和西府兵不和，可是劉裕是帶兵的天才，他若掌權，一定可以讓西府兵也心服，到那時，我看除了拓跋魏，沒有人是他的對手。」

慕容超不覺心驚，原來這不是隔岸觀火，這把火很可能燒到燕國來，他也可以想像，劉裕帶了大軍壓境時，那股氣勢一定比他的大刀還要盛氣凌人，要避開那一天，看來只有趁著桓玄把南方搞得一團糟，才能占到上風，否則主客易位，只有坐以待斃。

山東野人

燕國中最奇異的，是鮮卑游牧部落，他們自慕容氏在遼東崛起時，就跟著打天下，而且不論在哪裡，都堅持過游牧生活，也保有酋長的頭銜，燕國也就徵收了大片土地給他們放牧。就連在山東也一樣，廣固的外城也有四分之一的土地用來放牧，慕容超見到地不盡其用，十分的不以爲然。

但慕容超發現，他們連放牧都由戰俘代勞，成了好吃懶做的廢物，他們的粗獷其實只是粗魯，他們拒說漢語，但鮮卑話也說得令人難以恭維。

一天，慕容超策馬直驅酋長的帳篷，那酋長也有官銜，稱作廣安侯慕容賀賴盧，是個遠近馳名的大力士，日正當中，他卻在帳中和一群酋長看歌伎表演，吃喝得酒酣耳熱，見了慕容超說：

「這是哪一部落的酋長？好面熟，怎麼想不起名字？坐下坐下，這段曲子好聽！」

慕容超聽了不久，道：

「這曲子唱得不對，讓我來獻醜！」

他想起幼時，公孫氏和段氏所唱的鮮卑樂曲，於是張口一聲長嘯，唱起慕容氏在極北之地馴鹿時的古曲，聲音悠揚，讓那些盡情酒肉的傢伙靜了下來。緊接著，他又唱起了遼東的牧歌，再接著是燕國的王宮歌曲，這一條接著一條，悠悠不絕，眾人叫起好來，賀賴盧喜道：

「你這些歌是哪裡學來的？喂，你們這些歌伎，還不趕快學學！」

慕容超道：

「這是鮮卑話，鮮卑歌！只怕你們學不會。」

賀賴盧驚訝道：

「我們講的就是鮮卑話呀！」

「你們這也叫鮮卑話？怪腔怪調，字眼不出兩三百個，我祖母曾說，若匈奴語像活潑的流水，漢語就像豐富的花果，但鮮卑話是天上的雲彩和彩虹，無拘無束，燦爛無比。如果說匈奴文像說話，漢文是散文，鮮卑話就是詩了；但你們竟可以說成這樣，比猴子的語言差不了多少。」

賀賴盧大怒，掀開桌案，道：

「我好心請你吃喝，你卻存心來找麻煩？」

「你們在山東溫潤之地，穿著皮毛，假裝過著極北的生活，弄得渾身狐臭，難道不覺得可笑？你剛才問我是誰，我是你們的老祖宗，從古代極北之地而來，今天要把你們叫醒！」

「你是活得不耐煩了，兄弟們，把他給拿下！」

那夥人如狼似虎地撲來，慕容超借力使力，讓他們東推西倒，撞做一團，一陣鳥亂，竟然把偌大的帳篷都弄倒了。眾人由帳篷下爬出來，看見慕容超氣定神閒地站著，又大吼向他衝來。慕容超道：

「剛才讓你們活動筋骨，這下皮肉可要痛了！」

那群酋長氣急敗壞，把他圍在當中，慕容超自幼受呼延平指點了草原上的相撲搏擊，在龜茲又習得西域武術，在長安也曾與正邪江湖高手交手，習得中原各式武功的精華，此時他東奔西走，不多時只見眾酋長都已被打得七葷八素，平躺在地上，只剩下賀賴盧還站著。

慕容超身長八尺有餘，這賀賴盧雖然比他矮半個頭，但是胸寬背厚，橫向比高度小不了多少，乍看像是隻螃蟹，賀賴盧大喝道：

「你這人就靠著使妖法！有種的不要躲，好好吃我一拳！」

說完有如一頭狂牛衝來，慕容超冷笑一聲，存心以力拚力，給這莽漢好看。眾人只聽得砰地一聲，有如兩頭鬥牛撞做一處，慕容超胸前正中一拳，只覺撼動心肺，眼冒金星，才知道低估了對手，兩人都半晌不能動彈，賀賴盧喘過氣來，道：

「好拳吶！打得我屎尿都滾出來了！再來如何？」

慕容超也不答話，紮穩腳步，調勻氣息，與賀賴盧又會上一拳，眾人聽得無不駭然，聽那撞擊聲，似乎連大樹都要打倒了，這樣十拳下來，慕容超把什師教的吐納之法，運用在武術上，內力源源不絕；而賀賴盧空有一身蠻力，已被打得搖搖欲墜，被慕容超輕輕一推，轟然倒在地上。

慕容超扶他坐起，為他推拿運氣，他鐵青的面孔才有了血色，慕容超道：

「我教你打坐，運個氣，慢慢就好了。」

兩人打坐了半個時辰，眾人都圍在旁邊看，果然賀賴盧恢復了，四下亂跑，哈哈大笑：

「過癮！把我渾身經脈都打通了，只怕要飛起來，小兄弟你如何這樣有本事？」

終於有趕來圍觀的將領叫道：

「賀賴盧你瞎了狗眼了！這是金刀王子，你居然不認識？」

賀賴盧愣了一下，大喜道：

「我聽人說，金刀王子是個鬼裡鬼氣的傢伙，沒想到是這等人物，這不是像皇上身邊那群馬屁精說的，眞是雄健文雅！太好了，大燕國有救了！」

有圍觀者叫道：

「賀賴盧，那你不也是馬屁精？」

「他有這等本事，我就是說實話，哪裡是馬屁精？」

說完長跪敬禮，慕容超拉起他來說：

「我也以爲你們都是酒囊飯袋，沒想到你拳力這樣驚人，把我膽汁都打出來了。」

眾人莫不大笑，這以後慕容賀賴盧下令他的游牧部落不再放牧，編入軍營，全聽慕容超指揮，但同時，有些游牧部落聽到了，都覺得慕容超要摧毀他們的傳統生活，也認爲賀賴盧是叛徒。

鬼箭神槍

慕容超把賀賴盧的部隊與禁衛軍合在一處操練，所有軍士見到他鬼箭神槍的威力，莫不五體投地，賀賴盧叫道：

「如今才知道，鬼箭神槍不是浪得虛名，不是神話！」

不出幾個月，這兩支部隊的戰技都大爲提升，引得許多年輕軍官都請調過來。

慕容德聽說了，故意經過校場，看慕容超練武，果然威力驚人，不覺技癢，道：

「叔叔老了，沒法和你過招，不如我們共練慕容神槍吧。」

兩人並騎，將劈、搠、崩、纏、鑽、震、爆、掃八式基本動作往來練習，越練越是絲絲入扣，慕容德出了一身大汗，振臂長嘯，禁衛軍們都歡呼，慕容德笑道：

「你們是看了北海王勝過我許多，在取笑我嗎？」

張綱道：

「皇上越練越有力道，好像北海王把氣力傳到皇上身上，到後來皇上簡直和年輕時一樣。」

「果然，我也覺得越練越有精神，只是你們不要一味的叫好，害得我累垮了。」

「皇上每天練練，不要求多，必然讓大家士氣大振。」

自從慕容超到廣固，慕容德總覺得既溫馨又頭痛，但此時心情大好，說：

「阿超你被封做北海王，卻連北海都沒見過，朕應該帶著你巡一次國境，見見山川形勢，會會將兵勇士。」

太子派因而歡欣鼓舞，認為慕容德要帶著慕容超巡視國土，是要傳位的意思。

慕容德首先來到冀州，慕容鍾的駐紮地，閱兵中最高潮的，是慕容德和慕容超並騎演練慕容神槍，及慕容超一顯百步穿楊的神技。

這些舊燕國的老部隊，看著燕國的中興大業這樣艱難，像是還沒點亮的火把就遇到了大雨，所幸「取山東」的策略，終於有了棲息和喘息之地，休養了六年，許多人都垂垂老矣。

但此時，七十高齡的慕容德再顯了一手慕容神槍，而且這個金刀王子，比慕容德年輕時還要龍精虎猛，老兵們因而也覺得重生了，他們會穿著雪亮的盔甲，騎著雄偉的駿馬，再度征服天下。

慕容鍾見自己的部隊整天金刀王子長，金刀王子短，像是小夥子迷上了大閨女，再下去，只要慕容超一聲令下，只怕是他的頭要落地了。

重臣們都受召前來冀州，慕容鍾召集慕容法、段宏，一起夜訪封孚，道：

「眼看小乞丐要得道了，果真如此，封大人的農地，我的牧地，阿宏兄的漁權，阿法在邊關的好處，遲早都要被他拔掉的！」

封孚道：

「個人的得失榮辱事小，我聽到一事，最是擔心，劉敬宣禍從口出，心中不安地來見我，說是慕容超不斷問他南方之事，用以唆使主公南征，我怕主公信了他的話，只會把燕國帶進毀滅之途。」

慕容法嗤之以鼻：

「去那些鬼地方幹什麼？這些南蠻子住在這瘴癘之地，腦袋都壞掉了，都披著長頭髮，臉上紋面，吃生肉蛆蟲，打仗不行，只會下毒和使巫術。」

封孚道：

「將軍說的是百越瘴癘之地，江南多是漢人，應該不至於。」

在當時，許多漢人投入胡人政權爲官，多是爲了自保，心中仍保留了漢族優越感，「身在曹營心在漢」，所以當年苻堅攻晉國，結果在淝水之戰慘敗，就是因爲漢人軍臣都不願眞正出力，封孚就是這種矛盾人物的代表。而當時胡人已占領了中原百餘年，許多胡人覺得，漢人等於南蠻，披髮紋身之徒，而他們才是「中國」的正統，封孚怕他把事情扯遠了，連忙說：

「我也擔心主公身體越差，越需要靠用兵來自我安慰，但是主公百年之後，北海王更會堅決用兵，眞是禍事啊！」

那三人都眼珠亂轉，爲何突然說皇上的身體差？三人告辭出來，慕容鍾道：

「封大人擔憂得對，事不宜遲，一定要除去了小乞丐才行！」

「你等立刻四下去宣傳，小乞丐要削弱山東豪族，要收回游牧部落的放牧之地，告訴劉敬宣，小乞丐已說服主公出兵，要把他殺了祭旗，我們再安排機會，借他們的刀殺了小乞丐！」

散播謠言，暗中布樁，是當年建國時慕容鍾最大的貢獻，此時再結合了耳語部隊，有組織的策反，果然釀起了風潮。

前線會議

慕容德來到南邊重鎮兗州，接到南方來的緊急情報，慕容德召集群臣，問道：

「晉國內戰激烈，現在由劉裕勝出，恢復了晉王室，誰可以分析情勢？」

韓範道：

「據劉敬宣說，劉裕如果能同時掌握北府兵和西府兵，會有三十萬陸軍，二十萬水軍，是我們的五、六倍，有絕對優勢，而且劉裕一定會篡位，爲了增加他的聲威，他一定要北伐，除了對付最小的燕國，他還會對付誰？所以此時出兵是最好的時機，一旦錯過，強弱異位，我國前途將不堪設想。」

慕容鍾道：

「劉裕是個粗漢，晉室的士大夫勢力深厚，我看劉裕勢力必不持久，況且晉室地廣人多，當年苻堅舉北國之兵也無法得勝，我們出征，絕無取勝的可能。」

有年輕將領忿然道：

「劉裕自請封爲青州、兗州刺史，就是他要對燕國出兵的意思！等到他們坐大，我們還有什麼勝算？」

兩方爭論不休，慕容法進言：

「若要南征，晉國降將劉敬宣是被桓玄逼來的，如今桓玄已死，他們一定會叛逃，不如先殺了他。」

慕容德道：

「不可亂殺降將，大家忘了我們在秦國做降將的日子了嗎？如果他們果眞無心助燕，就把他們供爲上賓，現在先調他們來此，請他們好好分析南方情勢。」

慕容法道：

「既要出兵，爲何不將鮮卑游牧部隊調上來？金刀王子常和他們操練，也讓他們有個大顯身手的機會。」

太子派頗感意外，爲何這樣順利？老臣派也頗爲驚喜，事情竟有這麼容易。

兵變

「晉國降臣和鮮卑游牧部隊已經到了四十里外，只是劉敬宣得了急病，他們只好在臨沂南方一座古城暫歇。」

封孚道：

「莫非他們有二心？不如皇上修書一封，請金刀太子送去，他們必然放心。」

慕容德道：

「你們老臣們和太子不融洽，令我頗多煩惱，封大人這樣說，令我很安慰，所謂宰相肚裡能撐船，國君肚裡更要能容得下一個苦海啊。我們被這大雨困了幾日，也頗氣悶，不如我也一起去吧。」

封孚等人未料到這個變化，面面相覷，慕容超與慕容德一路談笑，來到殘破的沂南古城，只見那些游牧部隊散坐在城內外，一個將領奔來訝異道：

「未料皇上親自來看劉大人，只是他發了急病，已經氣若遊絲了。」

慕容德驅馬入古城，進了一間破屋，屋頂塌了一半，一人臥著面向牆壁，慕容超突然驚覺，道：

「這是個陷阱！」

慕容超長嘯一聲，屋外的兩百虎賁禁衛軍連忙圍住破屋，與叛軍混戰起來，數百支箭破空而來，以驚人之勢穿過屋頂破洞，慕容超踢開床上的假人，用床板當做盾牌，屋內甚是昏暗，有叛軍已經殺進屋內，卻不見兩人身影，原來，慕容超已將慕容德拉上了屋梁，叛軍喝道：

「快點了火把找人。」

火把還未點起，一陣劍風已殺了數人，叛軍們驚恐中亂砍，須臾之間，自己人已躺了一地，都奪門而出，慕容超上了屋頂，天上正潑下大雨，虎賁軍浴血奮戰，眼見寡不敵眾，慕容超模仿著慕容德的聲音叫道：

「大燕皇帝神威無窮，你們焉敢犯上？」

慕容超聽說，慕容德昔日在戰場上，聲若洪鐘，可以傳達數里之外，軍士們聽到，像是聽到了故鄉的古鐘一樣，士氣大振，所以故做此舉。他由屋頂躍下，把叛軍們殺退十餘丈，慕容超叫道：

「皇上在裡面，你們都留下來保護房子。」

慕容超心中羞愧，自己竟然像個白痴一樣，帶著慕容德走進圈套，他憤而舞動長槍，若鐮刀刈稻草一般，叛軍們受命要殺慕容德，本來就有些心虛，又常聽說金刀王子神勇，此時爭先恐後逃出古城四散而去，慕容德整頓了虎賁軍奔出，道：

「此非久留之地，我們快回大營。」

慕容超說：

「我有一計，我們假報皇上已經陣亡，看看是誰會反叛。」

慕容德道：

「我不要知道，我只希望今日的叛賊都是明日的忠臣。」

他們奔回大營，群臣都跪在地上迎接，封孚泣道：

「皇上險遭不測，都是爲臣之罪。」

慕容德在馬上高聲說：

「今日之事，一定就是降將所爲，他們串通晉軍，假冒成游牧部隊，只可惜讓他們逃回了晉國，對方知道了我們虛實，一時之間，就不宜出兵了。」

老臣派都稱皇上聖明，太子派則有掩不住的失望，慕容德又說：

「今天幸好金刀太子護駕，他一個人殺退一千敵軍，如果不是我親眼所見，眞是不敢相信。以前劉敬宣曾說，劉裕曾經一人殺退數百人，今日金刀太子有過之而無不及，快殺羊宰牛，犒賞全軍，陣亡者從優撫恤。」

眾軍士歡聲雷動，慕容德要慕容超跟著，進到主帥帳篷，他突然倒下說：

「天吶，這腹痛越來越嚴重了。」

侍從將他的盔甲解下，他臉色慘白，似乎慢慢地睡去，慕容超深怕他就此死了，他又張開了眼睛說：

「阿超，你知道我爲何不抓叛賊嗎？」

「今日不抓他們，他們遲早還要反叛。」

「亂世之中，大家都要求生存，以前他們覺得跟著我有生路，所以忠心，現在他們覺得跟著我會完蛋，所以反叛，你說，這是他們的錯，還是我的錯？我原想與你一起出征，但現在我知道，即使我們在前線大勝，國內也只怕有動亂。」

他似乎又睡了，慕容超正要吹熄燈火，他又張開眼說：

「這幾個月來，沿海琅邪郡的官員一直報告盜賊頻仍，百姓嘯聚抗稅，我們不要再巡行了，你帶一千人馬去掃蕩盜賊吧。」

就這樣，金刀太子變成了金刀巡捕。

之三　明駝輓歌（西元四〇五年）

船上

慕容超到了東海邊的琅邪郡，那郡長氣急敗壞的說：

「這些刁民，不是躲進山裡，就是弄條小船跑了，根本收不到稅！太子這次帶了一千多人馬，可有帶糧食？如果沒有，我還眞不知道該怎麼辦呢。」

慕容超離開廣固時，頗有失落之感，此時在海岸跑了一圈，只見氣候溫潤，青山綠水，他精神一振，告訴公孫五樓：

「韓範不是說過管仲的故事嗎？你看，山東物產如此豐富，但百姓如此困頓，明天開始，我們把軍服都脫了，當兵之前打漁的去打漁，晒鹽的去晒鹽，會養牲畜的，去收集北地的母馬和山東的大黑驢來，配出能跑耐力強的騾子來，做我們燕國的戰騎。」

「三個月後，這裡的物產大增，你得組織無孔不入的商團，賣到天涯海角去，我先送信回廣固給韓範，要他籌一萬兩銀子，給你做本錢，我們不要那苟延殘喘的燕國，就要自創一個富強的燕國。」

他把一千兵馬分成五隊，就地操起生計，躲起來的百姓見到鳩占鵲巢，都陸陸續續的回來，慕容超和百姓議定了，部隊可以幫忙做工，收成全由他收購，百姓們見有這等好事，都一傳十、十傳百。一晚，一個漁民來找慕容超說：

「我姓田，因為個頭大，這裡人都叫我田大塊，是這裡的漁民頭子，你和其他行業的人談好了，為何獨留我們漁民不談？」

慕容超見那人簡直就是個巨人，雖然衣衫襤褸，但是不怒自威，令他想起河西的田大刀、田大槌兄弟，頗感親切，道：

「問題是我不懂打漁這個行業，不知道該付你多少錢。」

「你敢和我們上船去嗎？聽說你是從內陸來的，出了海，只怕你把五臟六腑都吐出來，你若要上船，明日破曉，到漁村岸邊來。」

說完揚長而去。公孫五樓說：

「你若上船，一定蠢態百出，若是他們居心不軌，豈不是上了賊船？」

「在海邊不能乘船，就像在大漠不會騎馬，簡直就是廢物！我寧願被船夫恥笑，也勝過被朝廷上的匹夫侮辱。」

次日一早，慕容超依約出現，田大塊道：

「你眞不怕死？來吧！」

才上船，慕容超已經天旋地轉，開出海去，身體裡像是有匹難馴的野馬，吐得五臟六腑都翻轉了過來，倒臥在甲板上，船夫們暗笑道：

「再吐就把魚都餵飽了，哪裡還會吃餌？」

慕容超倒在甲板上仰望滿天星斗，聽到船夫們激烈地討論，田大塊相信向東北去會有魚群，船夫都不以爲然。夜深了，爭吵聲漸漸微弱，田大塊默默地駛著船，這樣過了三天，慕容超覺得就要死在這船上，但他突然坐起身來，有如在長安城，從屎尿堆裡坐了起來。

商人本性

他學著掌舵，放帆，船夫們也不再注意他，只是低聲抱怨：

「我看田大塊不是想撈魚，只想撈個官做。」

慕容超見田大塊，像他在朝廷上一樣孤立無援。突然田大塊的鼻頭僨張，有如嗅到了水氣的駱駝，大叫道：

「快撒網！」

船身陷入了魚陣之中，被撞得咚咚作響，一網又一網的魚被倒在甲板上，像是大雨時的雨滴，船夫們欣喜若狂，完全忘了他們先前的冷嘲熱諷，田大塊也沒有掛在心上，慕容超想，等他做了南燕國主，是不是也能這樣，不和老臣們計較？

慕容超每三日給廣固送上一封報告，上面總是寫著「收亂民三百」，而且從來沒有官兵傷亡，這引起了老臣派的議論：

「平賊每天以百計，沒有一個官兵傷亡，顯然是虛報，這是欺君之罪。」

他們哪裡知道，回鄉的百姓越來越多，而且扛了產物來換錢了，公孫五樓道：

「這些傢伙，原來都把東西藏了，這下一股腦拿了出來，只怕一萬兩銀子撐不久！」

「我經商和逃亡的時候走過這麼多地方，知道內地有多缺鹽和鐵，我就是要把這些東西賣出去，你賣得快，不怕沒有三五倍的利潤。」

甚至有人送上人參和皮毛來，公孫五樓道：

「這是遼東的產物，如何在此出現？」

那漁民說：

「那是高句麗國來的，王爺要的話，我們連倭國的東西都拿得到。」

「北海王收購物產，是為了重振荒廢的產業，你們怎麼把外國的東西都拿來？怎麼不把祖墳都挖了來賣？」

慕容超道：

「沒有關係，我都收，但你們要帶我出海去，到遼東、高句麗、倭國要多久？」

「若是海象好，向北航行七天，就可以到高句麗，往東十天，可以到倭國。」

「這些地方我全要去，出發前先賞五百兩銀子，回來我再賞五百兩。」

那些人歡天喜地的去了，公孫五樓抱怨道：

「你這樣胡亂發賞，一萬兩銀子只怕一個月就用光了。」

「找韓範再想辦法，皇上把我發配到這裡，對我總有愧疚，一定會暗中協助的。這些狗官與蠢才，以爲把我放逐到了天涯海角；其實陽關之外，還有幾萬里路和無窮盡的財富。而這海角之外，說不定也是天外有天呢？若是燕國不能待，我們乾脆到那裡去闖一片天下。」

慕容超說得神往不已，從老臣派那裡受的氣，都頓時拋到九霄雲外了。

病榻

六個月過去，琅邪一地改頭換面，物產豐饒，商業繁盛，吸引了許多人搬來，化外之地突然變成了燕國的第二中心，海邊出現來自高句麗和倭國的商船，有的物產由陸路，經由兩淮之地運往內地；有的由田大塊組織的商船隊，沿著海岸南下到江南。那一萬兩的本錢，變成了數十萬兩的商貨和金銀，小騾子也生了出來，果然既有馬的速度，又有驢的耐力，公孫五樓道：

「可惜這騾子不能再生育，你要賀賴盧騎這大耳朵的閹貨，只怕他不肯！」

慕容超道：

「能打勝仗才是重要的，又不是要他跟這騾子交配，老臣們不也叫我做小乞丐嗎？名字外表有什麼重要？」

慕容超本有更多計畫，但突然收到急召，要他立刻回廣固，因爲慕容德病倒，而同時晉軍正聚兵邊界，蠢蠢欲動。

慕容德見他回來，像是加了柴火的爐子，精神好了些。原來，自從兗州叛變，他的腹痛一直沒有好，這半個月來更爲惡化。慕容超把握時機，連忙敘明主張：

「皇上，如今晉軍在邊界集結，顯然劉裕的勢力已大，對燕國有意圖，但目前他還有幾個政敵，東南又有變民之亂，所以他還沒有完全的把握。我以爲，應該偷襲晉國，讓他們心生忌憚，若是等他準備好了才出兵，對我們大不利！」

「你說得這樣慷慨激昂，但外面這群人卻在衡量如何對付你，我以爲自己還有些日子，可以讓他們慢慢接受你，如今只怕來不及了！」

「過去六個月，我招撫沿海的百姓，召募了近兩千勇士，我出海遍及新羅、百濟、高句麗和倭國，其中高句麗有一個好太王，龍驤虎視，儼然是未來的霸主。」

「好太王和我們結盟，開闢一條由鮮卑大草原再向西去的商道，我還帶回了五百倭兵，五百高句麗兵，都是驍勇善戰，我就用這三千軍士出兵奇襲，半個月內必有捷報！」

慕容德雙眼低垂，似乎在嘆息，這時老臣派求見，封孚還未坐定就奏道：

「晉軍雖集結邊境，但要稍安勿躁，否則必引魏晉兩國夾攻，將是空前的危機。」

慕容超知道此時只能當仁不讓，和老臣派辯論起來：

「我不出半個月，就可令晉軍喪膽，讓他們不敢正眼覷視我國，給我們幾年休養生息的機會，我們利用這幾年，建立海上商路，富國強民，向西可窺中原，向東可到遼東、高句麗、倭國，成爲第一個海上帝國。」

慕容法哼了一聲道：

「只聽說有逐鹿中原，什麼時候有逐魚東海的？」

「若是只要逐鹿，留在大鮮卑山養馴鹿就好了，慕容氏起於鮮卑山，興於遼東，成於河北河南，什麼時候畫地自限過？又何必忌於漢人胡人？陸上海上？」

慕容法斥道：

「你有什麼能耐來說長道短？大燕江山是我們跟著皇上打下的，否則你還在長安吃屎吧！」

段皇后斥道：

「你們把王宮當成了尋仇鬥氣的酒館了嗎？皇上沒有准許，輪得到你們插嘴嗎？」

慕容法仍嘴硬：

「當年我們隨皇上出生入死，也不需要事事稟報才能開口。」

慕容德道：

「住嘴，皇侄甘願親身冒險，也是出於愛國。軍令官接旨，沿路的駐軍要放行並資助糧草，違令者斬。」

慕容超大爲意外，竟然是封孚這傢伙幫了倒忙。慕容德平時待人寬和，但不怒自威，這些人從不敢忤逆於他，而今日竟敢在病榻前爭吵，顯然是看他已經日薄西山，等到他一吼，這夥色厲內荏的人立刻閉了嘴。封孚等人退出去後，慕容德已支撐不住，瞪了慕容超一眼說：

「你最好盡快回來，我未必能撐到那時。」

慕容超退出王宮，覺得庭院中異常昏暗，這是入宮最後的關卡，無論誰都要把武器繳給侍官，但此時侍官都不見了，他腳下的碎石沙沙作響，感到兩旁的廊下暗處有人盯著他看，他想起安和樂說：

「粟特有個諺語，意思是，你以爲推開了樹枝，其實它只是更用力的打在你臉上。」

他想，來吧，大夥不要做將軍了，做個好勇鬥狠的劍客吧，但他的佩刀已繳了出去，而這夥人卻已領了武器在手，慕容超唯一有的武器是腳下的碎石，只聽到刀出鞘的聲音。

慕容鍾等人，在慕容超還沒出來之前，已經圍著封孚商議，各種毒計紛紛出籠，封孚斥道：

「皇上對他還是情深義厚，我們不該忤逆，尤其皇上還在的時候。」

眾人都聽懂了封孚的意思，腦袋裡都在盤算，如何在這個節骨眼，得到最大的利益，慕容鍾說：

「還等什麼？他出來時手無寸鐵，你們去驅開門官，在這裡就殺了他。慕容德已是風中殘燭，我們就算殺了這小子，慕容德也只能接受。」

眾人見他出來，都握住了兵刃，但是一見到他立在庭中，淵渟岳峙，頓時都心生懼意，連已經踏出半步、刀拔了一半的慕容法，也不敢衝第一個，雙方對峙，像是時間凝滯了。

而同時，慕容德又失禁了，拉的又是黑血，段皇后親自爲他擦拭，慕容德道：

「我娘說，我的元神是頭千里明駝，我這一輩子，輾轉千里，好像也沒錯，可是駱駝就沒有我現在的困擾，屎尿拉在沙漠裡，風一吹，看都看不到。」

「我一直覺得，慕容納殘廢以後就常失禁，有時候我去看他，聊得正興起，他卻露出尷尬的神色，有時候還會聞到些味道，他被秦軍凌虐至死，比起屎尿黏褲襠，不知道哪個比較痛苦。」

「這點屎尿，就讓你英雄氣短了？那當年的慕容翰、眼下的慕容超，都得裝成醉鬼，屎尿拉在褲襠才能脫險，那比你可是英雄多了。」

「照你這麼說，英雄與否，竟要看他襠間屎尿的容量了，這也是一種『有容乃大』。」

段皇后破涕而笑，慕容德道：

「皇后，段妹，我倆這樣的好人，竟沒有一個子嗣，這個奇怪的阿超，竟成為我們唯一的希望。」

「當年我把金刀交給母親和哥哥時，完全是出於情義，哪知道阿超只想做游俠，做宗教家，如果傳位給他，一場衝突恐怕是免不了，燕國可能要元氣大傷。」

「阿德，你一輩子大風大浪，到了緊要關頭，就只會感情用事嗎？你這生死之約，已經成了朝野津津樂道的佳話，凝聚國力的本錢，君無戲言，你現在焉能反悔？」

慕容德閉上眼睛不說話，段皇后看似乎沒有氣了，連呼太醫急救，又叫道：

「快把金刀太子叫回來！」

慕容超身後的門打開了，侍官叫道：

「金刀太子，你還在這裡？皇后急傳，請快入宮。」

另一個侍官道：

「這些門衛都躲到哪裡去了？這是殺頭的失職罪呀。」

廊下之人意識到宮中有變，也快步走出來要跟入殿內，慕容超對侍官道：

「這些人身上有武器，不要讓他們入宮。」

慕容超三步併兩步上了階梯，一入殿就回頭把門關上，落了門閂，只見太醫急得團團轉，慕容德兩眼翻白，段皇后眼淚泉湧，對孫進道：

「除中書令之外，其他人等非經傳旨，都在宮外等候。」

慕容德已到彌留之際，段皇后叫醒他：

「皇上，阿德，你快說吧，你要傳位給誰？」

慕容德使盡力氣回過神來，道：

「傳位給慕容超，金刀太子。」

說完他跌入了茫然的境界，但他竟又張開眼來說：

「阿超孩兒，你的想法都沒有錯，士族之害，百姓之苦，富強之途，晉國的威脅，只是我不知道你有沒有足夠的時間。」

他抓住段皇后的手，用最後一口氣說：

「阿霞妹，這樣好了嗎？」

說完他就斷了氣。慕容超對他三跪九叩，中書令抄成檄書，傳旨出去，慕容超怕外面這些人持刀衝進來，眼光掃過房中，只見長桌上供著燕國的三神器：慕容神槍，七出金刀，和金步搖皇冠。

那是慕容廆用過的長槍，槍桿上還有打鬥時的砍痕，槍頭還磨得寒光四射，顯然是支可用的武器，段皇后將金步搖王冠給慕容超穿戴上，他一手持金刀，一手持慕容神槍，大踏步出殿。他看到慕容鍾、慕容法等人，手仍放在腰際的兵器上，慕容超將神槍一揮，寒光閃耀，他們這才放棄了希望，隨著群臣一起跪下，向新皇上參拜。

之四　傾國之變（西元四〇五年）

廷議

登基後，慕容超召見群臣，昭告「管仲大法」，包括大赦，收回全部鮮卑游牧部落的土地，把大片土地分給農民耕種，取消沿海豪族對漁民的收稅權，取消邊關課稅，讓商人自由進出，也不再向北地買馬，大量的養馬和騾，這直接影響了封孚、段宏、慕容法、慕容鍾等家族和集團的利益。

他又下令訓練流民成為礦民鹽工，開發鹽鐵煤產量，所有百姓都編入民兵，在沿海造漁船，都可轉為作戰之用，開放關卡方便通商，要在兩年之內富國強兵。

老臣派唯恐慕容超報舊仇，紛紛要求回到駐地，又因為「管仲大法」奪走了他們的特權，莫不懷恨在心，批評有如潮湧。慕容超鼓勵論辯，以為若是說得他們心服口服，總會同心協力；但他漸漸發現，或許是自己受呼延平和安和樂洗腦太深，對他來說理所當然的眾生平等，對這些人而言竟像是不共戴天的仇人。

殺刁逵

劉裕起兵逼死桓玄之後，把被廢的晉帝又重新推上帝位，他想，他既然已經除一個皇帝，又植一個皇帝，像是為廟裡的神祇換裝一樣，為什麼不是自己坐上去呢？所以他穩紮穩打，準備一步一步走上皇位。

他最信任的人是劉敬宣，當然也發現，以前在淮西劫人時遭遇的流浪漢，就是今日南燕國君慕容超：

「世上居然有這樣的事！當時我叫他小乞丐，他叫我老無賴，兩隻喪家之犬，如今卻做了燕晉兩國的老大！」

他對慕容超的事問長問短，道：

「這傢伙為什麼跟我這麼像？在貧賤中長大，被人欺負看不起，要靠著一身的好功夫打出天下，也都看不起這些權貴士大夫。」

「你若認識他，就知道完全不像！你是為自己打天下，他卻是專門替老百姓打抱不平。」

劉裕想了幾天後說：

「小乞丐給我許多啓示呀！我既是賤民出身，裝也要裝成替小老百姓著想，尤其姓司馬的貴族、江南的大地主沆瀣一氣，總是看不起我，我得給他們下馬威，同時收買人心。」

劉敬宣道：

「你也要去街頭唱歌，打獵物給老百姓吃？」

「殺人賭錢我會，唱歌一竅不通。我想起以前我流落街頭，在一家人門外躲雨，員外坐馬車進門的時候看到了，不一會兒差了十幾個惡僕，四下圍過來，用亂棒打得我半死，他這麼做，就是警告所有的賤民不得靠近，那個員外名字叫刁逵。」

「建業的大地主刁逵？」

「人如其姓，刁也，他勾結權貴，把城裡城外的大片土地山林都搜括了，用高價租給百姓耕種，又放高利貸，弄得百姓都變成了他的奴隸。換了小乞丐，光棍眼裡揉不進沙子，見了這事就會忍不住要逼他交出土地；但這種人和權貴的利害都牽在一起，弄拙了，說不定惹出一場政變來。」

劉敬宣道：

「那你有什麼高招？」

「要先發告示，說是江西水災要徵收糧食去賑災，刁逵一定不當回事，我們就措手不及地搜他的倉庫，用囤積居奇的罪名當場斬首，把他的土地、財產分給百姓和北府軍眷，讓他們更死心塌地替我們賣命。」

「那你不也要弄場政變出來？」

劉裕道：

「我知道和他勾結最深的是什麼人，我們學學小乞丐在長安幹的勾當，同時間把他們做了！如果還有人跟我對抗，也一樣暗裡做了。」

劉敬宣訝異道：

「你也要去飛簷走壁？」

「我如今號令五十萬大軍，哪有這樣的閒工夫？叫孟龍符去組織個敢死隊，在朝上反對我的人就會出事，搞久了，朝中就一片和諧了。」

劉敬宣聽了都不禁心驚肉跳，但劉裕又說：

「這事做得順了，我們到荊襄一帶，也去找個多行不義的大地主開刀，把他的地分給西府兵，以後也會對我們忠心不貳。」

雷厲風行

慕容超藉由南方來的情報中，知道了劉裕誅殺刁逵，分地於民，韓範道：

「晉國人口多，工商發達，市井之民也頗有點財富，集合起來朝廷也怕；燕國長期靠著農業過日子，農民被權貴奴役得久了，都不敢反抗，所以管仲大法引起權貴這麼大的反彈，只怕會有問題！」

慕容超道：

「我們只有一一去勸說，而且不會完全取消他們的利益，比如，封孚家族長期管理農地，可以留下管理全部收回的農地，由國家支付薪餉，這樣人才也運用，農地也經營得更好！」

慕容超到封孚家拜訪，發現說了半天，都是對牛彈琴，封孚說：

「我的家人本來就是爲先皇操勞而已，不是爲了私利，但是主公諸項政策，實爲不宜，敢問主上以爲可比古時哪位君主？」

「相國學問淵博，歷史上有哪個君王和我的際遇相似的嗎？」

封孚的白鬍子似乎都翹了起來：

「主上恐怕以爲，你的治國之道前無古人，但古時候的桀、紂也都如此，紂王也有萬夫莫敵之勇，覺得自己既粗獷又細緻，結果都只是亡國而已。」

「相國對佛門和十字教教義有沒有接觸？其實和《道德經》所說的『道可道，非常道』十分相似，天道不是我們可以懂的，所以要有敬仰謙卑之心，不料相國卻以爲我蠻横自滿，但是桀、紂是昏君和暴君，也是史家所寫的成王敗寇，他們做對的事，卻早已被史家們淹沒了。」

「主上果然凡事都有高見，這也與桀、紂、王莽相似。」

這回又多出一個王莽了，慕容超冷笑道：

「我聽過王莽的故事，他廢除奴隸，可說是前無古人，只因為他篡位失敗，就成了千古罪人。封大人，先皇建國時，對慕容寶也算不忠心，封大人若是史家，要如何評價先皇？」

封孚轉移話題說：

「主上把大臣一一外調，讓公孫五樓掌得大權，怕不是智舉，這樣必會出亂子。」

「他們都是自己請調出去的，封大人為何假做不知？老臣們若是心存成見，等到晉室安穩，拓跋魏坐大的時候，我們就已經死無葬身之地，不對，是我死無葬身之地，臣子們永遠可以投降，繼續做臣子。」

這話說到了封孚做過降臣的痛處，讓封孚更是將他恨之入骨。

慕容超派出使臣去慕容鍾等三人處溝通，但是他們也一樣，對於要他們把肉吐出來只喝湯，不僅全不領情，還串聯百官，掀起一場罷官潮，慕容超道：

「如果我真的准他們辭職，會如何？」

韓範道：

「現在他們都還各擁重兵，你若真的准了，只怕會引發兵變。」

慕容超知道，即使在這幾個最親近的臣子之前，也不能露出猶豫之色，這些人也在看，他能不能扛得起這暗濤洶湧的反對勢力，他說：

「那只有慰留，同時還是堅定的推動政策！不過，這也不代表他們就不會出手，國要富，兵要強，否則永遠都只能如坐針氈！」

宮變

夜裡，中黃門孫進忽然來報，說是段太后身體不適，請他入宮，但出門前正好公孫五樓進來，與孫進搭訕，孫進神色極不自然，慕容超問：

「孫公公有什麼心事嗎？」

孫太監突然跪倒在地道：

「小人該死，不是我要加害皇上，是怕兵刃不長眼睛，傷了太后，所以隱而不報。」

說著從袖裡掏出一張布條，是段太后的手筆，又是用一半漢文一半鮮卑文寫的：

阿超吾兒，近日裡封孚的侄兒封嵩常進宮見我，說你一意要接母親回燕國，就因為你不是我親生，到時必會廢我這個太后，遠不如北地王慕容鍾，追隨先皇相處數十年，對我反而有孝敬之心。

因為他的娘親和妻女都長年盡心伺候我，我怕向你提起害了他，但又怕他真的居心不軌，所以讓孫公公將這條子帶在身上，若拿給你看就是出事了，你要萬分小心。

「有兵馬在宮中嗎?」

「傍晚封嵩帶了人進了宮，說是要爲太后辦酒席，等到我出來的時候，禁衛軍已經全部換了人，比原來多了幾倍，每個人都全副武裝。」

「他們逼我，要是不帶皇上進宮，就要殺死太后，小人該死，自己會了結，只希望皇上進宮去，一切以保護太后爲重。」

慕容超冷道:「你要救太后，我又何嘗不要?你要和我一起進宮，他們才不會起疑，快告訴我他們如何埋伏。」

「小人嚇糊塗了，竟沒有把救出太后放在前面，皇宮中有條地下密道，可以由寢宮通到老臣家。」

「現在不能聲張，否則太后性命難保，就用我們身邊這兩百軍士救駕，分三路人馬進宮，以『給太后請安』爲暗號，發動攻擊。他們要反叛，必然不止在宮中，韓大人快去召集人馬，控制各個城門。」

慕容超進入王宮，孫進朗聲宣旨：

「傳封大人出宮迎駕。」

公孫五樓道：

「皇上今日打獵，帶獵物來給皇太后進補，你們還不把東北門打開，好把獵物送進廚房。」

那些假禁衛軍怕被識破，連忙開了後門，扮成挑夫的禁衛軍搶進後門，等著慕容超的信號，同時，張綱已由孫進宅第進入密道，來到寢宮之外，藏在假山樹叢之間，只等著慕容超號令。

封嵩在殿前探頭探腦，公孫五樓大喝一聲：

「皇上叫你呢，還不上前跪迎。」

封嵩愣了一下，只好跪迎，慕容超伸手扶起他，像是鐵鉗一樣扣住了他道：

「多虧你一家照顧太后，太后可無恙？」

語畢拉著他直入東陽殿，見沿路花園內人影幢幢。慕容超見太后坐在殿上，屏風之後有人影晃動，他三步併做兩步，把封嵩直拉上殿去，高聲道：

「孩兒來遲，母后見諒，眾衛士，還不向太后請安。」

同時慕容超一把抓住封嵩後頸，有如人球一樣扔向屏風，巨響之中，果然露出刀斧手，衛士們齊聲大喝：

「給太后請安！」

聲聞遐邇，在廚房的假挑夫們和假山中的禁衛軍直殺出來，幾處人馬合一，埋伏的叛軍措手不及，讓他們殺出一條路進入寢宮，由孫進背著段太后進了密道，慕容超道：

「諸位弟兄，太后已安然無恙，我們是要做鑽地洞的縮頭烏龜，把皇宮都讓給叛賊，還是把性命放在一邊，出了這口鳥氣？」

眾軍士喊聲震天，都說：

「追隨皇上，誓死不退！」

慕容超身先士卒衝了出去，叛軍都聽說了慕容超在古城以一敵千的事，心生怯意，兩邊一直殺到宮外，慕容超喊道：

「叛賊首腦已伏誅，只要放下武器的，一律既往不咎。」

叛軍果然都投降，此時公孫五樓拖著受傷的封嵩而來，慕容超斥道：

「你要謀害於我，何苦累及太后？平日你一家人對太后的侍奉，原來都是居心叵測，你要推翻我，又何必去挑撥我母子感情？」

封嵩仍然嘴硬：

「你根本是個假貨，王子是假，母子也是假，你對先皇太后都是虛情假意，只恨我母親隨侍在太后身邊，被你砍傷，我只求死前見母親一面。」

慕容超道：

「何等愚人，只有自己是人，別人都不是人，只有自己的母子有情，別人都是假裝的，你去向閻王乞求，寬恕你的傲慢和愚昧吧。」

說罷手起刀落，在封嵩的慘叫中，把他的腦袋砍了下來，有如當年呼延平切下波斯商人的腦袋。

此時韓範召集了城內部隊趕來，道：

「我們路上撞上叛軍，一場混戰，他們往北門去了，看來想要控制北門，放慕容鍾的部隊進來。」

「辦得好，韓範大人率領兵馬，肅清城內叛軍，保護太后安全，我去搶北門，叛軍隨時會到，一點時間都不得耽誤。」

慕容鍾原定的計畫，是由他的屬下搶得北門，放他的兵馬進城，同時在宮內生擒慕容超，奪下三神器，名正言順的取得統帥權。他打算進城之後先宣布慕容超的罪狀，但爲了感念慕容德，只斬斷他的雙手，送給他一個缽去四處乞討，這不但符合了慕容超「乞丐王子」的命運，也自覺是仁慈寬厚。

叛軍占住北門，見城下一隊人馬趕到，爲首者正是慕容超，高聲道：

「城樓上的弟兄們，看見這重霧了嗎？這是慕容祖魂吹動了，來保護廣固城的，慕容鍾的部隊將會被這重霧所阻，到不了廣固城。城內亂軍都已剿滅，你們棄暗投明的，一概既往不咎。」

城樓上的軍士，眼見廣固城四下凝起重霧，在風中有如無數的龍蛇起舞，不覺心驚膽顫，叛軍頭領喝道：

「慕容超，你不要裝神弄鬼，北地王馬上就到，大家快放箭！」

但他卻自己慘叫一聲，原來被他身後的軍士給砍了，慕容超登上城樓，令公孫五樓領一千兵出北門，在官道兩旁的山丘埋伏，再令張綱由庫房中拉出拋石器，備足火油，布置在北門城牆之內，韓範見了驚嘆道：

「昔日公輸般（魯班）做雲梯車，墨子用火箭燒之；公輸般又做撞門車，墨子又用巨石拋打。這兩個都是山東人，都是器械天才，如今我們又看到這樣的傑作。」

慕容超道：

「說不定墨子是挖煤的礦工，成天抹著煤灰，否則就是漁民，在大海的炎陽下烤焦了皮膚，所以墨家後人就在我們陣中！」

慕容鍾到達廣固城外，見城上插著「超」字旗，心裡涼了一半，但仍然派人叫陣：

「慕容超辜負先皇所託，寵信奸小，濫權專制，已惹得天怒人怨，各路大軍都起兵圍攻廣固，有開城迎接王師的，一律重賞。」

那城上一點聲響也沒有，忽然一個火球破空而來，直落在北地軍陣中，軍士見了個個膽顫心驚，又突然後方林中金鼓大作，北地軍轉頭攻打，但是大霧之中，伏兵又不見了蹤影。

此時雖然春寒料峭，但是往來追趕，又被火球所驚，北地軍個個都是臭汗淋漓，這時廣固城上鼓聲大作，城門大開，慕容超奔出來喝道：

「慕容鍾，你見這大霧，就是慕容祖魂要取你的性命！這火石可以拋得更遠，眾軍士們，要活命的，就再退後個一百丈吧！」

慕容鍾大笑道：

「狗掀門簾，就是一張嘴，你說拋得遠，就拋得遠嗎？」

慕容超一舉長槍，只見又是兩個火球騰空而來，果然更高更遠，北地軍陣勢崩潰，回頭便走，慕容超率軍追趕，公孫五樓的伏兵由林中大喊：

「上山丘來，棄暗投明。」

果然有許多北地軍投降，慕容鍾莫名其妙，尚未接陣就兵敗如山倒，一直奔出數十里路，到了河邊，人馬都口乾舌燥，紛紛下河去喝水，有探子來報：

「東北方有一支人馬來到，似乎是尚書令慕容鎮的部隊。」

慕容鍾啐一口怒道：

「我明明約了他傍晚到，竟然現在才來，快傳令要他過來會合，我們再直撲廣固，小乞丐一定想不到我會去而復返。」

但不久探子又奔回來道：

「他們非但不接命令，反而布了陣，慢慢逼過來了。」

慕容鍾氣急敗壞道：

「慕容鎮，我們老兄弟的情義，竟比不上小乞丐嗎？你的妻小都在冀州城內，你不怕我拿他們開刀嗎？」

慕容鍾進退失據，只得先逃回他的大本營冀州城。

慕容鎮

慕容鎮一直以慕容德爲楷模，穩健沉著，冷靜寡言，在戰場上從不退卻，也從不逞強，在燕國的政爭中，他一直是眞正的中立派，他雖不瞭解慕容超的管仲大法，但也不苟同老臣派的反對。

當他接到慕容鍾的軍令，要他出兵攻廣固，就知道這是燕國生死存亡的關頭，他決定無論代價爲何，他一定對抗理虧的一方。他的部隊一過大清河，就颳起怪風，霧卻越來越濃重，他不用別人提醒，就想起了沱沱河的事。

當年，燕軍向山東撤退，魏軍在後追趕，他負責斷後，前軍下河時，冰面破裂聲此起彼落，慕容德叫道：

「慕容氏祖靈保佑，把當年凍住渤海的冰，凍住這沱沱河吧！」

未料這禱告竟應驗了，全軍下到河面，冰上吱嘎作響，裂紋四起，但是始終沒有破裂，這時，後軍探子已經來報：

「拓跋軍已到三里地外了。」

此時魏軍已震天動地而來，但燕軍主力還在沱沱河的冰上掙扎前進，他下令回頭迎戰，他知道這裡就是他的葬身之地，但此時，他聽到慕容德洪鐘般的聲音：

「阿鎭，不要接戰，快過河來。」

他的部眾歡聲四起，好像打了勝仗，下到河面時，馬蹄下的冰已開始碎裂，好像站在船上，他叫道：

「不要擠在一起，散開了跑啊！」

追來的魏軍也衝下河面，他看到冰上的裂紋密密麻麻的伸展，像是春天的枝葉，抬頭看到慕容德在河岸上，向他猛力招手，冰屑雪花轟隆響起，泥漿濺到臉上，他竟已衝上了河岸，回頭一看，只見沱沱河的冰已經變成無數冰塊，挾著哀嚎的魏軍，挨挨擠擠地滾向下游，從那一刻起，他相信慕容德必有神助，是眞命天子。

所以，當他看到重霧，就更爲篤信，慕容超才是眞命天子，這時他想起另一件往事，更堅定了他的看法。

當年，燕國國土被拓跋魏切成了南北兩塊，慕容德自立爲燕皇，建立南燕國，但下落不明的慕容寶竟突然出現在附近，派了使者要慕容德去接駕，此時大夥如果又尊慕容寶爲皇，慕容德事後必然遭到疑忌和追殺，慕容德想到與慕容垂一世生死與共，如今卻別無選擇，只能殺死他的兒子，不禁聲淚俱下，慕容鍾不耐煩起來：

「一旦稱帝，就沒有回頭的機會了，今日不是他死，就是我亡。」

慕容德不是個軟弱的人，豈會不知這個道理？同樣是殺人，有喜而殺之，也有哀而殺之，這對慕容鎭是有差別的，他因此提出一計，讓人化裝成樵夫去警告慕容寶，讓他恐懼逃走，但這又得到慕容鍾的斥責：

「今日你放他走，明日不是又多一場爭鬥？長痛不如短痛，以免後患無窮。」

慕容德卻聽了他的意見，慕容寶果然逃走了，慕容德因此不必陷於骨肉相殘，慕容鍾頗有些悻悻然，慕容鎭因此覺得，慕容鍾把家國之爭當成了幫派爭鬥，也因此，他由迷霧中走出來時，憑著直覺便攻向慕容鍾。

慕容鍾率軍逃走後，只見公孫五樓領一支軍趕到，告訴慕容鎮：

「尙書大人，主公有令，請你與我合兵攻打冀州城，現在舉國動亂，慕容鍾如果投降魏國，我們的國土就少了一大塊。」

兩人立即馳向冀州，公孫五樓說：

「主公在北門打退了慕容鍾，又如法炮製，把東邊來的段宏、南邊來的慕容法都打得喪膽，廣固城是保住了！大人，你早已和主公談好了嗎？爲什麼他這麼確信你會站在他這邊？」

「沒有，我多麼希望慕容鍾是廉頗，可以窺破成見，向藺相如負荊請罪，但他們終究成了成見的俘虜。」

「那麼，你在冀州城的妻兒接出來了嗎？」

「我出發時，已派人去接他們，希望來得及！」

公孫五樓頓時有大不祥之感，接近黎明之時，他們來到城外，城牆上已經掛了四個人頭，血肉模糊之間，慕容鎮仍然能分辨得出，那是他的妻兒，一時氣血攻心，從馬上跌下來，昏死過去。

公孫五樓下令架起拋石器，只聽得城內慘叫連連，火光四起，慕容鎮清醒過來，接過指揮，道：

「不要再拋了，主公不是說，以招降爲先嗎？」

慕容超經過一日一夜激戰，控制住了廣固城，派出三路追兵追趕三路叛軍，他以飛鴿傳書，操控三路兵馬，研判對策，鴿夫們就在殿上照顧鴿子，籠子堆在兩旁，鳥糞味充斥了王宮。

段太后在孫進的陪伴下進了殿，見到慕容超流下淚來道：

「超兒，這都是我的婦人之仁、婦人之見，聽了封嵩的挑撥離間，一時糊塗，害得你差點喪命。」

慕容超要眾人出去，段太后聽說，慕容超活生生地把封嵩的頭給切了下來，此時不知是不是也要親手殺死她，未料慕容超卻跪在她面前，說：

「如果母后覺得慕容鍾比我適合做燕王，我就派人去把他請回來，這燕國不是我的，但也不是任何人的，誰能對燕國好，就讓誰做吧！對外面放個消息，說我已戰死，請慕容鍾等人回來，我再化裝回長安，帶我母親和晴兒遠走高飛，再也不回這裡！」

段氏更是淚如雨下：

「超兒，經過這場戰役，誰也知道沒有人比你更適合做燕王，先皇在世時，也總是覺得不瞭解你，我也猜不透你在想什麼，但你是這樣簡單直接，這又出乎我所料。」

「若不是母后堅持，先皇也不會傳位給我，若不是你預先寫給孫公公的信，我哪裡會有警覺？你和我娘都是我的母親，她生我，你再造了我，但爲什麼天下就只能有一個皇太后？我們燕國就會有兩個太后，我也一定要把娘接出來。」

段太后聽了淚流不止，但直到此時，她也才知道，慕容超是什麼樣的人。

慕容超巡視南方邊境，犒賞三軍，令蠢蠢欲動的魏晉兩軍退軍。但他看到，這次內戰平息得雖快，但大批部隊投敵，國力大傷，連忙催動公孫五樓與田大塊，加速開墾，厚殖實業，全面展開陸路與海路貿易，他回到廣固，接到封孚的死訊，他前往弔唁，命人厚葬，安撫他的家族，他在靈前告訴封孚：

「你是自殺的，還是驚懼而死的？你爲什麼從不願瞭解我到底是什麼樣的人？爲什麼就不能相信，我眞的可以既往不咎呢？」

第七卷　亡人之書

番王之血

我們建業這個地方，一百多年來，就沒什麼好事。

有人說這霉運是從晉室南遷開始的，這些姓司馬的北方人，特別喜歡你殺我，我殺你，當年就是搞了個什麼八王之亂，在我看來是個王八之亂，把大好江山讓給了胡人，才逃過了長江來。

來了南方，他們倒也沒學乖，和這裡的土豪劣紳狼狽為奸，把土地都分了，把山給封了，我們小老百姓想要做什麼，都要簽下賣身契，東西還沒種出來，租金稅金倒先上門了，要借錢也只能到他們開的錢莊借高利貸，凡事都要剝幾層皮，這一百年下來還有人活著，也真是個奇蹟。

這幫人還搞出了秦淮河畔，每天窩在裡面商量買官批地、逼死良民的把戲，同時幹盡了嫖妓、嫖雛妓、嫖男妓、嫖男童的勾當，和那秦淮河的臭水一樣沆瀣一氣。

終於惹火了一條叫做劉裕的好漢，他是個老行伍出身，掌了全國的兵權，天下人都說，這樣子不篡位，簡直像是抱了裸體的美女，還能一夜沒事，除非是個閹貨，否則哪有可能！

這姓劉的知道，那些成天之乎者也的大官，最忌諱篡位犯上，所以一定要建不世之功，他果然動員了五十萬大軍，把在山東的燕國慕容氏給滅了，這一百多年來，只有胡人打漢人的份，像是老子打兒子一樣，所以這劉裕總是了不起的吧？而且，他還抓了一個番王回來，要在午門斬首，建業的平民百姓可都興奮了，鬧了個萬人空巷。

平時官府斬人，就一定擠滿了人，人人手裡捏個饅頭，只要那刀子一落，一口血從犯人頸子口噴出來時，這些人就爭先恐後衝上去，用饅頭抹上一把血就往嘴裡塞，因為人人都說，吃上一口活血，比吃三年人參龜血，還要延年益壽、壯陽補陰，我們這群難得吃飽的人，哪能放過這等補品吶？

況且，據說這番王是慕容一族，來自極北之地，集天地陰陽的精華，全身上下如白玉一般，號稱白虜，當年他們勢如破竹，以幾千人之眾就席捲北國，還好這一群混世魔王誰也不服誰，自相殘殺才倒了台，否則只怕一路殺到交趾國去了！

這還不算，據說這個番王是個魔王投胎，集天地之精華，聚鬼神之真氣，但終究是個魔王，夜裡飛出來吃人，把燕國的大臣大將都嚇跑了，劉裕調動了南嶽衡山和普陀山上三大神明，十大法師，魔王雙拳難敵四手，才被降服了。

這個番王的一口血，豈不比龍王的血還要珍貴？所以斬首前兩天，就已經有上千人來搶位子了，到了那天，真是叫做萬頭攢動，比那麗春院的紅牌妓女遊街，還不知轟動多少倍吶！

沒想到，這兩個天殺的劊子手，竟然沒提大刀出來，一人提了一支碗口粗的棍子出來，監斬官朗聲宣告，在北地，這些吃生肉的胡人們，都不是用砍頭的，而是綁在兩根木樁子上，行刑人是一棍一棍照著他的背上往死裡打。

台下聒噪起來，難得有這個進補的機會，都不肯放給我們嗎？越吵越兇，兩個劊子手用粗木棍一陣亂打，只見幾個人被打得頭破血流，這才安靜了一些。

午時將至，一陣擂鼓，一輛囚車進了刑場，那番王一身素白囚衣，從囚車裡站起來，真是個漢子，像匹白馬似的。這番人相貌清秀，一半像漢人，一半像胡人，頭髮黑中帶金，只有眼珠子是綠色的，倒真有點像魔王，突然有人叫道：

「聽說他一支長槍殺了千百個晉軍！張口就可以噴火，又燒死一千個！放個屁，也薰死一千個！」

眾人吵成一團。獄卒把番王的手腳都扣在木樁的鐵環上，成了個「大」字，番王抬頭望天，主斬官拋下令牌，三通擂鼓一過，兩個劊子手一前一後，棍子敲在他背上，像是打了一記悶鼓，讓人都為他感到痛，但三、四十下打下去，那番王好像一點感覺也沒有，有人叫道：

「天哪！就連樹也要打斷了！」

「他不是人，是鋼條打的！」

但是他背上的白袍已被打成碎片，背上滲出血來，那木棍上沾到的血被甩出來，馬上有人用饅頭去搶，到了一百棍下去，那番王突然口吐鮮血，大夥一陣歡呼：

「總算把他的餡子打出來啦！」

那兩個劊子手打上了癮，把番王打得血、肉、內臟都打了出來，這鐵打的漢子看來脊梁全斷了，被掛在木樁上，這可是造福眾生，因為沾到的人不計其數，有些人臉上被噴到了血肉，別人用饅頭去抹，結果打成了一團，主斬官道：

「偽燕國主慕容超，辛未年三月三日午時，行刑已畢，念人犯曾為偽國之尊，不用曝屍，屍身送到城外焚毀。」

兩個劊子手把屍身拋上囚車，四下百姓都瘋了：

「留下留下，我八十歲的老母，還沒沾到吶！」

但都被士兵們趕開了，那囚車沿路滴著血，一路上大夥搶著沾，到了晚上，還有人拿著饅頭，到處探頭探腦。

那天晚上，城裡最熱鬧的街上，突然有人聽到狼嚎，秦淮河畔，嫖客妓女都像吃了春藥，整晚上戰個不休，據說有上百人虛脫而死，好多垂死的病人跳起來滿街亂跑，搶了打更人的鑼亂敲，就這樣鬧了一整夜。

據說第二天，主斬官和兩個劊子手都七孔流血暴斃而死，早朝缺席的官員不計其數，都說是當晚中了惡。街上一股惡氣滿城流竄，不一時狂風暴雨，百年大樹被連根拔起，晉室宗廟被掀了屋頂，這風雨持續了三天三夜，說也奇怪，這三天裡頭，百姓們都精神抖擻，像是吃了補藥，不消說，大夥都傳，這當然是番王，不，是魔王鬧出的事。

第二年，有一個高僧叫做法顯的，由天竺乘船回來，來到建業駐錫，他聽了魔王的事，竟然在道場寺廟為他念了七七四十九天的經。有人說是這高僧看到魔王的妖氣久久不散，又有人說，這高僧和魔王前世都在佛祖身邊修行，有些舊情，所以才用這法事超度了他！

從此，這番王的故事可紅了，茶館裡說書的，戲團裡唱戲的，都將他的故事傳得神之又神，玄而又玄。有人說，劉裕根本沒抓到番王，只抓到了他的兄弟，用慕容氏的易容術替他死了。也有人說，魔王飛遁走了，他噴出第一口血的時候，那晴天突然打了一記響雷，電光石火之中，一條魔龍從他嘴裡直射而出，化做一道金光，直飛天際。

之一　馬耳關上（西元四〇七年）

千里迎母

慕容超在叛變敉平之後就交代韓範，派人前往秦國接洽，將段氏和呼延晴接回燕國，因爲韓範在苻秦朝中爲官時，和姚興的私交頗好，但姚興的回覆中，果然要燕國納表稱臣，有人提出隱憂：

「現在我國國力大傷，正需要休養生息，皇上如果爲此屈辱國格，又怕引發臣民的不滿。」

果然，朝中爭議不斷，有人說：

「大燕傲視齊魯，爲何要對羌虜低頭？」

「我等頭可斷，國威不可墮！」

各種反對聲浪不斷，許多老臣派的殘餘勢力傳播流言：

「慕容超在長安城的時候，常常被姚興派人修理，所以打從心裡怕他。」

「苻堅滅燕以後，前燕有一個王子慕容沖和姐姐清河公主因爲貌美，都變成苻堅的寵侍，長安城裡都說『一雌復一雄，雙雙飛入紫金宮』，慕容超八成也陪姚興睡過，雌伏慣了，所以甘心稱臣。」

眾人議論紛紛，夜裡有人把這些論調寫在大街牆上，難以禁止，慕容超在廷議時，大都沉默無語，就像他幼時一般，眾臣見他有時看著地上，有時凝視天花板，也不知道他有沒有在聽，此時他彷彿費了極大的力氣，才終於說：

「你們不要以爲這只是爲了我個人的親情，也不要以爲，我們還是何等的強國。」

「先皇在位時，魏國和晉國是兩頭虎，我們還是一隻豹，兩頭虎要吞了豹，都要付出代價，也怕出手時，被另一頭虎撿了便宜。」

「如今，我們了不起是匹狼，兩頭虎都怕出手慢了，會被搶了先機，所以，我只是要與姚秦結盟，在你們看來，這是屈辱國格，在魏晉看來，這是兩國結盟，韓大人，請準備地圖。」

慕容超說得順了，指著韓範所繪的地圖說：

「其實姚秦比我們還需要結盟，他們的背後有四個小國，個個都不好惹，眞是只有強敵環伺可形容。」

「我由秦國來的時候，看到三不管的江淮地帶，其實大有用處，一方面可做爲各國之間的緩衝，另一方面亦是通商的要道。」

「所以要有人去對姚興剖析利害，此人非韓範大人莫屬，同時和沿路的流民帥建立默契，維持這段走廊的眞空，既維護商業利益，在危急時也可以互相救援，而如今晉國壯大，對此區域野心勃勃，一旦被他們奪取，燕秦兩國就會岌岌可危。」

「皇上有託，我理應當仁不讓，無所推託。」

慕容超對韓範行了大禮，道：

「於公於私，我都得向韓大人行禮，只望你早日回來，那時是我全家團聚之日，也是燕國可以喘息的日子。」

長安

韓範到長安，辦完使節禮數，換下官服，立刻來到西城段氏住所，斜陽將一棵老槐樹的影子打在一片斑駁的灰牆上，圓洞門只有一片破木板擋著，一個渾人懶洋洋地應了門，韓範不覺一驚：

「莫不是皇后衣食無著，竟跟了別人？」

那渾人斜眼道：

「什麼人敲門打戶，不知道這裡住著朝廷欽犯嗎？」

「請通報求見大燕國段皇太后，呼延皇后。」

「你想造反了？這裡是大秦國，我去找官差來抓你。」

韓範的隨人將那渾人打得殺豬似地叫起來，這時一個女子走出來道：

「我就是慕容超夫人呼延氏，是誰要找我？」

韓範見她雖然瘦，骨架高眺挺拔，連忙跪倒在地道：

「大燕國中書令韓範，參見呼延皇后，並請拜見段皇太后。」

呼延晴幾乎要昏倒，只低聲說：

「你等一會兒。」

她發抖著進了房，眼淚才滾了出來，段氏道：

「我不是告訴你，這一天一定會到的嗎？別哭了，快梳妝整齊，做皇后的，無時無刻，都不能失了儀態。」

韓範才知道，慕容超走後，宗正謙代他扮成醉鬼，每天到街上胡混，有一天，他慌張地回來說：

「燕國有了新君，聽說名字就叫做慕容超，我留在這裡，只怕早晚不保。」

段氏說：

「你快逃走吧，如果阿超眞做了皇帝，我們會被當成人質，暫時不會有危險。」

他換回算命先生的衣衫走了，一天，婢女哭著回來道：

「今天西市上砍人，我聽說是敵國奸細宗正謙，我看到那地上的人頭，好像眞的是宗先生。」

不出兩日，秦國巡捕衝進宅院威呼恫嚇，這渾人一家被派來監管，占去了兩間廂房，對她們頤指氣使，東西要拿就拿，沒事撞開了門就進來，讓段氏和呼延晴只能和衣而睡，一年多過去，首飾家當變賣一空，眼看著山窮水盡，只剩下一張桌子、四張凳子。

韓範的隨從將那一家人趕了出去，留下僕人伺候，道：

「明天一早我就會晉見姚興，一定把兩位接回廣固，與皇上團聚。」

韓範獻上國書及禮物，與姚興敘舊，相談甚歡，一路談到敏感的問題上，姚興道：

「這個慕容超我也見過，面貌俊美，體格雄武，可是腦袋有些問題，有時候還顯得聰慧，大部分都是答非所問，反應遲鈍，力氣頗大，可是身手笨拙，要射鹿可能打下雁來。」

「吾主公當時的身分有如戰犯，動輒得咎，不得不含蓄隱忍，不是存心欺瞞皇上，如今已登大寶，但心懷至親，所以派遣在下送上微薄禮物，感謝皇上庇蔭，而且望皇上送回其母其妻，以成天倫。」

「你送來的禮物，就當做是貢品，從此秦爲上國，燕爲藩屬，慕容超在長安時，就與我有君臣之義，大小之分，所以也不算辱沒了他。」

「國有大小之分，是春秋之事，連戰國時代都已不時興了，皇上不應爲了這過時的名目，壞了大事。自三國以降，吳蜀結盟以制衡魏國，彼此間並無大小，但有唇亡齒寒的利害關係。」

韓範把國際形勢說得極爲生動，最後說：

「所以秦燕兩國，應該互爲犄角，否則必然被個個擊破。皇上只要放兩個婦人，就有一國的後援，又爲什麼要計較大小主從的虛名，誤了國策呢？」

「等我考慮一晚，便給你答覆。」

韓範走後，秦國大臣七嘴八舌：

「慕容超叛逃之人，絕不能給他太過方便。」

姚興心中盤算，眞是錯看了慕容超，但想到這幾年來，爲了供養什師和諸多翻譯僧眾，著實開銷不輕，倒也能好好敲一筆補貼補貼，道：

「剛才韓範分析的情勢，鞭辟入裡，我們有什麼條件不與燕國結盟？」

眾人都默然，終於有人想出一道台階下：

「以前苻堅的伎樂班，都被慕容部隊挾持到廣固，這可是天下第一樂班，不如叫慕容超將他們送回長安，再放人質回去，表示秦國才是天朝。」

伎樂團

消息回到廣固，慕容超毫不遲疑，即刻下令要伎樂班準備回長安去，未料這竟惹出了一連串的風波。

首先是伎樂班抱頭痛哭，其實不到一半伎樂團員，是在二十餘年前從長安來的，此時也不免近鄉情怯，暗中抱怨：

「為了他一人要重敘天倫，我們百來戶人家都要離散。」

但反彈最激烈的，是慕容氏的貴族，自慕容超即位，規定他們都要練武出操，本來就忿忿不平，這時更是群情激憤，成群結隊晉見段太后，要慕容超撤回成命。慕容超知道這反彈的聲浪不可輕忽，徹夜未眠，到天亮時，他到了伎樂團所住的宅院，只見院中已有人早起在吊嗓子，有團員認出了他，莫不吃驚，他四下看了許久，沉吟不語，讓伎樂團主心頭七上八下，他終於問道：

「你們當中，有多少人是眞正從長安來的？」

「皇上好眼力，我們跟隨先皇，在二十年前就離開長安，當年最年輕的，現在也要三十五了，當年的正角兒，沒有死於兵災病痛的，現在都已經要五十了，更不要說老朽，已經快要七十了！」

「你想長安老家嗎？」

那老人深怕說錯了話，就要跪下，被慕容超拉住，老人低聲道：

「哪有人不想老家的？只是我等在此也落地生根了，到底哪個是家？我們的子女，也都在山東長大，和年輕一輩的團員一樣，根本是山東人了，長安更不是他們的家，所以我們十分惶恐，皇上不要怪罪。」

慕容超良久道：

「爲了我一家團圓，竟要你們骨肉離散，離鄉背井，這是我的不對了。」

那老團長直跪下去，道：

「皇上說這樣的話，老朽粉身碎骨，也難報答。我一定領著我一家老小，號召這團裡的兄弟姐妹，願意去的就跟我回長安去。」

許多人也都跪下，同聲表示願意加入，慕容超道：

「如果招募了新人，你們多久可以訓練了上場？」

「這才藝之事，是沒有止境的，就練一輩子，也未必能登頂，但要是大樂場，在裡面湊個數，有天分的孩子，三個月也足夠了。」

慕容超回到宮裡，立刻下詔：

「伎樂團中願意去的，每戶人家發給黃金五十兩，絹五十匹，要留下的就留下，人數不夠的就重金招募，加緊訓練。」

「同時，秦人歸秦，燕人也該歸燕，秦國也該將境內的慕容氏人都放回來，讓兩國人都覺得這是認祖歸宗，衣錦還鄉。」

「他們想做成下國進貢，我們就要做成上國賞賜，所以，準備一千護衛部隊，打造全新鎧甲，再加上倭國的鼓隊、高句麗的馬隊、山東的武師加入隊伍，再打造十具抛石器送到長安，讓人覺得燕國富甲天下。」

慕容超又找來宗正謙的哥哥，要他到長安迎他的靈魂回來。

果然，這支隊伍以歡天喜地的姿態進了長安，身穿大紅金絲衣飾，在午門外連奏十條令人盪氣迴腸的樂曲，令萬千民眾叫好不斷。

最後，韓範用抛石器把數千件禮品抛進人群，一日下來，長安流傳著燕國有多麼的富庶，兵馬有多麼的雄壯，韓範道：

「主公靈機天成，研究出這個奇門武器，爲了表現結盟誠意，造了十座送給秦國，無論攻城守城，都有奇效。」

姚興說：

「這樣的武器，只怕殺傷甚重，要謹慎用之，否則所造之業，不堪設想。」

「我主公說，皇上是天下第一仁君，當年關中苦旱，餓死者不計其數，皇上不但開倉賑災，而且自貶帝號，以求上天憐憫，他也常以此爲借鏡，凡事以民爲先。」

姚興聽了頗爲受用，道：

「他有這樣的見識，也是難得，以後我兩國應謹守盟誓，請大悲寺僧眾念經祝禱，祈求天下太平。」

馬耳關

而同時，劉裕聽說此事，道：

「小乞丐這一下忠孝兩全，而且這條盟約，等於把我們堵住了，這是我的北伐大業的重大障礙，快整兵出動，把小乞丐的親人抓來做人質，小乞丐思親心切，一定會到邊關迎接，準備一支突擊隊，如果能把他給殺了，更是大功告成！」

慕容超接到韓範出發的消息，立刻派公孫五樓率三千輕騎兵，直奔秦國邊境迎接，因爲魏晉兩國都已派兵攔截，做爲要脅燕國的籌碼，慕容超自領一萬兵馬，出發來到馬耳關（今山東淄博市）坐鎮。

公孫五樓來迎時，段氏得知情況緊急，道：

「這還坐什麼馬車，慕容部落的女子騎馬，從不落在男人後面。」

她和呼延晴都上馬，果然速度加快，與追兵漸遠，但又有探子來報：

「有一支沒穿軍服的隊伍，約莫一百人上下，在泗水渡頭上觀望。」

公孫五樓策馬上前，見那爲首之人黝黑面龐，身材精瘦。那人叫道：

「是公孫五樓嗎？快跟我走。」

公孫五樓恍然大悟，這不是慕容超口中的五哥，又是何人？

時近黃昏，五哥引他們沿河急走，只聽得晉軍分水陸兩軍從後追來，他們腳程一慢，晉軍腳步便又逼近，但是五哥不慌不忙，奔入一個山谷，竟然三面絕壁，是個絕谷，公孫五樓道：

「事到如今，韓大人，我領軍一決死戰，太后和皇后請你照顧了。」

五哥道：

「你急什麼？看上面！」

眾人抬頭，只見數百根繩索被拋了下來，原來在數十丈的山崖上，盡是燕軍部隊，張網在山上叫道：

「公孫將軍，將主母和太后放在籃中，軍士們都棄了馬匹，攀繩上來。」

段氏和呼延晴各坐了一個籃子，上方一陣吆喝拉了上去，眾軍士都用盡力氣爬了上去，等到晉軍追到，燕軍們都已上崖，收了繩索，公孫五樓對著下方叫道：

「南蠻子們，你們也不是全無收穫，下面的都是山東駿馬，要好好照料。」

崖頂上歡聲震天，五哥催大夥盡快上路，公孫五樓意氣風發，突然見到遠處森林中，一隊騎兵全速衝出，竟然又是晉軍。

公孫五樓大驚，分兵兩處，自領一半軍士回頭迎戰，晉軍帶頭的竟是劉裕本人，座下駿馬勢若流星，大刀勢如破竹，公孫五樓的部隊被衝破陣腳，劉裕領軍急奔，眼見就要追上段氏車仗，突然一箭破空而來，劉裕橫刀撥開，叫道：

「好呀！這等力道，慕容超你果然來了！」

果然慕容超一馬當先，與劉裕刀槍相擊，兩人都被震得手臂痠麻，慕容超正要掉轉馬頭，突然斜裡一騎衝出，那人使一雙鋒利鋼鐧，威力猛烈，正是孟龍符，故意化裝成一個士兵，出其不意，將慕容超劃傷左臂，劉裕掉轉馬頭，叫道：

「慕容超，小乞丐，久違了！上次老天幫忙，給你逃了，今天看你怎麼脫身！」

劉裕和孟龍符合力殺來，此時只聽得一聲惡吼，如雷貫耳，正是慕容賀賴盧趕到，揮舞一對大槌，正撞上孟龍符雙鐧，殺得棋逢敵手，劉裕冷笑道：

「沒想到你陣中還有這等人物，那也沒得推託了，就你我決鬥吧！」

慕容超左臂受傷，只能用單手持槍，險象環生，劉裕得理不饒人，只要取他性命，慕容超情急生智，射出長槍，劉裕閃過之際，他卻抽出短槍，這是當年他爲了對付波斯刺客想出的裝備，後來成了他必備的武器。

他縱馬貼近劉裕，劉裕長槍施展不開，被他的短槍刺中肩胛，大叫一聲，奮力撞開慕容超，回身便走，慕容超追趕間，又一騎殺來擋住，正是劉通，慕容超叫道：

「淫賊！自己來送死！」

劉通雖然力大，武功並不精鍊，慕容超一口怒氣，加上短槍靈活，不出十招將劉通刺下馬來，眾多晉軍圍阻，慕容超殺紅了眼，用一支短槍連殺晉軍近百人，那些軍士見這等神威，都四下逃竄，但劉裕已去得遠了。

慕容超包裹傷口，只見呼延晴手持雙刀，帶一隊兵趕來，慕容超道：

「下次交戰，一定要讓呼延女元帥上陣，否則她不會罷休！我娘呢？」

「她在馬耳關上，和她妹妹哭做一團呢，否則我哪有機會出來？」

「晴兒，韓大人信中說，見到你時瘦得很，現在怎麼比你幼時還胖？」

「我餓了兩年，既然有的吃，就吃吧。阿超哥，他整天皇后長，主母短的，你是真的要我做皇后？」

「你爲什麼不是皇后？」

「我知道你要韓大人找尋阿霜姐的下落，我只是名義上的皇后。」

「阿拔沒有來，你就勉強做做吧！他若是來了，還掛著你的銀項鍊，你隨時可以跟著他走。」

五哥過來，恨道：

「可恨，讓這淫賊這麼痛快死了，若是活捉了，我找十個有斷袖之癖的，姦也姦死了他，讓他也嘗嘗這被凌辱的滋味！」

「這老無賴，一面要捉我的家眷，一面布了埋伏要殺我，他要我知道，這不是兩國之事，而是我兩人之事！我看晉軍還沒去遠，你還是進關來待個幾天再走。」

「我們擔心堡中安危，都是歸心似箭，劉裕是明白人，也知道兩淮是必爭之地，以後晉軍只會越來越活躍，對流民堡的控制會越來越嚴，你要好自爲之。」

公孫五樓由馬耳關內送出酒甕和熟雞熟鴨，慕容超道：

「大恩不言謝，我會遣人送上謝禮，五哥一定要笑納。」

「這兩年，我們靠著你的商路也頗受了些好處，你盡力保持，我就夠受用了。」

五哥頭也不回，縱馬去了。

之二　燕晉決戰（西元四〇七～四〇九年）

窮跟不捨

馬耳關之役後，魏晉燕秦四國的關係底定，慕容超積極實施「管仲大法」，富國強兵，晉國策士道：

「許多燕國商船，由海上到長江口做貿易，如此下去燕國越來越富，豈不是造成對我國的威脅？應該施行海禁！」

劉裕道：

「你們是傻了還是瘋了？他們發財我們也發財，為何要禁？只是多派人到燕國去刺探消息，小乞丐所有的政策，你們都要精心研究，只要是有用的，我們馬上跟著做，他小我大，他賺一兩銀子，我們就賺三兩，讓他永遠趕不上我們！」

燕國開發鹽鐵，晉國也大量開發礦產，鹽漁之利；慕容超到兩淮之地徵召流民，分地給他們到山東開發，劉裕也派人到南方遷移人口，到江南一帶種田；慕容超發現海邊有豪族，仍然把當地人做爲家奴，便強將豪族都遷到廣固，釋放人口加入耕作，劉裕也發現浙江有大地主把數萬人當做家奴，隱匿人口，逃避徵兵和交稅，他立刻把大地主砍了頭，把土地分給家奴，在社會上頗造成震動。

慕容超感受到劉裕的咄咄逼人，召見慕容賀賴盧說：

「我收回游牧部落的土地，很多人到現在還有抱怨，如果他們眞要恢復放牧生活，可以到邊關之外，蘇北和淮東之地，這地帶對我們非常重要，等於是燕國的前哨！只是晉國虎視眈眈，這是有危險的！」

賀賴盧道：

「怕他啥的？以前游牧部落以天地爲家，危險從四面八方而來，這樣算什麼危險？況且，我們也可以築乞活堡避難，而且我們馬多，一有異狀，就可以迅速撤退！」

賀賴盧果然號召了幾千人，遷到邊關外放牧，晉軍幾次突擊都徒勞無功，令劉裕徒呼負負。

四年過去，燕晉兩國都欣欣向榮，但是慕容超知道劉裕不會放棄北伐，劉裕也隨時在等待機會。

劉裕的野心

北府兵是劉裕的老窩，西府兵本來是桓玄的親信部隊，而劉裕善於帶兵，西府兵像是被父母虐待的孩子，發現養父竟然好得多，所以百年間，晉國無人有劉裕的兵權，劉裕告訴劉敬宣道：

「如今我大權在握，只在等一個機會就要北伐，燕國和秦國，你說先打哪個？」

劉敬宣道：

「秦國吧！收復關中故地，最是振奮人心。如果你要為劉通報仇，就打燕國吧！」

「小乞丐殺了通兒，我雖心痛，但未嘗不是好事，以前我沒有兒子，現在一生三個，通兒有勇無謀，以後和我的親生兒子爭位，會是麻煩。」

「我如果攻秦國，小乞丐守信用，一定會出兵救援，姚興是治世之仁君，但在這亂世只顯得優柔寡斷，我去收買他後面的匈奴惡漢赫連勃勃，騷擾邊界，他就不會發兵，小乞丐只能靠自己，等滅了燕國，用迅雷不及掩耳之勢，再直取長安。」

劉敬宣道：

「燕國雖小，但慕容氏驍勇善戰，如果陷入長期苦戰，國內就會有兩個麻煩：第一，大將軍劉毅和司馬王室走得很近，最不服你，他們會扯你後腿，斷你的軍糧；第二，在南方的變民軍和四川的軍閥，隨時都會鬧事，如此一來，你豈不是前後受敵？」

劉裕打個呵欠道：

「四川小軍閥，在家一條龍，出門一條蟲，根本不敢出來。至於變民軍，都是被貪官逼得走投無路的農民，我們北府軍壯大，都是靠他們，其實早就可以剿滅了，可是我故意給他們留生路，好不斷地向朝廷要兵要糧，否則狡兔死走狗烹，朝廷早就把我們給做了。」

「如今他們占了廣東，這兩年廣東豐收，他們不會想打仗，我出兵前，再去散播消息，說變民軍打來了，劉毅恨不得和我搶功，我就給他三千兵，騙他說還有五萬軍在南昌等他，到時候他興匆匆趕去，五萬兵卻跟我去打燕國了，他不敢進攻，也沒面子回京，只好留在南昌，變民軍也不敢輕舉妄動，他只能替我做了看門狗。」

劉敬宣嘆道：

「高明，但是這樣就算耗上一年半載，燕國也未必打得下來。」

劉裕的一雙鳳眼露出精光，道：

「你在燕國幾年，一定知道，他們對付晉國最大的法寶是什麼？」

「當然是沂蒙山脈的齊長城，這條長城沿山而建，易守難攻。」

劉裕道：

「沒想到你也這樣無見識，我年輕時走私鹽，曾去過這裡，齊長城已經六百多年了，好些地方都崩塌了，城也不甚高，現在的戰爭規模，也在當年十倍以上，這種古蹟只能憑弔，哪能當眞？」

「況且，長城這種東西，通常守的兵多，攻的兵少，而這齊長城也有一千里長，我們的軍力遠多於燕軍，哪裡擋得住我們？」

「就算你打破長城，燕軍是以騎兵爲主，在臨淄平原上比我們占優勢，即便撤回廣固城，那城如其名，又廣大又堅固，要打下來並不容易。」

劉裕沉思道：

「這是個問題，不過小乞丐愛從海上來做生意，反而給了我靈感，所以我把後備軍全部屯駐在長江口，如果戰事僵持，就下令出動，沿海岸北上登陸，讓他腹背受敵，這樣的兵力是以八對一，豈能不勝？」

劉敬宣驚道：

「那麼國內不是唱了空城計？」

「這就叫做膽識，否則人人都會讀兵書，爲什麼會有勝負？如果眞要傾巢而出，就要把燕軍打趴了圍在廣固，然後趕快把後備軍調回國來，空城計也不能唱太久。」

「聽起來，你已經都盤算得萬無一失了，你什麼時候要出兵呢？」

劉裕說：

「盤算誰都會，但決勝關鍵就是掌握時機，這個時機稍縱即逝，不能早一點也不能晚一點，這，就只有英雄才抓得住。」

魏國情勢

拓跋氏原來只是蒙古大草原的游牧部落，創建了草原之雄「代國」，但被苻堅所滅，當時只有五歲的拓跋珪被忠臣帶回草原躲藏，直到苻堅敗亡後，才伺機崛起，他少年勇武，改國號爲魏，一開始臣服於慕容垂，但是逐漸與之爭雄，終於在慕容垂死後取而代之，成爲北方霸主，燕國被他一分爲二，也才有了慕容德的南燕。

但是拓跋珪性情暴烈，近乎瘋狂，到了中年，需要靠酒和藥才能入睡，宮內長期駐有薩滿巫師和佛教的高僧，他常有夢魘，動輒拔劍殺人，朝政幾乎停擺，所幸魏國制度完備，還不至於動亂，但也無力關注國外情勢。

拓跋珪立了嫡長子爲太子，但拓跋氏有個風俗，爲免外戚弄權，太子的親生母親一定要被處死，這太子孝順母親，日夜流淚，甚至說不想要做太子。拓跋珪愛太子的知識和氣度，但對他的婆婆媽媽很震怒，眾臣連忙安排讓他逃出都城。

這時六皇子產生了野心。拓跋珪年輕時，見到他的親阿姨美豔絕倫，就謀殺了姨丈，將阿姨占為妾，生下了生性暴虐的六皇子。

天賜五年，拓跋珪越發神智不清，六皇子在京城裡胡作非為，將歌伎們剝個精光遊街，偏偏那天拓跋珪難得清醒出宮走走，竟是看到這不倫不類的景象，他奪過馬鞭，把六皇子打個半死，剝光了衣服，倒吊在一口井裡，道：

「誰敢把他拉起來，就碎屍萬段！」

六皇子赤身裸體，頭下腳上，像一條去了鱗片的魚，他的母親趕來也不敢動他，只能在一旁啼哭，幸好有人想出辦法，牽了頭牛把他拖了出來，他一出井，那些侍衛連忙找那頭牛負責，砍得七零八落。

劉裕聽到此事，對劉敬宣說：

「我說要等的時機，就是現在了！拓跋魏父子反目，必有內訌，就無力管國外之事，第一步，先掃除三不管地帶的游牧部落，控制住流民帥，下一步，就要進攻燕國。」

「可是鮮卑游牧部落像條蛇一樣，幾次突擊，他們一轉眼就溜了，拿他們沒奈何。」

劉裕道：

「那是突擊，這次我們出大軍掃蕩，哪有打不下來的？」

轉戰淮北

晉軍火速推進，騎兵全軍出動，步兵乘船沿沂水北上，鮮卑游牧部落只有一部分及時逃回國內，大部分都被截斷後路，只能投降，被押到下邳，流民帥都受到強大壓力，紛紛表態效忠晉國，燕國向西的商路頓時斷絕。

慕容超召集群臣，道：

「劉裕終於要出手了，我們也要給他一個下馬威，但是這次出兵，主要是殲滅前哨部隊，救回游牧部落，並且速戰速決，不要硬拚。」

燕軍兵分兩路，西路由公孫五樓率領，目的在引開晉軍，重點是東路，由慕容賀賴盧帶頭，要深入敵境救人，他們星夜出發，每名騎兵都有三匹馬輪流騎乘。

西路軍重在騷擾，打了就跑，分多點突擊，牽制了一半的晉軍，東路軍找到空隙深入敵境，不出三日已經傳來捷報，打進下邳，但賀賴盧進城後不但沒回頭，又轉攻更南邊的宿遷城，也不說明爲什麼，慕容鎭怒道：

「這種莽夫，就讓他死了吧！如今晉軍已封鎖邊關，除非我們也出動大軍，否則根本難以突破。」

眾將有的主張出兵搶救，有的主張放棄，爭執不休，慕容超眼光凝視天花板，像是沒有在聽，好不容易才說：

「那只好由海上救他！通知田大塊，集結一百艘快艇，我親自去救，我們沿海南下到雲台山，用飛鴿傳書，叫賀賴盧不要回頭，立刻轉向東邊海岸脫逃。」

那一百艘快艇迅速向南，只見天長海闊，一日一夜到達，快艇藏在雲台山的海灣之中，慕容超帶五百騎兵在岸邊等待。

次日早上，山頂的旗兵打來旗號，只見遠處煙塵四起，不到一個時辰，看見了一隊人馬狼狽奔來，爲首的軍士見到他道：

「主公，賀賴盧將軍斷後，被晉軍圍住了。」

「你們快上船去，裝滿人的船就先走，我去找他。」

只見那支人馬中，除了被擄走的游牧部落以外，竟然還有很多穿著南人的服裝，慕容超問軍士：

「賀賴盧爲什麼擄脅這麼多晉人？」

那群人說：

「主公，我們都是鮮卑人，以前在沂南古城捲進劉敬宣的兵變，因爲畏罪，只好跟著逃到晉國，在那裡受盡欺凌，求主公不計前嫌，也帶我們回國吧！」

賀賴盧的士兵們說：

「我們到了下邳，打聽出來他們都被關在宿遷，賀賴盧將軍說，他們雖然叛逃，但也是我們游牧部落，就算朝中有人反對，我們也該去救他們。」

慕容超道：

「難怪他飛鴿傳書之中不說原因，這個笨蛋，他難道以爲我會不准嗎？」

慕容超奔出數里，見到賀賴盧被晉軍圍住血戰，他殺出血路，救了燕軍向海邊急奔，晉軍在後窮追不捨，那海邊一望無際，天光雲影變幻無窮，慕容超見雲台山頂上旗兵亂舞，向南一看，一隊黑壓壓的勁旅沿著沙灘轟隆而來，慕容超道：

「不出所料，老無賴果然來了！」

他對著海面射出一箭，數十艘快艇沿海邊一字排開，對著那隊勁旅放箭，中箭者甚多，追趕速度慢了下來，慕容超對燕軍叫道：

「不要慢下來，騎著馬衝進海裡，用游的，用爬的，快上船去！」

尾隨他們的晉軍追到水邊，都猶豫不前，燕軍們連滾帶爬，上了快艇，慕容超上船後，看到果然是劉裕和孟龍符領軍，孟龍符叫道：

「小乞丐，有種的下船來一決死戰！」

賀賴盧也在船上叫道：

「老無賴，有種的上船來一決死戰！」

孟龍符彎弓搭箭，果然好膂力，一箭直射到船上來，慕容超也回敬一箭，但射得極低，箭身擦過水面，連跳幾下，平飛過去正中劉裕身旁的軍士，令晉軍大吃一驚，慕容超連發幾箭，令晉軍向後退出數丈，終於聽到劉裕洪亮的聲音叫道：

「小乞丐，回去吧！我必親自到廣固，取你首級！」

劉裕召集眾將士，道：

「你們要散播消息，說慕容超因爲四年前向秦國稱臣，把伎樂團都送走了，所以這次就是到宿遷擄脅晉國的樂師，讓他成爲窮極無聊的昏君。另外，派一支部隊穿上燕軍軍服，到兩淮地區燒殺擄掠，讓百姓們對燕軍產生懼怕。」

劉敬宣道：

「這個有必要嗎？我們的軍力占絕對優勢，爲何要犧牲無辜百姓？」

「這些流民帥隨時可能扯我們後腿，要切斷他們和燕國的關係，毀掉燕國的團結，要毀掉慕容超的人格。這不難做，因爲以前燕國的老臣派就下過工夫，平常沒事，大家都愛他，一旦出事，大家都怪他！」

慕容超聽到，淮北又有多椿燕軍擄掠人口之事，更確信劉裕就要起兵了，他立刻傳旨，要張綱加緊打造兵器、戰車、抛石器等等，要韓範立刻聯絡秦國：

「告訴姚興，劉裕即將有行動，請他即刻動員，兩國隨時相互支援。」

傳旨給田大塊：

「立刻出發到高句麗和倭國，多召募一些傭兵，尤其是水軍，同時立刻開始全力打造戰艦，徵召漁民爲水軍。」

對於南方邊境，慕容鎭堅持長城線是決戰的重點，慕容超聽他說了許久，卻說：

「當年先皇打進山東，是由哪裡打進去的？」

「當時兵分三路，我隨先皇攻大峴關，激戰五日，夜裡，突擊隊爬上城牆攻破關口，晉軍整條長城線潰散，我們又分頭打下徐州、兗州、冀州，廣固不攻自破。」

「可見長城線並非牢不可破，我認爲，長城能守則守，不能守就集中兵力，在臨淄平原決戰！」

「平原決戰，全看兵力多寡，晉軍保守估計是我們的五六倍，還有什麼勝算？」

慕容超道：

「晉軍以步兵爲主，我們的騎兵略占優勢，只能先挫其銳氣再退守廣固，這就像是淹水，只要沒被淹死，等水退了再重建家園，勝負關鍵，就在哪一方撐得久！」

壁上觀

魏國的注意力都在拓跋珪的病情上面，但也怕晉國坐大，廷議決定，以有限的兵力，防止戰火延燒到魏國，於是派出兩萬部隊到邊界，陣中也包括了慕容鍾、慕容法、段宏，和他們的舊部。慕容鎮聽說慕容鍾也在魏軍陣中，妻小之仇像是一條蛇咬住了他的心，他一生謙沖穩重，但此時只想手刃慕容鍾，他說：

「請主公賜下一萬人馬，我火速到冀州嚇阻魏軍。」

「如今分兵力去北邊，不是更捉襟見肘？」

慕容鎮失去控制，怒道：

「我要死守長城，你說無從可守，現在爲何又在乎少一萬人馬？」

眾臣都對慕容鎮的冒犯感到驚訝，慕容超似乎呆住了，沉默無語，空氣中的壓力令眾臣都冒出汗來，慕容超終於說：

「我知道你復仇心切，不如你我兩人，趁著夜黑風高，潛入魏營，殺了慕容鍾。」

「你我兩人如何殺得了重重保護下的慕容鍾？」

「月黑風高，取人首級，這也算是我的專長了，只要不抱活命的希望，又有何難？」

慕容鎮陷入暴怒：

「你凡事就是愛出人意表，你豈有權力將我們送上絕路？」

說完，竟然勢若瘋虎撲向慕容超，大家都慌了手腳，慕容超自幼和獨孤拔打鬧慣了，道：

「你們一個都不要上來，讓他出出悶氣。」

剛開始他一路退讓，追逐了兩圈之後，慕容超喝道：

「現在你氣也出夠了，待我打你一頓，治你的失心瘋。」

他一拳又一拳，將慕容鎮打得癱倒在地，他臉不紅氣不喘，但似乎要說出話，比什麼都要費力：

「你難忘妻小之仇，這是人之常情，我不怪罪於你，只可惜你這樣無法助我禦敵，你自我監禁去吧，若是我們逃過此劫，我一定與你去取了慕容鍾的首級。」

撤退長城線

廣固城內人心惶惶，又傳出慕容鎮被捕下獄，前線的戰報更是不利。

慕容賀賴盧帶五千騎兵沿長城線機動防守，仿效古長城的通報機制，每隔十里就有一處烽火台，一發現晉軍蹤跡，就點火通知，各地都有快馬隊相互支援，果然把滲透進來的晉軍一一殲滅，每日都有捷報送回廣固。

而劉裕每日聽到部隊折損的消息，只說：

「你們就當做是撞門，撞壞了一個肩膀，就換一個肩膀，總有一天門要壞的。」

遠方的情報送來，果然劉毅被他騙到南昌動彈不得，他又找了劉敬宣來，道：

「派去赫連勃勃的使者來報，這個匈奴野漢收了我們五萬兩黃金，已經出兵騷擾秦國邊境，事成之後，我們再送上五萬兩。」

「你可知道，這傢伙幼年喪父，是姚興把他養大的，他卻反叛姚興，這種狼子野心，你怎能期望他會守信用？」

「他只要到秦國邊境跑跑馬，姚興無膽，就不敢出兵，他何樂而不爲？你可以回營準備，我們馬上就可以過大峴關了。」

果然不出十天，晉軍摸清地勢，一天，賀賴盧赫然發現，他的營寨已被上千個晉軍步兵包圍，他奮力突圍，伏馬急走，道：

「快通知三關撤退，主公是對的，這晉軍不但勇猛，人數還這麼多！」

賀賴盧失利的消息傳回廣固，滿朝皆驚，張綱建言：

「現在即將收成，就算要撤軍，也要先堅壁清野，搶割以後，剩下的農作物要全部燒掉，否則敵人進來吃用不盡，我們反而坐吃山空。」

慕容超想到當年他殺狼之地是怎樣的悽慘，突然激動地說：

「不可以，百姓何辜。劉裕爲了收買人心，即使徵糧，也不會搜括一空，若是燒光一切，晉軍更要壓榨百姓，只怕慘絕人寰。所以我們必須在平原上和他們決戰，只要撐十天，廣固城內就可收割，即使退守內城，都可以吃上一年。」

眾將都以爲聽錯了，爭論不休，要堅壁清野的占了大多數，慕容超道：「絕不可以，這是我們和百姓的約定，絕不可毀！」說完拂袖而去。張綱怨道：

「主公這樣沒決斷，廣固城存糧再多，也難以固守。」

公孫五樓駁道：

「當年劉備兵敗，曹操追兵將到，數十萬百姓追隨，不管多少人勸，劉備也不願自行逃命，這是仁義，還是愚蠢？」

兩人爭得劍拔弩張，眾人連忙將兩人勸開，張綱說：

「劉備要是當時就敗亡了，就只是歷史上的笑話而已。」

晉軍進入大峴關，劉裕道：

「傳令下去，要散布謠言說是慕容超愚蠢，放棄長城防衛線。你們要多宣傳這類謠言，讓流民帥灰了心，讓燕軍覺得英雄氣短，士氣渙散。」

聽到燕軍沒有堅壁清野，劉裕再傳令：

「這下我們的糧草不愁了，吩咐下去，將各地農莊的收成徵收一半，其他留給百姓，爭取百姓的好感，並且傳令下去，說鮮卑人貪小便宜，連堅壁清野的決心都沒有，讓百姓都對燕軍失去信心。」

廣固決戰

魏軍到達邊境下寨，派慕容鍾等三人引五千軍，繞過冀州，到廣固城觀戰，三人在城西的高地上紮營，看到臨淄平原上兩軍布陣完畢，旌旗飛揚，劍拔弩張，慕容鍾說：

「你們有看過這麼大的陣仗嗎？晉軍有沒有三十萬軍的樣子？久聞劉裕的北府軍能征慣戰，眞是沒有浪得虛名。」

第一日，晉軍吹動號角，燕軍催動海螺，在一處緩坡之上布陣，慕容法道：

「小乞丐瘋了，敵軍這樣強大，他有多少部隊，竟敢接戰？」

兩軍對陣，晉軍騎兵衝鋒，蹄聲動地，有如開波破浪，一波波衝來，燕軍陣中拖出一排排塗滿油的滾木，點燃了火，由山坡上直滾下來，晉軍騎兵被打到的不計其數，燕軍金鼓齊鳴，戰車出動。

慕容法道：

「戰車是戰國時代的落伍兵器，他以爲在演齊桓公嗎？」

段宏說：

「我曾聽他說過，古代人用戰車，是因爲古代的馬兒大都不夠壯，所以要四匹馬兒合力拖車，後來的馬兒養壯了，才有了騎兵，戰車就被淘汰了，因爲戰車只能在平地發威，但是這個平原上正好衝鋒。」

燕軍戰車衝了出來，長驅直入晉軍陣中，晉軍像是鐮刀下的稻草，應聲而倒，又一陣海螺號起，馬隊開始衝鋒，日正當中，一排排野雁悠悠向南飛去，平原曠野，燕軍高聲呼嘯，有如千萬隻狼嚎，段宏訝異道：

「這是慕容狼嚎呀！我幼年隨先父的部隊出征，當時慕容戰士都會狼嚎，敵軍聞而喪膽，都稱這是鮮卑鬼哭，但後來慕容暐說這太像蠻人，慢慢就取消了，你們還記得嗎？」

果然燕軍越戰越勇，兩軍無數的性命，隨著時間迅速流失，兩個時辰過去，燕軍撤退，慕容法道：

「劉裕治兵，果然不同凡響，前陣挫敗，中軍卻巍然不動，燕軍現在是猴子撼大樹，一開始搖下幾個果子，再下去就沒奈何了。慕容超還有什麼絕招？」

三人面面相覷，異口同聲說：

「拋石器！」

這三人都吃過拋石器的虧，果然燕軍陣中一波波火石飛出，晉軍陣中慘叫連連，第一天的戰役終於收兵，黃昏下，平野遍布屍首、兵器、戰車，兩條河淄水和濁水都被染紅。

第二日，一破曉便又號角連天，晉軍全速向燕軍衝來，燕軍一聲砲響，一支紅纓銀甲的騎兵衝出，人馬都身披銀色盔甲，為首的正是慕容超，慕容鍾道：

「這是重騎兵！他曾說西域的波斯帝國，因為馬養得雄壯，人和馬都身披盔甲，還可以衝鋒陷陣，沒想到他也養出這等雄壯的馬了。」

慕容法看了半晌，叫道：

「那是什麼駿馬？你看那畜生雖然穿著盔甲，卻罩不住兩隻大耳朵，那是騾子！小乞丐騎著閹貨，真是丟人現眼到家了！」

但是這重騎兵有如一條紅脊銀龍，在晉軍陣中往來衝殺，段宏說：

「他不是老是說，要用北地的母馬，來配山東的大黑驢嗎？一定可以配出既有衝力又有耐力的騾子嗎？看樣子，這騾子真的比駿馬還管用！」

慕容法啐道：

「小乞丐果然是牧童出身，最會幫畜生拉皮條，這是什麼低賤本事！」

這時又是一聲砲響，兩支翼軍也是紅纓銀甲，衝出陣來，把晉軍剪出兩條裂痕，慕容鍾道：

「這兩支隊伍是誰帶頭，可看得出來？」

慕容法叫道：

「看旗幟，一隊是公孫五樓，一隊是賀賴盧，這兩個跳梁小丑，也可以帶隊？要是慕容德還在，這三支馬隊，一定是我們三人帶的隊！」

這三支軍會合，直衝往晉軍中軍，又是一聲砲響，戰車團衝了出來，晉軍將他們圍得像鐵桶一般，燕軍火石又源源拋出，兩軍像是兩頭鬥牛，捨命也不退讓，慕容超奮力衝殺，喝道：

「老無賴，快出來一決死戰！」

晉軍左右兩翼並出，把燕軍圍在中央，廝殺慘烈，晉軍中衝出一人，手持八尺長槊，直擊慕容超，那人膂力驚人，長槊沉重，卻攻得非常靈活，慕容超看出正是孟龍符，他用的槊比慕容超的槍長許多，以長制短，讓他難以近身，慕容超道：

「好武功，在馬耳關你用短兵器，今天用長的，還有別的嗎？」

突然慕容超施展出「轉」字訣，用槍纏住了那支槊，七轉八轉，奮力一挑，長槊被拋向上方，慕容超一槍直刺孟龍符喉頭，就在千鈞一髮之際，一把大刀斜裡殺出，將慕容超的長槍震飛，那人正是劉裕。

慕容超連忙拔出短槍，孟龍符也扔了長槊，拔出雙鐧合攻慕容超，慕容超後方的張綱接住劉裕的大刀，但不是對手，不出十回合被劉裕打落馬下，燕軍龍頭頓挫，晉軍吼聲震天，將燕軍推散。

慕容超見勢不諧，將一支短槍射向劉裕，劉裕連忙閃開，就在這一瞬間，慕容超已由馬背上暴起撲向孟龍符，兩人都跌落在地，慕容超拖著張綱奔開，劉裕只見孟龍符已被短槍釘死在地上。

劉裕甚爲悲痛，舞起大刀追殺，手刃數十燕軍，晉軍奮力掩殺，眼看將燕軍推散，突然火石從天而降，劉裕連忙從馬上躍下，只見他的座騎和幾個隨從都被打死了，那火石接二連三，顯然都是瞄準他而來，他知道只得撤退。這次非但沒有得手，還折了一員大將，他拿刀遙指慕容超：

「小乞丐，我一定把你周圍的人都殺光了，最後再親手殺了你！」

直到夜色初籠，晉軍鳴金收兵，前陣變做後陣，緩緩撤回本營，燕軍也不再廝殺，亦緩緩撤回廣固城，月色之下，滿地的死屍，比昨天更驚人，慕容法道：

「我一生戎馬，從沒看過做元帥的人這麼愛衝鋒陷陣，小乞丐莫名其妙就算了，這劉裕竟也是如此，這樣下去，非要打到兩人中有一個死了才能停。」

海戰

廣固開戰後，田大塊在琅邪外海布陣，秋高氣爽，萬里無雲，田大塊說：

「這海面到了秋天，正是寒暖流交會之地，魚量驚人，每年都會有很多南邊來的漁船，現在卻一艘也看不到，莫非晉軍要來了？」

果然，晉軍艦隊在海上出現，田大塊催動戰鼓，數十艘的快艇、戰艦衝了出來，燕軍船上都裝了拋石器，那天海浪平靜，船隻移動速度不快，火石個個準確無比，晉軍許多船都燒了起來，慌忙中都跳進海中，淹死的不計其數，燕軍歡聲雷動。

但是五日之後，竟有軍士報道：

「敵船又來了，一隊接著一隊，遠到天邊，不計其數。」

「你嚇糊塗了？天下哪有此事？」

田大塊登高瞭望，金色海面上的黑點果然多得難以計算，一隊接著一隊，直延伸到海平線上，他大叫一聲苦也：

「這裡只怕有十五萬，甚至二十萬軍吶！敵我如此懸殊，所有船艦都出動，尤其攻打他們的運兵船。快通知主公，若是明天此時沒有聽到我們的消息，就是全都戰死了，敵軍也已經登陸了。」

但是晉軍戰艦殺之不盡，激戰半日後，海面上火燒船遍布，濃煙滾滾，落水哀叫者不可勝數，燕軍受創的船乾脆引火自焚，直衝上晉軍軍艦，以小換大，到得傍晚，燕軍船艦所剩無幾，晉國軍艦點上燈火，海上火光綿延數十里，田大塊嘆道：

「弟兄們，主公有令，不要硬拚，大夥逃命去吧，若能逃回廣固，再來馬上決戰！」

他自己駕了一艘戰艦往來衝突，掩護他人逃命，黑夜籠罩時，田大塊的船已經沉在海底。

第七日，雙方死傷慘烈，燕軍後方煙塵滾滾，原來是一支大軍，慕容鍾道：

「這些晉軍是哪裡冒出來的，難道真的走海路過來？晉軍竟有這麼多？」

燕軍向廣固方向撤退，但是晉軍緊咬不放，戰線綿延數十里，燕軍已被打散，慕容鍾道：

「勝負已定，我們快離開吧，否則晉軍要來追捕我們了。」

段宏卻愀然說：

「慕容超這一戰，無愧於大燕祖魂！你們走吧，我回去做大燕鬼！」

說完他躍上馬，對著自己的親信叫道：

「兄弟們，多謝多年來跟我出生入死，但我要回廣固去了，來世再做兄弟吧。」

許多軍士們叫道：

「段將軍，我們跟你回去，能打這樣的仗，我們死也值得。」

段宏對兩人道：

「這些人跟著我，你們意下如何？」

慕容鍾淒涼道：

「要回去就回去吧。我不是怕死之人，但我不爲慕容超死！」

段宏拔出劍來，喊道：

「大燕的將士們，再看看這江山，要死的就跟我走吧！」

他領頭衝下山坡，殺進重圍之中，晉軍未料魏軍會加入戰鬥，連忙掉轉陣式，燕軍以爲是秦國援軍來了，士氣爲之一振，混亂中，燕軍殺出重圍，奔回廣固，段宏部隊反而成爲晉軍圍殺的目標，叫道：

「能多殺一個南蠻，就多賺一個！」

此時廣固城門竟然打開，一支騎兵衝了出來，帶頭的竟是慕容超！他的臉頰用布纏著，鮮血滲出來，他所到之處，有如分開潮水一般殺出一條血路，救了段宏部隊奔進廣固城，段宏滾下鞍來拜倒：

「主公，你連日來奮戰強敵，讓慕容氏『韌戰』重現天下，如今你又甘冒性命危險，搶救叛臣，段宏不能報矣。」

慕容超扶他起來，道：

「段將軍能捐棄成見，才是大英雄，捨生赴義，是燕國的大忠臣。」

城樓上叫道：

「主公，晉軍就要攻城了。」

他們奔上城樓，只見晉軍紮住陣腳，在離城三里安營下寨，每個帳前都是一盆篝火，漫山遍野，多似天上星辰，而騎兵則人人手持火把，繞城奔馳，晉軍配合鼓聲，齊聲呼喊，一聲聲都是整齊無比，震天價響，和慕容狼嚎有對抗之意，慕容超道：

「他們不是要攻城，是在炫耀兵力，劉裕打仗不浪費時間，明天就會開始攻城，我們只有撐得越久才有希望，但願慕容祖魂保佑，讓他有後顧之憂，我們才有可能解圍。」

之三　廣固之圍（西元四〇九～四一〇年）

慕容超回到廣固後發起高燒，幾近昏迷。

次日，晉軍開始攻城，諸將都到外城防守，城內軍民加緊收割，眾臣商議道：

「主公昏迷，沒有主帥，軍心渙散，如今只有慕容鎮可以穩定軍心，扭轉局勢。」

公孫五樓趕到慕容鎮的府邸，慕容鎮自從被軟禁在家就衣衫不整，情緒十分不穩定，但此時他已經全身戎裝，精神抖擻，對著堂中的牌位行禮，問韓範道：

「是主公要你來的嗎？」

「主公受了傷，昏迷不醒，是眾臣要我來請你坐鎮指揮。」

「聽說老段宏都手癢回來了，慕容氏人能打這樣一仗，死也無憾了，主公有危險嗎？」

「現在誰也不知道，只有靠你撐場面了。」

公孫五樓看到，慕容鎮在堂上供的，正是他在冀州城中送命的妻子和三個小孩。

慕容超在昏迷之中，來到一個全白的世界，遠處四騎在平野上馳騁，耳邊竟然傳來公孫氏與慕容德的聲音，他想要相認，卻無法出聲，慕容德說：

「娘，你到底教了阿超兒什麼？我只怕燕國要亡在他手裡。」

公孫氏爽朗地笑道：

「那四個騎士，就是你的列祖列宗，你不認識了嗎？你問他們，我該教阿超什麼！」

「阿德我兒，你以為做國君，就是要維持慕容地盤嗎？再強盛的鹿群，遇到了連綿風雪也難以存活，但風雪後，總有更強的鹿種冒出來，這就是慕容精魂，這就是韌戰之力！」

「所以亡國了，慕容子孫都被屠戮殆盡，也沒有關係？」

「當然沒有關係，韌戰之力像是樹上的種子，一有機會就會冒出來，這就是老天爺讓慕容氏崛起的原因，不是為了讓慕容暐慕容評這等孬種謀福利。」

「娘，等我攔下這幾個列祖列宗，讓他們評斷評斷。」

那四名騎士衝來，慕容超卻無法動彈，眼見就要被撞得粉碎，但他聽到姜繁霜的聲音在他耳邊響起：

「醒來！」

他睜開眼，看到的卻是老太監孫進，道：

「謝天謝地，皇上已經昏迷了七天七夜了，發燒不止，太醫都束手無策，你竟然自己醒了，一定是先皇護佑。」

「先皇？我剛才在夢中才見過他呢！」

有太監慌張的衝進來道：

「敵軍打破外城南門，段宏將軍陣亡。」

「快取盔甲來。」

「皇上被送回來時，盔甲撕裂，連掩心鏡都碎了，身上大小刀劍傷數十處，我追隨先皇一生，也未見過如此重傷，你昏迷了這麼久，不宜亂動。」

孫進垂淚道：

「別說這廢話，我若不出戰，外城部隊只有被個個擊破。」

「這幾日都是慕容鎮號令中軍，由他去救外城才對。」

「這可難爲他了，你不要糊塗了，快拿盔甲來，否則我斬了你。」

孫進哭著爲他穿上盔甲，等到兩名段太后和呼延晴趕來，慕容超已經策馬出城了。

慕容超來到內城城樓，只見眾將都已筋疲力盡，道：

「難爲你們了，如今只有把外城的兵將救回內城，我們才有足夠實力守城。」

慕容鎮道：

「主公身上有傷，不如在此指揮，我們出去搶救。」

「你們幾日沒睡，再勇猛，也是強弩之末，你仍在此指揮，張綱負責打火石，爲我開路！」

慕容超率禁衛軍直殺到東門，燕軍被圍許久，此時乍見慕容超出現，士氣大振，兩軍合做一處，又向北門殺去。

入城的晉軍四下包圍，城樓上的慕容鎮用紅旗爲號，指揮燕軍左衝右突，而張綱也配合指揮，抛出火石開路，慕容超領軍攻南門，激戰甚久，慕容鎮怕他被圍，指揮燕軍都一起殺向南門，晉軍以爲腹背受敵，開始四下竄逃，慕容超將眾軍合做一處，衝回內城，張綱問：

「主公剛才爲什麼在南門纏鬥，差點全軍覆沒？」

慕容超讓開身子，大家才看到段宏的屍身，他說：

「我看到晉軍要把段宏的頭顱掛到城樓上，所以拚死搶回來。」

張綱不解道：

「主公，這半月激戰，臨淄平原上有多少屍首在餵野鴉？琅邪外海有多少浮屍在餵海魚？爲了段宏的屍首，送上了主公性命，燕國不就完了？」

慕容超道：

「屍橫遍野，被野鴉野狼分食，是歸於天地，但段宏將軍是慕容勇士，絕不能受此侮辱。

從現在起，我們要堅守內城，等待秦國援軍，到時候晉軍腹背受敵，我們終能反客爲主，追晉軍過長江去！」

韓範道：

「我們撐了這七天，也把外城的農作物都收成了，讓我們至少可以撐個一年，這是慕容鎮大將軍的功勞。」

眾軍士再次歡呼，像是打了勝仗似地，張綱望著他的背影，對身旁部將說：

「平常上朝，他三拳打不出個屁來，說話呑呑吐吐；到了戰場上，他幹什麼事都不用想，他不怕死，也不計較輸贏，若不能順他的意，他還不屑一活。」

自從開戰，已逾半年，燕國已派出三批使節到秦國求援，但赫連勃勃收了晉國的黃金，不斷騷擾秦國邊界，姚興不敢出兵，慕容超決定還是由韓範出使，張綱道：

「我願一路保護韓大人，我曾在長安爲官，也有許多舊識，足以協助韓大人。」

慕容超道：

「那就託付給兩位了，快擬出突圍計畫吧。」

眾人退下後，太監孫進對慕容超道：

「先皇過世時，小人曾稟報過，城內有條救命密道，主公可記得？」

「果然說過，你是說讓他們用這條密道出城？」

孫進道：

「昔年先皇建外城時，向四個方向挖了四條地道，就讓他們走往西的地道，可以直通到山腳下。」

慕容超道：

「爲什麼這樣大的工程，卻沒有人知道？」

「先皇一輩子被人出賣太多次了，做這工程時特別隱密，工人都是外地徵來的，修完了就送走了！臨淄平原上有許多地下河道，這些地道就是用水道修的，當時建城的工程頗大，一般人都以爲是要引水入城，這地道只有先皇和我最清楚。」

「原來公公你是工程鬼才！」

「先皇才是，我常想，先皇待在地下太久，是否吸了太多溼氣，才得了病？」孫進沉默了一會，說：「主公要多注意張綱，他這人自負甚高，甚至想要留名青史，所以很在意他成不成功，他不是長坂坡救阿斗的趙子龍，反而像腦後有反骨的魏延。」

慕容超道：

「那麼他若是投奔晉國，不是就可以用這條地道進城了？」

「他們走後，我們就放水決了這條地道，」孫進說到這裡，跪在地上道：「主公，今日之事生死攸關，請主公諒解，過去，我故意不說清楚這地道的規模，因爲主公太信任人，只怕知道的人多了，遲早要洩漏出去！」

慕容超連忙扶起他來，道：

「你的一片忠心，我豈不知？這幾年看我做國君，是不是覺得我是在插標賣首？」

「主公生長在草莽之間，在絕境之中求生存固然不容易，但是宮廷裡的人衣食無虞，一輩子都在算計，這是主公絕對比不上的。主公，孫進的時日無多，所說的話，主公願意聽就記著，否則就忘了吧。」

五月中，韓範與張綱出發，晉軍每天都展開猛攻，但是連續兩個月都打不出破綻來。

七月中，燕軍經常夜襲晉營，晉軍在城外挖出一條深溝，引水入內，防止燕軍出城，準備長期作戰。

九月中，晉軍推出高塔狀的木樓，下面裝有車輪，上面站滿士兵，不斷將箭射入城中，殺聲震天，城內軍民日夜驚嚇，許多人精神崩潰，自殺而死。

十一月中，火石如雨點般打入城內，廣固滿城大火，硝煙沖上青霄，晉軍大叫：

「今日就要夷平廣固城，活捉慕容超！」

賀賴盧在城牆上怒喝道：

「我看見了，是張綱投降了晉軍，還爲他們做了這些器械！」

還好城內到處有井，燕軍四下滅火，但百姓燒死的不計其數，張綱高聲道：

「我們歷盡千難百劫才到長安，但是秦國自身難保，不願出兵，燕國已無望了，你們快把慕容超拿下了，才是順天應人的作爲！」

賀賴盧怒道：

「張綱！早就懷疑你爲什麼自告奮勇，原來是賣國賊，主公好意，把你老母接進皇宮中，你這個不忠不孝的賊子，把自己的老母給打死了！」

張綱大怒道：

「慕容超，竟敢殺死我母親，我與你不共戴天！你這個亡國之君，誰碰到你都要倒楣，你看，這是誰的腦袋？」

城外的拋石器拋進一個包裹，打開一看，血淋淋的一個人頭，竟是五哥！慕容超一時怒血攻心，幾乎昏倒，張綱叫道：

「他的乞活堡裡的男女老少，全都雞犬不留！跟著慕容超的人，只有這個下場！」

兩軍一直激戰到半夜才收兵，慕容超道：

「你們快帶領部隊，在城內挖出地道，不用深挖，上面覆上石板，可以躲過火石。」

果然，幾天的努力後，城內的損傷減輕，晉軍以絕對的人數優勢，仍然無法破城。

十二月中，廣固城中之人面面相覷，心中共同想著：

「沒想到我們還能再活到年關，這是眞是假？」

終於有軍士突破防線回城，帶來大好消息：

「姚興終於派一萬兵來救，韓大人要我先回來報告皇上。」

賀賴盧道：

「這姚興眞是婆婆媽媽，拖了這麼久，只派出一萬援軍，有啥鳥用？」

慕容鎭道：

「我們知道，晉軍可不知道有多少，一定軍心不穩！」

但幾天後，南城傳來騷動，韓範竟然在晉軍陣中，大聲呼道：

「主公，不是我不盡心盡力，我四下奔走遊說，才終於讓姚興點頭出兵，但是我們才走了兩天，長安就派飛馬來追，說是赫連勃勃打到長安，秦軍就回頭了，我半路被晉軍所擒，主公，爲了減少損傷，還是開城投降吧！」

張綱衝出來說：

「韓大人，你的家人都還在廣固城內，必然要遭他毒手，還是讓我攻城吧！」

慕容賀賴盧怒道：

「主公，不如就斬了韓範和張綱的家人，給這些叛徒一點顏色！」

慕容超卻說：

「他倆的作爲，和他們家人無關，千萬不要造此殺業。」

毒城

慕容超對韓範的仁厚，以及全無外援的絕望，反而凝聚了一股悲壯之氣，城內軍民適應了戰爭的殘酷，像是農民每天耕田、商販開門做生意一樣，慕容貴族的耆老們，帶了一批娃娃兵，都在十歲上下，背了小弓箭，持著小槍，來見慕容超：

「皇上以前說，慕容貴族已全無慕容氣概，這半年多來，多少慕容青年戰死，也算不辱祖魂了，今天將這些慕容娃兒帶來，請皇上教他們鬼箭神槍，即便我們全死光了，他們之中有逃出去的，也能再傳我大燕神勇。」

慕容超向耆老們行禮，向天跪謝，他每天帶著娃娃兵操練，全城人更是鬥志堅決，抱了決戰到底的心。

劉裕的忿怒已經沸騰，韓範諫言，用談判讓燕國納表稱臣，這樣既有了北伐成功的美名，又免除了兩敗俱傷，但是劉裕不接受，道：

「我不能讓小乞丐活下來，因爲他跟我太像了，這次他是落了下風，給他一點機會，就可能是他把我趕盡殺絕了！你們出城的地道是關鍵，找到地道，就可以進城。」

張綱道：

「慕容超等我們一走，就放水決了地道。但我有一計，這地道的水，一定和城內的飲水相通，若是在這水中下毒，到時全城患病，不攻自陷。」

劉裕道：

「要用什麼毒才能有效？」

有人說用山麻黃，用大量的鹽，更有人說：

「把這戰場上的死屍全扔進去，一定有用。」

韓範連忙道：

「萬萬不可，若是引發一場大疫病，這裡的水道枝幹相通，非但城中人死盡，連圍城的晉軍也難逃一劫。」

劉裕道：

「那麼就通令全軍，到西山南山的高處取水來喝，吾意已決，再有異議者斬。」

晉軍停止了攻擊，城內軍民終於能喘一口氣，都歡歡喜喜準備年夜飯，慕容超下令將士們輪番回家，自己留守，那群娃娃兵不肯回去，要陪他在城樓上過年。

到了天將拂曉，他聞到一股惡臭醒來，見到娃娃兵們，不是在地上呻吟，就是已死，滿地的嘔吐及糞便，他大聲呼喚，竟也無人前來，奔下城樓，只見路上死者遍地，個個面目扭曲，活著的人都在路邊嘔吐，他自己也吐了幾次，衝進宮中，所幸並未被波及，慕容鎮趕來道：

「晉軍必定找到了我們的水源，在水中下了毒，快通令全城，只能飲北城泉水，所有死者屍體要集中燒毀，患者集中治療，免得疫情擴大。」

忙了半日，慕容超失魂落魄地對段氏說：

「那群娃娃兵，全都死盡了！」

城中超過一半的人喪命，其他人上吐下瀉，長出爛瘡，每日送命的比晉軍攻城時還多，連慕容賀賴盧這等壯漢，竟然也在嘔吐三天之後，一命歸天，全城彌漫著絕望和恐懼，公孫五樓道：

「主公，這麼點人，是完全守不住了，還是把屍體在城牆上焚燒吧，一來讓毒素在城外飄散，二來也讓晉軍看看這個慘狀。」

廣固城樓上冒起濃煙，晉軍一傳十，十傳百：

「那煙都是有毒的，千萬不可被吹到！」

「那煙裡都是冤魂，一吸進去就會被附身！」

不但攻勢戛然而止，甚至陣腳崩動，四下竄逃，劉裕怒道：

「再有亂傳者立斬無赦，四下收集石灰，沿城牆灑滿三圈，讓軍士們稍平驚懼。怪了！看別人得疫病，竟然比自己死還可怕！快派出探子，看城內狀況如何。」

探子回報城內狀況，他對劉敬宣低聲道：

「我早該想到了，他不是告訴過你，當年他在長安做夜行俠，就是受不了人世間的殘忍。這小乞丐像鋼鐵打的，原來就只有這個罩門！看來我們可以慘勝了！破城之後，非把這一城之人殺盡不可，一則平我心頭之怒，一則防這疫病擴散，更不能讓這下毒的事傳出去。」

西域之仇

慕容超在城樓上醒來，萬籟俱寂，這是元宵夜，但唯一可見的是焚屍之火，天候冰寒，卻沒有一點風，白雪無聲地直直飄下，像是無數冤魂的淚滴。

晉軍營中突然火起，一騎馬在營中狂奔，一支支火箭如流星般飛舞，把許多營帳都燒了起來，慕容超一見那箭勢，令人打開城門，那匹馬直奔城下，軍士說：

「主公，這人使的是鬼箭神槍，和你一模一樣。」

等到那人奔進來，軍士都驚道：

「主公，這人和你也長得一模一樣！」

果然在他最無助的時候，是獨孤拔出現在他面前。

「重重晉軍，綿延十里，你難道是一路殺進來的？」

獨孤拔脫下盔甲，說：

「我有你這麼笨嗎？我帶了一支商團由北方來，晉軍也高價收買我的牛群和糧食，我在夜裡潛伏到城下，這才化了裝演這齣戲，把他們嚇一嚇。」

慕容超道：

「我就知道，你一定會趕來的！你來得正好，快帶著晴兒和我娘遠走高飛。」

「這個燕國，原來只是公孫大娘的一個故事，沒想到你還眞的撞進了裡面！如果當初你沒有出現，你叔叔死後，那幾個窩囊廢也扛不起來，燕國遲早是別入的囊中物，你做了這幾年國君，也沒對不起誰，其他就付之天命吧！」

慕容超道：

「你我都曾是牧羊人，你會捨了你的羊兒逃命嗎？不知道有多少次，我眞想掛冠而去，但總是有事情讓我留下來，我以爲坐在這王位上，可以讓燕國強盛，讓這一方百姓有好日子過，結果呢？沒有我，或許沒有這場戰爭，若是讓慕容鍾接了王位，就算劉裕打來，也就望風而降，不會打得這麼慘烈，多死這麼多人！」

「你這是什麼三流的比喻和感嘆？天下事的因果，有誰料得準？如今只能逃一個算一個，你還有什麼招？」

「我計畫用向南的地道，出城偷襲晉軍，同時用向東的密道，讓城內的人慢慢逃出去。正好你來了，可以帶著一支隊伍，逃去海邊躲藏，這裡有許多是海邊的漁民，隨時可以帶著你們出海逃走，避開劉裕的追捕。」

「阿拔，我這輩子沒做什麼壞事，唯一的壞事就是以爲可以變成你，所以我在長安絕望的時候，以爲我至少可以代替你，讓晴兒快樂一些，但這只是個妄念，沒有一個人可以取代另一個人。」

「但是在我死後，請你照顧我的母親，庇佑我的子民，同時娶回晴兒，彌補你和她最大的遺憾，你知道，大娘死時，晴兒悲痛萬分，但是她一知道你還活著，就問我，你還戴著她的銀項鍊嗎？」

獨孤拔將領口解開，露出銀項鍊，慕容超道：

「我以爲你把它送給龍家戲院的妓女了。」

獨孤拔道：

「當時我傷心欲絕，就找龍家戲院的少女做替代品，但是心裡更加空虛，我拜託龍神駒把我催眠，只要任何人戴上這銀項鍊，我就能把她當成晴兒；只是沒想到，龍神駒在催眠的時候，也探聽出了商團的祕密，所以他才能偷襲得手，在他知道商團的利益有多大之後，他才找上哈山王子，出賣了他的強盜兄弟。」

「那麼你是怎麼擺脫他的控制的？」

「在蔥嶺上，我將此事告訴法顯，法顯把我帶到一個高崗上，面對千仞深淵，叫我跟著他打坐念經，我念久了昏沉睡去，張開眼不見法顯，只看到晴兒站在眼前，她把頸上的銀項鍊取下，直拋下深淵中，我撲了出去，也直落下無盡的深處，我墜落了好久，突然項鍊飄浮在我眼前，套在我的頸上，讓我向上飄了起來，一直飄回到高崗上，但當我四下尋找晴兒時，她已經不見蹤影了。」

「法顯把我叫醒，我再看到頸上的項鍊，就不再覺得它有任何魔力，只代表了我對晴兒的思念，我也知道，我永遠失去她了。」

「你沒有失去她，你帶她走吧！」

獨孤拔沉默了，道：

「只要她願意，我當然要娶她，但你為何一定要死在這裡？」

「我若不死，劉裕不夠有面子，就會屠城，也會四下追捕逃出的人。再說，我也不要再逃了，當年就爲了瞻前顧後、顧全大局，才離開了三高寨，我才會永遠失去了阿霜。當年根本就應該是我而不是呼延老爹回去，殺了竇鐵槌，救了阿霜，逃出三高寨，就算被追兵殺了也甘願，這是我的恩仇，就該由我來了結，比起這一輩子牽腸掛肚的遺憾好得多。同樣，這是我和劉裕的恩仇，也該由我一了百了。」

「那就拚到底吧，爲什麼要這時放棄？」

「這場仗，根本可以不要打的，就是這幾個人的野心，讓這麼多生靈塗炭，劉裕最後這下毒的策略，的確是致命一擊，人世間的爭鬥，難道眞要這樣的兇殘？再打下去，只是死更多人而已！但這一仗讓劉裕惱羞成怒，城破時必會屠城，如今還有機會談判，我已經派人去找劉敬宣，我會讓劉裕殺死我，換取城內人的性命！」

「我一定得死。最近，在似夢似醒的時候，看清了許多生前死後之事，也瞭解了很多以前看不懂、想不透的事。」

獨孤拔又興奮起來，說：

「難道你知道你的元神了？」

慕容超道：

「這倒沒有，或許眞要等我死後吧。但是我看到，開春後，琅邪台海邊會有一艘大帆船由海上來，那船上有法顯和尚，還有安和樂，到時你到那裡去等他。」

「安和樂不是說，他終有一天，要選擇信哪個宗教嗎？難道他竟然信了佛祖？」

「不知道，只見他一路陪著和尚，不悖不離，回到中土。」

獨孤拔道：

「你既然有這等神通，可有看到我如何爲呼延大爺和阿雁大娘報仇的？」

「我只有驚鴻一瞥，又不是萬事通，你殺了龍神駒，哈山如何肯放過你？」

獨孤拔由他的隨身皮囊中拿出一水壺道：

「這廣固城中，連水都不能喝，我只好自己帶酒來了，這是龜茲城的葡萄美酒，也可以讓你懷念迦葉。」

他與慕容超連飲三杯，道：

「我離開長安之後，河西曠野的風，終於讓我腦袋冷靜了，既然我已發現眞相，龍神駒怕我會找他報仇，一定會先下手爲強。我回到張掖，果然有人找上了我，但這是我絕不會懷疑的人。」

「難道是阿缺叔？他還活著？」

「哎呀！沒想到你果然有些靈感！七年前，你們都去了武威，只留下他在張掖看家，他聽到商團易主，他是何等機靈的人，立刻把錢藏了，躲了起來。」

「他看我回到張掖，瞭解了我的企圖後，才現身找我，我們想了十幾個計畫，最後決定暫緩報仇，先遠離是非之地，另外找一條活路，來和哈山競爭。」

慕容超道：

「你到吐谷渾去，另創一條商路？」

「我們也想過，但是出了吐谷渾，還是必須和哈山的地盤相接，所以，我們由張掖向北，出漠北到大草原去。草原之路，其實比西域還好走，只是到冬天就得打烊，向東可以到河北、遼東、高句麗，向西可以一路到粟特，避開波斯的勢力。」

「當年，呼延老爹把親眷都安置在漠北，就帶著阿殘、阿缺叔趕去報恩，後來因爲戰亂，他們的親眷也搬了家，沒想到阿缺叔竟然在大草原上找到了他們。如今有家有室有財富的人竟然是他！我們以前都笑他比較像員外，沒想到是有道理的！你知道他爲什麼沒有跟我來？因爲他安頓了家人，又千里迢迢，去找阿霜了。」

慕容超沉默不語，獨孤拔又說：

「我們用的是安和樂的法子，人人都可以受惠，哈山大受威脅，無所不用其極的攻擊我們，但是我們有驍勇的保鑣，這群人也是熟人，我只要提起你的名字，就死心塌地，雖千萬人吾往矣。」

慕容超還沒反應，獨孤拔就說：

「不要再想了，腦子會受傷的，就是當年的突厥難民，要不是我們相救，早就在河西草原上做肥料了。」

「他們的功夫普通，也不太會戰術呀！」

「他們都是匈奴別種，跟過我們打仗後，如今是草原上人見人畏的武士。」

「哈山要龍神駒僱了波斯刺客，幾次來暗殺，結果無一倖免，因爲突厥人早就盯住了他們，連龍神駒的黨羽都一個個殺了，最後只剩下他一個人落荒逃回龜茲。」

「這時他已無利用價值，哈山也不照管他，在龍家戲院裡、我和阿缺叔的面前，吃下我準備的毒藥，這毒藥也不比呼延大爺的痛苦，有如萬蟲咬齧，痛不欲生而已，不過，我只讓他痛苦一晚，就結果了他，也算便宜他了。這已是去年的事。」

「既然如此，我們來拜祭呼延老爹和阿雁大娘吧！」

兩人焚香祭拜一回，痛飲數杯酒，慕容超道：

「我還有一事要託付給你。我被放逐到琅邪海邊的時候，遇到一個當地女子魏氏，愛上她的渾然天成，但是她就像是慕容吐谷渾的母親一樣，寧願過尋常百姓的生活，決意不進王宮，兩年前她產下一子，這事誰也不知道。」

「所以你明天天亮，就先由地道潛到東邊，那裡會有人接應，天一黑，晴兒和我母親就會出城，請你帶著她們到海邊，接了魏氏母子，等到安和樂後，渡海東去，高句麗、倭國，都可以是你們的淨土！我將這祖傳的七出金刀，和金步搖皇冠都給你，無論是你的孩子你的孫子，都可以將這慕容精魂，流傳下去吧。」

獨孤拔卻道：

「還是你自己去吧！你知道，我的化裝術更進步了，還是我扮做你去死吧！我以前說，我不甘願做你的影，但是這些日子來，我終於知道人生是多麼的艱難，做人是多麼的麻煩，永遠都不知道做得對不對，但是做你的影子倒是容易得很。」

「你這人身體像鋼鐵，腦袋像木頭，性情像火山，平常是全無反應，一爆發就不可收拾，我想都不用想，就可以把你做得更像你！我永遠是你的影子，但是究竟是形在帶著影，還是影在領著形，倒是個難解的謎！你看，我們自小到大，多少次絕處逢生，現在才知道都是我的功勞。這幾年我不在身邊，你就搞到了這步田地！」

「而且，我用藥當然也進步了，剛才那一輪酒，我已經放了無味無色的麻藥，你馬上就不能動了，待會兒，我會把銀項鍊掛在你脖子上，把你送到城外，等明晚晴兒見了你，就終於知道你才是她的歸宿。」

慕容超大笑道：

「沒想到你這樣沒進步，腦袋裡還是只有三流的比喻，我的手法之快，在你十倍以上，我早把酒杯換了，你把自己的麻藥給喝下去了。」

獨孤拔哼道：

「你果然是個笨蛋，我的聰明，當然在你百倍以上，因爲我知道你會偷換，所以把有麻藥的酒，放在自已面前，所以你把藥酒偷去喝了！哈哈哈！」

「我的料事如神，豈不有你一千倍以上？哈哈哈……」

之四　原來如此（西元四一〇年）

夜幕初籠，在往東去的地道口，集合了一千多人，包括了城中每一家挑出的一個孩子，慕容超道：

「出了地道，已在城外三里，快向林子裡去，海邊來接應的馬匹和驢車都在那裡，分開逃生，到琅邪海邊再會合。」

段氏說：

「我已經年逾七十，鬼門關走過幾次了，如今死了又如何？」

但慕容超告訴她，在海邊有個孫兒在等她：

「我出生時，祖母就和你一樣年紀，你也該和她一樣，把慕容精魂傳給這孩兒吧！」

段太后卻堅持不肯走：

「這個燕國供養了我十幾年，我的夫君也葬在這裡，我還有什麼好走的？」

晴兒像是馬上要落下大雨的黑雲，但是慕容超知道，她雖然捨不得與他訣別，但也等不及去見已在城外的獨孤拔，慕容超告訴大家：

「一點聲音也不能有，一聲哭喊也不要發，走進地道以後，再也不要回頭。」

午夜，晉軍營中火光四起，殺聲震天，慕容超率軍夜襲，想要取劉裕性命，讓晉軍崩解，反而遇見了劉敬宣，慕容超說：

「劉裕老無賴，不是口口聲聲說要親手取我性命嗎？」

劉敬宣道：

「他如今穩操勝算，哪裡還會鋌而走險？」

「原來他是老烏龜，不是老無賴。劉敬宣，昔日我倆為友，今日為敵，本該殺了你，但對大局也無濟於事，你去和老烏龜商量，只要他不殺戮軍民，不要追捕曾為燕軍的百姓，我就獻上人頭，開城投降。」

燕軍撤入地下，有如一群鬼魅，晉軍氣急敗壞，劉敬宣傳了慕容超的話，劉裕道：

「可以，不過還可以觀察幾天，看他是否有詐。」

每天，燕軍由地道向晉軍發動攻擊，有時一夜數驚，晉軍只有輪流睡覺，每次的攻擊，都是為了讓更多人逃出廣固，逃出去的人重返家園，想起幾天前在廣固的殊死戰，都像是一場夢而已。

每天夜襲，燕軍亦傷亡慘重，連公孫五樓也戰死，晉軍終於發現了東面地道出口，眾將道：

「莫非慕容超已經跑了？」

劉裕道：

「小乞丐如果走了，城內早就瓦解了，這證明了兩件事，第一是城內疫病已經解除，才會忙著逃命，第二是城內的人所剩無幾，現在不要管逃出去的人，打下廣固最重要。敬宣，和他談好條件吧。」

慕容超召集剩下的部下：

「我已與晉國約定，交出廣固，劉裕答應不會再多有屠戮，但還要演一齣殺死我的戲，所以我將徵召一支敢死隊出城，我死後，請阿鎭叔開城投降，你要忍辱負重，爲剩下的這兩萬軍民，求出一條生路。」

眾人無不唏嘘哭泣，午夜慕容超率敢死隊衝出城門，不多時，他只剩下單槍匹馬，被晉軍團團圍住，劉敬宣道：

「慕容超，計畫變了，劉裕要活捉你到建業斬首示眾，你繳械吧！」

「果然是老無賴，凡事都要賴個皮，我怎樣死都無妨，不過，這城內還有兩萬生靈，此事你一定要有擔當！你若沒有守信用，我在陰曹地府等著你們兩個！」

「還有一事，我的嬸嬸段太后要留下殉國，她對你也有恩，請你把她接回建業，奉養天年吧！」

劉敬宣道：

「當年我身在嫌疑之地，段皇后確實給我許多照管，你放心，我一定把她當做親生母親一樣奉養！」

慕容超道：

「既然如此，不如給你做個功勞，把我打下馬來吧！」

劉敬宣吃了一驚，但慕容超已經縱馬衝了過來，他只得舉刀相迎，刀槍相擊，慕容超長槍脫手，跌下馬來，被晉軍一擁而上，五花大綁。

慕容鎮開門投降，晉軍將城內軍民趕到城外的一個木柵之內，四下用石灰布滿，劉裕對劉敬宣道：

「你太快答應他了，這些人要是帶有疫病怎麼辦？不如殺光了爽快。」

「慕容超說你果然是老無賴，凡事都要賴皮，你不是怕他們有疫病，你是怕這些人把你毒城之計傳了出去；但是慕容超說，若是我們不守信用，他就嚼舌自盡，不演斬首大戲。」

劉裕道：

「把他送去建業，關在大牢裡，他就什麼也不知道，再將他們全部坑殺，把廣固城先用大火焚燒，燒光病源，燒不掉的再拆。」

「這將是一場人間慘劇，你不怕得到天譴？」

韓範與眾降臣跪在帳前死諫，不要屠城，劉裕忿忿不語，廣固城連燒三天，劉裕終於下旨，只將三千餘名慕容士族屠殺，其他人移往北方充軍，一年後，與韓範一起死諫的降臣，都被以謀反罪名誅殺，連極力配合的張綱也一起被殺。

陽光穿過牢房上方的鐵柵，映在青石牆上，牢房門開了，進來的是劉敬宣，帶來一桌酒菜給他，慕容超問：

「劉裕如今立了不世之功，是不是要篡位了？」

「這是他最懊惱的事，他原本打算滅了燕就伐秦，一氣呵成，然後登上大寶，但如今為了打下小小燕國，就已損失慘重，短期內也不可能伐秦了，現在雖有人為他表功，但也頗受士大夫評議，只好暫緩他的大計。」

慕容超道：

「劉裕在戰場上屢次找我決鬥，為什麼現在避不見面？」

「老實告訴你，他曾經走到這牢房門口，突然告訴我，他竟然感覺，打開牢門，坐在裡面的其實是他自己！所以掉頭走了，他一輩子不知道什麼叫害怕，也許這是第一次。」

「他最大的好處，就是不婆婆媽媽，他體會到的是死前的恐懼，現在怕過了，他死前就不用再怕了。」

「你會怕嗎？」

慕容超道：

「我一生艱辛，苦心志，勞筋骨，餓體膚，空其身，無一行為不受拂亂，無一事不受磨練，現在要死，以後再無紛擾，反而輕鬆自在！」

「你還有什麼遺願嗎？」

慕容超道：

「我忘了問，你們打算如何處決我？」

劉敬宣愣了愣，說：

「不就是斬首嗎？難道你想用絞刑？」

「笑話！我是一國之君，豈有跪下受刑的道理？鮮卑游牧民族有種古老的死法，四肢拉開綁住，用粗棍子重擊脊梁，打到最後全身骨碎，七孔流血而死。」

「這個死法眞是死到了家，那就這麼辦，我如果有一天要被處死，也要選這樣的死法。」

元神

所以我終於死了，我的耳邊再沒有音樂，也沒有嘈雜，眼前沒有顏色，也沒有形體，嘴裡發不出聲音，也沒有味道，鼻子沒有氣息，不知冷暖，沒有明暗，原來死後的境界是這樣的簡單。

我要去哪裡？要去天堂嗎？我不願去，因爲那裡有我不想見的人，那是誰？是慕容德？慕容家族的列祖列宗？還是呼延平？如果善惡有報，他總應該在天堂的，我雖想念他，但是他見到我，豈不是徒增他的遺憾？

要去地獄嗎？我不願去，因爲那裡有我不屑見的人，那是誰？太多了，比如死在我手裡的一些冤魂、波斯刺客等等，還有許多可厭的人，比如慕容法，還有劉裕這些鬼東西，也一定會來的。

我看清了劉裕是什麼東西，他不是條龍，也不是麒麟，是一半鱷魚，一半蜥蜴、還是蛤蟆之類的龐然大物，也難怪他曾被數百敵軍追到水邊，敵人卻突然大亂，一定是看到了他這恐怖醜陋的形象。

我倒是終於看到了自己的元神，有些像龍，又似巨蟒，我細細的觀看自己的屍身，就連死了，他的曲線也是那麼整齊盈實，也只有這樣完美的軀體，值得承受我一生的大悲苦大歡喜啊。

但是我眼花了嗎？爲什麼這屍身開始蠕動了呢？難道是痛楚還殘留其中嗎？我不禁大慟。但是我也逐漸看到，原來蠕動的不是蛇身，而是身上的鱗片，不，那既不是蛇身，也沒有鱗片，那曲折的形體有千百里之長，閃動的是無法計數的水波，原來我不是龍，不是蛇，不是蚯蚓，就像慕容廆和慕容吐谷渾的父親慕容涉歸，既不是動物也不是植物，而是一座山，我這個燕國的末代皇帝，原來是一條河。

我終於懂了，我一生中有緣的人，其實不是爲我而活，反而是我爲了他們而活的。我像是面鏡子，反映出他們的影像和慾望，公孫氏的故國之思，呼延平的公義之心，姜繁霜滿足不了的愛，迦葉不能割捨的執著，獨孤拔千奇百怪，其實是不折不扣的死心眼等等，就連劉裕無邊的野心，都是經過我得到了實現。

那河像是擺脫了拘束，每一個扭動都帶著勁道，因爲我的死亡，使我的母親、我的妻子、我的兄弟可以存活，我望著他們沿河而走，看見了我的悲與喜、怒與愁、願望與絕望，那扭動的蛇身在北極的冥光中飛騰而起，幻化成糾結交疊的波浪，迴旋成太極與陰陽，直落到千里之外。

我看到一隊疲憊的旅人，跟在一個熟悉的身影後面，那就是我朝思暮想的姜繁霜，經過這十三年，她已經是個久經風霜的成熟女人了，但是她和我腦中的她一模一樣，因爲這十三年之中，我沒有一天不想她，她可能在做什麼，她可能變成了什麼模樣，她若看到我，也一定不會有半點驚訝！

她已經聽說了我的死訊，她叫族人在沙漠邊上架起帳篷，她說：

「就在這裡住下來，讓慕容超的靈魂來找我們吧！」

我眼見那孤零零的蛇頭幻滅了、粉碎了，跌入了沙土之中，鑽動、打轉、扭曲之後，終於冒出地面，變做一口清泉，在沙漠中畫出了一抹微笑，把他們環抱其中。

歷史紀事

西元前三三〇年

亞歷山大大帝征服波斯，建立橫跨歐亞的大帝國，當時的粟特（Sogdiana），在今烏茲別克，與希臘軍血戰，傷亡甚重，在此教訓之後，他們決定不要再打仗，於是轉而經商，他們位在絲路要津，成爲絲路上的大商人，也是文化宗教傳播的媒介，佛教、拜火教、摩尼教、基督教，都靠著他們傳播到各地。

本書中的大商人安和樂，就是粟特人，他們的影響歷久不衰，唐朝時「安史之亂」的安祿山、史思明，都是粟特後裔。

約西元前二〇〇年

匈奴崛起，冒頓殺死其父，取得單于之位，向東大破東胡（即鮮卑），向西大破在今河西走廊的月氏人，把漢高祖劉邦圍在白登，逼得劉邦只好訂下城下之盟，月氏人西遷，剩下的稱作小月氏人，慕容超的愛人姜繁霜和北涼開國之主沮渠蒙遜，都是小月氏人的後裔。

西元前一二六年

張騫出使西域十三年後回到中國，讓中國瞭解到廣大的西方世界，同時漢朝富國強兵，漢武帝派出衛青、霍去病，大破匈奴，奪取河西走廊，控制西域，奠定了現今中國的雛形。

月氏後裔被匈奴人殺怕了，一路逃過蔥嶺，落地生根，張騫找他們出兵，一起圍攻匈奴，被他們拒絕。

月氏人的國勢在西元二〇〇年左右達到頂峰，控制了現今的阿富汗、巴基斯坦、烏茲別克、北印度，號稱「貴霜王朝」，與中國、波斯、羅馬，並立爲世界四大帝國之一，提倡佛教不遺餘力，融合了希臘的哲學，發展出大乘佛教，佛國聖地犍陀羅就在它的治下。

西元七三年

班超經營西域。他只有極少的兵力，主要靠著膽識和外交手段，維繫了漢朝在西域的勢力。

西元二〇〇年

曹操統一北國，八年後渡長江南征，在赤壁之戰敗北，開啓了三國時期。曹操出身不高，因而主張用人唯才，劉備更是平民出身，使得三國時期打破了漢朝士大夫把持一切的傳統。

東漢的政治腐敗，社會僵化，曹操父子獨領風騷，開創古樸雄健的建安文學，一反東漢的雕飾性文風，佛教也開始風行。

而三國時代長期征伐，都援引胡人爲外援，同時人口大減，外族大量移入關內，西元二三八年，鮮卑慕容氏也在曹魏討伐遼東王時，成爲曹魏的傭兵，進入遼東。

西元二八三年

慕容廆和慕容吐谷渾兄弟兩人決裂，吐谷渾率族人西去，輾轉數千里，到了西元三一三年，才終於在青海落腳，開啓了國祚五百年的吐谷渾王國，而慕容廆勵精圖治，終於在三三七年，由其子慕容皝建立了前燕王國。

慕容王朝龍精虎猛，王公大將都是自家人，個個文武雙全，但是代代發生兄弟鬩牆之事，當時吐谷渾雖是黯然離去，但也避免了一場悲劇。

西元三七〇年

前燕慕容王朝雖然一度意氣風發，幾乎統領北國，但是因爲兄弟相殘，被苻堅的秦國所滅。

西元三八三年

苻堅在淝水之戰慘敗，前秦大帝國瓦解，北國又大亂，慕容超在此時出生。稍早，苻堅派大將軍呂光西征龜茲，劫走高僧鳩摩羅什（什師），苻堅敗亡後，呂光把什師囚禁在武威十八年。

西元三九九年

法顯以六十餘歲的高齡西行去天竺（今印度），直到西元四一二年，才由獅子國（今斯里蘭卡）坐船回國。

本書也讓兩人在戰亂中相遇，當時約西元四〇一年，慕容超十七、八歲左右的那段光陰，法顯給了他很大的指引，事實上當時的河西走廊，確實是佛教通往中國的主要管道，這是慕容超成長的環境與養分。

西元四〇一年

後秦姚興滅了後涼（呂家軍），什師終於來到長安，姚興奉為上賓，讓他在逍遙園譯經講道，他的《坐禪三昧經》、《阿彌陀經》、《法華經》的譯本，到今日都還是最通行的版本。

慕容超也在武威被擒獲，因為長相特殊，被人認出是慕容氏之後，遭到軟禁。他與什師同時被押送到長安。

西元四二一年

陶淵明寫了千古流傳的〈桃花源記〉，照民初史學家陳寅恪的研究，其概念源於五胡十六國時的「塢堡」，因為政權經常更替，各「國」能控制的地方有限，因此人們聚集成堡以求自保，自給自足，與各個政權保持距離，也可做配合，但維持自主性。

本書中慕容超在羌人的塢堡中長大，後來他逃亡時，也是靠著結識了塢堡的領袖「五哥」，才順利離開秦國。

LOCUS

LOCUS

L O C U S

LOCUS